JEREMIAS HEPPELER

Dunkles Donautal

GEFÄHRLICHE IDYLLE Auf den ersten Blick wirkt das Szenario auf den Blickfelsen, einem Aussichtspunkt mit wildromantischer Aussicht ins Donautal, geradezu idyllisch. Wäre da nicht die brutal zugerichtete Leiche des jungen Peter Ostrach – drapiert auf einer Aussichtsbank – aus deren Hals ein schwarzes Kreuz ragt. Die junge Polizistin Tilda Marder nimmt sich des Falls an und sieht sich zunehmend mit ihrer eigenen Vergangenheit konfrontiert. Aus diesem Dorf war sie einst davongerannt – und dennoch keimen Heimatgefühle auf zwischen Dorfgemeinschaft, Feldern und aufreibender Ermittlungsarbeit am Rande der Schwäbischen Alb. Dann aber überschlagen sich die Ereignisse: Ausgerechnet Peters einzige Freunde, die rebellischen Karasek-Brüder, gelten als Tatverdächtige. Sie werden von der Boulevard-Presse als »Satansbubis aus dem Mördernest« bezeichnet. Tilda bleibt nicht viel Zeit, um die Wahrheit herauszufinden und die tiefen Risse in der Idylle zu schließen.

© Christof Heppeler

Jeremias Heppeler lebt und arbeitet als Künstler, Autor und Filmemacher in Fridingen an der Donau im Donautal. Für die Filmprojekte »Die Stadt der vergessenen Kinder« und »Dieter Meiers Rinderfarm« reiste er in die Mongolei und nach Argentinien. Zuletzt forschte er in Atakpamé in Togo zur Geschichte der Funkstation Kamina und der deutschen Kolonialgeschichte. Heppeler ist Preisträger des Förderpreis der Stadt Konstanz und des Motion Picture 2.0 Award des ZKM Karlsruhe. Sein Theaterstück »Die ganze Hand« über das Leben und Sterben von Eugen Bolz wurde in der Inszenierung des Theater Lindenhof 2023 als bestes zeitgenössisches Drama für den Monica-Bleibtreu-Preis nominiert. »Dunkles Donautal« ist sein Debütroman.

JEREMIAS HEPPELER

Dunkles Donautal

KRIMINALROMAN

GMEINER

Immer informiert

Spannung pur – mit unserem Newsletter informieren wir Sie
regelmäßig über Wissenswertes aus unserer Bücherwelt.

Gefällt mir!

Facebook: @Gmeiner.Verlag
Instagram: @gmeinerverlag

Besuchen Sie uns im Internet:
www.gmeiner-verlag.de

© 2024 – Gmeiner-Verlag GmbH
Im Ehnried 5, 88605 Meßkirch
Telefon 0 75 75 / 20 95 - 0
info@gmeiner-verlag.de
Alle Rechte vorbehalten
1. Auflage 2024

Herstellung: Mirjam Hecht
Umschlaggestaltung: U.O.R.G. Lutz Eberle, Stuttgart
unter Verwendung eines Fotos von: © Tommy / Pixabay
Druck: GGP Media GmbH, Pößneck
Printed in Germany
ISBN 978-3-8392-0693-5

ERSTER TEIL

IDYLLENRISS

KAPITEL 1

Und plötzlich war ihr, als würde sie dem wahrhaftigen Teufel in die Augen blicken. Zwei rote Schlitze blitzten sie angriffslustig aus einer Schwärze heraus an, die alles zu verschlucken drohte. Es dauerte einige Sekunden, bis Tilda den ersten Schock abgeschüttelt und sich zurück in die Realität gekämpft hatte. Vor ihr auf dem schmalen Wanderweg lag eine riesige schwarze Kreuzotter, und es hätte nur ein kleiner Schritt, ein Stolpern gefehlt, und sie wäre auf die Schlange getreten. Und was wäre dann passiert? Biss? Allergischer Schock? Tod? Zwei Leichen. Keine Kommissarin.

Ihr Herz pochte so stark, dass sie jede Ader ihres Körpers spürte, und doch glitt ihre Hand vorsichtig in Richtung ihrer Hosentasche, wo sie ihr Smartphone greifen wollte, um die Schlange zu fotografieren. Ein Reflex. Zeichen der Zeit.

Ein solches Tier hatte sie nie zuvor gesehen. Schwarz wie Lack. Schwarz wie die Nacht selbst. Eine Höllenotter. So anders, so bedrohlich, so bildschön, als hätte die Urzeit sie ausgespuckt. Doch bereits ihre vorsichtige Bewegung reichte aus, um das scheue Tier zu verschrecken. Die Otter glitt ins wallende Gras, das ob der Fluchtbewegung hin und her schwang, sodass Tilda die sich entfernende Schlange noch einige Meter lang verfolgen konnte. Und wie das Tier und die Schwärze langsam aus ihrem Leben krochen, da fiel ihr ein Spruch ihrer Großmutter ein: »Der Teufel ist ein Eichhörnchen.«

Wie oft hatte sie diesen Satz gehört? Immer dann, wenn die Idylle ihrer Heimat aufbrach. Wenn ein 18-Jähriger nach dem Dorffest mit seinem Auto gegen einen Baum prallte. Wenn sich herausstellte, dass der nette Herr Nachbar mit den adrett gestutzten Rosenhecken in schöner Regelmäßigkeit seine Frau grün und blau und schwarz und rot und gold prügelte. Wenn ein Kind an Krebs starb, dessen Leben gerade erst begonnen hatte.

Überhaupt Idylle. Was war das für ein Wort? Scheißwort. Scheißidylle.

Und zugegebenermaßen passte der Spruch auf ihre Situation nicht wirklich, weil die Schlange ja keineswegs ein Eichhörnchen war. Soll heißen: Hätte sich der Teufel einen Repräsentanten unter allen Tieren des Waldes gesucht, dann wäre die Kreuzotter wohl sowieso der heißeste Anwärter gewesen. Der Name Höllenotter, wie man die schwarzen Schlangen im Volksmund nannte, kam ja nicht von ungefähr. Schwarze Engel.

Und da, siedend heiß, fiel ihr der eigentliche Grund wieder ein, warum sie zu dieser Unzeit an einem Donnerstagmorgen vor dem regulären Dienstbeginn über diese Wiese stapfte und ihr permanent Gedanken an den Teufel durch das Hirn jagten. Das Tier hatte sich wie eine fleischgewordene Metapher in dieses Panorama geschlängelt. Wie eine absurde Warnung.

Dreh um! Sofort! Solange du noch kannst … aber ja, umdrehen ist in den meisten Fällen schwerer als einfach weiter geradeaus zu laufen.

An der horizontalen Kante des Hügels, den sie nun mit ihren typischen Stakkatoschritten hinaufstapfte, sah sie schon das flatternde Absperrband. Ein unnatürlicher Kontrast aus Rot und Weiß, der das saftige Grün des aufkeimenden Frühlings zerschnitt. Um das Band herum standen mehrere Gestalten, und je näher sie ihnen kam, desto klarer konnte sie die Silhouetten zuordnen. Da waren Thumler und Pantalic vom Kriminaldauerdienst, kurz KDD, beide lautstark, aufgeregt, ja aufgescheucht, mit dem Handy telefonierend. Daneben, im Aufbruch begriffen, zwei Sanitäter. Und da war … Ach du Scheiße! Der hatte ihr gerade noch gefehlt.

»Oha, es braucht also einen Ritualmord, damit es das werte Frollein Marder mal wieder in die Heimat am Arsch der Heide verschlägt.«

Tilda biss sich auf die Unterlippe, eine Technik, die sie sich vor einiger Zeit angeeignet hatte, um nicht immer direkt das auszusprechen, was sie gerade dachte. Georg »Grantler-Schorsch« Pfeiffer war ein Dorfpolizist, wie man ihn sich nicht besser hätte ausdenken können. Schnurrbärtig. Übergewichtig. Nasale Stimme. Als sie 16 war, hatte er sie und ihre Freundin aufs Revier einbestellt, weil er den Verdacht hegte, dass ihre Clique ins Freibad eingebrochen war. Mit dem Verdacht hatte er natürlich goldrichtig gelegen. Aber sie hatten alle dichtgehalten. Pfeiffer war fuchsteufelswild geworden. So hatte sie ihn nie zuvor und auch nie danach gesehen. Doch dieser Hauch einer Unberechenbarkeit war längst verflogen. Heute wirkte er eher … teigig. Wie ein Teddybär aus Kuchenteig.

»Ihr habt ja sonst nicht so viel zu bieten«, knurrte sie ihn an, und er antwortete ihr mit einem dröhnenden Lachen, dem schnell die Luft ausging. Erst jetzt bemerkte Tilda, dass Pfeiffer unfassbar bleich war. Viel bleicher als sonst.

»Schorsch, du siehst ehrlich gesagt nicht besonders gut aus.«

»Ne, passt schon. Es ist ein übler Anblick da oben. Übel, übel, übel, übel. Ich habe ja viel gesehen in den letzten 40 Jahren. Aber das ... Also das ... Das hätte nicht mehr sein müssen.«

Stimmt, Pfeiffer musste kurz vor der Pension stehen. Jahrzehntelang hatte er die Witze am Stammtisch geschluckt. Von wegen leicht verdientes Geld. Dorfsheriff. Faulenzer. Er hatte mitgelacht. Mitgemacht. In Wahrheit hatte er einiges erlebt. Den 18-Jährigen. Die Nachbarsfrau. Die feingliedrigen Risse in der Idylle.

»Wie lange musst du noch?«, fragte Tilda.

»Fast ein Jahr. Ich hab eigentlich gehofft, dass ich die letzten Monate ein wenig austrudeln kann.«

»Hast du das nicht schon das letzte Jahrzehnt so gemacht?«

Wieder dröhnte sein Lachen. Und wieder endete es abrupt, als hätte sich der massige Polizist bei einem unpassenden Gedanken erwischt.

»Vielleicht gehör ich zum alten Eisen, aber im Gegensatz zu euch Jungspunden kipp ich nicht gleich aus den Latschen, wenn ich vor einer Leiche stehe.« Er deutete mit einer ausladenden Geste nach links, wo etwa 20 Meter entfernt sein junger Kollege auf einem Stein kauerte. Ein Häufchen Elend. Als dieser ihre Blicke spürte, winkte er matt ab.

»Geht's dir besser, Farouk?«, dröhnte nun Pfeiffer, und Spott und Mitleid schienen sich in seinem Satz aufzuwiegen.

»Kannst du mir vielleicht kurz schildern, was passiert ist?« Tilda wurde langsam ungeduldig. Neugier und Angst nagten im Gleichklang an ihr.

Pfeiffer sammelte sich und wischte sich einen dünnen Schweißfilm von der Stirn. »Der Anruf hat uns heute Morgen etwa um sechs erreicht. Die Gisi, du kennst doch die

Gisi? Gisi Mohrbrunner. Also, die war heute Morgen mit zwei Damen vom selben Kaliber zum Frühsport unterwegs. Oder wie auch immer man das nennen soll, was die so treiben.«

Natürlich kannte sie Gisi. Jeder hier kannte Gisi, wie man eben jemanden wie Gisi kennt.

Aber wahrscheinlich kannte Tilda sie noch ein bisschen besser. Gisi war eine gute Freundin ihrer Mutter. Obwohl, den Satz musste man wohl um ein »gewesen« erweitern. Gisi und ihre Mutter waren gemeinsam hier im Donautal zunächst zu Dorfhippies und später zu Dorfpunks pubertiert und hatten sich danach langsam zu Altpunks transformiert. Tildas Mutter war glücklicherweise auf dieser Entwicklungsstufe stagniert – mit massiven Einsprengseln eines konservativen Familienlebens – während Gisi den Kreis folgerichtig als Althippie abschloss. Full Circle. Dieser merkwürdige Zustand hatte sie in den vergangenen Jahren in die merkwürdigsten Kreise getrieben, und während der Coronakrise war Gisi zur vermutlich lautesten Stimme der lokalen Querdenkerszene gereift.

»Jedenfalls haben die drei Weib... – entschuldige, ich meine die drei Frauen ... Sie haben dort oben auf dem Schmuckfelsenweg eine Leiche gefunden. Das klang am Telefon total an den Haaren herbeigezogen, doch die Gisi hat halt auch nicht nachgegeben. Ausnahmsweise zu Recht. Dann sind Farouk und ich hierher gefahren, aber wenn ich ehrlich bin, waren wir uns beide sicher, dass sie maximal einen Tierkadaver oder eine weggeworfene Vogelscheuche entdeckt hatten. Wir konnten ja nicht ... Ich mein, wer rechnet mit so was?«

Was war hier passiert? Welcher Schrecken lauerte hinter den Absperrbändern, die im Wind wie wild hin und her flatterten und rauschten? Was hatte diesen gestandenen Dorfpolizisten dermaßen aus der Spur gebracht?

»Zugegeben, als wir … Also, als wir es mit eigenen Augen gesehen hatten, da wussten wir gar nicht genau, wen wir anrufen sollten. Das ist in meiner Dienstzeit erst der dritte Mord, der im Landkreis passiert. Da ändern sich doch ständig die Zuständigkeiten. Ich hab's beim KDD und bei euch im Dezernat probiert. Und bei der Rettung, aus Reflex. Das war eher überflüssig.«

»Und die KDDler waren schneller da als ich?«

»Ja, richtig, die sind vor einer halben Stunde eingetrudelt, kurz nach dem Krankenwagen. Aus Singen, wenn ich es richtig verstanden habe. Die haben alles abgesichert und die Spurensicherung gerufen. Wir haben uns in der Zwischenzeit um die Wanderer gekümmert, die unbedingt auf die Felsen wollten.«

Hm, Menschen. Sie lernen es nie.

»Ich sprech mal kurz mit dem KDD, okay?« Tilda nickte Pfeiffer zu, was dieser augenscheinlich als eine Aufforderung zum Weitersprechen missverstand.

»Schon Wahnsinn, dass sich so eine kleine Unruhestifterin wie du bei uns um die Schwerstkriminalität kümmert. Ich werd nie vergessen, wie ihr damals ins Freiba…«

»Tja, Zeiten ändern dich, Pfeiffer«, schnitt ihm Tilda das Wort ab, und sie war sich sicher, dass er das Bushido-Zitat nicht verstanden hatte. Aber ja, irgendwie hatte er auch recht:

So verkorkst die vergangenen fünf Jahre privat gelaufen waren, so perfekt hatte sich ihre Karriere entwickelt.

Sie ließ Pfeiffer stehen, der daraufhin in Richtung einer Wandergruppe marschierte, die hilflos in ihrer Funktionskleidung und mit den eng geschnallten Rucksäcken einer aufgescheuchten Schafherde gleich in der Gegend herumstand. Die war bei Pfeiffer genau richtig aufgehoben.

Im Gegensatz zu den beiden Dorfermittlern schienen die Polizisten des Kriminaldauerdienstes, die gerade die Sanitäter verabschiedet hatten, ein wenig gefasster. Aber auch ihr Blick verriet, dass sie an diesem Tag Zeuge einer Sache geworden waren, die sie so schnell nicht vergessen würden.

Jeder Mensch erlebt in seinem Leben Momente, von denen er sofort weiß, dass er sie bis zum Ende mit sich tragen wird. Sie sind zu groß, zu schön, zu anders, als dass das Vergessen eine Chance hätte. Unfälle. Hochzeiten. Beerdigungen. Erste Worte. Und letzte.

Ein solcher Moment schien das heute gewesen zu sein.

»Guten Tag, Thumler mein Name, das ist der Kollege Pantalic.«

»Hi, ich bin Tilda Marder vom Kriminalkommissariat, wir haben uns schon mal gesehen.« Er hatte sie natürlich erkannt, ganz klar. Peinliche Machtspielchen. Männer.

»Ah, jetzt erinnere ich mich. Kommen Sie alleine?«

»Wir sind aktuell ein bisschen dünn besetzt. Frühjahrsgrippe.«

»Verstehe. Wir haben die Fundstelle gesichert und auch sicherheitshalber fotografiert. Die Spurensicherung dürfte aber gleich eintreffen.«

»Sehr gut, vielen Dank! Kann ich mir das kurz anschauen?«

»Wollen Sie nicht auf die Kollegen warten?«

»Ihr habt doch schon alles fotografiert? Ich geh auch nicht nah ran.«

»Ähm, na gut.«

Pantalic hob das Absperrband hoch und Tilda tauchte gewohnt ungelenk darunter hindurch.

Sie versuchte nun, ihren Gedankenstrom zu kanalisieren. Das Rauschen auszublenden. Ab jetzt hatte sie nur noch Augen für diesen abgesteckten Raum. Diese Art Zeitkapsel.

Jemand hatte diesen Flecken umgeschrieben, umcodiert, vereinnahmt, für alle Zeit. Diesen Ort um eine Tat erweitert.

Sie befanden sich auf dem sogenannten Schmuckfelsen, einer malerischen Felsformation, von deren Gipfeln man einen ausufernd schönen Blick ins Donautal hatte. Von der Oberstadt des Dorfes, ihres Dorfes, aus, erreichte man den Aussichtspunkt in wenigen Minuten. Dementsprechend war dieser Platz, seit sie denken konnte, ein beliebter Treffpunkt der Dorfjugend. Und ein massiver Streitpunkt innerhalb der Dorfkultur, vor allem, weil sich der lokale Albverein um den Erhalt der hier aufgereihten Bänke kümmerte, die Aussicht von Zeit zu Zeit freischnitt und den Platz eigentlich sauber halten wollte. Doch statt vereinzelter leerer Plastikflaschen und den Sandwichpapieren durchreisender Wanderer und Radfahrer fanden die Ehrenämtler vor allem nach lauen Sommernächte regelmäßig leere Bierkisten, Reste von abgebrannten Lagerfeuern und einmal sogar die Überreste eines bis auf die Knochen abgenagten Spanferkels. Das Theater hatte irgendwann 2010 seinen Höhepunkt erreicht, als der Vorstand des Albvereins lautstark im Gemeinderat dafür plädierte, den Schmuckfelsen videoüberwachen zu lassen. Hätten die sich damals mal besser durchgesetzt, dachte Tilda, dann wäre unser Fall jetzt schnell gelöst.

Der Fall. Der Täter. Noch waren das abstrakte Zuschreibungen. Das sollte sich gleich ändern. Die Sonne war mittlerweile vollends aufgegangen und leuchtete ihr mit übermotivierten Morgenstrahlen ins Gesicht. Im Gegenlicht ergab sich so zunächst ein Szenario, das das ideale Motiv für eine idyllische Donautal-Postkarte abgegeben hätte. Das Grün der Blätter, die Tiefe des Tals, die Spiegelungen auf dem weit entfernten Wasser, die sich schüchtern zurückziehenden Nebelschwaden, die sanften Schattenwürfe der Bänke – und die einzelne, fast einsam wirkende Person, die sich ein wenig steif auf der Bank ausstreckte. Erst beim zweiten Hinschauen erkannte Tilda die Unregelmäßigkeit, den entscheidenden Bruch in der malerischen Komposition. Der Kopf des Sitzenden schien verformt. Es wirkte beinahe so, als ob er eine überdimensionale Krone trug. Als sie näher kam, erkannte die junge Kommissarin, dass das Gebilde, das den Kopf des Menschen so merkwürdig geformt wirken ließ, nicht auf dem Kopf der Gestalt saß, sondern aus deren Mund herauswuchs. Ein notdürftig zusammengenageltes, schwarz angestrichenes Holzkreuz war dem Opfer direkt in den Hals getrieben worden.

»Oh Gott!« Tilda erschauderte. »Er ist ja fast noch ein Kind.« Der Jugendliche vor ihr dürfte erst etwa 15 oder 16 Jahre alt sein.

Die rohe Gewalt, die der oder die Täter dabei offensichtlich hatten aufbringen müssen, hatten die Mundwinkel des Jungen regelrecht aufgesprengt, was seinen Mund nun wie einen unnatürlichen Schlund aussehen ließ. Der Kopf lag im Nacken, als hätte sich der Junge leicht zurückgelehnt. Gefläzt. Wahrscheinlich aber war sein Kopf nach hinten gerissen worden, fixiert in dieser beinahe friedlich wirkenden Haltung. Und dann ... das Kreuz. Tilda stolperte. Schüttelte sich. Es müssen mehrere Täter gewesen sein. Zumindest, wenn der Jugendliche zum Zeitpunkt der Kreuzigung noch gelebt hatte. »Bitte nicht!«

Abseits der Spuren, die das Kreuz an dem Körper hinterlassen hatte, waren keine weiteren Verletzungen zu erkennen. Zumindest keine offensichtlichen. Das weiße T-Shirt des Jungen war in tiefes Scharlachrot getränkt. So ein Rot, wie man es viel eher aus Filmen als von Schnittwunden kennt. Fuck. Das Blut war über den Körper gelaufen und in den Boden gesickert und dort in einem Wechsel der Aggregatzustände erstarrt. Die Arme des Jungen lagen geradezu friedlich auf der Bank. Die gesamte Körperhaltung wirkte, abgesehen von der des Kopfes, beängstigend natürlich. So normal, dass Tilda eine Sekunde mit dem Gedanken spielte, dass der Junge vielleicht noch leben könnte. Absurd.

»Wieso hat er keine Schuhe an?«, flüsterte Tilda sich selbst zu. »Warum sitzt er barfuß da?«

Sie war nun viel näher an der Leiche, als sie sollte. Wollte. Dem Jungen fehlten zwei Zehen am linken Fuß. Der kleine Zeh schien frisch abgeschnitten worden zu sein, der Zeh daneben schien schon länger zu fehlen, denn die freiliegende Stelle war vernarbt und verwachsen. »Warum haben die den Zeh mitgenommen?«, raunte Tilda. Normalerweise war es ihr unangenehm, wenn sie sich beim Selbstgespräch erwischte, aber hier und jetzt, in dieser surrealen Situation, schien ihre eigene Stimme der letzte Funken Normalität in diesem Strudel, diesem flimmernden Riss der Idylle zu sein. Riss der Regeln. Das alles wirkte wie aus einem Computerspiel. Einem Horrorfilm. Einem Groschenroman. Inszeniert als bewusstes Schreckensszenario. Ein Albtraum, der mit Bruchstücken der Realität jonglierte, sie frisierte, zurechtschnitt und auf den Kopf stellte. Immer wieder blickte sie in die offen stehenden Augen des Jungen. Sie zogen sie an wie ein Unfall. Sie konnte nicht anders. Am liebsten wäre sie darin eingetaucht. In seine Erinnerungen. Denn dort würde sie den Teufel finden, der ihm das angetan hatte.

Was hatte der Junge gedacht? Gemacht? Wann hatte er bemerkt, dass dies die letzten Sekunden seines Lebens waren? Was hatte er gesehen?

»Okay, nun mal langsam, Schritt für Schritt.« Tilda atmete tief ein. Schloss die Augen. Atmete aus. Sie warf einen flüchtigen Blick ins Tal, dessen Schönheit sie seit einigen Jahren beinahe körperlich berührte. Ihr Vater meinte, dass seien die aufkeimenden Heimatgefühle, die man erst spürt, wenn man die Heimat für längere Zeit verlassen hat.

Das war noch nicht die Zeit für die ganz großen Fragen und Zusammenhänge. Und schon gar nicht für Antworten. Jetzt musste sie ihre Umgebung in sich aufsaugen. Absorbieren. Sortieren. Ordnen. Funktionieren. Schritt für Schritt. So genau wie möglich. In diesem Chaos war die Gefahr immens, selbst chaotisch zu agieren. Deshalb schob Tilda ihr privates chaotisches Ich so weit weg wie möglich. Ihr Arbeits-Ich – geordnet, selbstsicher und konzentriert – kontrollierte nun die Szenerie.

Zurück am Absperrband versuchte Tilda ihren Chef zu erreichen. Der lag seit mehr als einer Woche, zusammen mit seiner Familie, mit Grippe flach und hatte die wenig verbliebenen Kollegen und Kolleginnen inständig darum gebeten, sich nur in Notfällen zu melden. Selbsterfüllende Prophezeiung, dachte sich Tilda. Beim dritten Versuch ging er ran.

»Müller.« Sie mochte ihn. Weil er tatsächlich Müller hieß und genau so ein Chef war, wie Tilda sich einen Chef namens Herr Müller vorstellte. Sie kannte nicht einmal seinen Vornamen. Müller war korrekt. Überkorrekt. Er korrigierte Berichte wie Doktorarbeiten. Er hatte eine Kehrwoche im Büro eingeführt und alle Hinweise auf den täglich anrückenden Putzdienst geflissentlich ignoriert. Außerdem ließ er sich nur schwer aus der Ruhe bringen.

Tilda brachte ihn auf den aktuellen Stand. »Wir werden eine Sonderkommission brauchen.«

»Hm, warten Sie mal, Frau Marder, vielleicht klärt sich die Sache schneller als gedacht.«

»Selbst wenn sie sich schnell klärt, wird die Presse Sturm laufen. Das ist so ein Mord, der es auf die Titelseite der Bild-Zeitung schaffen wird.« Fuck, so viel zum Thema selbsterfüllende Prophezeiungen.

»Nun malen Sie bitte nicht den Teufel an die Wand, Frau Marder.«

Das Bild hat schon ein ganz anderer gezeichnet, dachte sich Tilda. Und es ist nicht zu übersehen. »Ich will nur, dass wir gut vorbereitet sind.«

»Ja, ich finde, Sie machen das gut. Hervorragend. Aber das sage ich immer wieder: kühler Kopf und überlegte Arbeit – darin liegt das Geheimnis. Haben Sie sich schon die nächsten Schritte überlegt?«

»Ich möchte mich mit den Zeuginnen unterhalten, die die Leiche gefunden haben. Und ich werde die lokalen Kollegen darauf ansetzen, herauszufinden, wer das Opfer ist. Vielleicht kennt ihn ja auch einer von ihnen. Damit wir die Familie informieren und vernehmen können.«

»Einverstanden, Frau Marder. Ich trommle in der Zwischenzeit sämtliche einsatzbereiten Kollegen zusammen. Können Sie gegen 14 Uhr im Präsidium sein? Dann halten wir da die erste Sitzung ab. Und denken Sie daran: Möglichst wenig Staub aufwirbeln!«

Na ja, der wirbelt sich schon von selbst auf, dachte Tilda, sagte aber nichts. »Alles klar, bis um 14 Uhr, Herr Müller.«

Mittlerweile waren die Spurensicherer eingetrudelt, die sich lautstark über die mangelhafte Wegbeschreibung der Kollegen des KDDs beschwerten. Tilda zog sich schnellstmöglich aus der Affäre und stolperte zu Pfeiffer und seinem Kollegen Farouk, der sich augenscheinlich wieder auf den Füßen halten konnte.

»Na, da habt ihr zwei mir ja was Schönes eingebrockt«, sagte Tilda und wischte sich die Haare aus dem Gesicht.

»Wirklich, so etwas habe ich noch nie gesehen. Noch nicht einmal im Film«, sagte Farouk kopfschüttelnd. Er blickte Tilda fragend an. »Wer bringt so eine Tat fertig? Was hat das für einen Sinn?« Der junge Polizist wirkte nach wie vor durch den Wind.

Doch auch ihre Beine, das spürte sie erst jetzt, fühlten sich wacklig an. Trotzdem versuchte sie möglichst professionell zu bleiben. »Wir werden heute Nachmittag mit einer kurzen Pressemitteilung an die Öffentlichkeit gehen. Hoffentlich quatscht nicht davor schon jemand mit der Presse.«

Pfeiffer legte seine Stirn in Falten. »Dafür kann ich nicht garantieren. Du weißt doch, wie die Leute sind.«

»Allerdings. Und dass ausgerechnet Gisi die Leiche gefunden hat, hilft da auch nicht unbedingt. Wo ist die überhaupt?«

»Ich hab sie nach Hause geschickt. Also, alle drei Frauen. Zu Gisi, die wohnt ja nur einen Steinwurf entfernt. Sie haben mir versprochen, dass sie erst mal nichts weitererzählen.« Tilda konnte ein stumpfes Lachen nicht unterdrücken. Es war schwer zu glauben, dass nicht bereits das ganze Dorf vom Leichenfund wusste. Vielleicht konnte der Schaden noch begrenzt werden.

»Es wäre besser gewesen, wenn wir sie noch kurz hierbehalten hätten.«

»Tut mir leid, Tilda, ich war einfach ein wenig überfordert.« Pfeiffer, der ansonsten eine dröhnende Selbstsicherheit ausstrahlte, schien die Entschuldigung ernst zu meinen. Jetzt tat er Tilda in seiner Teddybärhaftigkeit beinahe leid.

»Halb so wild, ich geh gleich mal bei ihr vorbei. Schorsch, kennst du den Jungen?«

»Ich konnte ihn nicht so genau ansehen, aber Farouk meinte …«

Der Angesprochene zuckte zusammen, als hätte man ihn mit einer Fernbedienung eingeschaltet. »Ich kenn ihn. Hab ihn vor einigen Wochen beim Kiffen am Skatepark erwischt, als das noch verboten war. Er wohnt noch nicht lange im Ort, seine Eltern sind vor zwei, drei Jahren aus dem Osten hergezogen. Der Vater arbeitet in irgend so einer kleinen Chirurgiemechanik-Klitsche als Industriemechaniker. Zugezogene!«

»Hast du einen Namen?«, wollte Tilda wissen.

»Er heißt Peter Ostrach. Die nennen ihn alle nur Pete.«

»Hast du ihn damals mit aufs Revier genommen? Wegen der Kifferei.«

»Nein, das war nicht der Rede wert. Und Pfeiffer war an dem Tag zum Glück nicht da, da hab ich es bei einer Verwarnung belassen.«

»Hör mal, Junge, du weißt schon, dass ich neben dir stehe?« Pfeiffer plusterte sich auf, aber Tilda erkannte, dass er seinen jungen Kollegen schätzte.

»Schon gut, Schorsch, wegen einem Joint würdest du auch keinen Bericht mehr schreiben.«

In diesem Moment war Tilda sich sicher, dass Farouk

einer von den Guten war. Und Pfeiffer, abgesehen von seiner Boomer-Attitüde, eigentlich auch.

»Darf ich euch zwei um etwas Unangenehmes bitten?«

»Keine Sorge Tilda, wir haben gerade darüber gesprochen. Wir holen gleich den Vater aus der Firma und fahren dann gemeinsam zur Mutter.«

»Ist das für euch in Ordnung?«

»Das geht klar, ich habe schon viel zu oft Todesnachrichten überbracht. Auf eine mehr kommt es nicht an.«

»Danke!« Ihr fiel ein Stein vom Herzen. Sie dachte an die armen Eltern, deren Welt jetzt gerade noch in Ordnung war.

»Kennst du den neuen evangelischen Pfarrer im Dorf?«, fragte Pfeiffer Tilda. »Der ist ausgebildeter Trauerbegleiter. Farouk meinte gerade, dass wir den mitnehmen sollten.«

»Gute Idee. Je nachdem, wie die Eltern die schreckliche Nachricht auffassen, könnt ihr uns ja bei ihnen ankündigen. Wir werden spätestens morgen früh mit ihnen sprechen müssen. Wenn sie einen Verdacht äußern oder euch irgendwas seltsam vorkommt, gebt bitte Bescheid.«

»Machen wir.«

»Super! Hier ist meine Karte. Wir werden uns die kommenden Tage wohl noch öfter sehen.« Tilda hatte sich lange gegen die personalisierten Visitenkarten gesträubt, die Müller für ihr ganzes Team hatte drucken lassen. Mittlerweile musste sie zugeben, dass die Karten ihren Zweck erfüllten.

»Davon gehe ich aus. Willkommen in der Heimat!« Pfeiffer gab ihr einen ungelenken Klaps auf die Schulter.

Am Auto angekommen atmete Tilda tief durch. Sie zwang sich, den Schokoriegel, den sie am Morgen in aller Eile eingepackt hatte, zu essen und nahm einige Schlucke

Wasser aus ihrer Flasche. An stressigen Tagen vergaß Tilda nicht selten ganz zu essen und zu trinken.

Jetzt gilt es, dachte sie. Das ist der Fall, den man sich hunderte Male ausgemalt hat. Jetzt musst du liefern. Keine Alternative. Sie überlegte kurz, ob sie ihre Eltern anrufen sollte, verschob es aber auf später.

Zuerst musste sie zu Gisi. Ausgerechnet Gisi.

Das Haus war in strahlendem Gelb gestrichen, verziert mit beinahe kindlichen Blumenmustern und Efeuranken, die bis knapp unter das Dach reichten. Der Garten, ordentlich zurechtgeschnitten, offenbarte ein Sammelsurium aus dümmlich grinsenden Gartenzwergen in sämtlichen Größen und Formen und einer unfassbaren Menge an Buddha-Figuren. Es mussten Hunderte sein. Manche von ihnen waren so groß wie Schäferhunde, die kleinsten waren kleiner als Kieselsteine. Sie alle grinsten Tilda synchron entgegen. Inmitten der Buddhas stand ein runder Tisch, an dem die Kommissarin drei Frauen um die 60 ausmachte, die in Batik-T-Shirts und kunterbunte Leggins gekleidet waren.

»Die behördlichen Formalitäten kannst du dir sparen, hier auf dem Dorf brauchst du keinen solchen Schnickschnack. Das solltest du eigentlich wissen.« Gisi war direkt aufgesprungen und auf sie zu gewatschelt. Was für eine Begrüßung. Typisch Gisi, die ein grandioses Talent dafür hatte, jede nur erdenkliche Situation für alle Beteiligten unangenehm zu machen. Für eine Sekunde dachte Tilda darüber nach, ob dies der richtige Moment war, um den Bad Cop von der Leine zu lassen. Vermutlich war es aber nicht sinnvoll, die Gesprächsatmosphäre direkt zu verderben. Trotzdem rückte Tilda mit dem Stuhl, der ihr von einer von Gisis Freundinnen angeboten wurde, einen halben Meter von der Hausherrin weg. Demonstrativ.

»Tilda, Tilda, Tilda. Wie lange haben wir uns nicht gesehen? Das müssen Jahre sein. Aber durch diese ganze Panik, die uns die da oben einimpfen, hat man sich ja ohnehin aus den Augen verloren, nicht wahr? Die Menschen sind zu Einzelkämpfern mutiert.«

Sie hatte Gisi sicher mehr als ein Jahrzehnt nicht gesehen und den Wandel, den sie in den letzten Jahren vollzogen hatte, nur aus der Ferne durch die frustrierten Beschreibungen ihrer Mutter am Telefon verfolgt. Das hatte gereicht, um eine gehörige Portion Wut aufzubauen, die sich jetzt, von Angesicht zu Angesicht, weiter verstärkte.

Tilda antwortete mit guter Miene zum bösen Spiel. »Ja, da hast du recht. Ich war einfach nicht mehr so oft hier.«

»Du arbeitest jetzt am See? Hab ich das richtig mitbekommen?«

»Ich bin gerade frisch in der Kreisstadt stationiert.«

»Das hast du dir bestimmt auch anders vorgestellt, oder? Du hast doch von der weiten Welt geträumt?« Vielleicht war Gisi nicht giftig, sicher aber toxisch.

Tilda biss sich auf die Unterlippe, während sie von dem Batik-Drilling von oben bis unten gemustert wurde. »Ne, das ist schon in Ordnung. Ich hab hier eine gute Stelle bekommen.«

»Dann kannst ja öfter nach deinen Eltern sehen?«

»Ja, und nach Oma.«

»Stimmt, die lebt ja auch noch.«

Gisis verwaschener Blick musterte sie ununterbrochen, ihre Augen blitzen angriffslustig auf.

Tilda erinnerte sich an die unzähligen Metamorphosen, die dieser schon immer durch und durch unzufriedene Mensch in den vergangenen Jahrzehnten durchlaufen hatte.

Gisela Mohrbrunner hatte sich Anfang der 90er-Jahre zu »Gixx the Bitch« (inklusive des Zwischenstadiums »Gixx the Witch«) erklärt, nur um sich Jahre später zu »Aschanta Mondschein« zu transformieren – letzterer Entwicklungsschritt infolge einer Eingebung nach Nacktanz in einer Vollmondnacht sowie detailverliebter Aufarbeitung selbiger in der örtlichen Narrenzeitung. Zuletzt hatte sich Aschanta dann zur – O-Ton – »starken Frau im Einklang mit Gisi Mohrbrunner« verwandelt. Im Einklang womit? Tilda biss sich erneut auf die Unterlippe, dieses Mal, um nicht loszulachen.

»Ähm, kommen wir … Also ihr wisst ja, warum ich hier bin?«

»Wir können es uns denken.« Aha, Gisi war also das Sprachrohr der Gruppe.

»Eine Sache vorweg: Ich hoffe, dass es euch den Umständen entsprechend gut geht. Ihr musstet da heute etwas sehen, was, ähm, abseits aller Norm ist. Wir haben für solche Fälle eine ganze Liste an Hilfsangeboten …«

»Uns geht es gut. Wir haben in den letzten Monaten einen Panzer gegen negative Energie aufgebaut.« Gisi schaute sie angriffslustig an. Offenbar projizierte sie die Abneigung, die sie gegen Tildas Mutter und vielleicht auch den Staat hegte, auf deren Tochter beziehungsweise dessen Angestellte. Ein Blick von Tilda auf die Batik-Freundinnen, die bislang nicht den Hauch eines Anscheins gemacht hatten, etwas zum Gespräch beizutragen, verriet, dass es um deren Panzer nicht besonders gut bestellt war.

»Alles klar. Ich … Ähm… Vielleicht könnt ihr kurz

schildern, was heute Morgen passiert ist. Wieso wart ihr denn schon so früh unterwegs?«

»Die Frage sollte eher lauten, warum du nicht so früh unterwegs bist? Wir jagen die Energie des Morgens. Nichts lädt dein inneres Powerkonto so nachhaltig auf, wie die frische Morgenluft. Wir drehen jeden Morgen um 5.30 Uhr diese Runde.«

»Respekt. Das hält fit.«

»Das hält nicht nur fit, sondern man bleibt vor allen Dingen klar im Kopf. In einer Welt, in der wir um unsere Freiheiten betrogen werden, in der der Staat selbst in unsere privatesten Räume eindringen will. In so einer Welt musst du lange suchen, um Räume und Zeiträume für dich zu finden. Aber wir nehmen sie uns. Auch wenn wir dafür früh aufstehen müssen.«

»Ihr wart joggen, richtig?«

»Wir haben uns mit dem Wald vereint. Wir haben die Natur geküsst. Mit Zunge.«

Tilda konnte das Gespräch nur schwer ertragen. Ein Jugendlicher war bestialisch ermordet worden, und sie konnte sich hier etwas von Petting mit Mutter Natur anhören. Puh.

Reiß dich zusammen, Tilda!

»Ich verstehe. Waldbaden ist ja in Japan auch so eine große Nummer.«

»Japaner, von denen können wir viel lernen. Da herrscht auch noch der Kaiser …«

Tilda unterbrach diesen bizarren Denkansatz direkt: »Ihr seid dann zu den Schmuckfelsen hochgelaufen, richtig?«

»Logisch.«

»Und wann habt ihr gemerkt, dass etwas nicht stimmt?«

»Das lag ab der Sekunde, in der ich das Haus verlassen habe, in der Luft.«

»Wie meinst du das?«

»Ich habe die Anwesenheit des Bösen gespürt. Mein ganzer Karmahaushalt war durcheinander. Ich konnte keinen klaren Gedanken fassen.«

»Habt ihr auf eurer Strecke was Merkwürdiges wahrgenommen? Ich meine abseits von dem Gefühl. Habt ihr etwas beobachtet?«

»Nichts, was ich mit Worten beschreiben könnte. Ich habe vieles beobachtet, aber alles in mir drin.«

Es kostete Tilda eine Menge Selbstbeherrschung, um nicht mit den Augen zu rollen. Sie ließ den Blick schweifen und blieb an einer der Freundinnen hängen. Diese versuchte mit aller Macht, ein Zittern zu unterdrücken, und blickte unsicher zwischen Tilda und Gisi hin und her. »Möchten Sie etwas sagen?«

»Ich … ich weiß nicht.«

»Es gibt hier kein Richtig und kein Falsch. Wir sind über jede Beobachtung dankbar.« Tilda versuchte, die Freundin, deren Name sie bis jetzt noch nicht kannte, so freundlich wie möglich anzulächeln.

Doch Gisi fuhr ihr mit Volldampf dazwischen. »Wenn du was zu sagen hast, Claudia, dann sag es. Aber drucks doch bitte nicht so blöd herum.«

Claudia fuhr zusammen und begann zu flüstern. »Ich, also ich … hab keine Vögel gehört.«

»Entschuldigung, ich habe Sie akustisch nicht verstanden«, fühlte Tilda vorsichtig nach.

»Ich habe keine Vögel gehört.«

»Okay. Ist das ungewöhnlich?«

»Schon, gerade früh morgens, wenn es hell wird, dann

erwartet einen im Wald ein einziges Konzert. Das mag ich besonders. Aber heute, da war es totenstill.«

Während Gisi ansetzte, ihre Freundin besserwisserisch zurechtzuweisen, schweiften Tildas Gedanken ab. Vor einiger Zeit hatte sie gelesen, dass Vögel bereits Stunden vor großen Erdbeben und anderen Naturkatastrophen das Weite suchen. Sie spürten den nahenden Horror – bei Erdrutschen und Vulkanausbrüchen in Form von seismischen Wellen oder so.

Dann dachte sie an die Höllenotter. Was hatte die früh morgens auf dem Weg gesucht? Und was hatte die Vögel im Wald so durcheinandergebracht?

»Tilda, hörst du uns überhaupt zu? Sonst brauche ich auch nichts zu erzählen …«

»Sorry, ich war kurz abgelenkt. Was habt ihr an den Schmuckfelsen gesehen?«

Gisi übernahm nun wieder das Gespräch. »Ich vermute dasselbe wie du auch. Den Jungen mit dem Kreuz im Mund.«

Der dritten, bislang namenlosen Freundin lief eine stumme Träne aus den Augen. Ein Schluchzen unterdrückte sie mit aller Gewalt.

»Ist euch sonst noch etwas Ungewöhnliches aufgefallen?«, fragte Tilda.

»Nein, werte Frau Polizistin, angesichts der aufgespießten Leiche hatten wir leider keinen Blick für den Rest der Umgebung«, sagte Gisi selbstsicher.

Die Namenlose spuckte ein kehliges Krächzen aus. Auch Tilda hätte heulen können. Allerdings nicht wegen der Situation, sondern weil ihre Unterlippe sehr schmerzte. Sie brauchte dringend eine andere Copingstrategie.

»Ihr habt also die Leiche gesehen und dann direkt die Polizei gerufen?«

»Na, von wegen, wir sind erst richtig nah dran«, stellte Gisi klar. »Ich hatte das zuerst für einen Streich gehalten. Für eine Puppe. Ich hab sogar am Kreuz gerüttelt.«

Die dritte Freundin schien die Situation nicht länger zu ertragen. Sie stand wortlos auf und sprintete regelrecht in Richtung des Hauses.

»Sie ist noch nicht im Reinen mit sich«, sagte Gisi beinahe entschuldigend.

Ich glaube, sie ist viel mehr mit sich im Reinen als du, dachte Tilda. »Rund um den Aussichtspunkt ist euch nichts weiter aufgefallen? Alles könnte für uns von Bedeutung sein.«

Jetzt war es abermals Claudia, die kaum hörbar antwortete. »Mir ist nur eine Sache aufgefallen. Die Wiese war nass vom Tau. Wäre jemand morgens vor uns dagewesen, hätten wir das gesehen.«

»Sorry, das hab ich nicht ganz verstanden. Ihr hättet was gesehen?« Tilda konnte Claudias Ausführungen nicht folgen.

»Wenn du über eine taufrische Wiese läufst, hinterlässt du eine Spur. Aber rund um den Jungen, da war nichts. Er ist also nicht heute Morgen erst dort abgelegt worden. Also, glaub ich zumindest. Der Tau, der, ähm, der war auch in seinen Haaren«, erklärte Claudia vorsichtig.

Tilda nickte anerkennend.

Gisi schien das gar nicht zu gefallen. »Also, hör mal, Claudia, du brauchst dich da gar nicht als Miss Marple für Arme aufzuspielen. Das ist immer noch der Job der feinen Frau Kommissarin hier.«

Genug war genug. Tilda stand auf, kurz davor, aus der Haut zu fahren, fasste sich wieder und sagte einigermaßen abgeklärt: »Alles klar, das reicht uns fürs Erste. Es kann sein, dass wir euch noch aufs Revier bestellen, das wäre dann eher eine Formalität. Wenn euch was einfällt, meldet euch jederzeit bei mir. Danke, Claudia, die Sache mit dem Tau ist wirklich großartig.«

»Sag deiner Mutter einen schönen Gruß. Sie kann sich ruhig mal wieder melden«, antwortete Gisi in einem beinahe diabolischen Tonfall.

»Werd ich ihr ausrichten. Aber ich glaube, darauf kannst du lange warten. Ich wünsch euch einen schönen Tag.«

Geschafft. Was für ein Tag. Scheißtag. Tilda manövrierte sich tänzelnd durch die Buddha-Armee und spielte nicht nur einmal mit dem Gedanken, eine der Figuren wie Godzilla zu zerstampfen. Als sie gerade ihren Autoschlüssel aus der Hosentasche fischen wollte, hörte sie ein Rufen.

»Entschuldigung, bitte warten Sie kurz.« Es war die Namenlose, die mit unsicheren Schritten auf sie zu gerannt kam.

»Ja, bitte? Ist Ihnen etwas eingefallen?«

»Ich habe eine Vermutung, woher das Kreuz stammt.«

20 Minuten später war Tilda wieder im Wald. Früher hatte sie diese Gegend wie ihre Westentasche gekannt. Ihre gesamte Jugend hatte sie hier verbracht, zwischen den Bäumen. Zuerst mit ihrer Oma, mit der sie eine kleine Hütte gebaut und einen kleinen Waldgarten angelegt hatte, später mit ihren Freundinnen, mit denen sie die Aussichtspunkte erkundete und Tee-Joints rauchte. Katastrophale Gebilde aus Kamillentee, den sie in Druckerpapier einwickelten. Später hatte sie die Marlboro ihrer Mutter geklaut. Zu ihrem Erstaunen erkannte sie sogar einzelne Bäume wieder. Die vergangenen 20 Jahre waren beinahe spurlos an ihnen vorbei gegangen.

»Wenn ich das nur von mir behaupten könnte«, flüsterte Tilda. Heute war wieder so ein Tag für Selbstgespräche.

Die Namenlose, die sich zum Abschied als Gerda vorgestellt hatte, hatte ihr die Stelle, nach der sie nun suchte, erstaunlich detailreich beschrieben. Trotzdem war sich Tilda unsicher, ob sie die richtige Gabelung, an der sie den angelegten Weg verlassen musste, tatsächlich finden würde. Gerda, die, nachdem sie ihr Schweigen überwunden hatte, losgesprudelt hatte wie ein Wasserfall, hatte Tilda in epischer Breite eine eigentlich recht unspektakuläre Geschichte erzählt. Sie, die jetzt seit 13 Jahren geschieden war, hatte sich zuletzt erstmals im Online-Dating ausprobiert und einen 53-Jährigen Slowenen namens Goran kennengelernt. Goran aus Rottweil. Die beiden hatten sich zu insgesamt sieben Dates verabredet, ehe sie, Gerda, die Reißleine gezogen hatte, weil er, Goran, ihr einfach ein wenig zu, hm, verkopft gewesen war. Ein Date hatte sie im Herbst in den Wald geführt, wo ihr Goran erfolglos seine Liebe zum Pilzesammeln näher bringen wollte. Über vier Stunden waren sie durchs Unterholz gestreift, mehr als eine Handvoll einigermaßen vertrockneter Pfifferlinge hatten sie leider nicht gefunden. Und doch waren sie auf etwas gestoßen, dass Gerda nun, viele Monate später, plötzlich wieder in den Sinn kam.

»So ein Zufall, nicht wahr? Vielleicht war der Goran ja doch für etwas gut. Karma und so.«

Karma, dachte sich Tilda, war ist mit Sicherheit etwas anderes, und trotzdem hatte sie sich entschlossen, diesen ersten Hinweis direkt zu verfolgen. Klar, Herr Müller und die anderen älteren Kollegen hätten ihr das unter Garantie ausgeredet. Sie standen derart am Anfang der Ermittlun-

gen, dass es überflüssig erschien, solch losen Spuren hin-
terherzujagen wie ein verspielter Hund.

»Ermittlungsarbeit bedeutet Grundlagenarbeit«,
pflegte Herr Müller zu sagen. Und ja, die meisten Verbrechen waren simpel. Beziehungstaten. Aus der Emotion
heraus begangen. Ganz klar. Nichts daran war kompliziert. Alles ließ sich auf die Grundzüge des Menschseins
zurückführen. Die Wahrscheinlichkeit war extrem groß,
dass Peter Ostrach entweder von seinen nächsten Verwandten oder etwa wegen eines Streits um eine defekte
Playstation ermordet worden war. Vielleicht hatten Pfeiffer und Farouk längst den Vater verhaftet, der heute Morgen mit mehreren Schnittwunden zur Arbeit erschienen
war. Jedes dieser Szenarien war wahrscheinlich. Dass die
Herkunft des Kreuzes und Gerdas lose Beobachtung eine
wichtige Rolle spielen würden, war indes alles andere als
naheliegend. Aber da war dieses Gefühl, so ein Kribbeln.
Und dieses Kribbeln, davon war Tilda überzeugt, schlug
jede Wahrscheinlichkeitsrechnung.

Außerdem war es gerade 10 Uhr und bis zur angesetz-
ten Besprechung blieb noch eine Menge Zeit. Die einzelnen Rädchen waren längst losgerattert, sie selbst hätte
gar nichts weiter tun können. Na ja, vielleicht Berichte
schreiben?

Jedenfalls stand Tilda jetzt im Wald und wischte sich
über die schweißnasse Stirn. Obwohl es Mitte April
war, zeigte das Thermometer in ihrem Auto bereits über
20 Grad. Alles fühlte sich nach Sommer an.

Der Wald war zu dieser Zeit einzigartig schön. Das Licht
brach durch die Blätter und zeichnete strahlende Forma-
tionen auf den verwurzelten Boden. Der Wald, das hatte
Tilda schon immer geliebt, war gleichermaßen ein sehr

dunkler, aber eben auch ein sehr heller Ort. Freudig überrascht passierte sie das Soldatendenkmal, das ihr Gerda als
entscheidende Wegmarke beschrieben hatte. Ein Soldat aus
dem Dorf war nach einer beschwerlichen Odyssee durch
sämtliche Kriegsfronten erfolgreich in die Heimat zurückgekehrt, nur um hier im Wald, wenige hundert Meter vom
heimischen Grundstück entfernt, von einem übermotivierten französischen Besatzer erschossen zu werden. So
jedenfalls die Erzählung im Dorf …

20 Meter weiter schlug sich Tilda, der Wegbeschreibung konsequent folgend, endgültig in die Büsche. Vor
nicht allzu langer Zeit hatten hier Waldarbeiter gewütet
und mit den Rädern und Ketten ihrer Maschinen tiefe
Furchen in den Waldboden geschlagen. Da wächst du für
100 Jahre, dachte sich Tilda, nur um dann eines Morgens
von so einem Monstrum wie ein Streichholz umgeknickt
zu werden.

Die Idylle ist der gefährlichste Ort der Welt.« Noch
so ein Spruch, dieses Mal von ihrem Vater, über den sie
schon so oft nachgedacht hatte. Ohne Erfolg.

Wurzelstränge ragten jetzt aus der Erde und fanden
dabei eine neue Berufung als Stolperfallen. Der Weg, der
zusehends holpriger und unsicherer schien, fiel plötzlich
ab und öffnete den Blick in einen weitläufigen Krater. Es
konnte nicht mehr weit sein. Eine Wolke schob sich vor
die Sonne und der Wald wurde dunkel. Und dann sah
Tilda es, das Gebilde, das Gerda mit zaghafter Stimme als
Hexenhaus beschrieben hatte.

Zu Recht, dachte Tilda und wunderte sich über die
Genauigkeit von Gerdas Erinnerung. Da stand, mitten in
der Senke, zusammengezimmert aus alten Holzbalken und
Paletten, ein Häuschen. Nein, Häuschen war zu viel gesagt.

Das Gebiet rund um die Hütte war fein säuberlich gerodet worden. Vermutlich war jeder noch so kleine erreichbare Ast auf direktem Wege in ein Lagerfeuer gewandert. Was war schöner, als gemeinsam mit Freunden und Freundinnen in ein Feuer zu blicken? Es anzufachen und zu füttern wie ein gefräßiges Haustier. Die Füße so nahe an die Flammen zu halten, bis die Schuhsohlen schmolzen.

Tilda erinnerte sich lebhaft an die nicht endenden Sommertage, an denen sie mit ihren Freundinnen mithilfe der Schubkarre ihres Vaters Werkzeug und Material in den Wald gefahren hatte. Und wie sie nach zahlreichen Stunden harter Arbeit meist enttäuscht auf das Endergebnis geblickt hatten. Windschiefe Holzverschläge mit herausstehenden Nägeln, die nur einen Windstoß davon entfernt waren, in sich zusammenzuklappen.

Die Hütte hier hatte definitiv eine andere Qualität. Die Seitenwände und auch das Dach waren sauber verschraubt und vernagelt, verankert in einem Vier- oder Fünfeck aus umstehenden Bäumen. Sie war keinesfalls professionell gebaut worden, aber sie wirkte handwerklich solide. Was hätten wir damals für so einen Unterschlupf gegeben … Und plötzlich drängten sich Erinnerungen an Karla und Antonia in ihre Gedanken. An die gemeinsame Jugend. An all die Dramen. Die gemeinsamen Schlachten, auf dem Handballfeld und daneben. Wie lange hatten sie sich nicht mehr gesehen? Antonia war gleich nach dem Abi nach Stuttgart abgehauen und bis auf ein zufälliges Treffen Jahre später hatten sie sich komplett aus den Augen verloren. Und Karla? War das drei Jahre her? Oder vier? Sie wohnte noch immer hier. Vielleicht sollte sie ihr schreiben? Vielleicht sollten sie gemeinsam Hütten bauen? Wie in alten Tagen?

Tilda schüttelte sich. Schüttelte die Erinnerungen ab. Mensch, konzentrier dich!

Man musste übrigens kein Meisterdetektiv sein, um die Waldhütte mit dem Kreuz in Verbindung zu bringen. Denn die Hütte war tiefschwarz gestrichen, wie auch das Kreuz. Es war die gleiche Farbe, ganz klar. Die gleiche Patina. Auf Tilda wirkte das Kreuz wie ein fehlendes Puzzlestück. Gerda hatte sich nicht geirrt, garantiert nicht. Aber das bedeutete auch, dass sie jetzt vorsichtig sein musste.

Langsam und bedächtig schob sie einen Schritt in Richtung des Eingangs. Und noch einen. Die Hütte hatte eine richtige Tür. Ein massives Holzbrett, das mithilfe eines Vorhängeschlosses verriegelt war. Tilda blickte durch den Schlitz, den das Brett offen ließ. Das Hexenhaus war leer, zumindest soweit die Kommissarin das durch den Spalt erkennen konnte. Ich muss da rein, dachte sie sich und machte sich daran, das Vorhängeschloss aufzubrechen. Eigentlich bräuchte sie dafür einen richterlichen Beschluss, aber so lange konnte sie nicht warten. Nachdem sie es eine Weile vergeblich mit Rütteln und Aufstemmen versucht hatte, nahm sie einen massiven Stein aus einer anscheinend länger nicht mehr benutzten Feuerstelle neben der Hütte und schlug das Schloss kurzerhand ab.

Das Holz splitterte und Tilda öffnete die Tür. Das Innere der Hütte machte einen recht liebevoll gearbeiteten Eindruck. Der Fußboden und die Seitenwände waren mit breiten, ebenfalls schwarz bemalten Dielen verkleidet, eingerichtet war die Hütte mit einem schweren Tisch und zwei niedrigen Sesseln aus Paletten. An den Wänden standen Regale, in denen sich vergilbte Taschenbücher stapelten. Jules Verne. Karl May. Mark Twain. Entweder hatte jemand den Bücherschrank seiner Eltern geplündert – oder die Bücher lagen schon mehrere Jahrzehnte hier herum. Letzteres konnte eigentlich nicht sein, eine solche Hütte wäre Tilda zu ihrer eigenen Waldzeit nie und nimmer verborgen geblieben. Tildas Blick schweifte weiter und blieb an einer recht traurigen Collage aus ausgedruckten Bildern hängen. Ein geschmackloses Potpourri aus Pornoszenen, Computerspielen, Horrorfilmen, Rappern, YouTubern und Twitchstreamern. Tilda erkannte »Es«, »GTA 5« und die »187 Strassenbande«. An manchen Stellen waren Wassertropfen über die Ausdrucke gelaufen und hatten verfärbte Spuren hinterlassen. Ausgerechnet hier im Wald war sie auf dieses schäbige Denkmal der Internet- und Jugendkultur gestoßen. Ihre Freundinnen und sie hatten damals Bravo-Poster aufgehängt. Britney Spears. Jeanette Biedermann. Später Kurt Cobain. Oder Eminem. Fuck, das war alles so unspektakulär, dass sie es jetzt doch bereute, in den Wald gestapft zu sein. Aber was hatte sie denn erwartet? Ein mit Blut geschriebenes Geständnis? Ein angekettetes Monster?

In einem Regal fanden sich zudem verschiedene Gegenstände. Ein rostige Messerklinge. Ein einzelnes Rehbockgeweih. Eine alte Patronenhülse. Was man eben so im Wald findet.

Plötzlich pfiff der Wind durch die Senke, und Tilda vernahm ein merkwürdiges, unnatürliches Klappern. Wie aus Reflex wollte sie nach ihrer Pistole greifen, als ihr klar wurde, dass sie diese im Auto gelassen hatte. Sie hasste die Waffe und das Schießen. Und überhaupt: Warum die Panik? Der Wald raschelte eben. Weil er lebte. Aber da war es wieder. Abgehakt, kleppernd, röchelnd. Tilda schloss die Augen, in der Hoffnung, das Geräusch mit ihrem Erinnerungsarchiv abgleichen zu können. Aber da war nichts.

Sie musste raus und suchen, auch wenn sich plötzlich alles in ihr dagegen sträubte.

Für einige Sekunden hatte sie das Geräusch aus den Ohren verloren, als der Wind wieder durch die Bäume schwappte und sie die Verfolgung erneut aufnahm.

Und dann sah sie es: das Mobile des Todes.

An einem dicken Birkenast hingen zwei schwarz angestrichene Kreuzstreben, an denen eine Vielzahl Angelschnüre befestigt worden war. Und daran baumelten ... Schädel.

Vögel. Ratten. Hasen. Rehe. Dazwischen Knochen: dicke und dünne, lange und kurze. Immer wenn sie vom Wind umspielt wurden, schlugen sie gegeneinander und spielten die grausige Symphonie, die Tilda aus der Hütte gelockt hatte. Gerda hatte diese gruselige Installation unter Garantie nicht bemerkt, sonst hätte sie Tilda panisch davon berichtet. Zumal Tilda unter dem Mobile noch etwas weitaus Erschreckenderes ins Auge fiel. Auf dem Boden lagen weiße Steine sowie Schädel und formten den Umriss eines Grabes. Nur das Kreuz fehlte. Ihr Kreuz?

Der erste Schreck wich, als Tilda tief durchatmete und erkannte, dass das Grab, wenn es überhaupt ein Grab war, für einen Menschen viel zu klein war. Für eine Sekunde schoss ihr der schreckliche Gedanke durch den Kopf, dass es ein Kindergrab sein konnte, doch ein kräftiger Biss auf die Unterlippe verscheuchte auch dieses Worst-Case-Szenario.

Und dann fing Tilda an zu graben. Wie eine Besessene.

Warum, konnte sie selbst nicht erklären. Es war wieder so ein Gefühl, das sie antrieb. Das Kribbeln.

Während sie also die Erde Schicht für Schicht mithilfe eines schaufelartigen Steines abtrug und dabei dünne Wurzeln durchschlagen musste – ein sicheres Indiz, dass das Grab nicht frisch war –, dachte sich Tilda, wie unrealistisch es doch war, wenn Menschen in irgendwelchen Filmen an irgendwelchen Gott verlassenen Orten irgendwelche Gräber von Hand aushoben. Was für eine brutale Arbeit. Knochenarbeit. Im wahrsten Sinn des Wortes. Der Schweiß rann ihr in Sturzbächen über die Haut, und mit jedem Abwischen schmierte sie sich Dreck tief ins Gesicht.

Wenn sie in diesem Moment nur gewusst hätte, wie nah sie des Rätsels Lösung war. Aber hinterher bist du immer schlauer …

So aber nagten die guten alten Zweifel an Tilda.

Ich sollte nicht hier sein. Ich sollte Berichte schreiben. Die Soko zusammentrommeln. Mehr über Peter Ostrach erfahren. Aber nein, ich habe auf meinen Instinkt vertraut, und jetzt hebe ich so ein Scheißgrab neben irgend so einem Hexenhaus aus, wie eine Figur in einem Sonntagabend-Krimi. Meine Fresse, was habe ich mir dabei nur gedacht.

Tilda war sauer auf sich selbst.

So durfte sie sich einfach nicht benehmen, nicht in der Stellung, die sie mittlerweile innehatte. Die Menschen verließen sich auf sie. Sie war die Hauptverantwortliche bei der Aufklärung dieses Falls. Und sie vergeudete ihre Zeit mit einer solchen Drei-Fragezeichen-Aktion. Mensch, Tilda, werd erwachsen.

Sie grub nun wütender, legte den Stein zur Seite, schlug ihre Hände in die Erde. Schaufelte, kratzte, packte. Plötzlich spürte sie etwas Hartes. Wie ein Paläontologe wischte sie die Erde beiseite, die alsbald den Blick auf etwas Weißes freigab.

Tilda grub links und rechts um das Fundstück herum, fuhr darunter, zog und wackelte, riss vorsichtig daran, grub wieder wie von Sinnen und dann, endlich, war es frei. Sie umfasste es mit beiden Händen und hob es nun vorsichtig aus der mehr als beachtlichen Grube, die sie in der letzten halben Stunde wie eine Besessene ausgehoben hatte.

Sie blickte in leere Augenhöhlen. Einen so großen Raubtierschädel hatte sie noch nie gesehen. Gedrungen. Kantig. Massive Reißzähne. Viel zu lang für einen Hund. Und Tilda, die lange Zeit davon geträumt hatte, Tierärztin zu werden, war sich sicher:

Es war ein Wolfsschädel, den sie da in den Händen hielt.

I

Die Hitze ist unerträglich. Seine Augen sind verklebt, sein Mund trocken. Wie Staub. Er versucht, auszuspucken, und stemmt seine Hände in die Seiten. Hustet. Saugt Luft ein. Hechelt. Seine Beine brennen, im Oberschenkel zucken erste Krämpfe. Seine Knie sind aufgeschlagen. Das Blut rinnt in dünnen Rinnsalen an seinem Körper hinunter bis in die Sandalen. Er versucht, den Dreck aus der Wunde zu wischen, aber das macht es nur schlimmer. Das Leder scheuert zwischen seinen Beinen und klebt an seinem Rücken.

Er muss weiter. Die kriegen ihn sonst. Die riechen das Blut.

Aber wo ist der Rest seiner Gruppe? Gemeinsam wären sie den anderen problemlos überlegen. Sie sind so viel schlauer. Sie haben Waffen. Strategien. Sein Problem aber ist, dass er alleine ist. Das macht ihn zum potenziellen Opfer. Mit der ganzen Horde würden sie sich niemals anlegen. Warum nur ist er so blindlings losmarschiert?

Er war gierig. Er war hungrig. Er wollte sich beweisen.

Er hört den Ruf eines Vogels. Verrät er ihn?

Kurz überlegt er, ob er selbst rufen sollte. Um Hilfe. Aber auch die anderen haben gute Ohren. Bessere als die seinen, in denen es jetzt surrt und rauscht.

Die anderen sind aufs Hören angewiesen. Und aufs Riechen.

Jetzt rennt er wieder. Stolpert. Fällt. Vielleicht sollte er doch zum Fluss, auch wenn er die weite Ebene scheut. Vielleicht kann er sie dort abhängen. Das Wasser wäscht das Blut und den Schweiß ab. Den Gestank. Die Angst.

KAPITEL 2

Auf dem Weg zurück in die Kreisstadt hielt Tilda an ihrem türkischen Stammimbiss aus Jugendtagen und bestellte Falafel und Ayran.

»Dich habe ich hier aber lange nicht gesehen«, sagte der Dönerverkäufer, während er ihr das in Alufolie eingepackte Gericht überreichte.

»Ich war tatsächlich lange nicht mehr da.«

»Früher hast du noch Fleisch gegessen, gell?«

Tilda nickte und zahlte. Kaum zu glauben, dass der freundliche Verkäufer sie erkannte.

Im Auto schlang sie ihre Falafel und den Joghurtdrink hinunter, ohne die einzelnen Bestandteile wirklich zu schmecken. Sie versuchte sich seit zwei Jahren vegan zu ernähren und meistens klappte das auch – zumindest wenn sie selber kochte. Nur bei Schafskäse und Ayran wurde sie von Zeit zu Zeit rückfällig.

Das Essen lief aber ohnehin unterbewusst ab, all ihre Konzentration lag auf ihren rotierenden Gedanken. Sie überlegte, wie sie ihre Kollegen und Kolleginnen in den Fall einführen sollte.

Wie beschreibt man das Unaussprechliche? Einen Schrecken, für den es keine Wort gibt? Andererseits hatte das Team mittlerweile garantiert Fotos gesehen.

Es war 13 Uhr, als sie auf dem Parkplatz des Präsidiums parkte. Sie lief schnurstracks zum Frauenklo und wusch sich dort Dreck, Schweiß und Dönersoße aus dem Gesicht, spülte sich den Mund aus, klatschte sich zwei, drei Hände voll kaltes Wasser ins Gesicht. Das Schmutzwasser tropfte auf ihre Trainingsjacke und hinterließ bräunliche Flecken.

An ihrem Schreibtisch öffnete Tilda ein Word-Dokument und schrieb ein einziges Wort hinein. »Wolf?«. Dann löschte sie es wieder.

Noch war niemand da, Tilda war das recht. Sie genoss diese Ruhe dem Sturm. Denn ein Sturm würde aufziehen. Garantiert! Gedankenverloren fischte sie nach ihrem Handy.

Zwei verpasste Anrufe.

Wieso hatte sie die nicht gehört?

Einer der Anrufer war Pfeiffer gewesen.

Tilda hasste telefonieren. Aber manchmal ging es nicht anders. »Schorsch, du hast mich angerufen?«

»Richtig.« Pfeiffers Stimme klang merkwürdig mitgenommen.

»Ja, ähm, und was wolltest du?«

»Eigentlich nur deine Stimme hören.«

Widerlich. »Ist gut jetzt, ich muss gleich um zwei in die Besprechung, bitte kürz das ein bisschen ab.«

»Tilda, Lachen ist gesund.«

»Mag sein, aber ich lache nur über gute Witze. Hustensaft hilft auch nicht gegen Kopfschmerzen.« Guter Konter. Sie fühlte sich gleich besser.

»Also gut. Genau genommen ist mir selbst gar nicht nach Lachen. Das war ein ziemlicher Höllenritt heute Morgen.«

»Das kann ich mir vorstellen.«

»Als wir bei der Firma des Vaters angekommen sind, mussten wir feststellen, dass er dort gar nicht mehr arbeitet.«

»Wie?«

»Also eigentlich arbeitet er schon noch da, aber er war seit einigen Wochen nicht mehr im Geschäft. Er ist krankgeschrieben. Verdacht auf Long Covid.«

»Ach du Scheiße.«

»Das kannst du laut sagen. Immerhin konnten wir dann Vater und Mutter gemeinsam benachrichtigen.«

»Wie haben sie die Nachricht aufgefasst?«

»Die Mutter war erstaunlich ruhig. Beinahe stoisch. Der Vater ist zusammengeklappt. Kreislauf oder so. Die waren wohl ohnehin schon krank vor Sorgen, weil Peter gestern Abend nach seiner Bandprobe nicht heimgekommen ist. War gut, dass wir den Pfarrer dabeihatten.«

Erstaunlich ruhig. Tilda hasste solche Ausdrücke, die implizierten, dass es einen richtigen und einen falschen Weg gab, um auf Nachrichten wie diese zu reagieren. Sie ersparte sich einen Kommentar dazu. »Danke, Pfeiffer.«

»Kein Ding. Wir tun alle, was wir können.«

Wahrscheinlich hatte sie ihn unterschätzt. Wahrscheinlich wurde er ständig unterschätzt. Das ganze Dorf machte nur zu gerne Witze über den Polizisten, der von Zeit zu Zeit an den unmöglichsten Orten Strafzettel verteilte, während er bei seinen eigenen Kumpels bei nächtlichen Kontrollen auch mal zwei Augen zudrückte. Sie selbst hatte damals den Türgriff seines Polizeiwagens nach der Freibadnummer mit Rasierschaum verklebt. Aber alles in allem war Pfeiffer kein Arschloch. Kein echtes. Echt nicht. Und wenn stimmte, was ihre Eltern erzählten, war Pfeiffer zumindest früher ein wirklich guter Polizist gewesen.

»Tilda, ich hab Peters Eltern gesagt, dass morgen und übermorgen jemand in aller Ausführlichkeit mit ihnen sprechen wird. Farouk und ich haben ihnen schon mal ein paar Fragen gestellt. Ich hoffe, das ist in Ordnung. Ich dachte mir, manchmal kann eine unmittelbare Befragung ganz nützlich sein.«

»Das ergibt Sinn. Habt ihr etwas Interessantes herausgefunden?«

»Nichts Herausragendes. Der Junge ging hier auf die Realschule. Die Mutter meinte, es hätte ein wenig gedauert, bis er Anschluss gefunden hatte, aber in den letzten zwei Jahren hatte er wohl Freundschaften geschlossen. Darüber war sie sehr glücklich.«

»Gab es irgendwelche pubertären Ausfälle?«, fragte Tilda.

»Es hat wohl ein-, zweimal ziemlich gescheppert, als die Eltern Zigaretten bei ihm gefunden haben. Nichts Besonderes«, erzählte Pfeiffer unbeeindruckt.

»Das haben wir doch alle durch.«

»Ich hab mit zwölf mit meinem Vater Reval geraucht.«

»Du bist ein Schwätzer, Schorsch.«

»Der Schwätzer hat geregelt, dass einer unserer Streifenpolizisten zumindest die nächsten zwei Tage den Fundort im Auge hat. Noch ist alles ruhig. Die Leiche wurde wohl schon abtransportiert, aber je nachdem, wie reißerisch eure Pressemeldung ausfällt, wird es ziemlich abgehen.«

»Hast du überhaupt so viel Personal?«

»Du weißt doch, hier auf dem Dorf dürfen wir notfalls auch die Bauern zu temporären Polizisten machen«, sagte er ironisch.

»Dann weiß ich jetzt ja, wie du zu dem Job gekommen bist.«

Das Lachen am anderen Ende der Leitung ließ ihr Handy vibrieren. »Du bist wirklich eine Nummer.«

»Ich hoffe eine ungerade.«

»Wie?«

»Na, eine ungerade Nummer.«

»Was?«

»Egal. Ich mag keine geraden Zahlen.« Tilda hatte immer die 17 auf ihrem Handballtrikot getragen.

»Apropos gerade Zahlen, es ist gleich zwei. Fängt da nicht deine Sitzung an?«

»Du hast recht. Danke, Schorsch.«

»Bis dann.«

Tilda kam fünf Minuten zu spät, für sie war das ziemlich gut. An der langen Tafel des Konferenzraumes herrschte wildes Treiben, sodass ihre Ankunft kaum wahrgenommen wurde. Zwei ITler schraubten mit roten Köpfen an mehreren Bildschirmen herum, auf denen in unregelmäßigen Abständen die verpixelten Gesichter von Müller und Tildas Lieblingskollegin Bardet aufflimmerten, die per Webcam zugeschaltet waren.

Bardet war Anfang 50 und eine Urgewalt. Sie war Spezialistin im Bereich der Spuren- und Beweissicherung, und Tilda hätte sie heute Morgen zu gerne dabei gehabt. Bardet sah Dinge, die andere nicht sahen. Fasern. Haare. Krümel.

Bardet hatte vor 30 Jahren einen Urlaubsflirt geheiratet und zwei Jahre in Nantes gelebt. Danach hatte sie ihrem Franzosen den Laufpass gegeben, aber seinen Namen behalten. Als Trophäe, wie sie Tilda bei einem Feierabendbier erzählt hatte.

Tilda ging nicht gerne aus. Nicht mehr. Aber wenn es sich nicht vermeiden ließ, dann am liebsten mit Bardet, die einige Jahre im Berliner Drogendezernat gearbeitet hatte, ehe sie eine aus dem Nichts aufkeimende Wanderlust in den Süden getrieben hatte. Bardets Einladungen zu spektakulären Bergtouren hatte Tilda stets unter der Verwendung der abenteuerlichsten Ausreden ausgeschlagen – zuletzt hatten sie sich darauf geeinigt, dass Tilda zuerst mit dem Rauchen aufhören sollte, damit es wirklich Spaß machen konnte. Tatsächlich hatte Tilda am Silvestermorgen des wenige Monate zurückliegenden Jahreswechsels ihre letzte Zigarette geraucht. Der Deal mit ihrer Kollegin führte jedoch dazu, dass sie weiterhin stets eine Schachtel Camel gut sichtbar an ihrem Arbeitsplatz drapierte. Als Bardet sie durch die für einen kurzen Moment stabile Webcam erkannte, winkte sie aufgeregt und Tilda winkte überaus unaufgeregt zurück. Ihre Kollegin war mit einer Lebensmittelvergiftung aus ihrem Kurzurlaub in den slowenischen Bergen zurückgekehrt und war nun ans Bett gefesselt, ein Umstand, der für sie unerträglich sein musste. So überraschte es Tilda kaum, dass Bardet die Einladung, digital an der Konferenz teilzunehmen, mit Handkuss angenommen hatte, während sich mit Manfred Tyll und Esther Szoboszlai zwei ebenfalls krankgeschriebene Kollegen abgemeldet hatten.

Zumindest über die Abwesenheit von Ersterem war Tilda alles andere als traurig. Tyll war mit 41 Jahren weitaus jünger, als es sein Vorname vermuten ließ, verhielt sich Tildas Meinung nach aber so, als müsste er seinem Vornamen auf Biegen und Brechen gerecht werden.

»Kennst du Janoschs Geschichte von Antek Pistole?«, hatte Tilda Bardet vor einigen Wochen beim Ausgehen gefragt. Sie nippte an einem Glas Aperol Spritz, das ihre Kollegin meist wie selbstverständlich für sie beide bestellte. Bardet verneinte und die leicht angetrunkene Tilda verdrehte die Augen. »Ich hab mit meinem Bruder immer den Tigerenten Club geguckt. Aber dafür bist du zu alt, Bardet. In deiner Kindheit war die Welt noch schwarz-weiß.«

Bardet stellte pantomimisch eine Rentnerin dar, die halbblind nach ihrer Brille tastet. »Erzähl mir mehr, Jüngelchen.«

»Jedenfalls wird Antek Pistole zum Räuber, das passiert aber nur, weil er einen so grandiosen Räubernamen hat. Und das geht dann kolossal schief.«

»Worauf willst du hinaus?«

»Jetzt warte doch. Ich glaube, bei unserem Manni ist es dasselbe. Dem haben seine Eltern einen in meiner Generation ausgestorbenen Namen gegeben und jetzt verhält er sich wie ein Dinosaurier.«

»Ey, es gibt aber auch nette Manfreds. Meinen Opa zum Beispiel.«

Sie hatten sich vor Lachen geschüttelt. Sie hassten Tyll. Leidenschaftlich. Er war in Tildas Augen ein durch und durch unausstehlicher Mensch. Glattgebügelt. Herablassend. Erzkonservativ. Sexistisch. Rassistisch. Ein Relikt. Zum Glück war er nicht da.

Neben den digitalen Spiegelbildern von Bardet und Müller, die nun interessiert bis hilflos in die Runde blickten, vervollständigten drei weitere Kolleginnen und Kollegen die Runde. Yves Gräberer, der Bär. Der wohl effektivste und eindrucksvollste Polizist, den Tilda bislang kennengelernt hatte. Ein Vorbild in Sachen Ermittlungsarbeit, auch wenn sie diesen Gedanken nie laut in seiner Anwesenheit ausgesprochen hätte. Außerdem Sofia Schwarz, die etwa zeitgleich mit ihr angefangen hatte und mit der sie sich seither in einer vagen Konkurrenzsituation befand, die Tilda gleichermaßen peinlich und herausfordernd fand. Und Thomas Driller, klein und gedrungen, der mit ihr, obwohl sie bereits über ein Jahr hier arbeitete, nicht mehr als zwei Sätze gewechselt hatte.

Die digitale Teilnahme der beiden Kollegen schien nun final gesichert, und die ITler verabschiedeten sich mittelmäßig genervt, als Müller das Wort ergriff. Tilda fiel sofort auf, dass er längst nicht mehr so gelassen wie bei ihrem Telefonat wirkte. Offensichtlich waren ihm mittlerweile die Details zugetragen worden.

»Meine sehr verehrten Kolleginnen und Kollegen, vergangene Woche haben wir noch gescherzt, dass wir tiefenentspannt in die frühsommerliche Saure-Gurken-Zeit abgleiten, aber da haben wir uns eventuell zu früh gefreut. Gleich vorab: Wir haben es mit einem überaus spektakulären Fall zu tun, der uns allesamt herausfordern wird. Wir haben jedoch zuletzt unter Beweis gestellt, dass wir als Team zu kollektiven Höchstleistungen verbunden mit herausragenden Ermittlungserfolgen fähig sind.«

Oh, Müller, da vergleichst du Äpfel mit Birnen, dachte sich Tilda, die genau wusste, worauf ihr Chef anspielte. Vor wenigen Wochen hatten sie eine Serie schwerer Einbrüche in Sportheime und Pizzerien aufgeklärt. Ein großes Ding, zweifelsohne. Aber hier ging es nicht um Kleinkriminelle oder Einbrecherbanden.

Was sie heute Morgen gesehen hatte, das waren Visionen vom Ende. Höllenspoiler.

»Ich würde vorschlagen«, fuhr Müller fort, »dass die Kollegin Marder, die für uns am Leichenfundort war, einmal das Geschehene und Gesehene schildert und vielleicht auch gleich eine kurze Einschätzung der Lage vor Ort gibt.«

Tilda, die Müllers ausufernden Redestil kannte, hatte nicht so früh mit einer direkten Ansprache gerechnet und brauchte einige Sekunden, um sich zu sortieren. Sie versuchte den Tatort so detailliert wie möglich zu beschreiben, parallel dazu schob Gräberer, der sich bereits mit dem Kriminaldauerdienst kurzgeschlossen hatte, einen Stapel Tatortfotos auf den Tisch, die Sofia Schwarz sogleich an sich nahm und ihrem digitalen Chef vor die Webcam hielt.

Tilda, die auch kurz ihr Gespräch mit den Energiespaziergängerinnen schilderte, ihren Ausflug in den Wald hingegen verschwieg, fand keinen richtigen Schlusspunkt für ihre Ausführungen. »Ähm … und zur, also zur Lage vor Ort, also im Dorf, ich weiß gar nicht so richtig, was Sie damit meinen, Herr Müller, aber vor einigen Stunden war eigentlich noch alles ruhig. Das kann sich allerdings mittlerweile geändert haben, wenn die Nachricht von der Leiche erst mal durchgesickert ist, wird das Geschwätz nicht mehr aufzuhalten sein.« Das Geschwätz war eine unsichtbare Kraft, die sich durch ein abstraktes Kommunikationsnetz bis in die letzten Winkel des Dorfs verbreitete.

Müller nickte zustimmend, ernst und leicht verwackelt. »Bei aller Liebe zur konzentrierten und unaufgeregten Arbeit müssen wir uns auf einen lokalen Ausnahmezustand einstellen. Ich habe gerade schon mit der Kollegin Bardet gesprochen, wir werden uns aus dem Homeoffice gleich im Anschluss an diese Besprechung um eine Pressemitteilung kümmern. Sobald die Meldung online steht, werden die Leitungen glühen. Wir stehen in Kontakt mit der Presseabteilung, ich versuche, das so gut es geht zu koordinieren. Wir verzichten zunächst noch auf einen externen Pressesprecher, ich denke wir sind in der Lage, das als Gruppe zu stemmen. Es kann aber gut sein, dass wir in den kommenden Tagen Unterstützung erhalten. Vielleicht, nein, hoffentlich wird das nicht nötig sein. Saubere, konzentrierte Polizeiarbeit. Darin liegt der Schlüssel. Gibt es Vorschläge für den Namen der Sonderkommission?«

»Soko Kreuz? Oder ist das zu geschmacklos?«, schlug Sofia Schwarz unsicher vor.

»Soko Felsen«, meinte Gräberer in einem Tonfall, der seinen Vorschlag als gesetzt untermauerte.

In diesem Moment wurde die Tür aufgerissen.

»Na, da habt ihr es wohl nicht erwarten können, ohne mich anzufangen.«

Tyll. Natürlich. Tildas Laune sackte noch weiter ab. Ins Bodenlose.

Der digitale Müller, dessen Sichtfeld den Neuankömmling augenscheinlich nicht mit einschloss, blickte irritiert in seinem kleinen Quader hin und her. »Was? Wer ist da?«

Tyll schob seinen ungewöhnlich eckigen Schädel vor die Kamera. »Moin, Chef, der Doc hat mir die Freiheit geschenkt.«

»Oh, guten Tag Herr Tyll, das sind ja gute Nachrichten. Wir können jeden zusätzlichen Mann gebrauchen.«

»Na, das kann ich mir vorstellen«, dröhnte Tyll, und Tilda meinte für einen Moment, dass er sie dabei direkt anschaute. Sie wollte endlich raus aus dem stickigen Zimmer. Zurück ins Dorf. An die Arbeit.

»Gut, gut, gut. Wo waren wir stehen geblieben? Ah, Pressemeldung ist abgehakt. Soko Felsen. Abgehakt. Ansonsten würde ich folgende Aufteilung anstreben, bitte korrigieren Sie mich, wenn ich etwas übersehen habe. Die Frau Schwarz würde ich gerne mit der digitalen Recherche beauftragen. Social-Media-Profile des Jungen. Vielleicht bekommen wir sogar einen offiziellen Zugang. Gräberer, ich würde mir wünschen, dass Sie Kontakt zur Familie aufnehmen. Sie haben da das nötige Fingerspitzengefühl.«

Tilda meldete sich per Handzeichen. »Der Georg Pfeiffer, der das Revier auf dem Dorf leitet, der hat die Nachricht schon der Familie überbracht und auch vorgewarnt, dass wir uns zeitnah bei den Eltern melden werden. Vielleicht kannst du dich mit ihm kurzschließen.«

Gräberer nickte. Müller fror einen Moment lang in einer äußerst ungünstigen Position ein. Wieder verflüssigt sprach er weiter. »Tyll und Driller, ihr befragt bitte alle Anwohner. Vielleicht gibt es Zeugen. Vielleicht hat jemand was gesehen. Was gehört. Klassisches Klinkenputzen.«

Tyll grunzte verächtlich. »Ich hoffe, dass ich das Dorfvolk überhaupt verstehe.«

Tildas Unterlippe brannte wie Feuer. So sehr sie darum kämpfte, ihren schwäbischen Dialekt im Berufsleben im Zaum zu halten (was ihr mal besser, mal schlechter gelang), so peinlich empfand sie Dialekt-Shaming von Zugezogenen. Sie schluckte ihren Kommentar hinunter, zumal ihr Vorgesetzter nun zu ihrer Aufgabe kam.

»Frau Marder, mir wäre es recht, wenn Sie gleich heute Mittag in der Geschwister-Scholl-Schule vorbeigehen könnten. Einerseits können Sie mit den Lehrkörpern besprechen, wie sie mit der Todesmeldung umgehen sollen, andererseits ist es sehr wichtig, dass wir uns sowohl über die schulischen Leistungen als auch über das soziale Netz unseres Opfers informieren. Und von unserem Team sind Sie ja am nächsten an der Generation dran.«

»Ich bin 34, Herr Müller. Ich hab absolut keinen Plan, was bei den Kids heute abgeht. Ich habe nicht mal einen TikTok-Account.«

»Und ich bin 54 und weiß nicht mal was, Tikkitakki ist.« Typischer Müller. Humor war, wenn man trotzdem lachte.

Tilda lenkte ein: »Ja, ich verstehe. Ich kümmere mich gern um die Schule, ich war selbst auf der Geschwister-Scholl.«

Tyll funkelte sie von der Seite aus an.

»Na, dann hoffen wir mal, dass der Besuch keine Panikattacke auslöst«, sagte er mit einem schneidenden Tonfall.

Tilda fuhr es eiskalt durch den Körper. Ihr Kopf leuchtete blutrot. »Wieso …? Was willst du damit sagen?«

»Überhaupt nichts. Aber eure Generation lässt sich doch von allem und allen triggern. Ich hab das nicht böse gemeint.«

Trigger. Was war das überhaupt für ein Wort? »Wieso meinst du da überhaupt irgendwas dazu?« Fuck. Sie war getriggert. Natürlich.

»Das war nur ein kleiner Spruch.«

»Ich brauch keinen Spruch von dir.«

Tilda war aufgestanden. Auch Tyll schob seinen Stuhl nach hinten. Herr Müllers abgehacktes Gemurmel bildete nun nichts weiter als ein nichtssagendes Hintergrundrauschen. Tilda zitterte und wusste bereits jetzt, dass sie sich später fürchterlich über sich selbst aufregen würde. Warum hatte sie sich so schnell aus der Fassung bringen lassen?

»Ach, komm schon. Ihr zarten Pflänzchen nehmt immer alles so ernst. Ich wette, unser Opfer hatte auch irgendwelche Problemchen. Mit seiner Identität. Oder seinem Geschlecht.«

»Du bist wirklich widerlich.«

»Und du …« Tyll verstummte.

Gräberer hatte seine Pranke auf dessen Schulter gelegt. »Es ist gut jetzt.« Beide setzten sich wieder.

Tilda schüttelte es. Tyll hatte sie bereits oft provoziert, aber so gezielt hatte er sie noch nie getroffen. Er hatte gespürt, wie sehr ihr der Tag heute zugesetzt hatte. Er hatte es gerochen. Gesehen. So ein Schwein. Widerlich.

Herr Müller beruhigte die Situation gekonnt. »Wir dürfen die Nerven nicht verlieren, auch wenn die natürlich bei jedem von uns zum Zerreißen gespannt sind. Ich würde sagen, wir schwärmen jetzt gleich aus. Die Aufgaben sind ja so weit klar. Ich würde die morgige Sitzung noch mal auf den Mittag schieben, es sei denn, es passiert etwas Unvorhergesehenes. Dann wissen wir vielleicht schon ein bisschen mehr von der Spurensicherung und der Gerichtsmedizin. Bardet? Hören Sie mich? Vielleicht können Sie die noch abtelefonieren. So weit, so gut, wir sprechen uns morgen. Und denken Sie dran: die berühmten 48 Stunden.« Die meisten Kapitalverbrechen dieser Art wurden in den ersten 48 Stunden gelöst. Die Uhr tickte.

Tilda stürmte mit hochrotem Kopf aus der Sitzung. Sie hatte Gräberer und Sofia Schwarz kurz zugenickt, aber keinerlei Lust bezüglich eines Austauschs verspürt.

Sie schwitzte. Vor Wut. Und Müdigkeit. Und Überforderung.

Es kam ihr vor, als wäre sie seit Tagen auf den Beinen. Ein Tag, zäh wie Kaugummi. Ein Tag, so voll, als hätte er andere Tage gefressen.

Sie brauchte Zucker. Cola. Am Automat zog sie sich eine Flasche braune Brühe und ein Snickers, nein, zwei. Egal! Energie. Irgendwie.

Im Auto atmete sie durch, angelte ihr Handy aus ihrer Hosentasche und las die aufblinkende WhatsApp-Nachricht vor Bardet: *Tyll schafft es sogar, am Tag eines grausamen Mordes den Titel des größten Arschlochs im Landkreis abzustauben.* Tilda lachte laut auf und schickte eine Armada an Lachsmileys als Antwort. Sie hatte schon länger vermutet, dass es ihr Kollege auf sie abgesehen hatte. Daran gab es jetzt keine Zweifel mehr. Er wollte sie aus der Reserve locken, er wollte, dass sie überreagierte, um dann die altbekannte Karte der hysterischen Frau auszuspielen. Er wollte sie als unprofessionelles Nervenbündel zeigen, das mit einem derart brutalen Fall nicht zurechtkam.

Aber den Gefallen würde sie ihm nicht tun.

Im Übrigen war Tylls Einschätzung, insofern er sie überhaupt ernst gemeint hatte, falsch gewesen, zumindest was die Geschwister-Scholl-Realschule anging. Sie hatte ihre Schulzeit dort wirklich gemocht, was größtenteils an ihrem großen Freundeskreis gelegen hatte, da praktisch ihre gesamte Handballmannschaft diese Schule besucht hatte. Anders ausgesehen hatte es auf dem Gymnasium in der Kreisstadt, auf das sie ihre Eltern zunächst geschickt hatten. Sie musste jeden Morgen um 5 Uhr aufstehen, um den Bus zu erwischen, der sie zum Zug brachte, der Richtung Kreisstadt fuhr. Eineinhalb Stunden pendeln. Hin und zurück. Jeden Tag. Im Gymnasium war sie als Dorfdeppin abgestempelt worden, dafür hatte schon das umgenähte Kommunionkleid gereicht, in das sie ihre Mutter am ersten Schultag dort gesteckt hatte. Zu allem Überfluss war sie auch noch umgekippt, weil ihr das Kleid viel zu eng gewesen war. Nach diesem Fiasko hatte sie keinen Anschluss gefunden, weder sozial noch im Unterricht. Speziell in Französisch, das ihre Mutter als erste Fremdsprache ausgewählt hatte, und in Mathe bekam sie keinen Fuß auf den Boden. In der Pause stand sie alleine da, und sie sprach kaum ein Wort, abgesehen von dem Stottern, das sie von sich gab, wenn ein Lehrer sie aufrief. Sie entwickelte einen Tick, bei dem sie ihre Haare so lange zu einem Büschel verdrehte, bis sie ausrissen. Schon bald lichteten sich mehrere Stellen auf ihrem Kopf, als würde sie unter kreisrundem Haarausfall leiden. Sie versteckte die Stellen unter Mützen, und das Gelächter, das immer dann aufbrandete, wenn ihre Lehrer sie zwangen, die Kopfbedeckungen auszuziehen, hörte sie heute noch. Als sie die sechste Klasse wiederholen sollte, war es ihre Großmutter gewesen, die lautstark intervenierte.

»Ihr quält das Kind! Die Tilda ist nicht mehr dieselbe. Die bekommt das Maul ja nicht mehr auf. Schickt sie doch einfach hier auf die Realschule, da kann sie wenigstens mithalten.« Nach langen Diskussionen, denen Tilda meistens starr geradeaus schauend beiwohnte, hatten ihre Eltern ein Einsehen gehabt.

Auf der Realschule war alles besser geworden. Bereits zwei Wochen nach Schuljahresstart fragte Anna, ob sie nicht mit ins Handballtraining kommen wollte. Tilda wollte. Und Tilda war gut. Ein Naturtalent. Oder so. Ein paar Monate später war sie Teil der wuseligen Handballerinnen-Clique, zu der auch Antonia und Karla gehörten, und nach einem Jahr der zähen Eingewöhnungsphase war sie eine der Stufenbesten. Am Ende machte sie ihren Abschluss mit Auszeichnung und holte das Abitur am Technischen Gymnasium nach. Erst dort holten sie die Ticks und die Angst wieder ein. Schleichend.

Tilda schüttelte sich und kehrte in die Gegenwart zurück. Sie googelte die Telefonnummer der Realschule.

»Geschwister-Scholl-Schule, Schnack am Apparat.«

»Guten Tag, Frau Schnack, Marder von der Kriminalpolizei. Ist die Frau Fug zu sprechen?« Frau Fug hatte zu ihrer Zeit Naturwissenschaften unterrichtet und war kurz nach Tildas Abgang zur Rektorin befördert worden.

»Tilda, bist du das? Wir haben uns schon gefragt, wann ihr euch bei uns meldet. Die Frau Fug ist da, ich stell dich durch.«

Aus dem Hörer erklang einige Sekunden lang »Für Elise« als Wartemelodie, die abrupt vom abgehobenen Hörer abgebrochen wurde. Die Rektorin hatte wirklich auf den Anruf gewartet.

»Endlich. Endlich ruft ihr an.«

»Hallo, Frau Fug, mein Name ist Tilda Marder, vielleicht erin…«

»Natürlich erinnere ich mich, Tilda, haben Sie etwa vergessen, dass wir damals gemeinsam das Oberschulamtsfinale gewonnen haben?«

Stimmt, Frau Fug hatte die Schulhandballmannschaft betreut, obwohl sie von Handball nicht viel verstanden hatte. »Das würde ich nie vergessen, Frau Fug.«

»Ich hatte zuletzt über ein Treffen der damaligen Mannschaft nachgedacht. Um den Kindern ein wenig Motivation zu geben. Hach, das wäre ein so viel schönerer Anlass eines Wiedersehens gewesen.«

Tilda schluckte. Jetzt musste sie über den toten Schüler sprechen. »Frau Fug, Sie haben offensichtlich schon mitbekommen, dass wir heute Morgen die Leiche Ihres Schülers Peter Ostrach gefunden haben und wir momentan von einem Gewaltverbrechen ausgehen müssen.«

»Ihr seid euch da sicher, oder?«

Etwas im Tonfall der Rektorin irritierte Tilda. »Wie meinen Sie das? Ob wir uns sicher sind?«

»Ist er wirklich ermordet worden?«

»Um das ganz sicher zu wissen, müssen wir den Obduktionsbericht abwarten. Aber es spricht sehr viel dafür.«

»Wissen Sie, wir haben uns im Kollegium zuletzt große

Sorgen gemacht. Wir hatten schon vor der Coronakrise einen extremen Anstieg an psychischen Problemen unter den Schülern. Dabei waren wir doch immer eine friedliche Insel. Wir sind deshalb nicht mehr drum herum gekommen, eine Schulsozialarbeiterin einzustellen. Das gab es zu eurer Zeit noch nicht.«

Aus dem Stegreif fielen Tilda mindestens fünf Fälle aus ihrem näheren Umfeld ein, für die ein entsprechendes Auffangbecken in der Schulzeit überlebenswichtig gewesen wäre. Trotzdem sagte sie: »Nein, die Zeiten haben sich da geändert.«

Wieder die ändernden Zeiten. Schon das zweite Mal heute. Nirgends wurde so oft über sie gesprochen wie auf dem Dorf.

»Ich will ehrlich sein, Tilda. Der Druck in den letzten Jahren war für mich als Rektorin kaum mehr auszuhalten. Vielleicht bin ich auch nicht dafür gemacht. Ich hab mich damals halt auf die Stelle beworben, weil die so lange unbesetzt war. Einer musste es doch machen. Ich hatte zuletzt richtig Angst um unsere Schüler und Schülerinnen. Extreme Angst. Angst davor, dass sie diese Zeit nicht überstehen. Psychisch. Ich war mir sicher, dass dieser Tag kommen würde, an dem ich die Kriminalpolizei am Telefon habe. Aber ich dachte nicht … Also, ich dachte …«

Sie hatte an Suizid gedacht. Tilda wünschte sich, sie wäre in der Lage, angemessen darauf zu reagieren. Doch sie schluckte nur erstickt vor sich hin, bis sich Frau Fug wieder gefangen hatte.

»Nun ja, jetzt ist es so gekommen. Ich hoffe nur, dass der Täter keiner unserer Schüler war. Aber wer dann? Auf wen hofft man da? Oje, Tilda, es tut mir leid, ich bin ein wenig durcheinander.«

»Keine Sorge, ich verstehe das!«, antwortete Tilda und sie erinnerte sich daran, dass sie Frau Fug immer gemocht hatte – obwohl sie eine fürchterliche Handballtrainerin gewesen war und Karla die Mannschaft während der Spiele gecoacht hatte.

»Ich kann Ihnen leider Gottes so gut wie gar nichts über den armen Jungen erzählen. Das ist mir wirklich unangenehm, aber ich müsste lügen. Ich musste vorhin erst mal kurz im Jahrbuch nachschlagen, um mir sein Gesicht ins Gedächtnis zu rufen. Ich glaube, ich habe nur einmal mit ihm gesprochen, als man ihn zu mir geschickt hatte, weil er mit einem nassen Tafelschwamm auf eine Mitschülerin gezielt und dann den Herrn Brinkmann im Gesicht getroffen hatte.«

Tilda konnte sich ein Grinsen nicht verkneifen. Brinkmann hatte schon zu ihrer Schulzeit unterrichtet. Ein stocksteifer Besenstiel von einem Menschen, sowohl körperlich als auch charakterlich. »Also war Peter Ostrach kein auffälliger Schüler?«

»Wir unterrichten momentan mehr als 500 Schüler, ich schaffe es leider partout nicht, den kompletten Überblick zu behalten. Aber ja, falls er ein wirklicher Überflieger oder ein absoluter Chaot gewesen wäre, dann wäre er mir sicherlich ein Begriff gewesen. Ich habe vorhin schon die Kollegen im Lehrerzimmer befragt. Unser junger Kollege Distelmeyer, der bei uns Musik unterrichtet und sich um die Theater-AG kümmert, hatte wohl einen sehr guten Draht zu dem Jungen. Die stecken mitten in den Proben für die große Endjahresaufführung, also wenn wir die jetzt überhaupt noch durchführen können, jedenfalls ist er deshalb heute bis spätabends in der Schule. Er ist vorgewarnt, Sie können im Musikraum mit ihm sprechen.«

»Ah, das ist ja super! Ich werde so in einer halben Stunde bei Ihnen aufkreuzen.«

»Dann schicke ich kurz die Frau Schnack runter. Sie finden ja den Eingang noch?«

»Wenn ihr nicht umgebaut habt, bestimmt.«

»Ach, Tilda, oberflächlich ist alles beim Alten. Ich weiß allerdings nicht, ob das für eine Schule gut oder schlecht ist.«

»Wissen Sie schon, wie Sie mit der Nachricht umgehen werden?«, fragte Tilda vorsichtig.

»Ich habe gerade eine Mail verschickt. Wir werden uns morgen in der ersten Stunde mit allen Klassen in der Aula treffen und dann werde ich die Nachricht, die bis dahin ohnehin alle kennen, verkünden. Danach machen wir zwei Stunden Klassenlehrer-Unterricht, in denen offen darüber gesprochen wird. Ich hoffe nur, dass das alle Kollegen und Kolleginnen tatsächlich durchziehen werden.«

»Das klingt jetzt ziemlich unpassend, aber wenn sich jemand besonders auffällig verhält, wäre ich Ihnen sehr dankbar, wenn Sie mir das weitergeben. Ich würde das natürlich vertraulich behandeln.«

»Damit habe ich meine Schwierigkeiten, liebe Tilda. Wo ziehen wir da die Grenze? Aber ich werde versuchen, eure Arbeit so gut es geht zu unterstützen.«

»Perfekt! Vielen Dank für das nette Gespräch. Auch unter diesen Umständen.«

»Das kann ich nur zurückgeben. Ach, und Tilda, eine Sache noch: Ich bin stolz auf Sie. Hätte ich wetten müssen, ich hätte Sie wohl eher auf der anderen Seite des Verhörzimmers gesehen.«

Fuck, dachte Tilda, was habe ich falsch gemacht, wenn ausgerechnet meine ehemalige Lehrerin und der Dorfsheriff plötzlich stolz auf mich sind? Das hatte sie schon immer an ihrer Berufswahl gestört. Oft waren es die falschen Menschen, die sie für ihren Weg und ihre Entwicklung bewunderten. Und die richtigen, die konnten sie nicht verstehen. Wie ihre Mutter. Nein, wie ihre ganze Familie. Aber was sagte dies wiederum über die richtigen Leute aus? Und über die falschen?

Als sie so über ihre Mutter sinnierte, nahm sie wie von selbst ihr Handy in die Hand und schrieb ihr eine Nachricht. *Hey! Ich weiß nicht, ob ihr es mitbekommen habt, aber im Dorf gab es einen Mordfall. Ich bin Teil der Sonderkommission und dachte mir, dass es eigentlich geschickt wäre, wenn ich zumindest in den ersten Tagen bei euch pennen könnte. Wäre das in Ordnung?* Kusssmiley.

Sie saß immer noch im Auto auf dem Parkplatz, als die Antwort ihrer Mutter einging.

Alles klar, super. Freuen uns. Ich mache gleich das Bett. Wann kommst du? Wegen essen.

Beinahe hinter jedes Wort hatte ihre Mutter unpassende Emojis gepresst, sodass sich fast ein surrealer Zeichencode ergab. Tilda hasste es, wenn Menschen Sätze schrieben wie »Freuen uns!« und auf das Subjekt verzichteten. Sie hatte es noch nie jemanden gesagt, weil sie selbst in ihren Nachrichten viele Fehler machte und diese wiederum überhaupt nicht schlimm fand. Das mütterliche »Freuen uns!« in Kombination mit der direkten Frage nach ihrer Ankunftszeit nervte sie aber jetzt so sehr, dass sie sich zunächst dazu entschloss, nicht zu antworten, nur um sich dann über sich selbst aufzuregen und doch nach dem Handy zu greifen.

Hey, Mama, freue mich auch. Danke! Ich kann nicht genau sagen, bis wann ich komme, aber spätestens um 22 Uhr. Daumen-nach-oben-Smiley. Das war ein Richtwert, ein grober, aber vielleicht konnte eine solch versöhnliche Nachricht den unvermeidbaren Konflikt, der in den kommenden Tagen auf sie zurollen würde, ja noch ein wenig abfedern.

Tilda fuhr los, über die Straße, die sie wohl so oft gefahren war wie keine andere. Dieser Weg hatte sich ihr eingebrannt. Früher als Kind, da hatte sie die Augen geschlossen, um die Strecke vor ihrem inneren Augen nachzuvollziehen. Sie hatte die Kurven ins Gedächtnis eingespeichert, die Art, wie sich ihr Körper an den Autositz schmiegte, an welchen Stellen ihre Mutter, denn meistens war es ihre Mutter, mit der sie zum Einkaufen oder zu ihren Freundinnen gefahren war, beschleunigte. Sie merkte sich die Steigungen und das Gefälle. Die Ampeln und Ortsdurchfahrten. Einmal hätte ihre Mutter beinahe eine Rentnerin überfahren, die circa 20 Meter vor einem Fußgängerüberweg blindlings auf die Straße getreten war. Das abrupte Bremsen hatte Tilda aus ihrer Gedankenwelt gerissen und sie dermaßen durchgeschüttelt, dass ihr Hausarzt später eine Gehirnerschütterung feststellte. An anderen Tagen, da stellte sie sich vor, dass ihr Auto von einem gigantischen Fantasiehund begleitet wurde, der um sie herumtollte, Kunststücke vollführte, von Baum zu Baum sprang und auf den Leitungen und Strommasten balancierte. Auch jetzt, da sie selber lenkte, tauchte er wieder auf, wie von selbst. Er wartete hechelnd vor dem Waldstück, das es zu durchqueren galt und in dem es seit jeher keinen Handyempfang gab und niemals geben würde. Auch der Hund war älter geworden. Er hatte den Wahnsinn der Kindertage hinter sich gelassen und trottete nun mehr oder weniger gemütlich neben ihrem Auto her. Und während Tilda einige Minuten später auf den Schulparkplatz einbog, dachte sie an all die Jahre, die sie hier verbracht hatte. Im Dorf. In der Schule. Und an all die Jahre, die sie dieser Gegend entflohen war. Und doch, das führte ihr der Geisterhund, der sich jetzt auflöste, vor Augen, war dies der Platz, an den sie gehörte. An dem sie vollständig legitimiert war. Auch wenn sie nie ganz hierher gepasst hatte. Besser passte sie nirgends hin. Nur hier begegnete sie den Schatten ihrer Vergangenheit. Manche bestanden aus Fleisch und Blut. Manche aus reiner Fantasie. Manche aus Worten, die man nur verstand, wenn man sie von klein auf gehört hatte. Hier konnte sie ihre eigene Geschichte nachvollziehen. Nachfühlen. Hier war sie selbst präsent. Verwurzelt. Verwachsen.

Die Schule hatte sich äußerlich tatsächlich kaum verändert. Vor einigen Jahren hatte die Gemeinde über eine Komplettrenovierung nachgedacht, die schlussendlich aufgrund einiger geburtenschwacher Jahrgänge verschoben worden war. Zu diesem Zeitpunkt war die Frage aufgekommen, wie lange eine Dorfrealschule überhaupt noch notwendig war. Es war ohnehin schon ein Kampf, fähige Lehrer und Lehrerinnen aufs Land zu locken. Fächer wie Sport und Kunst wurden längst von Quereinsteigern übernommen, ohne die ein normaler Unterricht gar nicht mehr möglich war. Mittlerweile hatte sich die Geburtenrate wieder eingependelt. Und auch das Lehrerzimmer war wieder gut gefüllt, zumindest wenn es nach Tildas Mutter ging, auf die in Sachen Dorftratsch aber für gewöhnlich Verlass war. Tilda stieg aus ihrem Wagen aus und konnte nicht anders, als zunächst den kleinen Skulpturenpark vor der Schule aufzusuchen, in dem sich die jeweiligen Abschlussjahrgänge verewigten. Obwohl es mittlerweile fast 20 Jahre her war, erinnerte sie sich deutlich an die aufgescheuchten Diskussionen rund um das Abschlussmotto, bei dem sich schließlich die extrovertierten Nerds durchgesetzt hatten: »Das Wars«, eine etwas holprige Reminiszenz an Star Wars, war schlussendlich auf die Abschlusszeitung und die Abschlussshirts gedruckt worden. Gemeinsam mit einem lokalen Bauunternehmer, dessen Sohn Martin ebenfalls zur Abschlussklasse gehörte, hatten sie zudem einen aus Beton geformter Darth-Vader-Kopf auf dem Schulhof verankert. Tilda fühlte sich ein wenig an einen Friedhof erinnert, wie sie da zwischen den Denkmälern hindurchschritt und liebevoll über den Darth-Vader-Kopf strich, von dem längst die schwarze Farbe abgeblättert war und der an den betongrauen Stellen über und über mit aufgemalten Penissen verziert war. Als Tilda sich aus den Erinnerungen löste, durchfuhr sie plötzlich ein eiskalter Schauder.

Da, zwischen all den ungelenken Monumenten, stand Peter Ostrach. Ohne Kreuz. Und ohne Blut. Ohne den ganzen Horror. Als Mensch. Als Jugendlicher, der sein ganzes Leben noch vor sich hatte. Peter Ostrach, der sich genau hier in ein paar Monaten ebenfalls mit seinen Mitschülern und Mitschülerinnen verewigt hätte. Da stand er, so durchsichtig wie ihr Fantasiehund, und rauchte eine der selbstgedrehten Zigaretten, die ihm Ärger mit seinen Eltern eingebracht hatten. Tilda schämte sich, weil sie keine Sekunde an den Menschen hinter dem Mord gedacht hatte. Weil sie sich direkt in ihre Arbeit gestürzt hatte, ohne auch nur eine Sekunde darüber nachzudenken, was dieser Mord bedeutete.

Peter Ostrach war fast noch ein Kind gewesen. 16 Jahre alt, das wusste sie inzwischen. Das ist kein Alter. Mit 16 hatte sie Pokémon auf dem Gameboy gespielt und Rotz und Wasser geheult, wenn sie ein Handballspiel verloren hatte. Mit 16 hatte sie sich erstmals als echter Mensch gefühlt, als jemand mit eigenem Charakter und eigenen Zielen, als jemand, der sich herauslösen möchte aus all den Zwängen, die das Heranwachsen mit sich bringt. 16, das war der eigentliche Startpunkt. Das eigentliche Geburtsjahr. Bis dahin gehörte man seinen Eltern, so hatte es Tilda empfunden. Und Peter Ostrach, über den sie zu diesem Zeitpunkt noch nichts wussten, rein gar nichts, der nicht mehr war als ein Name, den man dem stinknormalen Teenagerleben entrissen und zur Hauptfigur eines grausamen Mordfalls gemacht hatte, war gerade erst geboren worden. Seine Ziele und Träume waren heute zerschellt. Sie würde ihn treffen können als diesen Abdruck, den sie sich jetzt zusammenfantasierte, der die Kippe wegwarf und sich auflöste wie kurz zuvor der Fantasiehund. Es war ihre Pflicht, diesen Fall zu lösen. Für diesen Jungen. Für dieses Leben, das nie gelebt werden würde.

»Hey du, was machst du da?«

Tilda schreckte aus ihren Gedanken auf. Sie fuhr herum.

»Wieso guckst du so komisch?«

Vor ihr stand ein kleines Mädchen. Sie hatte zu zwei Zöpfen gebundene rabenschwarze Haare.

»Ich … ähm, ich war auch mal auf dieser Schule und daran habe ich mich gerade erinnert.«

»Ah. Und warst du gut in der Schule?«

»In manchen Fächern ja, in anderen nicht wirklich.«

»Ich bin in allen Fächern gut.«

»Das ist ja … Also, das ist super.«

»Mein Papa sagt, ich bin seine Alleskönnerin. Nur in Deutsch bin ich sehr schlecht.«

»Ich dachte, du bist in allen Fächern super?« Tilda grinste wegen des offensichtlichen Widerspruchs.

»Wie heißt du?«

»Tilda. Und du?«

»Bist du eine Lehrerin?«

»Nein. Ich bin … ähm …«

»Schade, ich hätte dich gerne als Lehrerin.«

»Wieso?«

»Du siehst interessant aus.«

»Das ist … ähm, also, das ist sehr nett.« Tilda blickte sich um. Es waren keine Eltern in Sicht.

»Würdest du mir eine schlechte Note geben?« Das Mädchen musterte Tilda mit strengem Blick.

»Nein. Also. Nein, ich denke nicht.«

Das Mädchen umarmte sie unvermittelt auf Bauchhöhe. Tilda tätschelte der Kleinen etwas hilflos den Rücken und schob sie dann vorsichtig von sich weg.

»Und was machst du noch hier?«, fragte sie das Mädchen. »Die Schule ist doch schon eine ganze Weile aus, oder?«

»Ich warte auf meinen Papa.«

»Oh. Wie lange wartest du denn schon?«

»Seit zwei Stunden?«

»Bist du sicher, dass er dich nicht vergessen hat?«

»Nein. Er kommt immer. Er hat es mir versprochen.«

»Okay. Hast du mal bei ihm angerufen?«

»Das geht doch nicht. Er darf beim Arbeiten nicht telefonieren. Sein Chef wird sonst wütend.«

»Willst du vielleicht mal im Sekretariat nachfragen?«, fragte Tilda, der das alles ein wenig unverantwortlich vorkam.

»Ne, ne. Keine Sorge, er kommt immer. Und jetzt muss ich weiterspielen.«

»Was spielst du denn?«

»Geheim.«

»Okay. Also dann tschüss.«

»Willst du gar nicht wissen, wie ich heiße?«

»Ich hab dich doch vorhin danach gefragt.«

»Ich heiße Laiba. Das ist ein schöner Name«, erklärte das Mädchen stolz.

»Das finde ich auch.«

»Also, tschüss.«

Dann rannte Laiba einfach los. Querfeldein. Tilda blieb verdattert zurück. Was war das denn? Sie schüttelte sich und brauchte einige Sekunden, um sich zu orientieren.

Der Musiksaal befand sich im Keller. Das Schulhaus war nahezu ausgestorben. Am anderen Ende der Eingangshalle entdeckte Tilda den Umriss des Hausmeisters, der eine Art Laubbläser wie eine futuristische Schusswaffe aus einem Science-Fiction-Spiel hinter sich herschleppte. Wieso brauchte er das Monstrum im Frühling? Durch die offenstehende Tür eines Schülerklos sah sie einen hin und her wischenden Besen. Der Ort kam ihr nun doch merkwürdig fremd vor. So unglamourös. So normal. So kalt. Keine aufpoppenden Erinnerungen, nur Oberflächen. Sie war diesem Ort entwachsen, ganz offiziell. Und eigentlich hatte sie hier nichts mehr zu suchen, das spürte sie. Es war nicht ihre Geschichte, die es hier zu klären galt.

Der Musiksaal war generalüberholt worden. Zu Tildas Schulzeit war er mit einem grünblauen Teppichboden überzogen gewesen, auf dem Jahre und Jahrzehnte in Form von ausgelaufenen Trinkflaschen, Kaugummis und dreckigen Schuhen ihre Spuren hinterlassen hatten. An seiner Stelle betrat Tilda einen Boden in warmer Dielenoptik, der sogar ein wenig knarzte. Das Klavier, das neben der Tafel stand, war unter Garantie noch dasselbe wie früher, genauso wie das überladene Pult. Nur die Person, die dahinter hantierte, war nicht mehr dieselbe. Zu ihrer Zeit hatte die Musiklehrerin Frau Vogler geheißen, eine kleine Person mit massiver Persönlichkeit, die zum Ende jeder Stunde eine zehnminütige Gesangseinlage eingelegt hatte, für die sich die Kinder Lieder aus dem Liederbuch wünschen durften. Frau Vogler hatte dann lauter als die gesamte Klasse gejodelt und es war das Gerücht umgegangen, dass in einer fünften Klasse ein Mädchen unter den Eindrücken dieses akustischen Erlebnisses in einen Heulkrampf ausgebrochen war. Tilda, die schon zu ihrer Schulzeit nicht gerne gesungen hatte, war vor allem von der Ausdauer der schrillen Musiklehrerin überrascht gewesen.

»Ich meine, sie singt in jeder Stunde mit uns! Und sie hat mindestens acht Klassen. Das bedeutet, dass sie pro Woche achtmal dieselben alten Udo-Jürgens-Schinken singt. Und sie steht kurz vor der Pension, also macht sie das wahrscheinlich schon seit 40 Jahren. 40 Jahre! Das muss wirklich Liebe sein«, hatte sie einst zu ihrer Freundin Antonia in der Raucherecke gesagt, und gemeinsam hatten sie ausgerechnet, wie viel Lebenszeit Frau Vogler mit diesen Gesangseinlagen versungen hatte. Doch mittlerweile hatte selbst Frau Vogler ihr letztes »Über den Wolken« geträllert.

Hinter dem Pult saß ein schlaksiger Typ mit Vollbart und Hornbrille. Er trug ein ausgeleiertes Jeanshemd, eine ausgeleierte Leinenhose und ausgeleierte Chucks. Abziehbild Hipster, zumindest optisch. Als er Tilda bemerkte, sprang der Musiklehrer auf und hüpfte ihr entgegen. Beim Handshake vollführte er eine Art ehrfürchtigen Knicks, sodass Tilda sofort erkannte, dass er bislang eher schlechte Erfahrungen mit der Polizei gemacht hatte. Wohl ein Studentenkiffer, dachte sie sich und ärgerte sich sofort über ihr Schubladendenken.

»Hi! Mein Name ist Elias Distelmeyer, ich bin der Musiklehrer.« Seine Stimme war weich. Fast fistelte er.

Tilda war sich sicher, dass er wohl kaum so lautstark irgendwelche Schlager schmettern würde wie seine Vorgängerin. »Hey, ich bin Tilda Marder von der Kriminalpolizei.«

»Wollen Sie etwas trinken? Ich habe allerdings ... nur Leitungswasser. Und den Kamillentee, den ich heute Morgen gemacht habe.« Er wirkte nervös.

»Nein, danke, alles gut.« Sie hasste diesen Ausdruck. »Alles gut!« Sie empfand ihn entweder als nichtssagend oder als passiv-aggressiv. Und trotzdem hatte sie ihn sich angewöhnt. Distelmeyer stellte ihr einen Stuhl an sein Pult, hinter dem er wieder Platz nahm, und sofort fühlte sie sich wie eine Schülerin.

»Herr Distelmeyer, von Ihrer Chefin weiß ich, dass Sie einen guten Draht zu Peter Ostrach hatten. Es ist sicher nicht leicht für Sie, aber wir müssen uns schnellstmöglich ein Bild von ihm machen. Ich hoffe, Sie verstehen das?«

»Selbstverständlich, alles was Sie brauchen. Dafür bin ich hier. Aber ... darf ich Ihnen vielleicht direkt eine Frage stellen? Ich weiß noch gar nichts, außer dass ... also abgesehen davon ... ich meine ... dass der Peter gewaltsam zu Tode gekommen ist. Unsere Rektorin hat da ein wenig um den heißen Brei herum geredet, bedeutet das ...?«

»Es bedeutet leider, dass Peter getötet worden ist. Ich erspare Ihnen die Details und darf Ihnen aktuell ohnehin nicht allzu viel sagen.«

Distelmeyer sackte auf seinem Stuhl regelrecht zusammen. Er starrte geradeaus, in die Leere seines Klassenzimmers. »Ich fass es nicht. Gibt es schon irgendwelche …? Gibt es einen Verdacht?«

»Ich kann Ihnen leider nichts dazu sagen. Bislang sind wir vor allem dabei, uns einen Eindruck von Peter zu verschaffen.«

»Ich verstehe.«

»Könnten Sie mir einen kleinen Abriss davon geben, wer Peter war?«

»Selbstverständlich. Ich weiß nicht, was die Frau Fug Ihnen konkret erzählt hat, aber der Peter war noch nicht besonders lange bei uns an der Schule. Ich habe ihn zwei Jahre lang, also nein, eher eineinhalb Jahre lang, in Musik unterrichtet. Und in den ersten Monaten war er total zurückhaltend. Das ist allerdings oft so bei neuen Schülern. Einige wenige wollen sich gleich ihren Platz erstreiten, aber die meisten sind zunächst ruhig. Ich habe recht schnell gemerkt, dass Musik Peters Ding ist. Er hat gleich in der ersten Arbeit eine 1–2 geschrieben oder so, obwohl er den Stoff gar nicht komplett mitgemacht hatte. Wissen Sie, ich bin Quereinsteiger. Ich bin eigentlich Berufsmusiker, ich hab in ein, zwei Bandprojekten gespielt und hatte ein kleines Studio, und ich mach das immer noch, aber es hat halt geldtechnisch nicht gereicht, und ja, die Arbeit als Musiklehrer ist da für mich ein guter Kompromiss.«

Er wirkt abwesend, dachte Tilda, und doch merkwürdig da. Wie ein geteilter Mensch, der jetzt gerade, in diesem Gespräch, mit der Hälfte seiner Gedanken ganz woanders war. Sie kannte das selbst nur zu gut.

»Frau Marder, Sie können mich jederzeit unterbrechen, wenn ich zu weit aushole«, schob Herr Distelmeyer nach.

»Nein, nein, das ist schon gut so.«

69

»Jedenfalls versuche ich in meinem Unterricht vor allem den Kids eine Stütze zu sein, die Musik als Instrument zur Flucht aus dem Alltag nutzen wollen. Die sich vielleicht im Unterricht in den anderen Fächern nicht so richtig wohlfühlen. Das klappt mal besser, mal schlechter. Ich muss natürlich einem Lehrplan folgen, aber ich will einfach auch viel Musik mit den Kids hören. Und Musik machen.«

»Das klingt ziemlich cool«, sagte Tilda und meinte es auch so.

»Hm, ich glaube, das sehen nicht alle meine Kollegen und Kolleginnen so. Aber ich sag mir: Wenn ich nur ein, zwei Kinder pro Jahr wirklich für Musik begeistern kann, dann ist das mehr wert, als wenn pro Klasse zehn Kinder in einer Klassenarbeit einigermaßen gut Noten lesen können – und es nach einem halben Jahr wieder vergessen haben.«

Tilda stellte sich eine Partitur vor und bemerkte, dass sie überhaupt nichts mehr wusste. Halbtöne? Ganztöne? Moll? Dur? Alles weg, alles verflogen. Sorry, Frau Vogler!

»Und ich glaube, der Peter war einer von denen, die ich gekriegt habe«, fuhr der Musiklehrer fort. »Ich leite seit diesem Schuljahr einen alternativen Schulchor, wir covern vor allen Dingen aktuelle Pophits, das gibt immer Ärger, bei jeder Aufführung, wegen den Texten. Die Kids wünschen sich natürlich Rap, und Sie können sich ja vorstellen, was passiert, wenn wir Lieder von Ski Aggu beim Schulfest zum Besten geben.«

Kurz überlegte Tilda, ob sie ein wenig von ihrem Rap-Wissen preisgeben sollte. Zur Legitimation. Doch sie verkniff sich ein Rap-typischen Zwischenruf wie »Sheesh« und nickte zustimmend.

»Wir haben dann außerdem eine Schulband gegründet, mit der wir gar nicht covern, sondern ausschließlich eigene Musik spielen. Das kommt auch nicht so gut an, weil sich ständig Menschen irgendwelche alten Klassiker wünschen. Jedenfalls war Peter unser Schlagzeuger, und was soll ich sagen …? Er war grandios. Wirklich außerordentlich talentiert. Er hatte sicher das Zeug zum professionellen Schlagzeuger. Ich habe zuletzt mit ihm für die Aufnahme in das Jugendorchester geprobt. Er war wirklich eine Naturgewalt.«

»Und charakterlich?«

»Er war ein guter Junge. Das kann man nicht anders sagen. Klar, die Jungs haben zuletzt auch den Punk für sich entdeckt. Nicht nur musikalisch. Und haben sicher am Wochenende ein wenig mit Alkohol und so experimentiert. Das übliche Zeug halt, glaub ich. Nicht, dass ich … egal … Ich meine, er war kein Einserschüler in den meisten Fächern. Im Gegenteil. Aber das ist doch scheißegal – sorry. Er war nett. Wahnsinnig nett. Das sind sie alle, die ganze Truppe. Die ganze Band. Trotzdem haben manche Kollegen und Kolleginnen kein gutes Haar an den Jungs gelassen. Schlampig und asozial wären sie. Und faul. Aber das muss man doch trennen. Die Jungs sind jede Woche hier bei der Bandprobe. Jeden Dienstag nach der Schule. Und im Chor auch. Und ihre eigene Band haben sie auch noch.«

»Ich muss kurz nachfragen«, hakte Tilda ein. »Sie haben mehrfach in der Mehrzahl gesprochen. Wen meinen Sie damit?«

»Oh, das tut mir leid. Die Jungs waren praktisch unzertrennlich. Also, ich hab die halt immer als Quartett wahrgenommen, den Peter und die drei Karasek-Brüder.«

Tilda schreckte auf. Karasek. Ein Name wie ein Martinshorn. Die Familie gehörte seit Jahrzehnten zur Dorfprominenz, machte aber meistens im negativen Sinne von sich reden. Über die Karaseks war auf zahlreichen Familienfeiern im Hause Marder gesprochen worden. Der Großvater der angesprochenen Brüder, ein Saarländer, der nach seiner Kriegsgefangenschaft im Elsass der Liebe wegen im Dorf geblieben war, war ein Raufbold und Tunichtgut gewesen, ein Ochse von einem Menschen, grobschlächtig und laut. Er hatte auf einem unerschlossenen Acker-Grundstück seiner Frau, einer Alteingesessenen, einen Hof gebaut, der bald Weideflächen für Dutzende Rinder, Pferde, Hühner und Schafe geboten hatte. Der Großvater war erfolgreicher Landwirt gewesen. Ohne moderne Technik, unterstützt nur durch Pferde – als stamme er aus einem anderen Jahrhundert. Und ja, jetzt erinnerte Tilda sich. Es gab mehrere verwandtschaftliche Beziehungen, die ihre Familie mit den Karaseks verband. Waren die Großmütter väterlicherseits Basen gewesen? Und was waren Basen überhaupt? Na ja, irgendwie war im Dorf ja doch jeder mit jedem verwandt, zumindest die tief verwurzelten Familien. Sie musste mit ihrer Mutter sprechen, die sie über die Jahre stetig in Sachen Aufstieg und Fall der Familie Karasek auf dem Laufenden gehalten hatte. Der Patriarch war bei einem Erdrutsch im Wald ums Leben gekommen. Nach einem drei Tage andauernden Dauerregen war er allen Warnungen zum Trotz in den Wald gegangen, wo sich ein Hang gelöst und ihn mitsamt seinem Prachtgaul unter sich begraben hatte.

Und so entbrannte ein Streit zwischen den Söhnen Franz und Karl, und nicht nur die Namen verwiesen auf ein großes Drama. Franz, der rechtmäßige Erbe einerseits, unfähig und faul, und Karl, der zweitgeborene ohne direkten Anspruch, aber agil und clever, lieferten sich einen

Schlagabtausch, der das ganze Dorf in Atem hielt. Inklusive Messerstecherei auf der Fasnet, einem brennenden Hühnerstall und in der angrenzenden Donau versenkten Fahrzeugen. Wahrscheinlich würde der Streit bis heute andauern, wäre Franz nicht 1997 bei einem Autounfall ums Leben gekommen. Zu dieser Zeit studierte Karl Bauingenieurwesen in Konstanz. Fortan gehörte ihm, der seine Zelte am See abbrach, der Hof alleine, doch vom Glanz der früheren Jahre war wegen der zurückliegenden Fehde nicht mehr viel übrig. Franz hatte die meisten Tiere verkauft, die wenigen, die noch übrig waren, hatten kaum etwas auf den Rippen, die Wohnhäuser waren heruntergewirtschaftet, die Maschinen verrostet. Über einige Jahre versuchte Karl, der mittlerweile mit einer jungen Verkäuferin aus dem Nachbardorf verheiratet war, den Hof wieder auf Vordermann zu bringen. Doch er scheiterte mit neuen Ideen – und mit alten Ideen, und er scheiterte mit allen Anträgen auf dem Rathaus, dessen Mitarbeiter denkbar schlecht auf den Querulanten zu sprechen waren. Der Frust wuchs und wuchs. Und während seine Frau drei Söhne zur Welt brachte, verfiel er auf der Suche nach neuen Finanzierungsmodellen mehr und mehr der Spielsucht. Zunächst nur selten, heimlich. Versteckt hinter den Ritualen der Dorfgesellschaft. Am Stammtisch, beim Kartenspiel, am Automat. Dann im Internet, im Online-Casino. Hoch und runter. Rund um die Uhr. Er gewann kleine Summen. Verspielte alles. Wurde wütend. Wurde traurig. Wurde ein Schatten.

Seine Frau hielt das nicht lange aus. Und als ihr ältester Sohn elf Jahre alt und in ihrem Verständnis alt genug war, um sich um seine Brüder zu kümmern, verließ sie den Hof und kam nie wieder zurück.

Die drei Söhne, die jeweils ein Jahr Abstand trennte, wurden schon bald zum Dorfgespräch. Es gab kaum ein Telefonat von Tilda mit ihrer Mutter, in dem sie ihr nicht von den Karaseks erzählte. Die Karaseks waren die besten Sportler des Dorfes. Sie dominierten die Fußballmannschaft und die Handballmannschaft. Nach einer knappen Niederlage im Handballderby gegen den Lokalrivalen schlichen sie sich in die Umkleidekabine des Schiedsrichters und pinkelten in seine Schuhe. Als sie davon Wind bekamen, dass am Stammtisch des Ochsens schlecht über ihre Mutter geredet worden war, brachen sie die Autos der Stammtischbrüder auf und füllten sie mit hunderten jungen Fröschen. Als die Flüchtlingskrise einige hundert Geflüchtete in eine Containerstadt vor dem Dorf spülte, bauten sie einen alten Bauwagen auf ihrem Hof zur Spielecke für die Kids um – eine Initiative, die seitens des Landratsamts zunächst verboten worden war, nachdem aber ein überaus positiver Artikel im Lokalblatt erschienen war, sogar mit einer Spielzeugspende unterstützt wurde. Wenn Peter Ostrach mit den Karasek-Brüdern befreundet gewesen war, dann war er für Tilda kein Nobody mehr, kein unbeschriebenes Blatt. Er gehörte zum Gefolge der Dorfprominenz.

»So wie Sie gerade gucken, sind die Jungs Ihnen ein Begriff?«, riss Distelmeyer Tilda aus ihren Gedanken. Was für ein seltsames Gespräch, dachte sie. Beide sind nur so halb da.

»Ja, also nicht direkt. Meine Mutter hat viel von ihnen erzählt.«

»Dann haben Sie unter Garantie ein schlechtes Bild von ihnen. Wie alle.«

»Nein, nicht wirklich. Im Gegenteil. Bei vielen der Geschichten musste ich sogar lachen.«

»Ich bin sicherlich ein wenig parteiisch. Aber die drei sind gute Jungs. Besondere Jungs. Sie haben den Peter als Erste aufgenommen.«

»War das so eine richtige Freundschaft – wir gegen den Rest der Welt?«

»Ich weiß nicht genau, was Sie damit meinen, aber ich glaube schon. Also soweit ich das überblicken konnte. Klar, die Jungs sind auf verschiedene Klassen verteilt, aber die hängen in den Pausen immer miteinander ab. Und hier in den Proben. Sie sind das Herzstück der Band. Aber sie passen nicht hierher. Alle nicht.«

»Wie meinen Sie das?«

»Wenn ich überlege, wie die Jungs wahrgenommen werden, an der Schule, aber auch im Dorf, und wie sie wirklich sind, das ist eine derartige Diskrepanz. Die kann ich mir nur mit Vorurteilen erklären.«

»Inwiefern?« Sie hasste es, wenn sie bei einer Befragung nur knappe Fragen aneinanderreihte, aber sie merkte, dass ihr die Kraft fehlte, sich stärker einzubringen.

»Wegen der Familiengeschichte. Wegen den Frisuren? Die hatten jede Woche frisch gefärbte Haare. Oh, und dann haben sie vor einiger Zeit das *Handpoken* für sich entdeckt.«

»Sie haben sich gegenseitig tätowiert?«, fragte Tilda dazwischen, nicht zuletzt, um deutlich zu machen, dass sie selbstverständlich wusste, was er mit *Handpoken* meinte.

»Und wie!«

»Peter auch?«

»Ich glaube ja, aber nicht so auffällig wie die anderen drei.«

Sie dachte unwillkürlich an die Szene auf den Schmuckfelsen. Sie hatte kein Tattoo wahrgenommen. Was hatte sie noch übersehen? »Ist Ihnen bei Peter oder bei den Jungs allgemein einmal etwas Merkwürdiges aufgefallen?«

»Wie meinen Sie das?«

»Haben die Jungs etwas Ungewöhnliches gesagt? Ihre Verhaltensweise geändert? Solche Dinge.«

»Nicht wirklich. Obwohl, vor einigen Wochen mussten wir zweimal hintereinander die Bandprobe absagen. Das kam sonst nie vor.«

»Aus welchem Anlass?«

»Ich glaube, die Karaseks hatten ein Familientreffen. Ich habe es ehrlicherweise gar nicht hinterfragt.«

»Können Sie mir noch etwas über den Peter erzählen?«

»Ah, es tut mir leid. Ich merke selbst, dass er ein wenig von seinen schillernden Freunden überstrahlt wird. Er war sehr ruhig, aber gerade, wenn es um kreative Entscheidungen ging, da konnte er auch durchaus bestimmt auftreten. Er war kein reiner Mitläufer. Eher ein Mann für die zweite Reihe. So ein typischer Schlagzeuger. Das Rückgrat der Truppe.«

»Das klingt jetzt ein wenig merkwürdig, aber ich frag mal ganz unbestimmt ins Blaue hinein. Wissen Sie, ob sich die Jungs mit Religion oder Okkultismus im weitesten Sinne auseinandergesetzt haben?«

»Nein, wirklich nicht. Ich weiß, dass sie kollektiv aus dem katholischen Religionsunterricht ausgetreten sind und dann stattdessen die Ethikstunden geschwänzt haben.« Er lachte ein trauriges, aber herzliches Lachen. »Oh, eine Kleinigkeit fällt mir noch ein. Der Peter war riesengroßer Fan von Oscar Wildes ›Das Bildnis des Dorian Grey‹.«

Tilda, die früher viel gelesen hatte und seit einiger Zeit versuchte, ihren Podcast-Konsum schrittweise durch Hörbücher zu ersetzen, hatte sich den Klassiker vor gar nicht

allzu langer Zeit auf ihren virtuellen Merkzettel gepackt.
»Echt? Das scheint mir eher ungewöhnlich für einen Teenager.«

»Vielleicht war das so ein Versuch, anders zu sein. Die Jungs lesen viel altes Zeug, um es dann in ihren Lyrics zu verbauen. Aber der Peter hat das Buch wirklich ständig bei sich getragen.«

»Was glauben Sie, wäre ein guter Ansatz, um mehr über ihn herauszufinden?«, fragte Tilda.

»Dafür müssen Sie mit den Karasek-Brüdern sprechen. Und Dorian Grey lesen.«

»Das nehme ich mir fest vor.«

»Frau Marder, können Sie mir zwei Sachen versprechen?« Distelmeyer blickte sie ernst an.

»Schwierig, wenn Sie mich so fragen. Sie wissen ja, wie es sich für Beamte mit den Vorschriften verhält.«

»Ich bin kein Beamter, ich werde jeden Juli über die Sommerferien entlassen.«

»Oh. Also versprechen kann ich jedenfalls nichts.«

»Klar, das ist ja auch nur so eine Floskel. Jedenfalls wäre ich Ihnen wahnsinnig dankbar, wenn Sie erst morgen mit den Karasek-Brüdern sprechen würden.«

»Das hatte ich ohnehin vor.«

»Gut, vielen Dank. Ich möchte nämlich gleich bei ihnen anrufen oder vielleicht sogar auf dem Hof vorbeischauen. Sichergehen, dass sie das Ganze einigermaßen verkraften.«

»Das klingt nach einer sehr guten Idee.«

Distelmeyer, da war sich Tilda jetzt sicher, war ein sehr guter Lehrer. Und sie, das musste sie sich eingestehen, war eine mittelmäßige Kommissarin. Denn ein guter Polizist wäre das Risiko wohl nie eingegangen, dass mutmaßlich wichtige Zeugen vor der Befragung beeinflusst wurden.

Aber Tilda fühlte sich schlicht zu müde, um sich heute noch der Karaseks anzunehmen.

»Und, Frau Marder, ich bitte Sie inständig: Schützen Sie die Jungs.«

»Wovor?«

»Das ganze Dorf wird sie verdächtigen. Und die Polizei auch bald. Es ist immer dasselbe. Das wird eine Hetzjagd. Da bin ich mir sicher.«

Als Tilda die Schule verließ, wurde sie von der grellen Sonne geblendet und erbarmungslose Müdigkeit durchzog ihren Körper. Sie schaute auf die Uhr. Mittlerweile war es 18.30 Uhr. Kurz überlegte sie, ob sie noch etwas tun konnte. Vielleicht noch einmal am Tatort vorbeischauen? Bardet anrufen?

Aber dann entschied sie sich, nach Hause zu fahren. Und mit »nach Hause« meinte sie zu ihren Eltern, jenem Ort also, der dieses Prädikat am ehesten verdiente. Zumindest, wenn sie ehrlich mit sich war. Sie hatte ihren Laptop dabei und würde, sobald sie sich von ihrer Mutter loseisen konnte, ein paar Berichte tippen. Für das Gewissen. Sie blickte auf ihr Smartphone und sah keinerlei Nachrichten. Einerseits beruhigte sie das, andererseits war es auch immer ein kurzer Moment der Enttäuschung, obwohl Tilda ungeheuer schlecht im Antworten war und selbst einfachste Fragen manchmal für Tage oder Wochen unbeantwortet ließ. Sie hasste diese Eigenschaft an sich. Diese Überforderung angesichts von leichten Alltagsaufgaben. Aber sie hatte sich Strategien zurechtgelegt, mithilfe derer es ihr gelang, ein Leben aufrechtzuerhalten, das einigermaßen effektiv ihre eigenen Ängste umschipperte und dabei kaum jemand anderes verletzte. Zumindest meistens.

Als sie ihren Dienstwagen in der Einfahrt ihrer Eltern abstellte, sah sie im Rückspiegel Siggi wild gestikulieren und winken. Siggi hieß eigentlich Sergey und war ihr Nachbar gewesen, solange sie denken konnte. Er war knappe 1,60 Meter groß und hatte die Schultern eines Gewichthebers. Siggi und seine Frau Ludmilla (kurz Lucy) stammten aus Russland und lebten seit nunmehr viereinhalb Jahrzehnten im Dorf. Sie waren integrierter als integriert, sprachen in breitestem Schwäbisch, kombiniert mit elegant rollendem R. Siggi war seit vielen Jahren der Vorstand des Tischtennisclubs, gemeinsam engagierten Lucy und er sich im Hundesportverein. Ihre Hundedame Cindy war ein reinrassiger Russian-Pearl-Großpudel und eine Art Kinderersatz.

»Ja, Tilly, sieht man dich auch mal wieder!«

»Aber klar, Siggi. Wie geht's?«

»Du weißt doch: Schlechte Leut geht's immer gut.«

Siggi hatte ordentlich Kölnisch Wasser aufgetragen, er trug eine verspiegelte Sonnenbrille und ein Unterhemd. Tilda wusste, dass er vor einiger Zeit in den Ruhestand getreten war. Davor hatte er als Schmied bei einem großen Autoteilehersteller gearbeitet.

»Wie ist der Ruhestand?«, fragte Tilda. »Macht ihr es euch gemütlich?«

»Gemütlich? Ha, was glaubst du? Ich hab am Haus immer was zu tun. Wir haben dieses Jahr zum ersten Mal Rhabarber, und dann hab ich beide Balkone renoviert.«

»Du könntest auch mal chillen, Siggi.«

»Schillen? Was isch des?«

»Nichts tun. Füße ausstrecken und in die Luft gucken.«

»Ha, ich bin ja keine Polizistin.« Er lachte hechelnd und knuffte Tilda. Früher hat er sie oft mit Süßigkeiten versorgt, dafür hatte sie ihm später heimlich Zigaretten zugesteckt, die er heimlich beim Gassigehen rauchte.

»Wie geht es der Lucy?«

»Awa, der geht es gut. Sie will mit mir in den Urlaub. Rad fahren auf Mallorca«, sagte Siggi und sein Tonfall verriet, dass er sich mit dieser Idee noch nicht angefreundet hatte.

»Aber nur mit dem E-Bike, oder?«, lachte Tilda.

»Nur mit dem Mercedes, wenn du mich fragst.«

Jetzt lachten sie beide.

»Grüß deine Frau herzlich von mir!«

»Und du deine Eltern.«

»Ciao!«

»Hey, Tilly, hast du vielleicht noch eine?«

»Ich hab eigentlich …« Da fiel ihr die Alibischachtel in ihrer Tasche ein. »Na klar, warte. Kann aber sein, dass die ein bisschen trocken sind.«

»Kein Problem, besser als nass.«

Während sie sich mit der Plastikverpackung der Zigarettenschachtel abmühte, fiel ihr plötzlich eine Frage ein. »Du, Siggi, du bist doch oft mit Cindy im Wald.«

»Klar, meine Mädchen brauchen Auslauf.«

»Ähm, ich hab da letztens so eine Hütte entdeckt. Ich weiß nicht, ob die Kinder gebaut haben. Sie ist jedenfalls ganz schwarz.«

»Ah, ich weiß genau, was du meinst. Da waren wir auch schon. Hat der Cindy überhaupt nicht gefallen.«

»Weißt du zufällig, wer die gebaut hat?«

»Klar, das waren die verrückten Jungs. Die Rothaarigen.«

»Du meinst die Karaseks?«

»Und ob ich die meine!«

Ihre Mutter begrüßte sie mit hochrotem Kopf im Garten, den sie mit der Gewalt eines Schaufelbaggers umgegraben und zurechtgestutzt hatte. Tilda war diese Art der schonungslosen Gärtnerei schon immer zuwider gewesen.

»Mama, wieso hast du wieder die ganzen Rosen so kaputtgeschnitten und den Rasen auf null runterrasiert? Wildwiesen sind so viel besser für die Insekten.«

»Ha, du hast leicht reden, du musst dich ja nicht mit den Wespen und Zecken rumschlagen. Und überhaupt gefällt es mir halt, wenn alles ein bisschen gepflegter ist.«

Tilda musste ein Lachen unterdrücken. Ihre Mutter war das Chaos auf zwei Beinen, sie räumte zwar immer auf, verursachte im Gleichklang aber stets neue Unordnung. Eine Art Perpetuum mobile. »Ehrlich gesagt, glaube ich nicht wirklich, dass dir das gefällt. Das ist eher so eine ›Was sollen die Nachbarn denken?‹-Nummer.«

»Wunderbar, du bist keine fünf Minuten da und schon weiß ich wieder, was mir gefällt und was nicht.«

»Gern geschehen. Wo ist Papa?«

»Wo wohl. Liegt auf dem Balkon und liest. Wie immer.«

Tildas Vater arbeitete im Stadtarchiv der Kreisstadt. Er las während der Arbeit und in seiner Freizeit, er las vor dem Einschlafen und nach dem Aufwachen, er las im Bus und auf dem Klo. Dazwischen hörte er Hörbücher. Tilda wollte gerade im Haus verschwinden, als ihre Mutter sie noch einmal ansprach. »Du könntest mich ruhig ein wenig netter begrüßen.«

»Hi, Mum.«

»Und du weißt, dass mir Denglisch nicht gefällt.«

»Guten Tag, hochehrwürdige Mutter!«

»Viel schöner, trotz des genervten Untertons. Du siehst müde aus. Extrem müde.«

»Ich bin auch müde. Saumüde. Mir wäre es trotzdem recht, wenn du nicht ständig mein Aussehen kommentieren würdest.«

Tildas Mutter verdreht die Augen, und Tilda tat es ihr gleich. Dann lachten sie. Und umarmten sich.

»Ich hab Gemüse-Lasagne gemacht, die können wir gleich gemeinsam essen«, sagte ihre Mutter dann.

»Ich hab doch gesagt, ihr braucht nicht auf mich zu warten.«

»Haben wir aber.«

»Cool, ich hab großen Hunger.«

Tilda betrat ihr Elternhaus. Sie hatte es schon immer gemocht. Weil es so voll war. Voll mit Leben, zumindest damals, als sie gemeinsam mit ihrem Bruder Laurenz den obersten Stock bewohnt hatte. Voll mit den Pflanzen ihrer Mutter. Und den Büchern ihres Vaters. Letztere waren ein andauernder Streitpunkt zwischen ihren Eltern. Ihre Mutter beschwerte sich permanent über die überall gestapelten Schmöker. Sie hatte ihrem Vater einen Ebook-Reader gekauft, den dieser auch nutzte, allerdings eher zusätzlich. Tilda bahnte sich ihren Weg auf den Balkon und spürte hinter sich förmlich die angespannte Präsenz ihrer Mutter, die ihre Gartenschuhe abgestreift hatte und nun in die Küche marschierte.

»Hey, Dad!«, rief Tilda, als sie nach draußen trat.

Ihr Vater schreckte hoch. Er war über der Lektüre von Thomas Pynchons »Gegen den Tag« in seiner Hängematte eingeschlafen. Nach einer kurzen Phase der Orientierung begannen seine Augen zu strahlen, und er schälte sich mühsam aus seiner Lesekoje, um seine Tochter zu umarmen. »Mensch, Tilly, du siehst aber müde aus.«

Bei ihrem Vater störte sie es nicht, wenn er solche Kommentare von sich gab. Warum konnte sie sich selbst nicht erklären.

»Ja, harter Tag. Habt ihr schon was mitbekommen?«

»Nicht wirklich, ein paar Gerüchte. Und ich hab vorhin eure Pressemeldung gelesen.«

»Oh, ist die draußen?«

»Klar, ich habe sie hier auf dem Handy.« Er suchte angestrengt die richtige App. »*Am heutigen Dienstag, 16. April, wurde am Aussichtspunkt Schmuckfelsen die Leiche eines 16-jährigen männlichen Jugendlichen gefunden. Erste Ermittlungen vor Ort sowie die Auffindesituation der Leiche gaben konkrete Hinweise auf ein Tötungsdelikt. Die Motivlage sowie der oder die möglichen Täter sind gegenwärtig noch unbekannt. Die Mordkommission der Polizei Konstanz hat die Ermittlungen übernommen. Journalisten wenden sich bei Rückfragen ...«*

»Ist gut, danke, Papa.«

»Wird nicht mehr als nötig preisgegeben, oder?«

»Ja, das macht man so.«

»Die Lawine wird so oder so nicht aufzuhalten sein.«

»Ich befürchte nicht.«

Ihre Mutter begann damit, den breiten Tisch auf dem Balkon zu decken, und klapperte dabei so auffällig mit dem Besteck, dass es Tilda wie ein Befehl zu helfen vorkam. Ihr Vater hatte es augenscheinlich ebenso aufgefasst, denn sie marschierten im Gänsemarsch in die Küche. Alles wie immer, dachte Tilda. Hier drehte sich alles in denselben Kreisen. Und heute, nach diesem nervenaufreibenden Tag, war ihr das gerade recht. Zehn Minuten später schaufelte sie sich Lasagne auf den Teller. Sie aßen eine Zeitlang stumm, abgesehen von ehrlichen Komplimenten für das dampfende Nudelgericht. Tilda bemerkte, dass sich ihre

Mutter sehr zusammenreißen musste, um nicht loszuplappern. Nachdem Tilda sie nach dem Parmesan gefragt hatte, brach es aus ihr heraus.

»Wer macht so etwas?«

»Es ist mein Job, das herauszufinden.«

»Ja, aber … Oje, mir wird ganz schlecht, wenn ich an die Eltern denke.«

»Ja, schrecklich.« Tilda wusste nicht so richtig, wie sie mit den Emotionen ihrer Mutter umgehen sollte. Sie selbst hatte alles darangesetzt, um genau diese Gedanken wegzuschieben.

Glücklicherweise meldete sich nun ihr Vater gewohnt nüchtern zu Wort. »Habt ihr schon irgendeinen Hinweis?«

»Ne, bisher gar nicht. Das ist gerade alles noch so ein Abtasten. Aber ich glaube, dass wir morgen schon sehr viel weiter sein werden.«

»Werden nicht die meisten Morde innerhalb der ersten Tage gelöst?«

Fuck. Ja. »Irgendwie so, ja. Aber klar, in die Statistik werden ja auch Beziehungstaten aufgenommen, bei denen der Täter auf frischer Tat ertappt wird.«

»Und du glaubst nicht, dass das eine Beziehungstat war?« Tilda hatte sich darüber natürlich bereits den Kopf zerbrochen. Die schiere Wahrscheinlichkeit sprach für eine Beziehungstat. Die Auffindesituation sprach allerdings eine ganz andere Sprache.

»Schwer zu sagen. Ich erspare euch beim Essen die Details und sollte ja so oder so nichts davon erzählen, aber das war alles schon sehr brutal und so ungewöhnlich, dass … also, dass man da einige Fantasie braucht, um sich ein schlüssiges Szenario auszudenken.«

»Tilda, ich sehe das gar nicht gerne, dass du dich mit solchen Fällen herumschlagen musst«, warf ihre Mutter ein. »Gerade bei deiner Vorgeschichte. Ich mache mir riesige Sorgen.«

»Mama, du machst dir immer riesige Sorgen. Egal, um was es geht. Du hast dir Sorgen gemacht, als ich auf die Kunsthochschule ging, du hast dir Sorgen gemacht, als ich Verkehrskontrollen durchgeführt hab.«

»Also entschuldige mal, es ist ja wohl ein Unterschied, ob du einen Job annimmst, in dem es nahezu unmöglich ist, adäquat bezahlt zu werden, oder ob du einen Verrückten jagst, der einem Kind ein Holzkreuz in den Rachen …«

»Ich dachte, du sprichst nicht mehr mit Gisi. War ja klar, dass die nicht lange dichthält.«

»Sie hat mich angerufen, da kann ich ja schlecht auflegen. Vor allem, weil sie auch von dir erzählt hat. Weil du anscheinend so kreidebleich ausgesehen hast. Da macht man sich als Mutter eben seine Gedanken.«

»Mir geht's gut, Mama, wirklich. Ich kann damit umgehen. Und das hat auch nichts mit meiner gesundheitlichen Vorgeschichte zu tun. Ich bin stabil, sonst könnte und dürfte ich diesen Job nicht machen.«

»Und wenn es dich wieder aus der Bahn wirft? Dann kann ich dich wieder gesund pflegen.«

Tilda merkte, dass die Wut in ihr hochkochte, aber sie vermied es aus Prinzip, sich auf die Zunge zu beißen. »Erstens, noch einmal für dich: Ich bin stabil. Zweitens: Wenn das deine einzige Sorge ist, dass du dich um deine Tochter kümmern musst, wenn es ihr schlecht geht …«

»Das habe ich nicht gesagt.«

»Du hast genau das gesagt.«

»Ruhe jetzt.« Tildas Vater stellte sein Weizenglas lautstark auf den Tisch. »Tilly, ich geb deiner Mutter recht, du musst auf dich aufpassen. Aber das weißt du ja. Besser als wir.«

»Andere Eltern wären stolz, wenn ihre Tochter in so einem Fall ermitteln würde«, meinte Tilda und bereute es sogleich.

»Wir sind sogar sehr stolz auf dich«, stellte ihr Vater klar.

»Aber es ist auch aufwühlend. Gerade hier. Wenn von so einem Mord nicht nur im Tatort oder bei Aktenzeichen XY erzählt wird, sondern er vor der Haustür passiert ist. Und dann kennst du noch das Opfer und deine Tochter ermittelt.«

»Moment, ihr habt Peter gekannt?«

»Gekannt ist vielleicht zu viel gesagt, aber er hat Zeitungen ausgetragen. Und du kennst ja deine Mutter, die hat ihn natürlich direkt angesprochen.«

»Wem gehörst du denn?« Tilda gab die schwäbische Floskel wieder, die ihre Mutter garantiert dem Peter entgegengeworfen hatte.

»Das war ein richtig netter junger Mann«, schaltete sich ihre Mutter wieder ein. »Der hat sich so … hm … gestelzt ausgedrückt.«

»Du meinst, er hat Hochdeutsch geredet.« Hochdeutsch war in Tildas Familie stets ein Marker für Menschen gewesen, die sich besonders wichtig nahmen.

»Nein, das mein ich nicht. Aber er hatte so eine merkwürdige Aura.«

»Mum, bei dir hat doch jeder eine merkwürdige Aura.«

»Und morgen wird er selbst in der Zeitung stehen. Ich frage mich, ob die so schnell einen neuen Austräger finden. Der Peter hat das ja immer vor der Schule gemacht.«

»Das ist das kleinste Problem.«

»Ich mein doch nur – was für eine Lücke so ein Mensch reißt. Es ist eine einzige Tragödie.«

Tilda wusste nicht so richtig, was sie darauf erwidern sollte. Sie hatte sich angewöhnt, in solchen Momenten einfach nichts zu sagen. Ihre Mutter schien das gar nicht zu bemerken und plapperte weiter. Ihr Vater, der sich bei derart emotionalen Gesprächen oft ausklinkte, schaute stur gerade aus.

»Kinder sollten nicht sterben«, sagte ihre Mutter jetzt. »Unter keinen Umständen.«

»Hm, ja. Scheiße!« Was sollte Tilda auch sonst sagen.

»Ich hab überlegt, wann zuletzt ein Kind hier im Dorf gestorben ist. Und ob ihr es glaubt oder nicht: Auch beim letzten Mal haben die Schmuckfelsen eine Rolle gespielt.«

Tilda verschluckte sich beinahe an ihrer Lasagne.

»Was? Wie bitte?«

»Das ist ewig her. Und ich hab dir die Geschichte sicher schon hundertmal erzählt.«

»Weißt du, Mama, vielleicht habe ich dir nicht immer hundertprozentig zugehört.«

»Oh Gott, ich bin froh, dass du kein Teenager mehr bist.«

»Mum, die Schmuckfelsen.«

»Ich war damals vielleicht zwölf oder elf Jahre alt«, erzählte Tildas Mutter. »Vielleicht auch jünger. Ich weiß es nicht mehr. Jedenfalls war gerade Dorffest. Das war früher nicht so groß wie heute. Keine Festzelte, kein Rummel. Es gab aber ein Karussell. Dort bin ich mit der versammelten Dorfjugend herumgestanden. Du kannst dir ja vorstellen, wie aufgetakelt wir waren. Mit Dauerwelle und Jeansjacke. Obwohl, zu der Zeit hatte ich wahrscheinlich noch kurze Haare. Oma war ja recht streng, wenn es um Mode ging.«

»Können wir vielleicht ein wenig zielgerichteter auf den Punkt kommen?« Tildas Mutter war die Königin des Abschweifens.

»Es gab damals ein Mädchen im Ort, die Gertrud, die war anders. Also anders anders. Ich war auch anders, vor allem später, aber Gertrud war ... also, das kann man heute kaum mehr in Worte fassen. Sie war wie ein Geist. Die ist schon von klein auf alleine durchs Dorf gestromert, teilweise bis in die Nacht. Einen Vater gab's da nicht und die Mutter, die war wohl ein wenig neben der Spur. Die war auch so wahnsinnig jung, höchstens Ende 20, als das dann passiert ist. Heute würde man da ruckzuck das Jugendamt einschalten oder so, aber damals hat man sie halt laufen lassen. Die Gertrud war ein wenig das Dorfgespräch. Ach ja genau, es gab da noch die ältere Schwester, die hat sich um sie bemüht und ist dazwischen, wenn Gertrud von den Fußballern angepöbelt wurde oder wenn man sie mitten in der Nacht irgendwo aufgelesen hat.«

Tilda erinnerte sich jetzt grob an die Geschichte. Sie hatte sie wirklich unzählige Male gehört. Aber als sie das Dorf verlassen hatte, waren die Geschichten zurückgeblieben. Wie aussortierte Klamotten, die auf ewig im Kinderzimmerschrank baumeln.

»Als die Gertrud in die Schule gekommen ist, da hat sie kein einziges Wort gesagt. Sie konnte aber sprechen, das haben zumindest ihre Mutter und ihre Schwester mit Nachdruck behauptet. Aber sobald sie durch die Tür der Schule ist, da war es, als hätte ihr jemand den Mund zugenäht. Ein wenig wie du auf dem Gymnasium. Die Lehrerinnen aus der Grundschule – du weißt, ich kenn die doch alle, die Helga und so weiter, das ist doch die Mutter von Karl, der dann später bei einem Motorradunfall ...«

»Mama, bleib bei der Sache.«

»Ja, ich wollte nur ... Also die Lehrerinnen jedenfalls waren der Meinung, dass Gertrud ein außergewöhnlich begabtes Kind war. Die konnte schon in der ersten Klasse das gesamte Einmaleins. Schreiben. Lesen. Alles. Aber sie hat halt nicht gesprochen, egal, was man versucht hat. Und, Tilda, du musst wissen, da war das Schulsystem noch anders. Die waren total überfordert, und da haben sie die Gertrud in die Sonderschule gesteckt.«

»Ich glaube, Sonderschule solltest du nicht sagen.«

»So hieß das damals eben. Förderschule halt. Zu der Zeit waren da nur Kinder mit … Behinderungen. Was muss das mit der Gertrud gemacht haben? Was muss sie alles mitgemacht haben? Es ist ein Jammer.«

»Was genau hat noch mal das Dorffest mit all dem zu tun?«

»Da wäre ich doch gleich draufgekommen. Es war also dieser Festabend. Laue Spätsommernacht. Das ganze Dorf war auf dem Kirchplatz versammelt, es wurde getrunken und geschunkelt und die Musik spielte einen Marsch nach dem anderen. Ich hatte mich irgendwie zu älteren Jugendlichen geschlichen, weil meine Cousine Simone da damals voll mit dabei war, als plötzlich die Schwester von der Gertrud … Mensch, wie hieß die noch mal? Die Familie ist später weggezogen, drum weiß ich das nicht mehr. Jedenfalls ist die auf das Fest gestürmt und hat geschrien, wirklich, wie am Spieß, dass ihre Schwester verschwunden sei. Und es war dann weniger die Tatsache, dass die Gertrud fehlte, als viel eher die Angst ihrer Schwester, die ja ansonsten so ruhig und besonnen mit der Kleinen umgegangen ist, die alle in Panik versetzt hat. Die Musik hat aufgehört zu spielen und bis auf ein paar Dorfdeppen, die meinten, sie würden sich davon nicht die gute Laune kaputt machen lassen, haben alle angefangen zu suchen.«

Tildas Vater, der bis auf einige zustimmende Brummlaute kaum ein Lebenszeichen von sich gegeben hatte, schaute jetzt auf. »Wir sind damals mit dem letzten Bus angekommen und ich weiß noch, was das für ein seltsames Bild war … Der Festplatz verlassen, angefangene Getränke überall. Die abgelegten Musikinstrumente. Als hätte es einen Bombenalarm gegeben.« Tildas Vater war im Nachbardorf aufgewachsen und eine solche Festlichkeit ließ man sich trotz aller Rivalitäten nicht entgehen.

Tildas Mutter holte tief Luft und kündigte damit das Finale der Geschichte an. »Ich weiß noch, wie gruselig ich das fand. Weil, klar, der Festplatz war hell erleuchtet, aber sobald du in die Gassen drum herum eingetaucht bist, war alles tiefschwarz. Ich hab mich an Simone gehängt, die wiederum Gertruds Schwester gefolgt ist. Man hat überall die Schreie gehört: ›Gertrud? Gertrud!‹ Ich war wie in Trance und bin mit gestolpert. Und plötzlich waren wir nicht mehr im Dorf, sondern auf der Wiese Richtung Schmuckfelsen. Und ich weiß nicht mehr, ob sie dort jemand gesehen hat oder ob ihre Schwester einfach eine Ahnung hatte. Aber dann stand sie da, die Kleine. Also in meiner Erinnerung ist sie klein. Ein kleines Mädchen mit einem bunten Schal. Daran erinnere ich mich. Tatsächlich war sie damals älter als ich. Ich hatte sogar Angst vor ihr, weil sie so seltsam war. Ich hab mir noch gedacht: Warum hat sie denn einen Schal an? Es ist doch viel zu warm. Und der Schal, der hat im Wind so merkwürdig gezittert, weil da auf den Felsen, wo die Gertrud stand, da ging ein ordentlicher Wind.«

»Hat sie vorne an der Kante gestanden?«

»Genau. Ganz vorne, wo der Fels besonders steil abfällt. Und da hat sie in die Dunkelheit geschaut. Ins Nichts. Erst auf die Rufe ihrer Schwester hat sie reagiert. Sie hat sich umgedreht, ganz bedächtig. Und sie hat gelächelt, als sie ihre Schwester gesehen hat. Sie hat ihre Hand ausgestreckt und die Gertrud hätte nur zupacken müssen. Aber sie hat nur ganz langsam ihren Schal ausgezogen und hat ihn ihrer Schwester in die Hand gedrückt. Und dann hat sie sich nach hinten fallen lassen.«

II

Er hört das Heulen der anderen. Erst einen. Dann den Zweiten. Dann den Dritten. Den Vierten. Und den Fünften, der den Kreis schließt. Die Schlinge hat sich längst unsichtbar um ihn gezogen. Er hat keine Chance mehr zu entkommen. Nicht aus dieser Falle, die jetzt zuschnappt. Was bleibt ihm also noch? Mit seinen Waffen kann er vielleicht einen von ihnen mit in den Abgrund reißen, vielleicht zwei. Wenn alles ideal für ihn läuft, möglicherweise auch einen Dritten. Aber gegen das ganze Rudel ist er chancenlos. Sie werden sich auf ihn stürzen und ihn auseinanderreißen, wie Barbaren. Sie werden sogar seine Knochen zerbeißen. Das Mark auslecken. Und wer sollte es ihnen verdenken? An ihrer Stelle würde er das Gleiche tun. Es war ein hartes Jahr. Das härteste, an das er sich erinnern kann. Der Winter war lang gewesen, erbarmungslos. Und da, als sie bereits auf den Sommer gewartet hatten, hatte es noch einmal geschneit. Kaum eine Pflanze hat diese Kälteperiode überstanden. Ihre Sammlerinnen kehrten Tag für Tag mit leeren Körben heim. Und das Wild zog weiter. Zog herum. Die großen Herden des Tals waren nur noch versprengte führerlose Gruppen. Und selbst wenn sie das Glück hatten, einen jungen Hirsch zu erlegen, dann war der nicht mehr als Haut und Knochen. Also hatten sich Jäger auf Jäger gestürzt. Der letzte Ausweg.

Gemeinsam mit seinen Brüdern und Schwestern hatte er den anderen bittere Verluste beigebracht. Ihr Fleisch schmeckte zäh und ranzig, aber war besser als Nichts. In der Not frisst der Teufel seinesgleichen.

Für eine Sekunde denkt er darüber nach, sich kampflos zu ergeben, es über sich ergehen zu lassen. Doch da meldet sich etwas in seinem Hinterkopf. Ein Knarzen. Ein Schaben. Ein Schieben. Ein Ziehen. Der Instinkt. Der Trieb. Der Antrieb. Das Herz.

Und so drehen sie sich im Kreis, der Kopf und der Körper, im hilflosen Gleich- und Einklang. Er schnuppert. Er riecht. Er hört. Er deutet den Wind.

Die Schlinge ist zu eng, um sie abzustreifen. Der Tod geiert im Norden. Lauert im Süden. Giert im Osten. Und fletscht die Zähne im Westen. Es bleibt nur eine Richtung. Dorthin können sie ihm nicht folgen.

Nach oben.

KAPITEL 3

In dieser Nacht schlief Tilda so tief wie seit Monaten nicht mehr. Ohne Traum. Ohne Albtraum. Nachdem sie ihren Wecker ausgeschaltet hatte, stellte sie ihr Handy in den Flugmodus. Sie wusste, wie unprofessionell das war, aber sie hatte das Gefühl, an diesem Morgen jede Ablenkung vermeiden zu müssen. Das Gespräch, das sie gleich führen würde, würde unter Umständen entscheidend für die Lösung des Mordfalles Peter Ostrach sein. Sie duschte fünf Minuten kalt, frühstückte drei Toasts mit Avocado und stieg ins Auto.

Der Karasek-Hof lag einigermaßen abgelegen inmitten der kargen Schönheit des Donautals. Zu Fuß brauchte man circa 25 Minuten vom Ortskern aus. Als Kind war Tilda die Strecke unzählige Male mit dem Fahrrad gefahren. Beinahe täglich nach der Schule, weil sie die Pferde und die Kühe sehen wollte. So unbeschwert würde es heute nicht werden. Sie war sich sicher, dass die Karasek-Brüder heute nicht zur Schule gehen würden, deshalb hatte sie sich nicht einmal die Mühe gemacht, sich bei ihnen anzukündigen.

Dabei konnten die Brüder ja überall sein. Talaufwärts. Talabwärts. Im Wald. Aber irgendwo musste sie ja anfangen.

Als Tilda auf dem Hof aus ihrem Auto stieg, wusste sie sofort, dass sie sich richtig entschieden hatte. Eine atemberaubende Welle aus Lärm schwappte ihr aus einer offenen Scheune entgegen. Punkrock. Live gespielt.

Tilda ging langsam über den Hof, den sie als kunterbuntes Kinder- und Tierparadies in Erinnerung hatte und der nun einer Mad-Max-Müllkippe glich. Verrostete Traktoren, auseinander geschraubte Mopeds und umgekippte Fässer standen und lagen überall herum. Das Dach des Stalls war eingefallen, und der Zerfall hatte sich wie eine Krankheit über die Hofgebäude ausgebreitet und schien auch nicht vor den angrenzenden Wohnhäusern haltzumachen. Der Asphalt war an mehreren Stellen aufgerissen, und in den tiefen Gruben sammelte sich abgestandenes Wasser.

Es ist schlimmer, als ich es mir vorgestellt hatte, dachte Tilda, und lugte vorsichtig durch das Scheunentor. Darin bot sich ihr ein Bild, das so gar nicht in zu dem Szenario der Hofruine passte. Wo einst ein Mähdrescher gestanden hatte, prangte nun eine mächtige Musikanlage, zu deren Füßen eine Band agierte, als würde sie um ihr Leben spielen. Die drei Musiker waren augenscheinlich Brüder, eine gewisse Ähnlichkeit war ihnen jedenfalls nicht abzusprechen, auch wenn sich diese zumindest auf den ersten Blick vor allem in den roten Haaren beziehungsweise Haaransätzen widerspiegelte. Links an der Gitarre stand der größte der drei. Er hatte die langen Haare zu einem Iro geschnitten, der aber eher metalmäßig über sein Instrument hing. Er war barfuß und trug ein Björk-T-Shirt. In der Mitte stand der sichtbar jüngste Bruder und brüllte sich die Seele aus dem Leib direkt ins Mikrofon. Er war oben ohne und trug zerrissene Shorts, seine Haare hatte er zu einer Falco-Gedächtnisfrisur nach hinten geklatscht, auch wenn sich Tilda nicht sicher war, ob der Junge, den sie auf etwa 14 Jahre schätzte, überhaupt etwas mit dem Namen Falco anfangen konnte.

Der Dritte im Bunde griff hochkonzentriert in seine Basssaiten. Im Vergleich mit seinen hageren Brüdern wirkte er schwerer und bodenständiger. Er hatte seinen Kopf rasiert und trug ein kurzes Holzfällerhemd zu seiner ausgeleierten, mit aufgenähten Patches überzogenen Jeans. Die Musik der drei war gut. Richtig gut.

Speziell während ihrer Abiturzeit hatte Tilda eine intensive Grunge- und Punkrock-Phase durchgemacht und die Wochenenden im Jugendzentrum der Kreisstadt verbracht, wo Woche für Woche Schülerpunkbands aus dem Umkreis gespielt hatten. Auch wenn ihre Erinnerungen an diese Konzerte längst verschwommen waren, war sich Tilda sicher, dass keine einzige dieser Bands, die es heute allesamt bestimmt nicht mehr gab, auch nur annähernd so versiert wie die Karasek-Brüder gespielt hatte.

Natürlich hatte das Trio sie längst bemerkt, aber die Jungs spielten einfach weiter. Und Tilda hörte zu. Erst als der Song zu Ende war, legten die Brüder ihre Instrumente ab, und Tilda machte einen Schritt auf sie zu.

»Hey! Mein Name ist Tilda Marder. Ich arbeite für die Kriminalpolizei. Ihr könnt euch sicher denken, warum ich …«

»Wir wissen Bescheid. Herr Distelmeyer hat uns gestern angerufen.«

Die beiden älteren Karaseks waren stark tätowiert. Bunte Bilder zierten ihre Arme, Beine, Bauch, Brust und den Hals. Die Motive waren simpel, ja beinahe naiv. Tilda erkannte viele Tierzeichnungen, Wortfetzen und auch klassische Tattoomotive wie Anker, Kreuze, Rosen. Gut gestochen, in reduzierter grafischer Klarheit. Und obwohl sich Tilda dabei spießig vorkam, irritierten sie die vielen Tätowierungen auf den beinahe kindlichen Körpern.

»Das war nice von dir, dass du gewartet hast, bis wir fertig waren.«

»Der Song hat mir extrem gut gefallen«, sagte Tilda. »Er hat mich ziemlich an ›The Birthday Party‹ erinnert. Die erste Post-Punk-Band von Nick Cave.« Oh Gott, das fühlt sich ja an wie in Berlin, dachte Tilda, wo jeder jeden mithilfe von Referenzen von sich überzeugen will. Egal, für irgendwas musste das Wissen ja gut sein.

»Nick Cave sagt mir was, aber von der Band habe ich noch nie was gehört.«

»Müsst ihr mal auschecken, das gefällt euch bestimmt.« Tilda war von sich selbst überrascht, wie souverän sie diesen Gesprächseinstieg gemeistert hatte. »Könnt ihr mir bitte eure Namen sagen?«

»Wir wollen eigentlich nicht mit Bullen sprechen.«

So viel zum Thema gelungener Gesprächseinstieg. »Jungs, ich weiß, dass ihr nicht die besten Erfahrungen …«

»Wissen Sie was, wenn es danach ginge, dürften wir mit keinem mehr sprechen.«

Tilda störte sich nicht daran, dass die Jungs sie teilweise Siezten und teilweise Duzten. Das passierte ihr selbst oft genug.

»Machen wir doch eh nicht.«

»Aber der Herr Distelmeyer meinte, du bist in Ordnung.«

»Darum machen wir eine Ausnahme.«

»Das ehrt mich sehr.« Tilda fühlte sich merkwürdig geschmeichelt.

»Ich bin Jakob.« Der älteste Karasek mit der Iro-Frisur hielt ihr die Hand hin.

Sein stämmiger Bruder tat es ihm gleich. »Nikola.«

Zuletzt schob sich der Sänger auf Tilda zu und musterte

sie mit einem hochkonzentrierten Blick. »Ich heiße Franz. Und bevor du fragst: Ja, mein Vater hat einen merkwürdigen Humor.«

Tilda brauchte eine Sekunde, realisierte dann aber, dass der verhasste Onkel der Jungs ebenfalls diesen Namen getragen hatte. Sie hakte nicht weiter nach, sondern fragte: »Wie heißt eure Band?«

»›Drei tote Hunde‹.«

»Seid ihr schon mal aufgetreten?«

»Ein Mal.«

»In der Kobra, oder?«

»Ja. Aber die heißt nicht mehr Kobra. Der Schuppen heißt jetzt Torero.«

»Das Konzert musste wegen einer Massenschlägerei abgebrochen werden.«

»Wer hat sich denn geschlägert?«

»Die Band mit dem Publikum«, sagte Jakob nicht ohne Stolz in der Stimme.

»So wie es sich für ein richtiges Punkkonzert gehört«, bemerkte Tilda.

»Wir spielen Post-Punk«, stellte Franz richtig.

»Na ja, egal, das war eh unser letztes Konzert«, würgte ihn sein mittlerer Bruder ab.

Jakob ergänzte: »Zumindest unter dem Namen.«

»Wieso das denn?«, fragte Tilda.

»Na ja, ich glaub es ist schwierig, wenn eine Band ›Drei tote Hunde‹ heißt und der Einzige, der tot ist, der spielt gar nicht mehr mit.«

»Das passt doch nicht zusammen.«

»Ihr seid richtig, richtig gut, ihr müsst weitermachen.« Erst jetzt spürte Tilda die Traurigkeit, die von den drei Jungs ausging.

»Danke. Aber du hättest uns mal mit Peter hören sollen.«

»Er war ein Biest am Schlagzeug.«

»Ein Tier.«

»Obwohl er immer so brav ausgesehen hat.«

»Aber nur, bis er sich ans Schlagzeug gesetzt hat.«

»Es tut mir wirklich leid, was mit eurem Freund passiert ist.« Tilda stellte erschreckt fest, dass sich ihre Augen wie von selbst mit Tränen gefüllt hatten. Fuck. Sie blinzelte nervös, in der Hoffnung, die Tränen zu verjagen. Wie unprofessionell.

»Ehrlich gesagt würden wir gerne von Ihnen wissen, was genau mit ihm passiert ist.«

»Es tut mir leid, dazu kann ich momentan nichts sagen.« Sie vermied den Terminus »aus ermittlungstechnischen Gründen« bewusst.

»Ihr Bullen seid alle gleich.«

»Franz, es reicht!«

»Nein, ist doch so. Kommt hier an und macht einen auf freundlich und Kumpel, aber bekommt es nicht hin, uns kurz zu erklären, was mit unserem Freund passiert ist.«

Tilda sah den Frust in seinen Augen. Die Wut. Die Angst. »Es ist leider so, dass ich momentan praktisch gar nichts weiß.«

Tilda fühlte sich unwohl. In eine Ecke gedrängt. Doch sie verstand Peters Freunde nur zu gut. Sie entschied sich dafür, den drei Brüdern gegenüber ehrlich zu sein: »Peter wurde wahrscheinlich erstochen. Mit einem Holzkreuz. Mehr kann ich euch wirklich nicht sagen.« Sie dachte an das Hexenhaus, an die schwarzen Balken, an das Kreuz. Sie achtete genau auf die Reaktionen der Brüder.

»Danke!« Nikola nickte ihr respektvoll zu. Da war kein verdächtiger Ausdruck in seinen Augen. Auch seine Brüder nickten.

»Das klingt jetzt so ›Tatort‹-mäßig, aber ich muss es euch fragen: Könnt ihr euch vorstellen, wer das getan hat? Hatte Peter so etwas wie einen Feind?«

Die drei Brüder blickten kollektiv auf den Boden. Schließlich ergriff Jakob das Wort. »Wenn Sie so fragen … Wir haben im Dorf vermutlich viele Feinde. Die Alten. Die Jungen. Die Nazis. Die Bauern. Die Fußballer. Die Handballer. Uns mag niemand. Und wir mögen niemanden. Wir haben auch viel Scheiße gebaut, das hätte nicht sein müssen, aber … Wir haben an uns gearbeitet. Wir haben jetzt die Musik und alles. Und eigentlich haben wir … also, seit wir Peter kennen … da haben wir keinen Quatsch mehr angestellt. Die hassen uns trotzdem noch, ist klar. Aber Peter hat damit eigentlich nichts zu tun.«

»Vielleicht ist es eine Warnung an uns.«

»Das wäre eine überaus drastische Warnung. Habt ihr wirklich Feinde, denen ihr einen Mord zutrauen würdet?«

»Wir haben schon so einiges erlebt. Wir wurden abgefangen und eingekreist, zusammengeschlagen, angespuckt.«

»Mir hat einer einen Ohrring ausgerissen.«

»Und mich haben sie einmal mit einem Angelhaken gefoltert.«

»Wie – gefoltert?«

Franz deutete auf seinen Bauch. »Ich hab das zwar überstochen, trotzdem sieht man die Narben noch.« Unter den Armen eines Oktopus zeichneten sich dünne, vernarbte Linien ab. Tilda war sprachlos.

Jetzt ergriff Nikola das Wort. »Aber wenn ich ehrlich bin, dann waren das alles Spielereien. Wie du mir, so ich dir.

Weißt wie? Wir haben selber furchtbares Zeug getan. Angelschnüre gespannt, damit diese Wichser vom Mofa fallen.«

»Halt doch dein Maul, wir reden mit einer Polizistin.«

»Ist schon okay, ich finde es gut, wenn ihr ehrlich seid. Und nett, dass du mich Polizistin nennst.«

»Ich trau das den Dorfdeppen auch nicht zu. Wirklich nicht. Vor allem nicht als Warnung an uns.«

»Aber was steckt dann dahinter?«

»Familie? Eifersucht? Das ist es doch meistens, oder?«, meinte Nikola abgeklärt.

Tilda schmunzelte. Jetzt erklärten ihr die drei Jungs noch ihren Job. »Ja. Meistens ist es was ganz Banales.«

»Frau Marder, der Peter war ein anständiger Kerl. Wirklich. Der war der Einzige, der uns wie Menschen behandelt hat. Ohne Vorurteile. Vom ersten Tag an.«

»Bitte nennt mich Tilda, ich komm mir sonst dermaßen alt vor.«

»Geht klar, Tilda!«

»Peter ist einer von uns geworden, aber so richtig. Wie ein vierter Bruder.«

»Der kannte sich am Ende fast noch besser im Wald und in den Höhlen aus als wir.«

»Der hat doch sogar die geheime Höhle bei den Hufeisen-Zinnen gefunden.«

»Sie müssen den Mörder finden. Wenn nicht, tun wir das, und dann wird hier keiner mehr glücklich.«

Als Tilda eine halbe Stunde später ins Auto stieg, hatte sie auf einem kleinen Zettel ein halbes Dutzend Namen notiert. Menschen aus dem Dorf aus allen Altersklassen, mit denen die Karasek-Jungs aneinandergeraten waren. Zuerst hatten sie keine Namen nennen wollen, erst als

Tilda ihnen versichert hatte, dass niemand erfahren würde, woher die Hinweise stammten, hatte Jakob mit dem Aufzählen begonnen. Irgendwo musste sie anfangen, ganz klar. Das Gespräch mit den Karasek-Jungs war trotz aller Umstände angenehm gewesen. Das Bild, das sich bei Tilda unter den Eindrücken der Erzählungen ihrer Mutter geformt hatte, war mittlerweile beinahe vollkommen revidiert. Vor Tilda hatten drei anständige Jungs gestanden. Großmäulig, klar. Vorlaut, sowieso. Aber auch herzlich und clever. Sie engagierten sich in Vereinen und in der Schulband. Sie gaben Deutsch-Nachhilfe für Kids mit migrantischem Hintergrund. Die Horrorstorys über die Brüder schienen Tilda maßlos überzogen – auch wenn die Jungs selbst zugegeben hatten, keine Kinder von Traurigkeit zu sein. Welche Rolle das Aussehen dabei wohl spielte? Sie konnte sich bildhaft vorstellen, wie sich wohl jemand wie Peter in dieser Gruppe gefühlt haben musste. Ein Zugezogener. Ohne Anschluss. Mitten im Nichts. Im Herz der Provinz. Sie hatten kein schlechtes Wort über ihren verstorbenen Freund verloren. Selbst als Tilda nachgehakt und sie darum gebeten hatte, nichts zu verklären.

»Frau Marder, da gibt es nichts. Das Schlechteste, was mir zu Peter einfällt, ist, dass er immer so pünktlich war«, sagte Jakob fast ein wenig desillusioniert.

Sein jüngster Bruder ergänzte grinsend: »Und dass er Vanilla Coke geliebt hat. Das ist doch krank.«

Die drei lachten und auch Nikola teilte eine Erinnerung: »Und er wollte immer, dass wir ein Punkcover von ›Wrecking Ball‹ spielen.«

»Der war schon ein bisschen obsessed mit Miley Cyrus«, warf Jakob ein und ergänzte: »Einmal haben wir das Cover gespielt und das war hart.«

»Übel hart«, stimmte Franz zu.

Das Gespräch, das merkte Tilda erst jetzt, hatte sie ziemlich mitgenommen, weil klar geworden war, wie sehr die drei Brüder ihren verstorbenen Freund geschätzt hatten. Mit jeder Anekdote, die sie erzählten, so wirr und jugendlich-bizarr sie auch war, hatte Peter Ostrach mehr Konturen für die Kommissarin gewonnen. Es war beinahe so, als wäre sie mit einem Skelett ins Gespräch marschiert, das dann Schicht für Schicht mit Organen, mit Fleisch und Haut überzogen worden war, bis ein vollständiger Mensch vor ihr stand. Peter, und das deckte sich mit den Aussagen des Musiklehrers, war als zurückhaltender Junge ins Dorf gekommen. Als graue Maus. Als jemand, der alles daransetzt, nicht aufzufallen. In seiner alten Schule, das hatten die Brüder erzählt, war er ein Außenseiter gewesen, und er hatte sich darauf eingestellt, dass das auch an der neuen Schule so sein würde. Aber alles änderte sich, als er von seinem Klassenkameraden Jakob auf sein Turbonegro-Shirt angesprochen worden war.

»Da hat es sofort geklickt. Wir haben über Musik abgenerdet, also hab ich halt direkt gemerkt, was der für einen Plan hatte«, erklärte Nikola. Sein Bruder Franz stimmte ihm zu:

»Pete kannte wirklich alles. Mit dem hätten Sie auch über Nick Cave und das ganz Boomer-Zeug sprechen können«

»Ey, ich bin kein Boomer!« Tilda war wirklich ein wenig empört. Aber die Jungs in Person von Jakob waren schon einen Gedanken weiter:

»Pete hat nach der allerersten Bandprobe seinen Spotify-Account zum Familienaccount erweitert – für uns. Wir konnten dann mithören.«

»Er war schon wirklich ein Ehrenmann«, unterstrich Franz und seine Brüder nickten zustimmend. Nach eine kurzen Pause, in die Tilda bereits eine weitere Frage einwerfen wollte, ergänzte Nikola:

»Er hat uns auf die Schiene gebracht, dass wir alles ein wenig düsterer aufziehen sollten.«

»Also musikalisch«, erklärte Nikola, ehe Jakob weiter ausführte:

»Wir haben davor so Vollgas-in-die-Fresse-Punkrock gespielt, NOFX-mäßig halt. Aber Peter hat uns Joy Division und das Zeugs vorgespielt.«

»Und ich glaub auch Nick Cave. Daher kenne ich den Namen«, freute sich Franz über das zusammenpassende Puzzlestück.

»Und wir haben dann auch langsamere Stücke eingespielt. Melodiöser.«

»Nur dem Franz hat das erst nicht gepasst«, sagte Nikola und buffte seinem jüngeren Bruder auf die Schulter.

»Ja, warum wohl? Weil ich bis dahin nur geschrien habe, jetzt musste ich auch noch singen lernen.« Er schüttelte den Kopf.

»Ich glaub, auch wenn das ein bisschen kitschig klingt, mit seiner ruhigen Art hat der Pete uns echt verändert. Nicht nur die Musik, auch drum herum. Ich hab zu lesen angefangen und so 'n Zeugs. Und mein Interesse für Geschichte und alles. Verdammter intellektueller Streber-Shit.« Jakob war den Tränen nahe. Seine Brüder starrten auf den Boden.

Zwischen den Erzählungen zeichneten die Brüder ein gemeinsames Leben am Rande der Dorfgemeinschaft. Das totale Außenseitertum geprägt vom überpräsenten Gefühl des Nicht-Dazugehörens – nicht dazugehören können und nicht dazugehören wollen. Ein Leben, das nur ertragbar ist, weil ein Versprechen in der Luft liegt. Das Versprechen, irgendwann abhauen zu können, alles hinter sich zu lassen. Und weil es die Freundschaft gibt. Die Familie, mit der du deine Erfahrungen teilen kannst. Die Familie, die du dir ausgesucht hast – oder die dich ausgesucht hat. Und im Falle der Brüder inklusive aller Überschneidungen.

Abermals war es Jakob, der den Faden wieder aufnahm. »Wissen Sie, wir haben immer darüber gesprochen, irgendwann abzuhauen, ins Ausland oder nach Berlin. Abschluss machen und verschwinden. Nie wiederkommen. Aber so einfach ist das nicht.«

»Aber die Jahre bis dahin müssen wir doch auch leben«, ergänzte Nikola.

»Darum haben wir versucht, das Beste draus zu machen. Mit Musik. Und Konzerten. Und Wegfahren«, sagte Jakob.

»Wir sind oft nach Stuttgart oder Zürich gefahren.«

»Das hat uns dabei geholfen, dass wir nicht mehr auf jede Provokation eingestiegen sind. Dann werden die automatisch weniger, verstehen Sie, was ich meine?«

Tilda verstand. Nur zu gut. Ihre eigene Jugend war von ungelenken Anpassungsversuchen geprägt gewesen. Vielleicht war sie 13 gewesen, vielleicht schon 14 oder 15, als sie bemerkte, dass sie anders war, anders dachte, andere Interessen hatte. Dorffeste langweilten sie zu Tode – die Musik, der Alkohol, die immer gleichen Gespräche. All das hatte sie zusehends angewidert. Aber anders als die Karaseks hatte sie sich wie ein Chamäleon angepasst. Handball war dafür sicherlich ein geeigneter Schlüssel und eine ideale Tarnung gewesen. Als herausragende Spielerin hatte sie ihren Platz im System sicher. Sie war wie automatisch Teil davon, auch wenn die Sprüche zu ihrer Kleidung, ihren Frisuren und ihrem Musikgeschmack nicht ausblieben. Sie lernte die Kommentare zu schlucken und zu kontern, auch wenn es mit jedem Jahr schwieriger wurde. Als es dann Zeit war, das Dorf hinter sich zu lassen, tat sie sich zunächst schwer damit, den Absprung zu schaffen. Die ersten Jahre pendelte sie zwischen Studium unter der Woche und den Handballspielen am Wochenende hin und her, und es brauchte ein gewaltig gebrochenes Herz, einen gesundheitlichen Zusammenbruch und einen kompletten Wechsel des beruflichen Plans, um der Heimat final den Rücken zu kehren. Eineinhalb Jahre war sie nicht ins Dorf gekommen. Es hatte sie geekelt, zurückzukommen. Sie hatte Angst gehabt, von der Heimat absorbiert zu werden. Erstickt. Aber es war anders gekommen. Die gekappten Wurzeln hatten gekuscht wie feige Blindschleichen. Alle hatten sich überschwänglich gefreut, sie wiederzusehen. Die Verwandten. Die Nachbarn. Die alten Mitspielerinnen. Und genau das war der Unterschied. Wenn die Karaseks irgendwann wegzogen, dann würde das Dorf aufatmen. Das wäre ein Auf Nimmerwiedersehen. Da blieb keine Wurzel zurück. Nur abgebrannte, lose Enden.

Irgendwann hatte sie sich dazu durchgerungen, aufzuhören zu plaudern und die für die Ermittlungen relevanten Fragen zu stellen. »Wann habt ihr den Peter das letzte Mal gesehen?«

»Am Abend, bevor er gefunden wurde«, erinnerte sich Jakob.

»Bei der Bandprobe?«, hakte Tilda nach.

»Ja, genau!«

»Und wie war er da so drauf?«

»Ganz normal.«

»Wie immer.«

»Ist euch nichts aufgefallen?«

»Ne. Wirklich nicht.«

»Über was habt ihr geredet?«

»Hm, wir haben ehrlich gesagt nicht viel geredet, wir haben vor allem gespielt«, unterstrich Franz.

»Wartet, nur damit ich das richtig verstehe. Ihr spielt in zwei Bands: in der Schulband und den ›Drei toten Hunden‹?« Tilda wollte sicher gehen, dass sie kein Detail verpasste.

»Genau.«

»Und an diesem Abend habt ihr hier geprobt.«

»Yes!«

»Und Peter ist mit dem Fahrrad heimgefahren?«

»Das hat er immer so gemacht«, sagte Franz achselzuckend.

Tilda schauderte. Wenn das stimmte, war die Wahrscheinlichkeit groß, dass Peter seinen Mörder auf dem Weg ins Dorf getroffen hatte. »Wann ist er ungefähr losgefahren?«

Die drei Brüder überlegten einige Sekunden konzentriert. Dann antwortete Nikola: »Ich denke so gegen zehn. Seine Eltern waren da recht streng, er musste vor 23 Uhr daheim sein.«

»Und ihr habt dann nichts mehr von ihm gehört?«

»Nein, gar nichts.«

Tilda bemerkte einige Ungereimtheiten. Wenn Peters Eltern wirklich so streng waren, wieso hatten sie nicht nach ihm gesucht, als er nicht pünktlich aufgetaucht war? Wieso waren sie nicht auf den Hof der Karaseks gekommen?

»Eine Sache fällt mir noch ein.« Nikola klang beinahe schüchtern.

»Ja, bitte?«

»Kurz bevor der Peter gegangen ist, hat er uns noch einen regelrechten Monolog gehalten. Er war für seine Verhältnisse beinahe aufgebracht.«

»Und über was hat er gesprochen?«

»Über dieses Buch, das er ständig gelesen hat. ›Das Bildnis des Dorian Grey‹ …«

»Stimmt. Er hat sich richtig in Rage geredet und meinte, dass man das Buch heute wie eine Metapher auf den Klimawandel lesen sollte. Dass unsere ganze Welt schon total kaputt ist. Zerfressen und verfault, aber vorne rum, da machen wir gute Miene zum bösen Spiel. Das sind seine Worte, ich würde … kann nicht so reden.« Jakob lachte.

Tilda schmunzelte. »Habt ihr öfter über Politik gesprochen?«

»Klar, ständig. Aber wissen Sie, für uns, also für unsere Generation, gibt es eigentlich nur ein Thema, und das ist der Klimawandel. Wir haben keine Zukunft mehr. Das muss man sich ehrlich eingestehen. Es ist eine einzige trostlose Scheiße.«

Tilda war sich nicht sicher, was sie darauf antworten sollte. Ihr war längst bewusst, dass die jüngere Generation viel politischer war, als es die ihre je gewesen war. Und jetzt schämte sie sich beinahe für ihre Teenagerzeit und die Problemchen, die sie damals beschäftigt hatten.

»Seid ihr auch bei Fridays for Future aktiv?«

»Yes. Also, nein, inzwischen nicht mehr.«

»Wir waren den Gymnasiasten ein wenig zu … radikal.«

»Wie meint ihr das?«

»Na, wir haben bei den Sitzungen einige durchschlagskräftige Ideen vorgebracht.«

»Kannst du das genauer erläutern?«

»Frau Marder, der Distelmeyer hatte schon recht. Sie sind in Ordnung. Aber Sie müssen verstehen, dass es da Grenzen gibt, was das Vertrauen angeht.«

Tilda hatte verstanden. Und sie hatte entschieden, dass die Frage nach der Hütte mit dem toten Wolf eine Frage für einen anderen Tag war.

Als sich der schmale Feldweg, den Tilda zuvor in Schrittgeschwindigkeit abgefahren war, ohne etwas Ungewöhnliches zu entdecken, wieder in eine Straße verwandelte, deaktivierte Tilda den Flugmodus und ihr Handy explodierte förmlich in ihrer Hand. Das Smartphone vibrierte und piepste, als würde es um sein Überleben kämpfen: Mails, verpasste Anrufe, SMS und WhatsApp-Nachrichten fluteten das Display. Tilda warf das Gerät wie eine heiße Kartoffel auf den Beifahrersitz.

Was war denn jetzt wieder passiert? Am liebsten wäre sie in diesem Moment einfach losgefahren. In den Süden. Nach Österreich. Slowenien. Kroatien. Einfach weg.

Als das Handy nach 30 Sekunden verstummte, griff sich Tilda ihr Mobilfunkgerät und kämpfte sich durch den digitalen Dschungel aus eingegangenen Meldungen. Beinahe all ihre Kollegen und Kolleginnen hatten versucht, sie zu erreichen. Die meisten Nachrichten bestanden aus der Aufforderung, so schnell wie möglich zurückzurufen. Zum Glück hatte es auch Bardet mehrfach bei ihr probiert, denn mit ihr sprach Tilda am liebsten. Sie wählte ihre Nummer.

»Mensch, Titty, endlich.«

Tilda konnte nicht in Worte fassen, wie sehr sie diesen Spitznamen hasste. »Titty ist kein cooler Na…«

»Jaja, ist ja gut. Wo hast du dich denn rumgetrieben?«

»Ich habe ein paar Freunde von Peter vernommen. Die wohnen draußen auf dem Hof, da gibt es keinen Empfang.« Tilda war schon immer herausragend darin gewesen, sich Notlügen auszudenken.

»Wir versuchen, dich seit Stunden zu erreichen, hier geht es drunter und drüber. Also ja, eigentlich halb so wild, aber Müller dreht ziemlich am Kabel, der war kurz davor, aufzumarschieren und das ganze Präsidium mit seiner Seuche anzustecken.«

»Was ist denn passiert? Gestern war er doch noch tiefenentspannt für seine Verhältnisse.« Tilda hatte sich schon gedacht, dass sich der vermeintliche Zen-Mönch Müller bestimmt bald in ein nervliches Wrack verwandeln würde. Offensichtlich war die Transformation schneller als erwartet eingetreten.

»Was ist passiert? Ey, sag mal … Da pennst du eine Nacht im Dorf und bekommst überhaupt nichts mehr mit. Das Internet ist voll mit unserem Fall. Die Nachrichten darüber haben sich in kürzester Zeit zu einer Lawine entwickelt. Als ich vorhin geschaut habe, war der Fall Aufmacher bei fast allen Boulevard-Magazinen und auch beim Spiegel und der Süddeutschen sind wir prominent platziert. Wir bekommen im Minutentakt Anfragen, die Pressestelle wurde temporär mit zwei Kolleginnen verstärkt.«

»Ach du Scheiße.«

»Aber hallo. Scheint so, als wäre irgendein Agenturreporter direkt aufs Dorf gefahren und hätte mit unserer Dampfplaudertasche von Zeugin …«

»Fucking Gisi.«

»Richtig, fucking Gisi, die hat ihm alles brühwarm serviert. Inklusive einer Ladung emotionaler O-Töne, von wegen ›Das Dorf lebt in Angst. Keiner traut sich mehr raus.‹«

»Die meisten haben das doch noch gar nicht mitbekommen«, behauptete Tilda, obwohl sie wusste, dass jeder einzelne ihrer Gesprächspartner der letzten beiden Tage bereits von dem Verbrechen Wind bekommen hatte.

»Ja, aber jetzt weiß es jeder. Jeder in ganz Deutschland. Wir haben Schlagzeilen wie: ›Satansmord im Donautal‹ und ›Die Kreuzigung im Wanderparadies‹. Es ist der helle Wahnsinn.«

»Das darf doch nicht wahr sein.«

»Ist es aber. Ich meine, ich bin schon davon ausgegangen, dass uns das Ding um die Ohren fliegt, aber ich dachte, wir haben vielleicht ein, zwei Tage mehr Zeit.«

»Und wieso wolltet ihr mich so dringend erreichen?«

»Euer Dorfbürgermeister hat uns direkt den nächsten Bärendienst erwiesen und kurzerhand eine Pressekonferenz einberufen – ohne uns davon in Kenntnis zu setzen. Ich habe zu Müller gesagt, dass wir das einfach ignorieren sollten, aber der rotierte da schon in einem ausgewachsenen Panikattackentornado. Jedenfalls müssen wir jetzt an dieser Konferenz teilnehmen.«

Verdammt! Tilda ahnte Schlimmes. »Sag nicht, dass ich das übernehmen soll?«

»Na ja, Müller kann das nicht machen. Keine Chance, wie würde das denn aussehen, wenn der mit seinem Steinzeitinternet aus seinem Hobbykeller die wichtigste Pressekonferenz des letzten Jahrzehnts leitet?«

»Ähm, aber ich … Ich hab doch keine Erfahrung.«

»Wer soll es denn sonst übernehmen? Tyll? Dass ich nicht lache. Sofia? Come on. Die Esther hat sich sogar angeboten, die kann so was auch gut, aber sie hat bislang gar keinen Einblick in den Fall. Keine Sorge: Gräberer unterstützt dich.«

»Na sauber, der Mann, der alle paar Schaltjahre mehr als einen Satz am Stück spricht, scheint mir wirklich die ideale Unterstützung zu sein.« Tilda merkte, wie sich ihre Stimme überschlug. Sie mochte Gräberer gerne, und es war ihr unangenehm, dass sie aufgrund ihrer eigenen Nervosität so harsch über ihn urteilte.

Bardet amüsierte sich indes prächtig. »Ach, Titty, immer locker durch die Hose atmen. Und du weißt doch: Je weniger ein Polizist spricht, desto idealer eignet der sich für die Pressearbeit. Versuch einfach, noch weniger als Gräberer zu sprechen, dann wird das schon schiefgehen.«

»Fantastischer Tipp, danke, Bardet, auf dich ist Verlass.

»Ich weiß, ich hab dich auch lieb.«

»Und wann soll das Ganze starten?«

»Hm, ja, das hätte ich jetzt auch direkt angesprochen. Ich hoffe, du bist schon im Dorf, wir starten nämlich um 13 Uhr.«

»Ähm, das ist in einer Stunde.«

»Oh, richtig. Vielleicht solltest du dich beeilen. Gräberer muss dich ja noch briefen.«

Als Tilda die breiten Stufen des Rathauses hinaufstürmte, erinnerte sie sich an ihren ersten und bis dato einzigen Auftritt in dem altehrwürdigen Gebäude. Damals hatten sie mit der A-Jugend den württembergischen Meistertitel gewonnen und Bürgermeister Heilinger, der bis heute die Geschicke des Dorfes leitete, hatte ihre Mannschaft zum Empfang in sein Büro geladen. Sie hatten mit Bier und Sekt vorgeglüht und als Heilinger dann zu einer Bürgermeister-typischen Rede ausholte, wäre Tildas Blase fast geplatzt. Als der Lokalpolitiker endlich zum Ende gekommen war und ihnen reihum die Hand geschüttelt hatte, stürmte Tilda aus dem Zimmer und stürzte sich ins nächste Klo, das sich als Hightech-Behindertentoilette, die das Dorf mithilfe eines Inklusionsfonds installiert hatte, herausstellte. Nachdem sie sich erleichtert und minutenlang die Spülung zwischen all den Knöpfen und Halterungen gesucht hatte, zog sie aus schierer Verzweiflung an einer Kette, die von der Decke hing, woraufhin eine Art Roboterarm in die Toilettenschüssel fuhr, sich zu ihr aufrichtete und ihr eine grandiose Ladung Wasser, die zur Reinigung des Intimbereichs wie bei einem Bidet gedacht war, ins Gesicht spritzte. Die Anekdote wurde auf der Weihnachtsfeier der Handballer pantomimisch nachgestellt und schaffte es an prominenter Stelle in die Narrenzeitung. Tilda, das wurde ihr jetzt bewusst, war nach diesem Tag und den damit verbundenen Feierlichkeiten nie wieder ganz glücklich geworden im Dorf. Zu ihren Studienzeiten war die Heimat mehr und mehr zur Aufgabe, zum Ballast geworden. Vielleicht hatte das Wasser aus jener Behindertentoilette ihre Leichtigkeit weggewaschen.

»Ja, seh ich richtig, Frau Marder? Sie habe ich ja ewig nicht gesehen. Das letzte Mal, nein, das kann nicht sein ... Oder doch? Als wir die legendäre Meisterschaftsfeier gefeiert haben? Da hätte ich nicht gedacht, dass Sie einmal als Polizistin hier ins Rathaus kommen.« Der Bürgermeister hatte sich schick gemacht. Sein gestreiftes Hemd spannte ganz schön auf seinem mittlerweile beachtlichen Bauch. Das lockige graue Haar war mit einer ordentlichen Ladung Gel zu einer merkwürdig adretten Frisurenkonstellation geformt.

Seit Tilda denken konnte, war Ernst Heilinger der Bürgermeister des Dorfes. Er war kein besonders fleißiger Mensch, und, soweit Tilda das einschätzen konnte, auch nicht unbedingt clever. Aber er war ein Kumpeltyp. Einer, der genau wusste, wann er wo auftauchen musste. Einer, der in jedem Verein seine Ansprechpartner hatte, der auf jedem Dorffest dabei war, Bierfässer anzapfte und Spanferkel anschnitt und es so lange allen recht machte, bis er sein eigenes Recht regelrecht zementiert hatte. Eine Sache imponierte Tilda allerdings: sein Gedächtnis. Es wäre ein Leichtes gewesen, die leicht angetrunkene Handballerin, die irgendwann gemeinsam mit ihren Teamkameradinnen Polonaise durch den Sitzungssaal getanzt hatte, über all die Jahre zu vergessen. Doch Heilinger kannte sie nicht nur, sondern er wusste, wo sie hingehörte und wo sie hingegangen war. In dieser Art der berechnenden Wertschätzung seines Gegenübers lag sein Erfolgsgeheimnis, das ihn Jahr für Jahr die neuen, meist jüngeren und viel besser geeigneten Kandidaten und Kandidatinnen in den Wahlgängen pulverisieren ließ. Da passte es auch ins Bild, dass er in dieser Krise des Dorfes angesichts des Mordes die Flucht nach vorne initiiert hatte. Heilinger war eine Präsenz.

Tilda schüttelte die merkwürdig unförmige Hand des Dorfvorstehers, der vor dem Eingang des Besprechungssaals, in dem für gewöhnlich der Gemeinderat tagte, mit ihrem Kollegen Gräberer, seiner jungen Sekretärin und dem Pressesprecher der Stadt, einem zurückhaltenden Hauch von Mann namens Günther Gunter, wartete. Der Name des Letzteren hatte ihn zumindest in Tildas Familie zu einer waschechten Legende gemacht.

»Tut mir leid, dass ich jetzt erst komme, ich musste noch eine Vernehmung führen, und die hat länger gedauert als erwartet«, log Tilda, während sie nach Luft schnappte. Noch spürte sie die tägliche Schachtel Zigaretten, die sie über viele Jahre eingesogen hatte.

»Kein Problem, wir sind froh, dass Sie hier sind. Und ich spreche sicherlich für alle Mitbürger des Dorfes, wenn ich sage, dass wir sehr beruhigt sind, wenn wir sehen, mit welcher Inbrunst Sie Ihrer Arbeit nachgehen. Freund und Helfer kommt hier nicht von ungefähr.«

Tilda konnte nicht anders, als sich durch die Wörter des Bürgermeisters einigermaßen geschmeichelt zu fühlen, und ärgerte sich darüber. Er verstand es wirklich, sich in Position zu bringen. Gräberer nickte ihr zu, doch Heilinger fuhr dazwischen.

»Ich sehe, Sie möchten sich noch kurz austauschen, wunderbar«, stellte er fest. »Wir starten gleich, die Kollegen von der Presse sind schon da. Was für ein Auflauf, ich wünschte, wir würden mit unseren monatlichen Konferenzen auf ein ähnliches Interesse stoßen, nicht wahr, Herr Gunter?«

Tilda musste sich mit aller Macht ein Grinsen verkneifen, als sie das eifrige Nicken des Pressesprechers wahrnahm. Der Bürgermeister sprach direkt weiter, und Gräberers leerer Blick verriet ihr, dass dieses Dauerfeuer seit einer Stunde auf ihn eingeprasselt war. »Wir haben uns gerade schon abgesprochen. Ich werde ein ganz knapp gehaltenes Statement zur Eröffnung abgeben, danach gehört Ihnen die Bühne. Der Herr Gräberer meinte, dass Sie keinen Beamer oder Ähnliches brauchen. Nur wohlgewählte Worte. Das lob ich mir. Oh, da höre ich gerade die Kirchenglocke, 13 Uhr. Herr Gunter, wären Sie so freundlich und würden die Kollegen von der Presse kurz einweisen?«

Heilingers anschließende Einführung dauerte geschlagene 15 Minuten. Der Bürgermeister holte in die unterschiedlichsten Richtungen aus, sprach über Zusammenhalt und Zwietracht, sprach über eine Dorfgemeinschaft, die ihre wohl größte Herausforderung der letzten 50 Jahre zu bewältigen habe, er sprach über die Angst vor dem Bösen und die aufrichtige Hoffnung, diesen Mächten schnellstmöglich den Garaus zu machen. Er zitierte sich wild durch Hollywood-Klassiker wie »Der Pate« und »Das Schweigen der Lämmer« und präsentierte gleich zwei Bibelstellen. Als er endlich zum Ende kam und mit hochrotem Kopf in die Runde blickte, gierten seine Augen regelrecht nach Applaus. Aber der blieb aus. Die anwesenden Journalisten und Journalistinnen, circa 15 an der Zahl, die meisten davon von überregionalen Agenturen und Medien, sahen kaum von ihren Smartphones und Laptops auf, in die sie konzentriert die ersten Zitate hämmerten.

Tilda wurde zunehmend nervös.

Zum Glück übernahm Gräberer den Anfang und schilderte in gewohnt selbstsicherem und doch zurückhaltendem Ton die bisherigen, zugegebenermaßen ziemlich bescheidenen Erkenntnisse. Ihr Kollege strahlte eine derart naturgegebene Autorität aus, dass nicht wenige Journalisten ihren Blick von den Bildschirmen hoben. Am Ende seiner Ausführungen warf Gräberer Tilda einen konzertierten Blick zu, den sie als eine Art Staffelstabübergabe deutete. Und in diesem Moment kehrte ihre Selbstsicherheit wie von selbst zurück. Mit diesem Bären an ihrer Seite konnte nichts schiefgehen.

Doch gerade als Tilda dazu ansetzen wollte, das weitere Vorgehen der Polizei zu skizzieren, flog die Tür des Sitzungssaals auf und schlug Günther Gunter, der sich als eine

Art Wachposten davor aufgestellt hatte, in den Rücken. Gunter fiel nach vorne und musste sich mit beiden Händen auf der Stuhllehne eines vor ihm sitzenden Journalisten vor einem unsanften Aufprall schützen. Ein junger Mann mit Tarnweste und Cordhosen rannte in den Saal, machte eine entschuldigende Geste in die Runde und reichte Gunter die Hand, die dieser annahm und danach mit abwehrenden Gesten signalisierte, dass ihm nichts geschehen war. Für den Bruchteil einer Sekunde traf Tilda den Blick des Fremden, der eine verwirrende Wärme ausstrahlte, und sie hätte schwören können, dass sie ihn irgendwoher kannte. Ein knurriges »Wollen wir weitermachen?« seitens Gräberer holte sie zurück in den Saal, und nach einigen holperigen Anfangssätzen hielt Tilda ihren kurzen Vortrag überaus souverän. Als dieser zu Ende ging, schnellten eine Vielzahl von Händen im Raum nach oben. Gunter wollte gerade aufs Podium steigen, um die Fragerunde zu organisieren, aber Gräberer ließ ihn mit einem Abwinken erstarren.

»Herzlichen Dank, wir bekommen das schon selbst hin. Ich würde sagen, wir beantworten 20 Fragen. Ich glaube, danach dürfte alles geklärt sein.« Er deutete auf einen Journalisten in der ersten Reihe. »Ja, hier vorne.«

»Können Sie weitere Angaben zu der genauen Todesursache machen?«

»Nein, Sie müssen sich aktuell mit dem Terminus ›Stichverletzungen im Halsbereich‹ zufriedengeben. Wir müssen selbst den detaillierten Obduktionsbericht abwarten.« Gräberers Stimme strahlte raumfüllende Autorität aus, während er nach jeder Antwort willkürlich einen Journalisten nach dem nächsten aufrief.

»Es gibt Zeugenaussagen, die ein Holzkreuz als Tatwaffe identifizieren.«

»Zur Tatwaffe können wir keine weiteren Angaben machen. Aber der oder die Täter haben mit einer Stichwaffe agiert.«

»Besteht die Gefahr, dass der Täter ein weiteres Mal zuschlägt?«

»Das können wir nicht ausschließen, es wäre allerdings überaus ungewöhnlich, wenn der Täter noch ein weiteres Mal auf diese Art und Weise zuschlägt. Serientäter sind überaus selten.«

»Arbeiten Sie mit Profilern zusammen?«

»Profiler und Profilerinnen gibt es vor allem im Fernsehen. Sie können sich aber sicher sein, dass wir von der Polizei Baden-Württemberg bei einem derartigen Gewaltverbrechen mit Spezialistinnen und Spezialisten von der Operativen Fallanalyse zusammenarbeiten.«

Tilda schaute kurz auf. Sie hätte nicht erwartet, dass Gräberer gendert. Später erfuhr sie, dass ihr Kollege damit vor allem die anwesenden Vertreter der Boulevardpresse ärgern wollte. Überhaupt meisterte er die Situation derart souverän, dass sie ihn definitiv irgendwann zu einer Pizza als Dankeschön einladen wollte.

»Haben wir es wirklich mit einem Ritualmord zu tun?«

»Dazu kann ich leider aus ermittlungstaktischen Gründen nichts sagen. Wir werden alle möglichen Hinweise und Spuren verfolgen. Ritualisierte Morde, das können wir an dieser Stelle festhalten, sind allerdings eine extreme Ausnahme, weshalb wir momentan von einem konservativen Tatgeschehen ausgehen.«

Tilda hätte sich am liebsten Notizen gemacht. Das war die Yves-Gräberer-Masterclass für Polizeipressekonferenzen.

»Eine Frage an die junge Kollegin bitte.«

Tilda wurde unsanft von ihrem passiven Platz in der zweiten Reihe gerissen, auf dem sie es sich gemütlich gemacht hatte.

»Wenn ich es richtig verstanden habe, waren Sie als eine der ersten Beamten am Tatort. Wenn ich mir das rausnehmen darf: Sie wirken zumindest äußerlich wie eine Berufsanfängerin. Was entstehen dabei für Gefühle, wenn man an einem solche Tatort steht? Und jagt es Ihnen nicht große Angst ein, einen derartigen Gewalttäter zu jagen? Gerade als Frau ist das ja schon ein Unterschied zum True-Crime-Podcast unter der Bettdecke.«

Tilda traute ihren Ohren nicht. Der Journalist, der eine klischeehafte Reporterbrille mit einem absolut nicht klischeehaften Bruce-Springsteen-Shirt kombinierte, funkelte sie erwartungsfreudig an. Alles an ihm roch nach Bildzeitung, und am liebsten hätte Tilda einfach gar nichts gesagt, sondern starr geradeaus geguckt – wie Blixa Bargeld von den Einstürzenden Neubauten in den Talkshow-Interviews, von denen ihr Vater so oft und beinahe mantrahaft erzählte. Aber das hier war eben keine Talkshow, und sie war auch nicht Blixa Bargeld. Sie warf einen kurzen Blick zu Gräberer, der ihr aufmunternd zunickte.

»Also zunächst einmal muss ich betonen«, begann Tilda, »dass mein Geschlecht in diesem Fall beziehungsweise in meinem gesamten Berufsleben überhaupt keine Rolle spielt. Meine Kollegen und Kolleginnen sehen das im Übrigen genau so, und Sie täten gut daran, wenn Sie ihre Stereotype außen vor lassen würden. Ich bin auch keine True-Crime-Podcasterin, sondern ausgebildete Kommissarin, ich habe studiert, ich habe eine Menge Berufserfahrung in den verschiedensten Bereichen polizeilicher Arbeit, und dies ist nicht das erste Gewaltverbrechen, in dem ich ermittle. Allerdings möchte ich betonen, dass es für mich alles andere als alltäglich war, einen Ort zu betreten und dort einen so jungen Menschen in dieser Art und Weise vorzufinden. Das darf und wird niemals alltäglich sein. Umso motivierter ist unser ganzes Team, diesen Fall schnellstmöglich zu lösen.« Uff, Tilda konnte es selbst kaum fassen, dass sie diese Antwort gegeben hatte. Sie hatte eigentlich mit einem Festival der »Ähms« und anderer Füllwörter gerechnet. Und dann das. Ein Grinsen huschte ihr über die Lippen, als sie das zustimmende Raunen im Saal und das zufriedene Brummen ihres Kollegen vernahm, der nun wieder das Wort ergriff.

»Da die Fragen augenscheinlich früher als erwartet an Niveau einbüßen, werden wir noch fünf Fragen beantworten, bitte ausschließlich von Menschen, die bislang keine Fragen gestellt haben.«

Im Raum brach ein kleiner Tumult aus, als zahlreiche Hände nach oben schossen, als würde die Pressekonferenz vor einer Grundschulklasse abgehalten.

»Gibt es denn schon wirklich konkrete Hinweise auf einen Täter und wie können … wie sollen sich die Menschen in der Gegend bestenfalls verhalten?«

»Genau genommen sind das zwei Fragen, aber da drücken wir mal ein Auge zu«, sagte Gräberer. »Wir arbeiten uns momentan durch ein ganzes Netz an Verstrickungen, da wir uns vor allem einen umfassenden Überblick über das Leben unseres Opfers verschaffen wollen. Wie konkret diese Hinweise sind, das werden Sie mir nachsehen, kann ich selbstverständlich nicht sagen. Zur zweiten Frage: Am liebsten wäre es uns selbstverständlich, wenn die Menschen hier ihr Leben normal weiterleben – auch wenn das alles andere als leicht fällt. Der Alltag wird zurückkehren. Es ist für uns besonders wichtig, dass sich die in der Region lebenden Menschen, falls sie über Auffälligkeiten oder Ungewöhnliches stolpern, unbedingt bei uns melden. Selbst der kleinste Hinweis kann in einem Täterpuzzle die entscheidende Lücke schließen, deshalb möchte ich vor allem auch an die Einwohner und Einwohnerinnen im Landkreis appellieren: Arbeiten Sie mit uns zusammen. Und zum Thema Schutz: Eine konkrete Gefahrenlage gibt es aktuell nicht für die Bevölkerung. Wer sich allerdings unsicher fühlt, gerade nachts oder im Wald, dem sei von unserer Seite ans Herz gelegt, sich mit anderen zusammenzuschließen und vielleicht den Waldspaziergang als Gruppe anzugehen. Angst ist ein schlechter Ratgeber. Aber Mut ist manchmal ein noch schlechterer.«

Tilda hatte Gräberer komplett falsch eingeschätzt – seine Worte waren beinahe literarisch –, und sie wunderte sich nicht, als sie ein eifersüchtiges Funkeln seitens Heilinger vernahm. Die Pressekonferenz verlief viel besser, als sie es sich vorgestellt hatte.

»Werden Sie den Täter kriegen?«

»Das ist schnell beantwortet: Die Statistik spricht für Deutschland eine eindeutige Sprache – und die spricht für uns. Wir werden versuchen, den Fall schnellstmöglich zu lösen, ganz klar ist jedoch, dass es auch einige Wochen dauern kann, bis wir den Knoten, der da aktuell vor uns liegt, gelöst haben. Aber dass wir den Täter oder die Täterin finden, davon bin ich fest überzeugt. So, noch drei Fragen, wenn ich richtig mitgezählt habe.«

»Ich habe eine Frage an den Herrn Bürgermeister: Das Donautal wurde ja erst im vergangenen Jahr als herausragende Wandergegend ausgezeichnet. Haben Sie Sorgen, dass der Mord an einem der schönsten Orte der Region sich negativ auf den Tourismus in der anstehenden Haupt-saison auswirken wird?«

Tilda biss sich sanft auf die Unterlippe. Die Frage stammte von Andrea Blumenschrein, der Lokalreporte-rin der örtlichen Tageszeitung Donautal Kurier, die nor-malerweise über Dinge wie die Einweihung des neuen Vereinsheims des Kleintierzüchtervereins oder die Aus-stellungseröffnung der Modelleisenbahnfreunde berich-tete. Und da fiel es Tilda ein: Laut ihrer Mutter wurde Blu-menschrein, deren Kleidungsstil ihrem Namen alle Ehre machte, seit einigen Jahren eine Affäre mit dem Bürger-meister nachgesagt. Und nun hatte sie dem Bürgermeis-ter, der trotz seines ausufernden Vortrags durch Gräberers Können und auch Tildas souveräne Antwort zum Neben-darsteller degradiert worden war, einen Rettungsanker für seine Mission der Selbstdarstellung zugeworfen.

Heilinger, der während der Frage schon wie ein Wackel-dackel genickt hatte, holte tief Luft: »Wir als Region sind gemeinsam in der Verantwortung, dass wir als Kollek-tiv diesem Wahnsinn und dieser Gewalt entgegentreten. Unsere Botschaft ist: Das Donautal wird auch in Zukunft eine Oase der Gastfreundschaft sein. Ein friedlicher Ort des Rückzugs für Familien, für Wanderer und Radfahrer. Wir lassen uns nicht unterkrie…«

BÄM! In diesem Moment hallte ein ohrenbetäubender Knall durch das Rathaus. War das ein Schuss? Tilda tastete reflexartig nach ihrer Waffe – die sie wie selbstverständ-lich bei ihren Eltern vergessen hatte.

Nach einer kurzen Unruhe, in der die gesamte Presse-landschaft wie ein Haufen aufgescheuchter Hühner durch-einanderlief, offenbarte sich glücklicherweise, dass es kei-nen wirklichen Grund zur Panik gab. Offensichtlich hatte jemand einen schweren Gegenstand gegen das schmucke Fenster des Sitzungssaales geworfen. Die Fensterscheibe war zwar wie durch ein Wunder unversehrt geblieben, der Aufprall aber hatte einen ohrenbetäubenden Lärm verursacht. Vom Dorfplatz, der sich vor dem Rathaus erstreckte, hörte man nun wildes Geschrei, das die gesamten Teilnehmer der Pressekonferenz an die Fenster lockte.

Da unten stand ein Typ namens Fischreiher, ein weit über die Ortsgrenzen hinaus bekannter Trunkenbold, dessen langer Hals ihm seinen Spitznamen eingebracht hatte, den kaum einer wagte, ihm ins Gesicht zu sagen. Er jonglierte eine Hand voll Kieselsteine und schmetterte sie in schöner Regelmäßigkeit in Richtung des Rathauses, allerdings mit einer derart großen Streuung, dass sein vorheriger Fensterschuss als reiner Glückstreffer zu bewerten war. Der Fischreiher war außer sich, sein Schädel leuchtete nicht nur rot, sondern eher bläulich, und er schrie wie ein Besessener. »Da oben sitzt ihr, ihr faulen Schweine! Euch ist es doch egal, wenn wir hier unten sterben. Und alle wissen, wer die Mörder sind. Alle. Die rote Brut! Die durch die Wälder rennt. Da braucht man kein Hellseher zu sein, aber ihr wartet lieber, bis sie den nächsten ans Kreuz genagelt haben.«

III

Er ist noch nie ein guter Kletterer gewesen. Dafür ist er zu schwer. Zu massig. Seine Brüder und Schwestern sind allesamt drahtiger. Kleiner. Kompakter. Flink wie Wiesel ziehen sie sich bei der Jagd an den Bäumen hoch, während er sich abmüht und nach oben kämpft. Aber jetzt gibt es für ihn keine andere Wahl.

Immerhin hat er ein wenig Glück: In der Mitte der Lichtung steht eine mächtige Eiche, deren Äste wie die Arme einer Bestie in den Himmel ragen. Aber er hat nicht mehr viel Zeit. Das spürt er. Etwas liegt in der Luft. Also marschiert er auf den Baum zu, klemmt seinen Speer in eine Astgabelung, die von unten gut zu greifen ist, und versucht dann selbst die ersten Äste zu erreichen. Doch er ist zu klein, zu kurz, es reicht nicht, selbst wenn er springt. Aus dem Stand. Oder mit Anlauf.

Da erinnert er sich an eine Technik, die sein jüngster Bruder, der geschickteste Kletterer von ihnen, immer anwendet. Er läuft auf den Baum zu, springt dann an den unteren Stamm und von dort nach oben. So verbessert er seinen Absprungwinkel und kann selbst unerreichbare Bäume erklimmen. Das ist wohl seine einzige Chance. Doch gleich beim ersten Versuch rutschen seine Sandalen an der Rinde ab, er verliert das Gleichgewicht und kracht mit dem Kopf gegen den Baum. Er schlägt sich die Stirn auf und könnte vor Wut schreien. Doch er darf sich nicht verraten. Sie werden ohnehin gleich auftauchen, es ist lediglich eine Frage der Zeit.

Das Geheule ist bereits verstummt, ein schlechtes Zeichen. Er versucht es noch einmal, doch sein Sprung geht ins Leere, er plumpst unsanft auf den Boden. Sein Frust wird größer und größer, aber dieser Baum ist seine einzige Überlebenschance. Er ist bereits ein wandelnder Toter. Er ist Futter. Sie spielen mit ihm. Wieder und wieder versucht er es, wieder und wieder klatscht er auf den kantigen Waldboden. Oh, wie hatten seine Geschwister früher über seine Missgeschicke gelacht. Wenn sie nur da wären. Wenn sie sich nur gemeinsam den anderen stellen könnten.

Und dann, plötzlich, erwischt er den richtigen Moment und katapultiert sich punktgenau nach oben in Richtung der Äste, doch seine Hände sind so verschwitzt, dass er abrutscht und Kopf voraus Richtung Boden segelt. Der Aufprall ist hart, sein Körper brennt wie Feuer, und eine Sekunde zieht er in Erwägung, einfach liegen zu bleiben. Aber dann spürt er die Blicke der Augen auf sich. Ein Paar. Zwei Paar. Drei Paar. Vier Paar. Fünf Paar. Und er riecht sie. Riecht ihren Hunger. Hört ihre knurrenden Mägen. Spürt, wie sich ihre Körper anspannen, bereit ihn in Stücke zu reißen. Er wird ihr Überleben sichern. Zumindest für eine Woche. Doch das ist ein schwacher Trost. Also drückt er sich nach oben, zuerst auf die Knie, und schließlich steht er. Geht, ohne sich umzudrehen, fünf, sechs Schritte zurück. Und während er ein letztes Mal losrennt, hört er, wie sich fünf oder sechs Körper in Bewegung setzen.

KAPITEL 4

Drei Tage später erwachte Tilda aus einem Albtraum. Die Höllenotter war ihr im Schlaf unter das Bett gekrochen und hatte dort gewartet, bis die Kommissarin einen Fuß auf die Bodendielen setzte. Der Biss war schmerzhaft. Tilda fiel auf den Boden und sogleich wickelte sich die schwarze Schlange um ihren Körper.

»Wieso hast du mich gebissen?«, fragte Tilda überrascht.

»Weil du mich aus dem Wald vertrieben hast.« Die Stimme der Schlange klang vorwurfsvoll.

»Ich ... wollte ... Ich musste doch ...« Langsam ging Tilda die Luft aus.

»Ich wohne dort. Aber es ist so einsam. Ich wollte mit dir spielen.« Dickflüssige Tränen kullerten aus den Augen der Schlange, als Tilda vom schrillen Klingeln ihres Weckers aus dem Schlaf gerissen wurde.

Doch die Realität war ähnlich erdrückend.

Wie ein verzerrtes Echo hallte seit Tagen die Bitte des Musiklehrers Distelmeyer durch Tildas Kopf:

»Frau Marder, ich bitte Sie inständig: Schützen Sie die Jungs. Das wird eine Hetzjagd.« Distelmeyer hatte recht behalten. Und sie hatte ihr Wort gebrochen. Sie hatte die Brüder nicht geschützt. Nicht schützen können. Keine Chance. Wie eine schwarze Welle war es über sie hereingebrochen. Zunächst hatte Tilda sich noch gegen die Urkräfte gestemmt, aber dann war sie von den Fluten mitgerissen worden. Die Pressekonferenz, in diesem Augenblick nur noch eine verschwommene Erinnerung, hatte mit dem irren Wutausbruch des Fischreihers ihr Ende gefunden. Der Krakeeler, der kurz darauf von Farouk und Pfeiffer unsanft in Gewahrsam genommen wurde und bei dem man später 2,4 Promille festgestellt hatte, war ein gefundenes Fressen für die Presse gewesen, die sich nun selbstständig auf die Suche nach dieser ominösen »roten Brut« machte, die der Fischreiher als offensichtliche Täter gebrandmarkt hatte. Und obwohl Tilda von ihrem Gespräch mit den Karasek-Brüdern berichtete und immer wieder betonte, dass die Jungs ihrer Meinung rein gar nichts mit dem Tod ihres Freundes zu schaffen hatten, rückten sie auch ins Zentrum der Ermittlungen. Polizisten und Pressevertreter putzten im Gleichklang die Klinken im Dorf, und je länger sie gruben, desto mehr Vorurteile kamen ans Licht. Tilda wusste von ihrer Mutter, dass die Brüder im Dorf zwar bekannter waren als die buntesten Hunde, sie aber keinesfalls von allen gehasst wurden. Warum auch. Die Abneigung einiger weniger war dafür umso größer.

Schnell verbreiteten sich Gerüchte von toten Tieren und Tierquälereien, von Schlägereien, von Drogendeals und Kleinkriminalität. Jeder Streich wurde aufgebauscht, jeder freche Kommentar zur gewaltbereiten Parole überhöht. Schnell galten die Karasek-Brüder als mustergültige Hauptverdächtige. Sie hatten das Opfer zuletzt gesehen. Sie galten als brutal und rücksichtslos. Verwahrlost – der Vater spielsüchtig, die Mutter tot. Es war wirklich eine Hetzjagd, aber nicht mit Fackeln und Waffen, sondern sie wurden mit dem Geschwätz des Dorfes gejagt, jenem ultimativen Machtapparat, der die Provinz mit eiserner Hand beherrscht. Das Geschwätz und die Leute, das sind die beiden Faktoren, gegen die du im Dorf nicht ankommst.

Abstrakte Mächte, die keiner kennt und keiner je gesehen hat und die doch Angst und Schrecken verbreiten. Dieses Geschwätz und diese Leute, also jene Leute, die man meinte, wenn man sagte: »Was sollen denn die Leute denken?«, formten ein Kontrollsystem, das nur so gut funktionieren konnte, weil jeder, egal ob freiwillig oder unwissentlich, ein Teil davon wurde, sobald er am Leben des Dorfes teilnahm. Nur den wenigsten gelang es, sich auszuklinken, unsichtbar zu werden. Alle anderen wurden so lange eingekreist und vereinnahmt, bis der Druck zu groß wurde.

Tilda konnte nicht fassen, was hier vor sich ging. Mit welch konzentrierter Macht einige wenige diese Welle initiiert hatten, die bald nicht mehr aufzuhalten war. Sie drückte ihren Wecker insgesamt achtmal weg, ehe sie sich dazu aufraffen konnte, aufzustehen.

Und so fand sie sich, vollkommen übermüdet in einer Einsatzbesprechung wieder, die sie kaum ertragen konnte.

Selbstverständlich war Tyll auch gegen die Karasek-Brüder. »Egal, wen du von diesen Hinterwäldern fragst, egal ob eine Oma, die mit ihrem Rollator auf einer Hausbank sitzt, oder den Bänker im geschmacklosen Anzug, alle haben die Brüder im Verdacht. Gottverdammt, man braucht kein Sherlock Holmes zu sein, um zu spüren, dass da was gewaltig schiefläuft auf dem Hof.«

Tilda, die gerade nur von zwei Dosen Red Bull wachgehalten wurde, versuchte sich noch einmal gegen das Unaufhaltsame zu stemmen. »Wie gesagt, ich habe die Jungs befragt und keinen Anhaltspunkt für einen möglichen Verdacht finden können. Und wenn ich es richtig sehe, haben wir keinerlei Beweise, die sie mit dem Mord in Verbindung bringen.«

»Na ja, also wir wissen, dass sie das Opfer zuletzt gesehen haben und dass sie unter keiner wirklichen Aufsicht stehen, weil sich der Vater vermutlich Abend für Abend die Birne wegsäuft. Und wir wissen, dass sie schon öfter höchst gewaltbereit gegenüber Gleichaltrigen aufgetreten sind.«

»Also, come on, es gab diesen einen Zwischenfall mit der Schlägerei bei dem Coverband-Konzert und da steht Aussage gegen Aussage. Es gibt mehrere Zeugen, die ausgesagt haben, dass die Brüder mit rechtsradikalen Gesängen und Provokationen provoziert wurden.«

»Sie haben gemeinsam einen Jungen krankenhausreif geprügelt.«

»Sie haben bei einer Schlägerei mit einer Übermacht von sieben bis acht Typen einem dorfbekannten Nachwuchsnazi in der Festhalle die Nase gebrochen.«

»Du legst es dir auch hin, wie du es brauchst. Man sollte einen Befangenheitsantrag gegen dich stellen.«

»Wir sind hier nicht vor Gericht, Tyll. Fahr mal runter.« Bardet, die ihre Lebensmittelvergiftung überstanden hatte, sprang Tilda zur Seite. Tilda hätte sie am liebsten umarmt.

»Außerdem war Peter ja mit den Brüdern in einer Clique. Die waren beste Freunde. Das ist doch etwas vollkommen anderes als bei einer Schlägerei auf dem Dorffest.«

»Das war nur so lange etwas anderes, bis dem Peter vielleicht ein von der Cancel Culture verbotenes Wort herausrutschte und er für die drei Linksradikalen dann plötzlich auch ein Rechter war.«

»Pf, Linksradikale? Wir reden hier von Dorfpunks. Von Klimaaktivisten.«

»Klimaterroristen!«

»Du hast doch den Schuss nicht gehört, Tyll!«

Ihr verhasster Kollege wendete sich mit Hundeblick an ihren Vorgesetzten. »Herr Müller, ich sage ja nicht, dass die Karaseks schuldig sind, überhaupt nicht. Aber ich habe da so ein Gefühl. Und zig Stimmen aus dem Dorf bestätigen mich darin. Wir müssen sie dringend noch einmal vernehmen. Anständig. Nicht zu dritt in ihrer Komfortzone.«

Komfortzone. So ein Scheißwort. Aber fuck, dachte Tilda, da hatte er sogar einen Punkt.

Müller, der ebenfalls wieder in Fleisch und Blut an der Konferenz teilnehmen konnte und bislang still zugehört hatte, nickte eine Weile vor sich hin und ergriff dann das Wort. »Ich finde, Sie haben beide recht, Frau Marder, Herr Tyll, klare Sache. Aber ich bin der Meinung, dass eine weitere Vernehmung nicht schaden kann. Vielleicht ergibt sich da noch mal eine andere Perspektive. Herr Tyll, würden Sie sich der Sache annehmen und morgen früh auf den Hof fahren? Die Zeit arbeitet gegen uns. Wir haben nicht viel in der Hand. Da müssen wir die wenigen Ansätze, die sich uns bieten, besonders genau überprüfen.«

Tatsächlich hatte sich in den vergangenen Tagen wenig bis gar nichts ergeben. Die knappen Hinweise aus der Bevölkerung hatten sich größtenteils als falsche Fährten herausgestellt. Und selbst der Obduktionsbericht, so furchtbar er mit all seinen schaurigen Details zu lesen war, hatte keinerlei Hinweise auf einen möglichen Täter gebracht.

Wohl aber Details zum Tatablauf und zur Todesursache.

Gemeinsam mit den Spurensicherern und den Forensikern hatten sie den folgenden Tatablauf rekonstruiert: Peter Ostrach war spätabends von seinem Mörder beziehungsweise seinen Mördern überwältigt und erwürgt worden. Anstatt die Leiche am bislang unbekannten Tatort zurückzulassen oder sie zu verstecken, war sie noch in der Tatnacht auf den Schmuckfelsen gebracht worden, wo Peter mit ungeahnter Gewalt und höchstwahrscheinlich mithilfe eines dicken Holzhammers das Kreuz in den Rachen getrieben worden war. Auf und an Peters Körper, dem Kreuz und dem gesamten Auffindeort hatten weder die Gerichtsmediziner noch die Spurensicherer fremde Fingerabdrücke, Haare oder fremdes DNA-Material gefunden. Nichts.

»Das ist schon ungewöhnlich, dass wir bei einem derart brutalen Tatgeschehen überhaupt keine Spuren finden. Als wäre der Täter ein Geist gewesen«, fasste Gräberer die Lage zusammen.

Über das Kreuz hatten sie stundenlang diskutiert. Was hatte es zu bedeuten? Die meisten Morde führten zu stümperhaften Vertuschungshandlungen. Die Inszenierung eines Opfers wie in ihrem Fall war ungewöhnlich. Außerdem barg sie ein ungeheures Risiko. Der Leichnam musste ja erst einmal zu den Schmuckfelsen gebracht werden und der nächste gut erreichbare Parkplatz war circa 300 Meter entfernt. Dazwischen hatten sie keine Reifen- oder Schleifspuren gefunden. Der Täter hatte Peter also mitten in der Nacht zumindest 300 Meter getragen. Ein aberwitziger Aufwand und Kraftakt. Ein Umstand jedoch, der erneut das mögliche Tätertrio in den Fokus rückte.

Aus Stuttgart hatte die Operative Fallanalyse ihre Hilfe angeboten – ein Angebot, das Müller, den vor allem die Angst antrieb, zu wenig zu tun, am liebsten direkt angenommen hätte. Wieder war es Gräberer, der ihre Gedanken auf den Punkt brachte. »Bei allem Respekt für die Jungs und Mädels, aber ich glaube viel mehr als das, was unser gesunder Menschenverstand hergibt, können die uns auch nicht sagen.«

Tilda war wie meistens seiner Meinung, aber als sie am dritten Abend nach der Tat noch einmal alles Revue passieren ließ, musste sie zugeben, dass ihr eigener, größtenteils gesunder Menschenverstand in Anbetracht dieses sinnlosen Schreckens, vielleicht doch an seine Grenze stieß.

Gemeinsam mit Gräberer und Bardet hatte sie mögliche Szenarien skizziert: Entweder war der Täter ein sexueller Sadist, der sich genau so ein Szenario inklusive der Inszenierung zigmal ausgemalt hatte und durch die Tat einen Lustgewinn anstrebte – dagegen sprach, dass an Peters Körper keinerlei Missbrauchsspuren gefunden wurden. Oder sie hatten es tatsächlich mit einer Art Ritualmord zu tun. Für diese These sprach vor allem die Symbolik des schwarzen Kreuzes. Da die Expertise innerhalb ihres Teams mit Blick auf religiös motivierte, im Ritual verankerte Taten gehörig zu wünschen ließ, hatten sie mehrere Experten und Expertinnen kontaktiert, um Licht ins Dunkel zu bringen. Schnell war klar, dass es bislang keinen auch nur annähernd vergleichbaren Fall gegeben hatte. Selbst berühmte »Satanistenmorde« unterschieden sich vollständig in der Herangehensweise und der Symbolik. Schlussendlich hatte Tilda noch eine dritte Theorie in den Raum geworfen: Was, wenn das alles eine falsche Fährte war? Wenn der Täter von sich ablenken wollte, indem er den Leichenfund so makaber inszenierte? Wenn er wollte, dass sie über Satanisten und Lustmörder nachdachten und dabei das wahre Motiv aus den Augen verloren?

Je länger sie darüber brütete, desto wahrscheinlicher erschien ihr ihre Theorie, die Bardet und Gräberer allerdings nur missmutig als echte Alternative aufgenommen hatten. Sie durften der Geschichte, die der Täter mit seinem Tatort erzählte, nicht blindlings glauben.

Ein weiteres Fragezeichen war der entfernte Digitus pedis IV., der fehlende vierte Zeh. Von Peters Eltern hatten sie erfahren, dass der Junge seinen kleinen Zeh am rechten Fuß bei einem Unfall mit einem altmodischen Rasenmäher verloren hatte. Die anderen Zehen waren dabei jedoch verschont geblieben. Der vierte Zeh war laut Gerichtsmedizin mit einer Art Bolzenschneider abgetrennt worden.

»Vielleicht hat der Mörder den Zeh als eine Art Trophäe mitgenommen«, sagte Tildas Kollegin Sofia Schwarz mit belegter Stimme. Wahrscheinlich mussten sie davon ausgehen, so absurd das alles anmutete. Für Tilda klang das ein wenig zu sehr nach Hollywood-Serienmörder. Ein Killer, der in einer Keksdose abgeschnittene Zehen sammelte? Der sich als das absolut Böse inszenierte? Daran konnte und wollte sie nicht glauben. Und wenn man die Sache nüchtern betrachtete, waren solche Tätertypen die Ausnahme der Ausnahme der Ausnahme. Meistens gab es selbst für die wildesten Verbrechen einfache, wenn auch schwer zu schluckende Erklärungen.

Und während der Druck von Tag zu Tag größer wurde, weil sie – egal wie intensiv sie arbeiteten, wie viele Überstunden sie machten und wie gründlich sie Peters Leben auf den Kopf stellten – keine wirklichen Spuren fanden, spürte Tilda, wie ihre Kollegen und Kolleginnen immer stärker auf den dreigliedrigen Strohhalm blickten, den Tyll immer wieder ins Spiel brachte.

»Nein, nein, nein. Mit Verlaub gesagt, Herr Müller, ich halte es für keine gute Idee, wenn wir die Karaseks noch mal auf ihrem Hof vernehmen.« Tyll redete sich regelrecht in Rage. »Die fühlen sich da wohl, ist doch klar.

Die wickeln uns um den Finger, wie sie es schon mit der Kollegin Marder getan haben. Wir müssen die Schlange aus ihrem Versteck ziehen, verstehen Sie? Wir holen die Brüder aufs Revier. Und dann trennen wir sie. Lassen sie erst mal ne Stunde sitzen oder zwei. Und dann vernehmen wir sie gleichzeitig. Gräberer. Driller. Ich. Die brauchen Männer, die brauchen ein Szenario, das ihnen ein wenig einheizt.«

Tilda traute ihren Ohren nicht. »Ey, spinnst du, das ist ja eine komplette ›Making a Murderer‹-Aktion.« In der Netflix-Serie hatte ein unbeteiligter Jugendlicher nach stundenlangen Verhören den Mord an einer jungen Frau zugegeben.

»Ich spinne überhaupt nicht, auch wenn ich nur die Hälfte von dieser seltsamen Sprache verstehe, die du mir da entgegenschleuderst.«

Abermals sprang Bardet Tilda zur Seite. »Tyll, du benimmst dich wirklich unter aller Kanone. Also, den Fall mal komplett außen vor, so kannst du nicht mit Tilda sprechen. Das geht überhaupt nicht.«

Nun schien auch Herr Müller zu bemerken, dass die Diskussion an einen Punkt gelangt war, der nach einem Machtwort verlangte. »Ich verstehe ja, dass die Gemüter erhitzt sind, wir sollten uns aber angesichts dieser durch und durch herausfordernden Aufgabe nicht auch noch selbst zerfleischen. Herr Tyll, ich bitte Sie, die Provokation, die von Ihrem Tonfall ausgeht, ein wenig zurückzuschrauben. Frau Marder, Sie bitte ich, Ihre Emotionen ein wenig im Zaum zu halten, sodass wir weiterhin sachlich und auf Augenhöhe diskutieren können. Grundsätzlich stimme ich dem Herrn Tyll aber zu, dass in diesem Fall getrennte Vernehmungen hier bei uns angebracht wären.«

»Das sind noch halbe Kinder! Das ist euch schon klar? Kinder, die gerade ihren besten Freund durch einen der brutalsten Morde in der Geschichte Deutschlands verloren haben. Sie konstruieren hier eine Traumamaschine.«

Müller bemühte sich darum, die aufgebrachte Tilda zu beruhigen. »Frau Marder, ich verstehe Sie da sehr gut. Und ich finde es wichtig, dass wir die Sache mit dem nötigen Respekt angehen. Aber mit Verlaub gesagt, auch unser Opfer war streng genommen noch ein Kind. Oder zumindest ein Jugendlicher. Ihm und seiner Familie sind wir es schuldig, dass wir keinen Stein unumgedreht lassen.«

Unumgedreht. Was war das für ein Wort? »Oh, Mann. Und die Presse? Diese ganzen schmierigen Typen, die sich im Ort niedergelassen haben und auf das nächste Kapitel warten? Wenn die davon Wind bekommen? Die Jungs werden nicht mehr glücklich.«

Herr Müller lächelte nun beinahe väterlich, und am liebsten hätte Tilda ihm ein paar Zähne ausgeschlagen. Verbal, versteht sich. »Also, Frau Marder, beim besten Willen, wir sind hier im Donautal und nicht in Los Angeles. Es werden wohl kaum Paparazzi vor dem Polizeigebäude warten.«

Oh, hätte er doch nur recht behalten!

Am Tag, an dem die Karasek-Brüder aufs Revier gebracht wurden, vergrub sich Tilda, die sich nicht gar wohl fühlte, in Arbeit. Sie hatte Müllers finale Entscheidung als persönliche Niederlage verbucht, obwohl sie, ganz klar, zugeben musste, dass eine erneute Vernehmung der Brüder nichts Ungewöhnliches war. Aber dass nun ausgerechnet Tyll seinen Willen durchgesetzt hatte, was implizierte, sie hätte ihre Arbeit schlecht gemacht, ja mehr noch, sie hätte sich auf die Seite der Verdächtigen geschlagen, war für sie kaum zu ertragen. Vor allem – und das hätte sie natürlich niemals zugegeben – rotierte da ein Gedanke in ihrem Kopf, den sie nicht wegschieben konnte: Was, wenn die anderen recht hatten? Wenn die Karaseks sie getäuscht hatten? Wenn sie sich um den Finger hatte wickeln lassen?

Sie dachte daran, dass sie den Kollegen endlich von der Hütte berichten sollte, deren Existenz sie immer noch als ihr Geheimnis mit sich herumtrug, das immer schwerer auf ihr lastete. Warum hatte sie niemandem von ihrem Ausflug und dem Wolfskelett erzählt? Wahrscheinlich war es ja ohnehin nicht besonders wichtig, ein Nebenstrang, der im Nichts verlief. Aber Tilda, die sich selbst genau kannte und die nicht selten vor sich selbst davonlief, spielte schon seit Jahren eine Art Versteckspiel. Sie hatte sich eine Polizei-Persona zugelegt, die einige Eigenschaften der echten Tilda unter den Tisch kehrte. Prinzipiell fand sie das nicht verwerflich. Die allermeisten Menschen, da war sie sich sicher, waren im Arbeitsumfeld nicht vollständig sie selbst. Tilda hingegen hatte eine regelrechte Angst davor entwickelt, was passieren würde, wenn ihr wahres Ich enttarnt würde. Wahrscheinlich litt sie unter einer ausgeprägten Form des Impostersyndroms, obwohl sie sich für eine sehr gute, von Zeit zu Zeit hervorragende Polizistin hielt. Aber eben auch eine Polizistin, die eigentlich keine Polizistin sein wollte, sein sollte, weil es in ihr so viel gab, was gegen diesen Beruf sprach.

Diese Seiten hielt sie meist erfolgreich im Verborgenen. Allerdings erschien es ihr unmöglich, sich an alle von ihr erwarteten Regeln zu halten. Bereits im Streifendienst hatte sie jugendliche Kleinkriminelle regelmäßig laufen lassen. Und auch später, als sie mehr und mehr Verantwortung trug, ging sie oft ihren eigenen Weg, setzte sich über Regeln und Parameter hinweg. Normalerweise wäre das eine Karrierebremse gewesen. Aber Tilda flog nicht auf. Sie spielte ihre Rolle geschickt. Und so balancierte sie höchst elegant zwischen Alleingängen und Paragrafen, beinahe spielerisch und lange Zeit, ohne es selbst zu bemerken. Der Alleingang zur Hütte kurz nach dem Auffinden von Peters Leiche war auch so eine Nummer gewesen. Alleine im Wald, wie ein Hund, der eine willkürliche Fährte verfolgt. Und jetzt saß sie da mit ihrem Wissen, das ausgerechnet auch noch die Theorie ihres Erzfeindes stützte. Aber musste sie in so einer Situation nicht über ihren Schatten springen? Sich überwinden? Für das große Ganze?

Tildas Schatten ließ sich jedoch nicht einfach überspringen und nicht selten machte sich dann auch noch ihr Bauchgefühl bemerkbar. Dieses Kribbeln. Und gemeinsam ergaben ihre Gedanken zumindest mit Blick auf den Wolf eine glasklare Haltung: Du sagst gar nichts! Halt die Füße still, die Hütte wird noch früh genug eine Rolle spielen.

Einen Großteil des Arbeitstages verbrachte Tilda an der Seite von Sofia Schwarz mit der Auswertung von Peters Smartphone. Peters Eltern hatten ihnen vollen Zugriff auf das Handy gewährt, das er am Tag seines Verschwindens eingesteckt neben seinem Bett vergessen hatte. Tilda hatte das für einen Jugendlichen ziemlich ungewöhnlich gefunden, aber die Eltern bestätigten, dass Peter meistens ohne Handy aus dem Haus gegangen war. Auch seinen Laptop hatte er eher sporadisch genutzt. Entsprechend mau waren auch die Datensätze, die sie nun gemeinsam durchgingen.

Eine Aufgabe, die sich für Tilda – trotz der Zustimmung der Eltern – überaus schäbig anfühlte. Oh Gott, dachte sie,

wenn man mich in dem Alter ermordet hätte, und Polizei-
beamte hätten meine ICQ-Chats durchforstet. Das wäre
der Gipfel der Peinlichkeit gewesen.

Peter hatte ein Facebook-Konto, das er seit zwei Jahren
nicht genutzt hatte, einen Twitter-Account, den er bis auf
ein paar Retweets von seinen Lieblingsstreamern total ver-
nachlässigt hatte, und einen einige Wochen alten TikTok-
Account, der aber noch vollkommen jungfräulich anmutete. Etwas interessanter war sein Instagram-Account, auf
dem er insgesamt fünf Fotos gepostet hatte: Foto eins: Ein
unscharfes, mit mehreren Filtern bearbeitetes und offensichtlich mehrere Jahre altes Selfie mit einer Katze. Foto
zwei: Ein mäßig spektakulär in Szene gesetztes Schlagzeug.
Foto drei: Ein ebenfalls älteres, überbelichtetes Porträtbild
von ihm vor dem Eiffelturm. Foto vier: Das atmosphäri-
sche Schwarz-Weiß-Foto eines großen Steines innerhalb
einer Waldlandschaft. Foto fünf: Ein verwackeltes Foto
der Band »Drei tote Hunde«, aufgenommen als Selfie im
Proberaum auf dem Karasek-Hof. Der letzte Post hatte
als einziger die Marke von zehn Likes überschritten und
war von allen drei Brüdern mit Totenkopf- und Hang-
loose-Smileys kommentiert worden.

»Peter scheint nicht besonders beliebt gewesen zu sein«,
bemerkte Sofia Schwarz gedankenverloren. Tilda sagte
nichts. Mit Sofia verband sie eine merkwürdige Bezie-
hung. Es war nicht so, dass sie die gleichaltrige Polizistin
nicht mochte, aber die beiden waren so unterschiedlich,
dass sie nie miteinander warm geworden waren. Sofia war
hochmotiviert und mit allen erdenklichen Auszeichnun-
gen von der Hochschule gekommen, zeigte sich in der alltäglichen Arbeit aber regelmäßig überfordert. Selten traf
sie den richtigen Ton im Umgang mit Zeugen und Ver-

dächtigen, und so perfekt ihre Berichte waren, so unkonzentriert war ihre Tatortarbeit. Sie war das genaue Gegenstück zu Tilda, die bei den älteren Kollegen wie Gräberer und Bardet von Beginn an besser angekommen war.

Offensichtlich störte das Sofia sehr, denn sie machte kein Geheimnis daraus, dass sie Tilda ausstechen wollte. Um die Dynamik ein wenig zu ändern, hatte Tilda Bardet überredet, Sofia mitzunehmen, wenn sie gemeinsam ausgingen. Ein Unterfangen, das nach einer Proberunde im gegenseitigen Einvernehmen eingestellt worden war. In Sofias Anwesenheit fühlte sich Tilda merkwürdig grobschlächtig. Physisch wie psychisch. Und sie könnte darauf wetten, dass sich Sofia im Gegenzug neben Tilda beinahe zerbrechlich und unsichtbar fühlte. In den letzten Monaten hatten sie sich still darauf geeinigt, sich mit gegenseitigem Respekt zu behandeln, ohne sich durchgehend (ob gewollt oder ungewollt) aneinander abzuarbeiten. Und so saßen sie nun größtenteils stumm nebeneinander und verletzten Peter Ostrachs Privatsphäre – womit Sofia anscheinend weitaus weniger Probleme hatte als Tilda.

»Ich hab mich ein wenig dem Thema Pornoseiten und Dating-Apps gewidmet«, berichtete Sofia. »Letztere hab ich keine gefunden. Nicht einmal Tinder. Und in Sachen Pornos war Peter wohl einigermaßen regelmäßig auf den einschlägigen Seiten unterwegs, aber die Suchbegriffe verraten nichts Ungewöhnliches.«

»Ich weiß ehrlich gesagt nicht, ob wir uns durch die Pornohistorie unseres minderjährigen Opfers graben sollten.«

»Na ja, der Herr Müller war da recht eindeutig. Wir sollen wirklich alles durchackern, von vorne bis hinten.«

»Mal ehrlich: Was bringt uns das, wenn wir wissen, dass der Peter auf versautes Manga-Zeug gestanden hat?«

»Du meinst Hentai, nicht wahr?«

Mann, jetzt musste sie sich auch noch von Sofia Schwarz Popkultur erklären lassen. »Ja, Hentai, aber das war nur ein Beispiel.« Tilda war das alles maximal unangenehm. Sowohl die Aufgabe an sich als auch die Arbeit mit Sofia, inklusive der ständigen Nickligkeiten.

»Ich meine, wenn der Peter ganz abstruse Vorlieben gehabt hätte, dann hätte es ja durchaus sein können, dass er sich über das Internet mit, nun ja, dubiosen Gestalten verabredet hat.« Tilda empfand den Gedanken absurd, aber sie wollte sich nicht schon wieder auf wenig fruchtbare Diskussionen einlassen. Stattdessen zuckte sie mit den Schultern und warf einen Blick in Peters Instagram-Posteingang. Auch hier herrschte gähnende Leere. Es gab kurze Gespräche mit seinen Bandkollegen, die größtenteils aus hin und her verschickten GIFs und Reels bestanden. Darüber hinaus gab es nur drei weitere Chats, zwei mit Schulkameraden, die sich um Chorproben und Hausaufgaben drehten und ein recht einseitiger Nachrichtenaustausch mit einem Mädchen namens Nisa_123, dessen Storys Peter recht regelmäßig likte und kommentierte, das ihm jedoch bis auf ein einzelnes »Danke!« nie geantwortet hatte. Alles in allem zeichneten also auch Peters digitale Spuren das Bild eines zurückhaltenden Jungen.

Was übersahen sie? Wo war die Normalität aufgerissen? War Peter vielleicht doch nur ein Zufallsopfer gewesen?

Tilda rutschte genervt auf ihrem Stuhl hin und her. Ihr Schädel wummerte, was ungewöhnlich war, denn normalerweise hatte sie nie mit Kopfschmerzen zu kämpfen. Sie blickte abwechselnd auf ihren Bildschirm und zu ihrer Kollegin. Sie musste hier raus. Schnellstmöglich.

Sie hatte sich vorgenommen, noch einmal den Weg zwischen dem Karasek-Hof und dem Dorf abzulaufen. Eine Tätigkeit, die wenig Erfolg für den Fall versprach, sich aber vortrefflich dafür eignete, den Kopf freizubekommen. Tilda entschuldigte sie bei Sofia Schwarz, die weiter Peters Browserverlauf studierte, und fuhr zum Wanderparkplatz am Rande des Dorfes. In den letzten Tagen hatte es nicht mehr geregnet, und es staubte, als Tilda über den Schotterweg Richtung Karasek-Hof ging. Der Weg schlängelte sich an der Donau entlang ins Tal, das hier enger wurde, kantiger, felsiger. In ihren Handballzeiten waren ihre Mannschaftskolleginnen und sie diese Strecke oftmals gejoggt. Sie hatte es gehasst. Das Joggen. Das Krafttraining. Sie wollte Handball spielen. Spielen. Spielen. Spielen. Bevor der Weg in ein kurzes Waldstück mündete, öffnete sich eine größere Feld- und Weidefläche. Hühner tummelten sich um einen umgebauten Bauwagen, der von einer massiven Vogelscheuche bewacht wurde, die wohl Habichte abhalten sollte. Daneben reihte sich eine weit verzweigte Streuobstwiese, auf der eine Kuhherde weidete. Zwischen den Kühen stapften mehrere Reiher hin und her. Richtig idyllisch. Zu idyllisch? Von Fischreihern hatte sie jedenfalls genug.

Aber in dieser Gegend konnte man niemanden abfangen, oder? Zumindest war kein Angriff aus dem Hinterhalt möglich. Viel zu weitläufig. Andererseits war es vermutlich schon dunkel gewesen, als Peter diesen Weg entlanggeradelt war. Und wieso hätte er beispielsweise bei einem auftauchenden Auto umdrehen oder Verdacht schöpfen sollen? Und wo überhaupt war sein Fahrrad? Sein Rucksack mit den Drumsticks? Von hinten näherte sich jetzt ein Auto, Tilda wich auf das Gras aus, grüßte. Die verbeulte Karre schob sich vorbei, der Fahrer starrte sie an, als wäre sie als Hexe verkleidet. Typisch.

Plötzlich kam ihr eine Idee … Die Lösung war meist einfacher als zunächst gedacht. Was, wenn Peter angefahren oder abgedrängt worden war? Hier auf dem Feldweg war das absolut vorstellbar, er hätte kaum eine Möglichkeit zum Ausweichen gehabt. Und hier hört dich niemand. Kein Schrei, kein Unfall. Tilda, die ursprünglich nach einem Versteck für einen möglichen Hinterhalt hatte suchen wollen, sah den Ablauf plötzlich glasklar vor Augen. Dunkelheit. Der nach Hause hetzende Peter. Das Schrottfahrrad. Das flackernde Licht. Ein sich näherndes Auto, das plötzlich ausscherte. Der Aufprall. Der Aufschlag.

Und obwohl es keinen wirklichen Anlass, keinen Beweis für ihre These gab, war sich Tilda jetzt sicher. So sicher, wie sie nur sein konnte.

Sie suchte jetzt anders. Konkreter. Es war, als hätte sie jemand eingeschaltet. Irgendwo hier ist es passiert. Auf dieser Strecke. Peter war vermutlich von seiner Sicht aus rechts gefahren, also fokussierte sich Tilda, die aus der anderen Richtung kam, auf den linken Rand des Weges. Sie lief minutenlang mit gesenkten Blick. Und dann sah sie es. Das gelbgrüne Gras war heruntergedrückt worden zu einer unförmigen Schneise. Hier war jemand gefallen. Und dort lagen rote Scherben. Die Scherben eines Fahrradlichts? Volltreffer? Tilda zückte ihr Handy, fotografierte, suchte auf dem Weg, auf der anderen Seite. Waren das Spuren im Gras? Kaum wahrnehmbar, das Gras hatte sich längst wieder aufgerichtet. Die Böschung zur Donau war lediglich wenige Meter entfernt. Sie lief einen Bogen, um eventuelle Spuren, die auf dem möglichen Weg des

Täters noch vorhanden sein könnten, nicht zu zerstören. Die Donau führte in diesem Bereich kaum Wasser, und in dem Flussbett entdeckte Tilda es: ein Fahrrad. Jemand musste es mit gehöriger Kraft die Böschung hinuntergeworfen haben. Volltreffer. Eine Euphoriewelle durchflutete ihren Körper.

Tilda fotografierte sicherheitshalber auch das Fahrrad, ehe sie die Nummer der Spurensicherung wählte. Ihr Herz pochte gegen ihre Brust wie ein Buntspecht gegen Rinde. Nach Tagen des Frusts und der Rückschläge konnte sie einen solchen Glückstreffer verdammt gut gebrauchen. Und wenn der Täter mit einem Auto gefahren war, wie es gerade den Anschein machte, schloss das automatisch die Karaseks als Hauptverdächtige aus – es sei denn, sie hätten ein Fahrzeug auf dem Hof entwendet. Auf Bauernhöfen war es gang und gäbe, dass sich Jugendliche hinter das Steuer von Traktoren klemmten.

Als sie euphorisch zurück auf den Weg stapfte, sah sie am Horizont ein Polizeiauto. Für ein paar Sekunden war sie irritiert. So schnell konnten die Kollegen und Kolleginnen unmöglich sein. Doch dann dämmerte ihr, wer in dem Auto saß ... Als der Wagen mit einem ihr unbekannten Beamten am Steuer im Schritttempo an ihr vorbeifuhr, blickten sie drei unendlich traurige Augenpaare an. Eine solche Verzweiflung hatte Tilda selten gesehen.

Tilda überkam eine erdrückende Erkenntnis. In den Städten, wo Millionen Menschen auf kleinstem Raum zusammenlebten, kam es zwangsläufig zu Auseinandersetzungen in allen Formen und Farben. Im Schmelztiegel kreuzten sich die unwahrscheinlichsten Lebenslinien. Verbrechen war dort Alltag, zurückzuführen auf einfache Wahrscheinlichkeiten. Aber wenn hier, auf dem Dorf, in der tiefsten Provinz, die vermeintliche Idylle aufriss, dann wurde der Alltag vollkommen auf den Kopf gestellt. Davon blieb keiner unberührt.

Diese Risse gruben sich tief ins Fleisch der Gemeinschaft. Niemand konnte sie verschließen. Nicht Tilda. Und keiner ihrer Kollegen und Kolleginnen. Sie waren mehr Wunden als Narben. Offen. Eitrig. Aber wenn das Dorf als Dorf überleben sollte, dann musste es Wunden wie diese verhüllen. In Schweigen. Und im Vergessen. Die Karaseks, das begriff Tilda nun, hatten die Idylle seit jeher gestört. Sie waren zu anders. Zu laut. Zu bunt. Zu mutig. Zu merkwürdig. Ihre Familie war zu zerrüttet. Ein zerbrochener Spiegel, den sich keiner vorhalten wollte. So war es kein Wunder, dass der Verdacht der Dorfgemeinschaft, wie ein Funke, fast wie von selbst auf die Brüder gefallen war und mittlerweile ein hell loderndes Strohfeuer entzündet hatte.

Tilda konnte sich die Gespräche im Dorf schon ausmalen, wenn einer der Einwohner das Trio im Polizeiwagen sehen würde.

Fuck, das hätten die doch bedenken müssen. Warum hatten sie die Jungs nicht mit einem zivilen Fahrzeug abgeholt?

Und die Presse.

Sie musste ins Präsidium.

So schnell wie möglich.

Wo blieben denn die Spurensicherer? Meine Güte.

Wenn Peter hier wirklich angefahren worden war und sein Fahrrad dort in der Donau lag, dann standen die Chancen gut, dass sie an der Unfallstelle handfeste Hinweise auf das Auto der möglichen Mörder finden würden. Hinweise, die die Karaseks im Idealfall entlasteten.

»Hoffentlich erzählen die Jungs keinen Scheiß.« Da war es wieder, das Selbstgespräch als Anzeige des eigenen Stresslevels. Tilda traute es den Brüdern durchaus zu, irgendeine blöde Rebellennummer durchzuziehen, die sie in noch größere Schwierigkeiten bringen würde. Aber vermutlich konnte sie die Jungs jetzt gerade ohnehin nicht unterstützen. Im Moment gehörten sie Tyll. Ausgerechnet. Tilda hätte vermutlich selbst den Mord gestanden, nur um sich nicht allzu lange in einem Zimmer mit ihrem Erzfeind aufhalten zu müssen.

Endlich hörte sie ein Fahrzeug. Tilda hatte für gewöhnlich ein gutes Verhältnis zu Kollegen und Kolleginnen aus anderen Abteilungen. Es war ihr Großvater gewesen, der ihr einst einen entscheidenden Gedanken mit auf den Weg gegeben hatte: »*Wenn du nett zu Leuten bist, dann sind die allermeisten Leute auch nett zu dir.*« Tilda hatte sich das immer zu Herzen genommen und zumindest bei flüchtigen Begegnungen und Bekanntschaften war sie damit meist sehr gut gefahren. Sie pflegte beinahe freundschaftliche Beziehungen zu allen Hausmeistern, die in Gebäuden auf ihrem Lebensweg gearbeitet hatten, sie scherzte mit den Verkäuferinnen beim Bäcker und mit den Zahnmedizinischen Fachangestellten. »Ihr wollt mir heute also auf den Zahn fühlen …«

Selbstverständlich hatte sie auch bei den Jungs von der Spurensicherung einen Stein im Brett. Und obwohl sie ihnen jetzt am liebsten mit einem lautstarken »Na das wird auch Zeit!« an die Gurgel gesprungen wäre, begrüßte sie die leicht gestresst wirkenden Kollegen mit einem fast zu freundlichen »Wunderschönen guten Tag!«

Tilda schilderte haarklein die Situation und schaute ihren Kollegen beim gesamten Prozedere über die Schultern. Nicht, weil sie den Experten nicht vertraut hätte, nein, das waren Vollprofis, sondern um die Wichtigkeit der Entdeckung zu unterstreichen und als Zeichen der gegenseitigen Wertschätzung. War das Fahrrad ein entscheidendes Puzzleteil? Vielleicht. In jedem Fall war es der langersehnte Motivationsschub, den sie so dringend brauchte.

Nach dem Leichenfund und der Pressekonferenz hatte sie nichts von Bedeutung beitragen können. Der Fall war ihr entglitten, und die entscheidenden Tage, in denen die meisten Tötungsdelikte gelöst wurden, waren an ihr vorbeigerast.

Diese roten Splitter waren Gold wert.

Kostbar wie Diamanten.

Tilda glaubte wieder an sich.

Und da fiel ihr plötzlich etwas ein. »Hey, könnt ihr mich nachher kurz zu meinem Auto fahren? Ich hab da noch was für euch!«

»Mann, zum Glück warst du nicht dabei. Du wärst ausgerastet. Tyll war richtig blutrünstig, der hätte die Jungs nach der Vernehmung am liebsten dabehalten.« Bardet stopfte sich nach jedem zweiten Satz Erdnüsse in den Mund, sodass sie zeitweise kaum zu verstehen war. Die ältere Kollegin hatte die offensichtlich gefrustete Tilda zu einem Bier im »Schraubenschlüssel« überredet, der Kultkneipe der Kreisstadt.

Tilda riss das Etikett von ihrem Tannenzäpfle in feinen Fetzen. »Das war doch garantiert auch seine Idee, die Jungs mit dem Streifenwagen abzuholen. Wirklich, der Typ ist so ein Saftsack.«

»Manchmal benutzt du Wörter, die mich daran zweifeln lassen, ob du wirklich 20 Jahre jünger bist als ich.«

Die beiden lachten und Tilda merkte, wie die Anspannung langsam von ihr abfiel. Nachdem sie sich von den Spurensicherern verabschiedet hatte, war sie schnellstmöglich ins Präsidium gerast, wo Müller bereits auf sie wartete und ihr großspurig verkündete, dass sie aufgrund der vielen Überstunden unbedingt früher Schluss machen sollte. »Und morgen Früh bleiben Sie auch daheim, das haben Sie sich verdient. Es ist Ihr erster großer Fall, da müssen wir mit den Kräften haushalten«, meinte ihr Chef und klopfte ihr hölzern auf die Schulter. Was Müller wie eine ausgetüftelte Mental-Health-Kampagne aussehen ließ, verstanden sowohl Tilda als auch Bardet als Zwangsauszeit auf der Strafbank.

»Der wollte dich loswerden, weil er keinen Bock hatte, dass du Tyll direkt noch einen Kopf kürzer machst. Der Müller hatte ja schon immer ziemliche Mühe damit, über den Tellerrand zu blicken«, meinte Bardet, während sie eine Erdnussschale öffnete.

Tilda mochte keine Erdnüsse, schon gar keine mit Schale. Snacks waren für Tilda zum Snacken da und sollten keine extra Arbeit verursachen. »Ist denn bei der Verhöraktion irgendwas rausgekommen?«

Bardet überlegte ungewöhnlich lange. »Inhaltlich – nein, nicht wirklich. Die Brüder haben eigentlich alles wiederholt, was sie dir auch schon erzählt hatten. Es gab nur eine Sache, die uns in der Nachbesprechung stutzig gemacht hat. Der Jüngste, den hat sich übrigens Yves vorgenommen, hat wohl einige eher abschätzige Kommentare über den Peter gemacht.«

Tilda war irritiert. So wie sie die drei Jungs erlebt hatte, konnte sie sich das kaum vorstellen. Andererseits würde ja gerade Gräberer so etwas nie und nimmer erfinden.

»Er hat ihn wohl einen Feigling genannt«, ergänzte Bardet. »Keine Ahnung, Gräberer kam das jedenfalls so ungewöhnlich vor, dass er es mehrfach erwähnt hat. Für Tyll war das ein gefundenes Fressen, der wollte ihn dann direkt noch mal rannehmen. – Willst du noch eins?« Sie hielt ihre leere Bierflasche hoch.

»Ja, aber alkoholfrei. Ich muss noch fahren.«

»Wie – du musst fahren? Du Glückliche hast doch morgen frei. Wir geben uns jetzt die Kante.«

»Ich penn doch gerade bei meinen Eltern, und aufs Dorf fährt der letzte Bus … warte, ich schau mal … in einer halben Stunde.« Die spärlich fahrenden Busse hatte Tilda so verinnerlicht, dass ihr komplexe U-Bahnnetze in Großstädten immer noch wie ein Weltwunder vorkamen.

»Dann pennst du halt bei mir auf dem Sofa!«, bat Bardet an.

»Ne, Mann! Ich weiß zwar, dass Müller mich damit nur einlullen wollte, aber ein bisschen Erholung kann ich trotzdem gut gebrauchen. Ich fahr heim. Fertig. Zurück zum Thema. Zusammengefasst: Die Befragungen haben nichts ergeben. Also niente. Zero?«, fragte Tilda, der diese Frage unter den Fingernägeln brannte.

»Wie man's nimmt. Die Jungs haben sich nicht gerade wie Musterschüler benommen. Verständlicherweise. Aber Tyll und auch Müller werden da garantiert dranbleiben.«

»Fuck, das hab ich befürchtet. Mann, hätte ich sie nur vorgewarnt.«

»Tilda, komm runter. Ich mach den Bumms ja schon ein wenig länger als du. Und du weißt, dass ich dich wirklich schätze. Aber es ist nie gut, wenn du mit dem Herzen zu sehr dabei bist. Da kannst du nur verlieren«, sagte Bardet, während sie sich nach einem Kellner umblickte. »Und jetzt reden wir bitte nicht mehr über die Arbeit. Schwierig für dich, ich weiß, aber ich schalte die Frau Kommissarin Marder jetzt ab. Ich will die echte Tilly sehen. –Hey, du! Bring noch mal zwei solche bitte!«

»Ey, ich wollte alkoholfrei.«

»Shit, Maus! Das hab ich glatt vergessen.«

»Tiiiiiiildaaaaaaaaaaaaaaaaaaa. Tilldaaaaaaaaaaaaaaaaaaa.« Sie hörte ihren Namen dumpf. Wie aus einer anderen Welt. Als würde sie von einer Meerjungfrau unter Wasser gerufen. »Tiiiiiiildaaaaaaaaaaaaaaaa. Biiiiiissstttttt duuuu-uuuuuu waaaaaachhhh?« Plötzlich riss es ihr den Boden unter den Füßen weg, Tilda flog für eine Millisekunde durch einen luftleeren Raum, warf den Kopf nach links und rechts. Licht stach ihr in die Augen und löste unsagbare Kopfschmerzen aus. Ein massiver Spuckefaden hing ihr aus dem Mundwinkel, während sie keine Ahnung hatte, wo oben und wo unten war und wo zur Hölle sie sich überhaupt befand. Dann trafen sie die Erkenntnisse im Sekundentakt: Die kitschige Blumenbettwäsche? Ihr altes Jugendzimmer! Die Kopfschmerzen? Bardet, die immer weiter bestellte und sie schlussendlich in ein Taxi verfrachtet hatte. Die Stimme? Ihr Mutter, die vor ihrem Bett stand und ohne Rücksicht auf Verluste die Rollläden hochgezogen hatte.

»Tilda, bist du wach? Musst du nicht zum Arbeiten?« Ihre Mutter blickte sie erschrocken an.

»Nein, ich hab frei.«

»Das hättest du auch mal sagen können, ich hatte gerade den Schreck meines Lebens.«

»Wie oft haben wir schon besprochen, dass ich, wenn ich hier bei euch bin, gerne meine Privatsphäre hätte?«

»Na toll, jetzt bin ich wieder schuld. Es ist halt schon 9 Uhr, wie würde das denn aussehen, wenn du ausgerechnet heute zu spät kommen würdest?«, sagte ihre Mutter mit vorwurfsvollen Tonfall.

»Was meinst du mit ausgerechnet heute?« Tilda versuchte sich aufzurichten. Ein in ihrem Zustand beinahe unmögliches Unterfangen.

»Oje, Schatz, du hast ja die Zeitungen noch gar nicht gesehen.«

Tilda war plötzlich hellwach. Wie konnte es denn sein, dass die Welt immer dann, wenn sie ihr gerade nicht ihre ganze Aufmerksamkeit widmete, völlig aus dem Ruder lief?

»Welche Zeitungen?«

»Fuck. – Fuck. Fuck. Fuck. – FUUUUUCCCK!« Tilda schrie ihre Wut mit einer solchen Inbrunst heraus, dass die Teetasse ihres Vaters vibrierte. Der Worst Case war eingetreten, schlimmer, als sie es sich hätte ausmalen können. Der größte anzunehmende Unfall.

Tatsächlich hatte ein Fotograf die Ankunft der Karaseks auf dem Polizeipräsidium in allen Details und aus sämtlichen Winkeln dokumentiert und auf direktem Wege an die gesamte Boulevardpresse verkauft. Vermutlich war ausgerechnet an diesem Tag nicht sonderlich viel auf der Welt passiert, denn beinahe jede Zeitung des Landes, egal ob regional oder überregional, brachte die verpixelten Fotos als Aufhänger, die selbstverständlich wie eine Verhaftung anmuteten. Die Schlagzeilen lieferten sich einen Wettkampf, um sich das Prädikat »besonders reißerisch« zu sichern:

»Haben die Satanisten-Bubis ihren Kumpel gekreuzigt?«,

»Hier führen sie die Todesteenies ab«,

»Blutkult im Mörderdorf«.

Mörderdorf. Eieiei. Das würden die Dorfbewohner den Karaseks nicht verzeihen.

Die Schuldfrage? Egal!

Und überhaupt: Auf dem Dorf galt die Regel »Was in der Zeitung steht, das muss stimmen!« noch immer. Zumindest mit Blick auf das Regionale. Daran hatten auch Gisi und ihre Verschwörungsschwestern nichts geändert.

Die drei Jungs waren den Löwen zum Fraß vorgeworfen worden und Tildas Versprechen ihrem Musiklehrer gegenüber war endgültig pulverisiert. Selbst wenn sie sich am Ende als schuldig herausstellen würden, eine solche Vorverurteilung und öffentliche Zurschaustellung waren unter aller Sau. Und gefährlich. Verdammt gefährlich. Für die Jungs, die diesem Strudel nun ungeschützt ausgesetzt waren.

»Was mach ich denn jetzt?«, fragte Tilda, die mit einem kalten Schweißausbruch zu kämpfen hatte, hilflos ihre Eltern.

Ihr Vater wollte gerade antworten, wurde aber von ihrer Mutter abgewürgt: »Am besten gar nichts. Du hast doch eh frei. So was kommt nicht gut, wenn man sich an einem solchen Tag aufspielt. Gerade als Frau.«

Tilda musste sich extrem zusammenreißen, um keinen Wutanfall zu haben, wie es zu ihrer Teenagerzeit an diesem Esstisch gang und gäbe war. Ihre Unterlippe zahlte den Preis dafür. »Was hat das bitte damit zu tun, dass ich eine Frau bin?«

Kurz überlegte sie, ob sie zu einer Generalkritik des Patriarchats ansetzen sollte, als ihr Vater, einigermaßen in sich gekehrt, wie sie es von ihm gewohnt war, die Situation so gut es ging beruhigte: »Wir sind alle aufgebracht und wir sind uns alle einig, dass hier etwas gehörig schiefgelaufen ist ...«

Ihr Puls beruhigte sich praktisch umgehend. Mann, hätte Tilda diese Fähigkeit, hätte sie früher in der Streitschlichter-AG glänzen können. Ihr Vater war allerdings noch nicht fertig. »So wie ich die Karasek-Familienverhältnisse und leider auch unsere Behörden einschätze, sind die Jungs nun ganz auf sich allein gestellt. Tilda, du hast doch einen recht guten Draht zu ihnen, oder? Fahr doch mal hin. Ich denke, die sind über jedes Signal der Solidarität dankbar.«

Tildas Mutter sah das komplett anders. »Du solltest echt einen Ratgeber schreiben: ›Wie werde ich meinen Job los, in zehn einfachen Schritten‹,« fuhr sie ihren Mann an, der mit stoischer Miene die nachfolgenden Tiraden über sich ergehen ließ. Tilda war ihm wirklich dankbar. Und er hatte recht.

Zehn Minuten später saß Tilda im Auto mit Fahrtrichtung Karasek-Hof und kämpfte einen stummen Kampf gegen den fetten Kater, der sich in ihrem Körper eingenistet hatte. Sie erinnerte sich an einen Spruch ihrer Großmutter: »*Friss, Vogel, oder stirb!*«

Tilda sah die Jungs schon von Weitem. Sie standen auf dem Hof und schraubten an einem alten Traktor herum. Franz, der jüngste, saß auf dem Fahrersitz und warf ihr einen giftigen Blick zu, als Tilda parkte und sich noch ungelenker als gewöhnlich aus dem Auto schälte.

»Du kannst dich gleich wieder verpissen.«

»Jungs, ich ...« Tilda hob entschuldigend die Hände.

»Hau ab, ich meine es ernst. Sonst jagen wir dich vom Hof. Da wärst du heute nicht die Erste.« Sie erkannte ungeheure Wut in Franz' Augen.

»Ich verstehe, dass ihr ...«

Nikola unterbrach sie. »Du verstehst überhaupt nichts. Gar nichts.«

»Nein, ich bin hier ...«

»Du bist hier, weil du wieder einen auf cool machen willst. Schön rumkumpeln, oder? Dabei bist du genauso eine Bullenschlampe wie ...«

Es war Jakob, der älteste Bruder, der gegen die Blechkarosserie des Traktors schlug, um seinem kleinen Bruder Einhalt zu gebieten. Wenn Franz sich auch bei der Vernehmung so aufbrausend verhalten hatte, wunderte es Tilda kein Stück, dass er sich in Bezug auf Peter eher negativ geäußert hatte.

»Franz, es reicht.«

Tilda witterte ihre Chance und ging auf den großen Jungen zu. »Jakob, ihr müsst wissen ...«

»Mein Bruder ist manchmal ein unverschämtes Großmaul. Recht hat er trotzdem. Bitte verlass unseren Hof.«

Tilda schauderte. Die Ernsthaftigkeit und Autorität, die der Teenager ausstrahlte, war körperlich spürbar. Ihr wurde klar, wie schnell er wohl hatte erwachsen werden müssen, um für sich und seine Brüder zu sorgen. Nichts an diesem Teenager erinnerte an einen 16-Jährigen. Er war eine alte Seele. Mit altem Blick.

Aber sie konnte nicht einfach klein beigeben und nahm deshalb alle Kraftreserven, die ihr geschundener Körper noch hatte, zusammen. »Leute, ihr müsst mir mal kurz zuhören. Wirklich.«

»Wir müssen gar nichts«, blaffte nun Nikola, der dritte

Bruder. Er schaute dabei an ihr vorbei. Er war der unsicherste der drei.

»Bitte! Danach könnt ihr mich immer noch vom Hof jagen, egal. Aber hört mir kurz zu.« Franz und Nikola funkelten sie weiterhin böse an, aber Jakob nickte ihr zu. Kaum merklich, aber umso eindringlicher.

Tilda atmete auf. »Was euch passiert ist, ist unter aller Sau. Ich schäme mich dafür in Grund und Boden. Wir als Polizei haben versagt. Ich habe versagt. Ich hätte euch davor schützen müssen. Ich habe es nicht geschafft. Aber ihr müsst wissen, und das ist mir wirklich wichtig, dass ich mit meinem ganzen Herzen und mit meinem kompletten Verstand an eure Unschuld glaube. Und auch wenn ich nicht gutmachen kann, was heute Morgen passiert ist, möchte ich euch versprechen, dass ich alles daran setze, eure Unschuld zu beweisen.«

Stille. Minutenlang. Stundenlang. Tagelang. Zumindest in Tildas Kopf. Sie wollte sich schon umdrehen, als sie förmlich das Eis brechen hörte.

Jakob begann zu grinsen. »Sag mal, du stinkst ja wie ein ausgelaufenes Schnapsregal. Warst du gestern saufen?« Nikola und Franz prusteten los.

»Aber ey, deine Rede war ganz schön pathetisch. Die könntest du glatt in einem Hollywood-Film raushauen.« Franz machte sie erstaunlich akkurat nach. »Ich werde alles daran setzen, um euch rothaarige Hirnis da rauszuholen.«

Tilda konnte nicht anders und lachte laut mit. Doch als es wieder ruhig wurde, kehrte die dumpfe Anspannung zurück.

»Was sollen wir jetzt eigentlich machen? Wir können uns doch nicht mehr im Dorf sehen lassen. Die hängen uns am Rathaus auf«

»Wir sind Blicke gewohnt, das war schon immer so. Aber jetzt sind wir … also, ich hätte nicht gedacht, dass ich das einmal sage … aber ich hab Angst um meine Brüder.« Selbst Jakob, der für sein Alter ungeheuer erwachsen wirkte, schien mit der Situation komplett überfordert. Er ergänzte: »Heute Morgen war tatsächlich so ein gestriegelter Journalist auf dem Hof, und das wird sicher nicht der letzte gewesen sein.«

»Wir können niemandem mehr vertrauen. Den Bullen nicht, sorry, aber auch allen anderen nicht. Und außerdem rennt da draußen jemand herum, der unseren Freund gekillt hat!« Franz war so aufgebracht, dass er beim Sprechen zitterte.

Shit. Tilda spürte die Verzweiflung, obwohl die Jungs natürlich alles daransetzten, so cool wie möglich zu wirken. »Ich hab mir auf der Fahrt hierher einige Dinge überlegt. Ich glaube, es ist wirklich wichtig, dass ihr jetzt die Füße stillhaltet. Am besten bleibt ihr einige Tage auf dem Hof.«

»Damit uns die Schule morgen wieder mit der Polizei abholen lässt?«

»Nein, ich rede mit der Schulleitung. Die muss eine Ausnahme machen. Und mit Pfeiffer, der soll alle paar Stunden jemanden in Zivil vorbeischicken.«

»Ne, vergiss es. Kommissar Dicksack ist überhaupt nicht gut auf uns zu sprechen.«

»Er … Ich … Ja, das kann ich mir vorstellen, aber … Er ist eigentlich ein guter Kerl.«

»Wovon träumst du nachts? Wenn sein junger Kollege nicht wäre, hätte der uns schon zigmal eingebuchtet.«

»Und wenn ich Farouk, also den jungen Kollegen, frage?«

Die Brüder schauten sich gegenseitig an. Es war, als würden sie sich per Telepathie austauschen.

»Das klingt schon besser. Der ist ganz okay. Also, so okay, wie ein Bulle halt sein kann.«

»Na, vielen Dank.«

»Nein, nein, du bist ja auch ganz okay.«

»Aber ...?«

»Wir können uns doch nicht mit einer Polizistin anfreunden. Das würde unsere Credibility total untergraben.« Wieder lachten sie.

Doch dann trat Nikola nach vorne und Tilda merkte sofort, dass ihm etwas schwer auf dem Herzen lag. »Ähm, eine Sache noch. Die Beerdigung von Pete, die wird ja bald stattfinden, denke ich, oder?« Tilda nickte. Nach der Obduktion wurde der Körper für gewöhnlich freigegeben. Nikola rang nach Worten. »Ich mein, wir waren Petes einzige Freunde. Er hätte gewollt, dass wir ... aber ... das geht nicht. Die werden uns fotografieren, beschimpfen und beschatten. Und wenn ich an Petes Eltern denke, also, die mögen uns, das weiß ich, aber wenn die auch glauben, dass wir das waren, können wir doch unmöglich da aufkreuzen. Oder?«

Tilda schluckte. Allen dreien standen Tränen in den Augen.

So ein Horror. Trotz allem waren das hier Jugendliche. Halbe Kinder.

Tilda erinnerte sich an einen Autounfall im Ort. Fahranfänger. Ihr Jahrgang. Flüchtiger Bekannter. Zwei Tote. Und sie, völlig überfordert, auf der Beerdigung. Diese Erfahrung hatte sie damals an den Rand des Wahnsinns gebracht. Bis heute konnte sie die damals gespielte Jeff-Buckley-Version von »Hallelujah« nicht mehr hören.

»Ja, das ist wirklich eine beschissene Lage«, sagte sie. »Hm, ich mache euch folgenden Vorschlag. Ich geh bei

Peters Eltern vorbei und frag sie einfach. Wenn sie für sich alleine trauern wollen, müsst ihr das akzeptieren, so schwer es euch fällt. Dann müsst ihr mit dem Abschied nehmen wohl oder übel warten, bis die ganze Geschichte vorbei ist. Ich weiß, das ist richtig mies. Aber wahrscheinlich die einzige Lösu...«

In dieser Sekunde wurde Tilda von einem ohrenbetäubenden Krach unterbrochen.

Wie ferngesteuert ging sie hinter ihrer offenen Autotür in Deckung und lokalisierte von dort den Ursprung des Lärms.

Ein schwarzer Pick-up-Truck war mit Höchstgeschwindigkeit in den Hof gebrettert, durch eine Vollbremsung ins Schlingern geraten und hatte mit seinen ausbrechenden Hinterrädern einen Halbkreis im Kiesboden hinterlassen. Aus den Boxen ertönte ein Gitarrensong, den Tilda zwar nicht kannte, den sie aber eindeutig den Böhsen Onkelz zuordnen konnte.

Als die riesige Karre zum Stehen kam, öffneten sich die Türen des Fond und drei spärlich vermummte Gestalten sprangen auf den Hof, holten aus und schmetterten jeweils einen schwarzen Gegenstand in Richtung der Karaseks.

Oh mein Gott, fuck, sind das Handgranaten, schoss es Tilda für einen Sekundenbruchteil durch den Kopf, als die undefinierbaren Flugobjekte auf dem Traktor aufklatschten, in sprudelnden Farbexplosion zersprangen und einen roten Regen freisetzten, der sich über den Traktor und die Karaseks ergoss.

Einer der Vermummten brüllte: »Ihr Drecksäcke! Ihr habt den Letzten umgebracht. Jetzt seid ihr nicht mehr sicher. Wenn es die Polizei nicht auf die Kette bringt, dann übernehmen wir das eben selbst.«

Nach der Ansage sprangen alle zurück ins Auto, das sich mit quietschenden Reifen in Bewegung setzte.

Tilda war noch immer perplex und sah nur aus dem Augenwinkel, wie Franz, dessen Gesicht komplett rot verklebt war, sich eine Brechstange griff und diese wie ein Diskuswerfer dem Auto hinterherschleuderte. Das massive Werkzeug drehte sich in Zeitlupe um die eigene Achse und schlug dann mit voller Wucht in der Heckscheibe des SUVs ein, die in Tausende Einzelteilen zerfiel. Das Auto bremste erneut mit quietschenden Reifen, und der maskierte Fahrer stürmte gefolgt vom Rest der Besatzung in rasender Wut auf die drei Teenager zu. Tilda brüllte ein verzweifeltes »Stooooooooopp!« und stellte sich zwischen die Angreifer und die Karaseks. Ein Unternehmen, das sie sofort betreute, als sie der vorderste Maskierte wie ein Footballspieler umriss, woraufhin die Polizistin gefühlte drei Meter durch die Luft flog und äußerst unsanft auf dem steinigen Boden aufprallte, wo sie sich den Hinterkopf aufschlug. Fuck! Tilda wurde schwarz vor Augen, einzig das Geschrei der beiden Parteien ließ vermuteten, dass eine erbarmungslose Auseinandersetzung im Gang war, als der nächste brachiale Knall das Kampfgeheul in Sekundenschnelle verstummen ließ. Die Farben kehrten in Tildas Wahrnehmung zurück, sie fasste sich an den Hinterkopf, wo ein ordentlicher Cut klaffte, und versuchte vorsichtig aufzustehen, als sich eine absurde Szenerie vor ihren Augen abzeichnete.

Die Karaseks waren nicht vor den Angreifern zurückgeschreckt und hatten sich trotz Unterzahl und körperlicher Unterlegenheit der Keilerei gestellt. Das dabei entstandene Handgemenge hatte sich mittlerweile entwirrt, weil sich die Angreifer nach dem Knall mit erhobenen Händen und panischen Mienen zurückgezogen hatten. Tilda folgte ihren Blicken über den Hof hinauf zum Wohnhaus, vor dessen Tür ein Mensch stand, der nicht mehr viel Menschliches an sich hatte. Die Gestalt musste über zwei Meter groß sein und sie trug nichts als eine ausgeleierte Unterhose, was den Blick auf einen vollkommen abgemagerten Körper freigab. Das Gesicht war unter dicken Strähnen von verfilzten Haaren und einem dichten Vollbart praktisch nicht zu erkennen. Besonders erschreckend war die Haltung der Gestalt, die barfuß auf der Türschwelle stand und mit der rechten Hand über dem Kopf wedelte. Darin erkannte Tilda einen massiven Revolver, der offensichtlich gerade abgefeuert worden war.

»Runter von meinem Hof! Oder ich knall jeden Einzelnen von euch ab!«

IV

Er hat es tatsächlich auf den Baum geschafft. Irgendwie. Er hat sich von Ast zu Ast gezogen, mit letzter Kraft. In seiner Todesangst gelang es ihm, die letzten Energiereserven zu aktivieren und seinen ganzen Körper unter Spannung zu setzen, während die anderen nach ihm schnappten, angetrieben vom Hunger und vom Jagdtrieb. Eine so fette Beute haben sie lange nicht geschlagen. Deshalb werden sie auch nicht aufgeben, nicht von ihm ablassen.

Insgesamt sind es sechs Wölfe, die den Baum nun umkreisen. Ein älterer Wolf, der die anderen beinahe um eine Schädelhöhe überragt, gibt offensichtlich die Signale an zwei weibliche Offiziere weiter. Die Blicke, die der Alte ihm zuwirft, sprechen eine eindeutige Sprache: Auch du hast irgendwann Hunger. Und davor noch Durst. Dann musst du runter. Und dann warten wir auf dich.

Egal, wie er sich hinsetzt, auf den knorrigen Ästen des Baumes findet er keine angenehme Position. Die wird allerdings entscheidend sein, wenn er die Nacht überstehen will.

Er muss früher oder später schlafen. Hunger und Durst sind eine Sache, sein größter Feind auf kurze Sicht ist die Müdigkeit. Er will nicht einfach vom Ast kippen und gefressen werden. Wenn, dann will er kämpfen und mindestens zwei von ihnen mit in den ewigen Schlaf reißen. Zwei müssen es sein. Unbedingt. Denn dann wäre dieser Kampf ein Sieg für sein Rudel. Ganz egal, was mit ihm passiert.

KAPITEL 5

»Das darf doch alles nicht wahr sein. So eine gottsall-mächtige …« Müller manövrierte sich trotz seines Wut-anfalls gekonnt um die sich anbietenden Schimpfwör-ter herum. »So ein … So eine dermaßen … Meine Güte, Marder. Was haben Sie sich dabei gedacht? An Ihrem freien Tag?«

Tilda blickte stumm auf Müllers Schreibtisch und malt-rätierte ihre Unterlippe. Einen so klinischen, bis ins letzte Detail aufgeräumten Arbeitsplatz hatte sie selten gese-hen. Beängstigend.

»Wir haben doch oft genug über solche nicht zu Ende gedachten Einzelgängeraktionen gesprochen«, schob Mül-ler nach.

Nicht zu Ende gedachte Einzelgängeraktionen. Dieser Mensch war kein Mensch. Er war ein Aktenordner. Ein Wörterbuch. Beinahe hätte Tilda gegrinst, obwohl ihr tat-sächlich so gar nicht danach zumute war.

»Wie soll ich Sie denn bitte zukünftig vor Tyll und Kon-sorten in Schutz nehmen? Wie? Sagen Sie mir das? Ein anderer Chef hätte längst … hätte … Keine Ahnung, ich weiß es doch auch nicht.« Müller hatte die Fassung ver-loren. So wütend hatte ihn Tilda noch nie erlebt. Nicht annähernd. Sein Kopf war so rot angelaufen, als drohte er zu platzen.

»Die gesamte Aufmerksamkeit der Republik liegt auf unserem Revier und meiner talentiertesten Ermittlerin fällt nichts anderes ein, als sich an ihrem freien Tag mit unseren Hauptverdächtigen zu treffen und sich in eine Schießerei verwickeln zu lassen!«

Fuck, wenn er das so sagte, klang das wirklich übel. Doch es war maßlos übertrieben. Tatsächlich hatte sich die Versammlung auf dem Hof nach dem spektakulären Eingreifen von Karl Karasek recht schnell und friedlich aufgelöst. Die maskierten Angreifer hatten sich aus dem Staub gemacht und eine halbe Stunde später bei Pfeiffer auf dem Revier gemeldet. Sie stellten sich als Mittzwanziger aus dem Dorf heraus, eine Truppe mehr oder minder unbescholtener Burschen, die steif und fest behaupteten … »sich nur einen Scherz erlaubt zu haben«. Die schwarzen Wurfgeschosse waren Luftballons gefüllt mit Ochsenblut gewesen. Seltsamer Humor. Von einer Anzeige bezüglich der Bedrohung mit einer Schusswaffe sahen sie nach einer intensiven Unterredung mit Pfeiffer ab. So hatte der Dorfpolizist eindringlich gemeint: »Jungs, das kann ich euch gleich sagen: So ein Prozess wird schmutzig und am Ende hat keiner was davon. In der Sache hat sich keiner mit Ruhm bekleckert, belassen wir es einfach so.« Oldschool Kleinstadt-Polizeiarbeit. Pfeiffer wusste, was er tat.

Karl Karasek indes hatte als Jäger einen Waffenschein für den Revolver und wurde mit einer deutlichen Gefährderansprache zurechtgewiesen. Nach einer Unterredung mit allen Beteiligten mit einer hinzugezogenen Spezialistin des Jugendamtes wurde veranlasst, dass die Karasek-Brüder, die sich glaubwürdig für ihren Vater aussprachen, vorerst auf dem Hof bleiben durften, allerdings mit regelmäßigen Besuchen seitens des Amtes und der Polizei. Tilda, die eine Weile gebraucht hatte, um den Schrecken der Wildwestszene zu verarbeiten, hatte gerade ihren Bericht fertig tippen wollen, als sie von Müller zum Rapport bestellt wurde.

Und da saß sie nun, vor ihrem Revierleiter, der, um die Ernsthaftigkeit des Geschehens zu unterstreichen, auch noch seinen Stellvertreter Yves Gräberer hinzugezogen hatte. Der Bär hielt sich im Hintergrund und sah Tilda pausenlos an. Sein Blick war für sie ungleich schlimmer auszuhalten als die Wuttiraden des Oberbosses.

»Ich dachte«, fuhr Müller fort, »wir haben eine kollegiale Gemeinschaft, in der im Zweifel jeder für den anderen einsteht. Aber, Frau Marder, dass Sie ausgerechnet heute so eine Nummer durchziehen, das enttäuscht mich. Sie wissen, wie viel ich von Ihnen halte?«

Das wusste sie tatsächlich. Müller hatte ihr so einiges durchgehen lassen. Darunter auch Dinge, für die sie wirklich etwas konnte. Das wusste sie zu schätzen. Umso frustrierender war seine Sicht auf die aktuellen Geschehnisse. Sie hätte nicht gedacht, dass es einen Fall geben konnte, den selbst die alteingesessenen Haudegen so aus dem Konzept brachte.

»Wahrscheinlich müsste ich Sie von dem Fall abziehen«, stellte Müller nun fest. »Meine Güte. Das müsste ich. Damit würden wir uns nur selbst schwächen.«

Fuck. Fuck. Fuck. Am liebsten hätte Tilda es rausgeschrien.

»Hmhmmm.«

Tilda blickte irritiert auf. War da ein Tier im Raum? Hatte Müller sich einen Hund zugelegt?

Müller sprach unbeirrt weiter: »Wir brauchen jeden Mann. Ähm und jede Frau. Aber was glauben Sie, was die Presse dann morgen titelt? Da müssen Sie einfach cleverer sein, das ist doch nicht zu viel verlangt? Oder doch? Verlange ich zu viel?

»Hmmmhmmmm.« Wieder brummte es durch den Raum, doch Müller ließ sich nur kurz aus der Fassung bringen und ratterte seinen moralischen Sermon in einer Tour herunter.

»Ähm, es geht hier um Verantwortung, also zuvorderst sich selbst gegenüber. Und um die eigene Sicherheit. Aber auch um Verantwortung unserem Revier und unserer Truppe gegenüber. Da muss man miteinander und nicht gegeneinander …«

»Hmmmmmmmmhmmmmmmmmmm.«

»Herrgott, Gräberer, was wollen Sie denn?«

Es war der Bär gewesen, der vor sich hin gebrummt hatte, jetzt den Blick von Tilda löste und in Richtung Müller schweifen ließ. »Herr Müller, bei allem Respekt. Es reicht jetzt. Ich denke, Marder hat verstanden, was Sie ihr sagen wollen.«

Oh Mann, Tilda war ihm unendlich dankbar.

»Sie hat da sicher keine Glanzleistung abgeliefert«, fuhr Gräberer fort, »aber ich will nur mal zu bedenken geben, was passiert wäre, wenn sie nicht vor Ort gewesen wäre. Und sie hat das Rad gefunden, ebenfalls alleine.«

Hm, Tilda nickte. Gräberer war wirklich der coolste alte Mann, den sie kannte. Auch wenn sie selbst gar nicht so sicher war, ob ihre Anwesenheit in der Situation auf dem Hof etwas geändert hatte.

Gräberer stand auf. »Wissen Sie, Herr Müller, wir haben in der Sache mit den Buben massiv versagt. Und ich kann Marders Gedanken vollkommen nachvollziehen, dass sie die Jungs mit all dem Trubel nicht alleine lassen wollte. Zu Recht, wie sich dann herausgestellt hat. Die Nerven liegen überall blank. Hier auf der Leitstelle – selbst bei uns alten Hasen, die schon ganz andere Dinge erlebt haben. Auf dem Dorf. In der Kreisstadt. Sogar in ganz Deutschland, wie anhand der Reaktionen zu sehen ist. Ich denke, wir sollten da keine junge Kommissarin rundmachen, die, na ja, ein wenig zu involviert wirkt in diesem Fall, in dem wir dringend kühle Köpfe benötigen.«

Er warf Tilda einen kurzen Blick zu, der sie in sich zusammensacken ließ. »Diese Lektion müssen wir alle lernen, und ich bin mir sicher, dass Marder dazu in der Lage ist. Nicht wahr, Tilda?«

Mein Gott, sie hasste diese direkten Ansprachen. »Ähm ... ich ... Ja klar ...« Er sprach sie nur selten mit dem Vornamen an. Das war als Ausrufezeichen zu verstehen.

»Schön, dass wir das geklärt haben. Herr Müller, Frau Marder, wir sehen uns morgen zur Besprechung.« Weg war er. Müller und Tilda sahen sich beide überfordert an.

Es dauerte eine Weile, bis Müller, der reflexartig seine Kugelschreiber sortierte, wieder seine Fassung gefunden hatte. »Dem ... ist ... meiner Meinung nach ... nichts hinzuzufügen. Sie können gehen.«

Tilda nickte. Und stand auf. Als sie bereits halb aus dem Zimmer war, setzte Müller zu einem weiteren Satz an: »Frau Marder, es tut mir leid. Ich hätte auf Sie hören müssen, wir hätten die Privatsphäre dieser Jungen besser schützen müssen. Aber bitte versprechen Sie mir, dass Sie weiterhin objektiv handeln werden. Das ist unsere polizeiliche Pflicht. Dafür haben wir einen Eid geschworen.«

Der Pathos triefte regelrecht von den Wänden. Doch Tilda war einfach nur erleichtert, als sie spürte, wie Überkorrekt-Müller den Wut-Müller aus dem Büro vertrieb.

»Selbstverständlich, Chef. Sie können auf mich zählen.«

Auf dem Parkplatz vor dem Präsidium atmete Tilda tief durch. Es war ihr erster Moment in Ruhe an diesem Tag, der sich erneut wie ein Monat anfühlte. Sie hatte kein Zeitgefühl mehr. Immerhin hatte das Adrenalin den Kater einigermaßen konsequent aus ihren Eingeweiden vertrieben. Ihre Kopfwunde musste nach kurzem Check der Dienstärztin glücklicherweise nicht genäht werden, dafür pochte ihr Schädel umso stärker.

Sie griff wie in Trance nach ihrem Smartphone und sah zwei Anrufe in Abwesenheit. Unbekannte Nummer. Tilda stöhnte genervt, ehe sie eine Nachricht bemerkte, die für Klarheit sorgte: »Hey, Tilda, hier ist Farouk. War gerade bei den Jungs, soweit alles in Ordnung. Ich fahr heute Abend noch mal vorbei. Ruf mich trotzdem bitte zurück, ich hab da eine Idee.« Kurz bevor sie in Müllers Büro zitiert worden war, hatte Tilda noch bei Pfeiffer auf die Mailbox gesprochen, der ihre Idee, dass Farouk von Zeit zu Zeit auf dem Karasek-Hof vorbeischauen sollte, augenscheinlich weitergegeben hatte. Manchmal funktionierten die Dinge sogar so, wie man es sich ausmalte.

Eigentlich hätte Tilda diesen Tag am liebsten ad acta gelegt, aber sie war Farouk den Rückruf schuldig. Also tippte sie auf die grüne Hörertaste.

»Hallo, Tilda.«

»Servus.« Warum Servus? Sie sagte nie Servus.

»Du hast meine Nachricht gesehen?«

»Ja, super. Vielen Dank. Das ist wirklich … also … es ist wichtig, dass du nach den Jungs schaust.«

»Klar, wir haben da ziemlich Scheiße gebaut.«

»Nicht ihr. Wir. Aber so richtig. So ein riesiger Abfuck. Aber … ähm, du meintest doch, du hättest eine Idee?«

»Ach so, ja, genau. Ich weiß nicht, ob das meine Kompetenzen …«

»Scheiß auf Kompetenzen.« Kompetenzen – was für ein doofes Wort. Scheißwort. Tilda hatte für heute genug von dieser Korinthenkackerei der Marke Müller.

Farouk lachte. »Alles klar, okay. Also Folgendes: Ich hab mir ein wenig den Kopf zerbrochen, wer den Jungs etwas Schlechtes wollen könnte, hier im Dorf. Da kriegen wir ja so einiges mit. Und mir sind da schon einige eingefallen. Zum Beispiel die Typen, die heute mit dem Ochsenblut aufmarschiert sind. Davon muss ich dir ja nichts erzählen.«

Mittlerweile wusste Tilda, dass die Namen der Angreifer auf einer Liste von potenziellen »Feinden« standen, die sie nach dem ersten Gespräch mit den Brüdern erstellt hatte. Und dort fanden sich noch mehr Namen. »Ne, musst du echt nicht. Ich hab den Blutgeruch noch immer in der Nase.«

»Aber je länger ich darüber nachgedacht habe, desto klarer ist mir geworden, dass wir es nicht mit irgendeiner belanglosen Dorfrivalität zu tun haben. Ich glaube, für so einen Mord braucht es eine Menge kriminelle Energie, und dazu sind die Bauern von hier eher nicht in der Lage«, sagte Farouk und ertappte sich dabei selbst. »Sorry, das soll nicht respektlos klingen, ich weiß, du kommst aus der Gegend.«

Die Bezeichnung »Bauer« in Bezug auf ihre Herkunft hatte Tilda ihr Leben lang begleitet. Auf dem Handballfeld. Im Studium. Im Beruf. »Na ja, Kollege, dein Schwäbisch ist um einiges ausgeprägter als meins.«

Farouk lachte wieder. »Weißt du, der Pfeiffer färbt ab. Schau, hier passiert nicht viel. Keine echte Kriminalität.

Klar, es gibt viele Einbrüche, aber das sind meistens Banden von außerhalb. Was es allerdings gibt, zumindest in der Kreisstadt, ist eine recht aktive Drogenszene. Keine Ahnung, ob das was mit der Grenznähe zu tun hat oder weil wir irgendwie so mittendrin zwischen Stuttgart, München, Freiburg und Zürich liegen. Aber da geht schon einiges, sogar bei uns hier draußen.«

Tilda nickte, obwohl das bei einem Telefonat recht wenig Sinn ergab. Drogen, die allgemein als Großstadtphänomen aufgefasst wurden, waren längst in der Provinz angekommen.

»Wir hatten es ja schon davon, dass wir die Jungs ab und an mit einem Joint erwischt haben«, fuhr Farouk fort. »Halb so wild, ist ja eh inzwischen legalisiert. Aber ich kann mir gut vorstellen, wo die das Zeug herhatten. Und na ja, vielleicht wäre es sinnvoll, da mal anzuklopfen. Die Typen, die ich im Sinn habe, sind harmlose Dorfdealer. Ich würde die einfach mal aufscheuchen und schauen, was passiert. Vielleicht wissen die was.«

»Ja, auf jeden Fall. Das klingt gut. Richtig gut.« Tilda merkte, wie ein wenig Vorfreude in ihr aufstieg. Das klang nach einfacher und geradliniger Polizeiarbeit. Kein Anrennen gegen Windmühlen.

»Top. Kommst du morgen zu uns aufs Revier, vielleicht so um zehn? Davor machen die uns eh nicht auf.«

»Zumindest das ist mir sympathisch. Machen wir so! Bis morgen.« Tilda legte auf. Nachdem ihr der Tag so brachial entglitten war, schien sich nun alles wieder ein wenig einzurenken. Das fühlte sich gut an. Wie von selbst wählte sie die nächste Nummer.

»Tilda. Endlich. Ich war ja krank vor Sorge. Es ist geschossen worden?«

»Hi, Mama, woher weißt du das schon wieder?«

»Ich war beim Friseur …«

»Gut, okay, say no more!«

»Du immer mit deinem Englisch. Reicht dir dein Deutsch nicht aus?«

»No problem, mother, chill. Folgendes: Wie wäre es, wenn Oma heute Abend mit uns isst?«

»Wieso das denn? Dann muss ich noch komplett umplanen. Das ist viel zu spontan.«

»Nein, du musst gar nichts. Ich fahr jetzt gleich zum Einkaufen und koch ein bisschen was, und ich würde mich irgendwie freuen, wenn wir heute gemeinsam essen.«

»Kannst du so was denn nicht einfach mal früher sagen? Wenn du kochst, muss ich die halbe Küche renovieren.«

»Mama, mach bitte keinen Aufstand. Ich brauche das jetzt, bitte? Es war ein Scheißtag.«

»Okay, mein Schatz, dann tu, was du nicht lassen kannst. Aber nichts mit Zwiebeln, sonst isst es Oma nicht.«

»Ich schneid die so klein, dass sie gar nichts davon mitbekommt …« Tilda hätte sich niemals als hervorragende Köchin bezeichnet, aber sie hatte einige einfache Gerichte, die ihr immer gelangen. Außerdem mochte sie, wie das Kochen sie entschleunigte. Erdete.

Als sie den neuen Hochglanz-Supermarkt betrat, der vor wenigen Monaten mit großem Brimborium eröffnet worden war, war Tilda zunächst geschockt von der Fülle an Möglichkeiten. Die Regale waren nach Ländern und Kontinenten sortiert, aus allen Ecken und Enden leuchteten ihr hell strahlende Köstlichkeiten entgegen. Die Gemüsetheken waren prall gefüllt. An einem Stand wurde eine Ananas zu Würfeln geschnippelt, daneben wurde frisches Sushi zubereitet. Überforderung! Für eine solche Auswahl hatte man zu ihren Teenagerzeiten eine Autofahrt von mindestens einer Stunde in Kauf nehmen müssen – die kapitalistische Globalisierung war also auch bis ins Donautal vorgedrungen. Nach kurzer Schockstarre entschied sie sich für Sellerie-Schnitzel (und damit für eine vorprogrammierte Vegetarier-Diskussion mit ihrer Oma) und ein Pilzrisotto, ein Gericht, das sie zu WG-Zeiten perfektioniert hatte. Gemüse, Butter, Weißwein und Parmesan waren schnell gefunden, nur die große Auswahl an Reis sorgte erneut für einen inneren Kampf, den Tilda am liebsten mit Pro- und Contra-Liste bestritten hätte. Sie kniete vor dem Reisregal, als hinter ihr plötzlich ein schriller Schrei ertönte.

»Nein! Ich glaube es ja nicht. Lilly, was machst du denn hier?«

Tilda war vor Schreck aus der Hocke nach hinten gekippt, rappelte sich auf und erkannte das hochrote Gesicht ihrer ehemals besten Freundin Karla, die nun auf sie zu sprintete und mit einer Schraubstock-Umarmung fixierte, dass Tilda kurz die Luft wegblieb. Karla war schon immer ein Baum von einer Frau gewesen. Knappe 1,80 Meter groß. Rückraumspielerin. Karla war quirlig und laut und emotional. Unzählige Male hatte man ihre Freundschaft mit den Worten »Gegensätze ziehen sich an!« beschrieben. Während Tilda nach Luft und Worten rang, ergoss Karla einen ganzen Schwall an Sätzen über sie:

»Ich fass es nicht. Erst gestern hab ich noch an dich gedacht. Bist du gerade da? Ach so, wegen dem Mord? Das ist ja so schrecklich. Ich hab zu Adrian gesagt: Ich weiß nicht, wie die das aushält. Aber du warst schon immer taff. Richtig taff. Du bist krass. Du bist die Krasseste. Mann, ey. Was kaufst du da? Bist du bei deinen Eltern? Oder musst du heute noch nach Konstanz? Hey, wann haben wir uns das letzte Mal gesehen? Hast du meinen WhatsApp-Status verfolgt? Du postest ja nichts. Oder hast du eine neue Nummer? Egal. Alles egal. So schön dich zu sehen. Mann, Lilly, lass dich drücken.«

Tilda holte tief Luft, ehe sich die Schraubstöcke erneut um sie schlangen. Lilly. Sie musste grinsen. Wie lange hatte sie diesen Spitznamen nicht mehr gehört? Der Name, der sie durch ihre gesamte Jugend begleitet hatte. Natürlich hatte den Karla erfunden. Zuerst hatte sie Tilda »Tiger« genannt. Und dann, als sie irgendwo den Namen der Band The Tiger Lillies aufgeschnappt hatte, war aus »Tiger« Lilly geworden. Bis heute hatte Tilda keinen einzigen Song der Band gehört.

Als Karla ihre Umarmung lockerte und ihr entgegenstrahlte, bemerkte Tilda, dass es wohl an der Zeit war, etwas zu sagen. »Ich hab auch erst an dich gedacht. Und an Antonia. Habt ihr noch Kontakt?«

»Nur sporadisch. Aber im Gegensatz zu dir kommt sie wenigstens an der Fasnet.«

Karla war schon immer ein Feierbiest gewesen, das kein Dorffest ausließ. Sie und Tilda hatten sich selten gestritten, und wenn, ging es meistens darum, dass Tilda keine Lust auf Festzelte hatte.

»Du weißt, dass das nicht so mein Ding ist«, hatte Tilda dann gemosert.

Doch Karlas Antwort war immer dieselbe: »Ach Quatsch, das redest du dir ein. Früher warst du immer voll dabei.« Und tatsächlich hatte sie damit recht gehabt. Irgendwie hatte das zum Erwachsenwerden auf dem Dorf dazugehört. Die Fasnet. Die Festzelte. Die Handballturniere.

Karla nutzte Tildas kurze Denkpause, um das Gespräch erneut mit Highspeed anzukurbeln. »Ach, egal! Was rede ich denn von der Fasnet? Du bist ja jetzt da. Mann, wir müssen uns einfach treffen. Und ja, ja, ja, ich weiß, du hast viel zu tun, aber es muss ja nicht lange sein, wenigstens eine Stunde oder so. Ahhhhhhhhh ...« Karla brüllte mitten im Satz laut auf, als wäre sie mit nackten Füßen auf einen Legostein gestanden. »... du hast die Kleine ja noch gar nicht gesehen. Die kann schon reden, du glaubst es nicht. Und sie weiß, wer du bist, ich hab ihr so viel von dir erzählt und ihr die alten Bilder gezeigt. Und manchmal sagt sie, dass sie auch Polizistin werden will, wie die Tante Tilla. Die sagt Tilla, weil sie Probleme mit dem D hat. So süß.«

Tilda fuhr es vor Scham eiskalt den Rücken hinunter. Sie hatte von ihrer Mutter erfahren, dass Karla Mama geworden war. Sie hatte ihr herzliche Grüße ausrichten lassen und ihre Mutter hatte ein Geschenk besorgt. Aber sie hatte es vollkommen verschwitzt, sich persönlich zu melden. »Oh, mein Gott Karla, ich bin so ein granatenmäßiges Arschloch. Ich ... ich weiß gar nicht, was ich sagen soll, ich freu mich so sehr für dich. Ich hab das ... Es war irgendwie viel die letzten Jahre.«

»Ach, hör auf, alles gut. Deine Mama hat mir alles erzählt, ich treff die doch fast jede Woche irgendwo zufällig. Ich weiß Bescheid. Auch über die Trennung und den Umzug.«

Mann, Tilda biss sich auf die Unterlippe. Eigentlich wollte sie ihre Mutter dafür verfluchen, dass sie ihre persönlichen Geheimnisse in der Welt herumposaunte. Aber in dem Fall hatte es ihr wohl den Arsch gerettet.

»Mach nicht so ein Gesicht, Lilly. Alles gut!«

»Danke, Karla. Es ist wirklich schön, dich zu sehen.«

»Aber aus der Nummer mit dem Treffen kommst du nicht mehr raus. Ich habe sogar den perfekten Plan: Samstag haben wir Spieltag in der Halle. Wir spielen gegen den Tabellenführer, bei uns geht es ja grad darum, nicht abzusteigen. Davor kommst du zu mir, wir spielen ein bisschen mit der Kleinen und danach fahren wir in die Halle. Dann kannst du mal sehen, dass ich nichts verlernt habe.«

»Was? Du spielst immer noch?«

»Logisch. Handball ist mein Leben. Ich bin zwar jetzt die Mannschaftsoma, aber das geht schon klar. Ich spiel halt nur noch Angriff.«

»Na ja, früher warst du auch nicht für deine Abwehrarbeit bekannt.«

Karla lachte laut auf. Eine ältere Dame an der Wursttheke zuckte zusammen. Tilda erinnerte sich an ihr letztes gemeinsames Spiel. »Wirklich krass, dass du immer noch Handballerin bist. Ich habe vor zehn, nein, vor zwölf Jahren einfach die Schuhe ausgezogen und hab seither keinen Ball mehr in der Hand gehabt.«

»Wir könnten so eine Kreisläuferin wie dich gut gebrauchen. Also, alles klar, du bist dabei am Samstag.«

Tilda hatte nicht wirklich Lust auf den Spießrutenlauf durch die Halle. Andererseits würde sich wohl kaum jemand an sie erinnern. »Ich weiß nicht, ich ...«

»Lilly, das war keine Frage. 17 Uhr bei mir. Deine Mum erklärt dir, wo ich wohne. Oh und frag sie, ob sie einen Apfelkuchen backen kann. Den kann niemand so gut wie sie.«

Tilda spürte den kritischen Blick ihrer Mutter in ihrem Rücken, während sie in der Küche ihrer Eltern die Pilze schnitt. Um die Beule an ihrem Hinterkopf zu verste-cken, trug sie eine umgedrehte Basecap. Ihre Mutter war zugegebenermaßen eine grandiose Köchin, das stand außer Frage. Tilda konnte und wollte ihr nicht das Wasser rei-chen, aber sie fühlte sich gemeinsam mit ihrer Mutter in der Küche einfach wohl. Sie liebte es zu improvisieren, Dinge zusammenzuschmeißen, die in ihrem Kopf irgendwie Sinn ergaben, abseits aller Rezepte und Mengenangaben. Ihre Mutter reagierte auf diese Art des Kochens seit jeher all-ergisch, und Tilda hatte in weiser Voraussicht ihre Frage, ob sie keine Hilfe bräuchte beim Zwiebeln schneiden oder so, fast schon zu freundlich abgelehnt. Natürlich fand die Hausherrin trotzdem zig Vorwände, um Tilda zu bela-gern und um sie herum zu schleichen. Tilda nervte dieses wenig subtile Verhalten so sehr, dass eine einzige Bemer-kung reichte, um sie aus der Fassung zu bringen.

»Was? So viel Öl? Du spinnst ja.«

»Raus jetzt. Mama! Lass mich doch. So ein saublöder Kommentar.«

»Ich hab gerade erst wieder gelesen …« Ihre Mutter hatte immer irgendwas gerade gelesen.

»Sorry, das ist mir so was von scheißegal, was du irgendwo auf Facebook aufgeschnappt hast. Lass mich einfach heute kochen und gut ist.«

»Ich wollte ja nur helfen.«

»Ja, schon klar, aber es passt, danke.«

»Du hast die Uhr im Blick? Dein Vater müsste gleich mit deiner Oma hier auftauchen. Nicht, dass die lange warten muss.«

»Mein Gott, dann wartet sie halt mal 20 Minuten.«

»Du weißt, wie sie sein kann. Darum sag ich's.« Tildas Mutter hatte eine Unschuldsmiene aufgesetzt.

»Ja, ja, ja und ich weiß auch, wie du sein kannst. Und ich weiß auch wie ich sein kann. Aber vielleicht können wir das heute mal alles sein lassen und einfach essen?«, fragte Tilda, während sie einen Löffel abspülte.

»Deine Pilze brennen an!«

»Raus jetzt! Ich meins ernst!«

Tilda war zwar mit dem halben Dorf verwandt, zumindest gemäß der hochkomplexen Ausführungen ihrer Großmutter, die immer dann, wenn jemand im Dorf starb, den halben Stammbaum der Verstorbenen herunterbetete und diesen in den allermeisten Fällen an zwei bis drei Stellen mit dem eigenen verknüpfte. Ihre Kernfamilie war jedoch immer klein gewesen. Da waren ihre Eltern, natürlich, da war ihr jüngerer Bruder, der inzwischen in Stuttgart lebte und sein Geld als Architekt verdiente, da waren ihre mittlerweile verstorbenen Großeltern mütterlicherseits und da war ihre Großmutter väterlicherseits. Ihren Großvater hatte sie nie kennengelernt, er war lange vor ihrer Geburt bei einem Autounfall verstorben. Oh, und da waren noch zwei Onkel, aber über die lohnte es sich beim besten Willen nicht zu sprechen. Der Kontakt war vor vielen Jahren aus verschiedenen Gründen eingeschlafen. Und das war besser so. Die Familienessen an Geburtstagen, Ostern und Weihnachten fielen entsprechend überschaubar aus, was ihre Familie nicht davon abhielt, punktgenau zu den Festtagen wahrlich filmreife Dramen zu veranstalten. Brennende Weihnachtsbäume, lautstarke Streits, Tränen und Geschrei, zugeschlagene Türen und Fluchtversuche in die Winternacht. Aber eben auch Versöhnungen, die nicht weniger lautstark ausfielen, Lachanfälle, chaotische Krippenspiele, dreckige Witze und Festessen, die selbst weit sitzende Hosen an den Rand des Fassungsvermögens brachten. Tilda hatte diese familiären Zusammentreffen, trotz des nicht zu leugnenden destruktiven Potenzials, immer gemocht und auch deshalb diese Light-Version für den heutigen Abend angestoßen, um dem realen und beängstigenden Chaos in ihrem Kopf ein absurdes und berechenbares Chaos entgegenzusetzen. Und das funktionierte hervorragend.

»Hallo, Tilda, du musst mir gleich bei ein paar Sachen am Handy helfen, die stören mich schon seit Wochen und dein Vater bekommt es nicht hin.« Ihre Oma steckte den Kopf zur Küchentür herein. Sie war einen Kopf kleiner als Tilda und schwenkte zur Begrüßung ihr Rentner-Smartphone.

»Hallo, Oma, ich freu mich auch dich zu sehen. Du siehst echt toll aus. Danke schön.«

»Ach du Hennefidle, du hast ja recht. Komm her, ich muss dich erst mal umarmen.«

Tilda liebte die schwäbischen Schimpfwörter, die ihre Oma mit Vorliebe als Kosenamen einsetzte. Hennefidle. Bloater. Brunzbuschel. Sie lehnte sich liebevoll zu der kleinen, mittlerweile 87-Jährigen hinunter und drückte sie an sich.

»Aber das mit dem Handy meine ich ernst«, stellte ihre Oma klar. »Das bringt mich noch um den Verstand.«

»Schon klar, Oma, es sind wahrscheinlich eh nur wieder die Pushnachrichten.«

»Pulsnachrichten?«, fragte ihre Oma verständnislos. »Ich hab keinen Pulsmesser. Misst das Ding meinen Puls?«

Peter Ostrach. Die Karaseks. Der Mord. Der Schuss. All das war wie weggefegt.

»Tilda, das schmeckt ausgezeichnet. Ganz was Feines«, lobte ihr Vater sie wenig später mit vollem Mund, woraufhin er sowohl von seiner Mutter als auch von seiner Ehefrau böse Blicke erntete. Sie hatten sich um den Esstisch versammelt und saßen vor prall gefüllten Tellern.

»Es ist wirklich gut. Das muss ich sagen. Wie heißt das noch mal?«, wollte ihre Oma wissen

»Oma, das ist Risotto, das haben wir schon oft gemeinsam gegessen.«

»Ach, das ist Risotto. Ich dachte du hättest dafür noch mal einen Spezialnamen.«

Ihre Mutter ließ einen vollen Löffel dramatisch auf den Teller tropfen. »Wie ich es gesagt habe. Ein bisschen weniger Öl hätte es schon getan.«

»Ich finds grad gut so. Also so schlonzig.«

»Danke, Papa. Das muss so sein.«

»Oh, da schleimt er sich wieder bei seinem Liebling ein. Aber sonst nicht mal Öl im Salat wollen. Falscher Fuffzger.« Ihre Mutter ließ selten eine Gelegenheit für solche Kommentare aus, obwohl Tilda genau wusste, dass es ihr schmeckte.

Ihre Oma war gedanklich schon ganz woanders: »Olivenöl wird immer teurer.«

»Die nehmen es von den Lebendigen!«, sagte Tilda, die damit ihren verstorbenen Großvater zitierte.

»Will noch jemand von mir? Ich schaff das nicht.«

»Aber Oma, du hast ja nur ein paar Löffel gegessen.«

»Komm du mal in mein Alter.«

»Also ein wenig geht schon noch.«

»Das war doch schon mein zweiter Teller.«

»Wer's glaubt, wird selig …«

»… und wer stirbt, wird sterrig!« Tildas Oma griff auf einen nicht endend wollenden Vorrat von solchen Sprüchen.

Ihre Mutter indes war noch nicht fertig: »Du kochst immer so Riesenmengen.«

»Es konnte ja keiner wissen, dass ihr plötzlich nur noch Portionen in der Größe eines Amuse-Gueule zu euch nehmt.«

»Amüse was?«

»Ähm, das sind diese kleinen Gruß-aus-der-Küche-Teller. Also nur so ein Happen.«

»Ich gehöre einfach zu einer andere Generation. Wir haben ein ganz anderes Verhältnis zum Essen. Auch durch den Krieg.«

»Klar, du isst so viel du magst, Oma, alles gut«, beschwichtigte Tilda, die spürte, wie die Mengendiskussion zu kippen drohte.

»Oh, Tilda, ich mach mir solche Sorgen.«

»Das ist mal ein plötzlicher Themenwechsel.« Eine weitere Spezialität ihrer Oma.

»Du kennst doch deine Oma, die springt hin und her wie ein Rehbock.«

»Aber warum machst du dir Sorgen? Um mich?«

»Um wen denn sonst? Weil du das alles sehen musst. Das ganze Leid. Und dazu die viele Aufregung. Das ist nichts für eine so junge Frau.«

»Das ist schon was für eine so junge Frau, also zumindest, wenn die so junge Frau schon immer Polizistin sein wollte.«

»Ja, das versteh ich ja. Aber dann hab ich das gelesen von dem Jungen und dem Kreuz. Da musst du doch verstehen, dass man sich als Oma da Sorgen macht.«

»Und als Mutter auch. Ich bekomm nachts gerade kein Auge zu.«

»Ihr müsst euch keine Sorgen machen, ich melde mich,

wenn es Probleme gibt.« Auch wenn sie ihre Mutter manchmal kolossal nervte, wusste Tilda, dass sie ihr linkes Bein für ihre Tochter gegeben hätte.

»Und deine Kollegen? Schauen die wenigstens mal nach dir?«, fragte die Oma.

»Da könntest du genauso fragen, ob ich nach denen schaue.«

»Du bist doch so jung. Die haben da ja schon mehr Erfahrung.«

»Oma, ich bin 34. Ich hab auch meine Erfahrungen gemacht. Und bei einem solchen Fall, da dreht sich die Welt sowieso anders.«

»Aber wenn ich jetzt an den Pfeiffer-Schorsch denke, so ein Mann, der sein Leben lang Polizist ist. Der muss dir doch da ein wenig zur Hand gehen.«

»Du weißt schon, dass ich zumindest technisch gesehen in diesem Fall seine Vorgesetzte bin?«

»Ha, das wird dem gar nicht schmecken. Das werd ich nie vergessen, wie der euch damals drangsaliert hat.« Ihre Mutter stellte einmal mehr ihr Elefantengedächtnis unter Beweis.

»Mama, das ist bald 20 Jahre her. Ich glaub, du bist die Einzige die sich darüber noch aufregt.«

»Ich kann den einfach nicht brauchen. Wie er damals bei eurem Meisterschaftsspiel die Strafzettel verteilt hat. Da braucht es doch Fingerspitzengefühl.«

Tilda erinnerte sich daran. Das war wirklich nicht Pfeiffers Sternstunde gewesen. »Ja, da geb ich dir recht. Papa, warum sagst du nichts?«

»Es ist gar nicht so leicht, gegen euch anzukommen.«

»Ach, du stellst dich aber echt immer an.«

»Mama, jetzt lass ihn halt auch mal was sagen.«

»Ich wollte nur sagen, dass man wegen den ganzen Straf-
zetteln und so weiter manchmal vergisst, dass der Schorsch
meiner Meinung nach ein ziemlich guter Polizist ist. Der
war es nämlich, der den ersten bis vor einigen Tagen einzigen Mord in der Geschichte des Dorfes im Alleingang
aufgeklärt hat.«

»Ich muss auch sagen, dass er seine Sache aktuell richtig gut macht. Der kann eine wirkliche Hilfe sein. Und ein
ziemlicher pain in the ass.«

»Was soll das denn wieder heißen?«

»Das übersetz ich lieber nicht, Oma.«

»Ich will es aber wissen!«

»Also ... wörtlich heißt das so viel wie ... er kann ein
ziemlicher Schmerz im Arsch sein und das bedeutet so
viel wie Nervensäge.«

»Wieso sagt man dann nicht einfach Nervensäge?«

»Meine Rede. Du hast doch einen schönen Wortschatz,
Tilda!«, sprang ihre Mutter ausnahmsweise ihrer Oma bei.

»Weiter im Text. Also, Papa, was war das für ein Fall?«

»Ach, Tilda, die Geschichte hat dein Vater schon hun-
dertfach erzählt.«

»Kann sein, aber ich will sie halt jetzt noch einmal
hören.«

»Immer nur Mord und Totschlag. Ich dachte, du wolltest heute abschalten? Aber gut, dann deck ich gleich mal
den Tisch ab.«

»Na los, Papa, du hast freie Bahn.«

»Also, das war folgendermaßen: Es ist noch gar nicht
so lange her, da gab es auf der Halde, also da hinten, wenn
man am Freibad rausfährt, eine Art Mülldeponie. Da hat
man Sperrmüll und Grünschnitt hingefahren und manchmal hat man da das Zeug verbrannt. Für uns als junge

Kerle war das eine Riesensache, das kannst du dir ja vorstellen.« Ihr Vater war schon immer ein leidenschaftlicher Erzähler gewesen.

»Der Kerle hat immer nach Rauch gestunken, dass Gott erbarmt. Die haben da sogar Autoreifen verbrannt und so was. Die Halde gabs schon vor dem Krieg, und danach haben die Franzosen dort die Hakenkreuzfahnen ins Feuer geworfen.«

»Jedenfalls hat es dort eigentlich immer gebrannt, und deshalb hat sich auch keiner gewundert, als es eines Sonntagmorgens ganz fürchterlich geraucht hat. Erst als der Huber-Sepp eine Ladung alter Schindeln rausgefahren hat, hat der gesehen, dass es eine Leiche war, die da vor sich hin geschmort hat.« Jetzt machte es Klick bei Tilda.

»Ah, ich glaube, jetzt erinnere ich mich wieder an die Story. War da nicht etwas mit einer Gastarbeiterfamilie?«

»Langsam, langsam, so weit sind wir noch nicht. Der Huber hat den Knödel-Gustav angerufen, das war damals der alteingesessene Dorfsheriff ...«

»Wart mal, stopp, warum heißt der Knödel-Gustav?«

»Oh, Mutter, weißt du das?«

Tildas Oma war ein wandelndes Lexikon für Spitznamen. Eine Wissenschaft für sich. »Oje, ich glaub den Namen hatte schon sein Vater, wenn ich mich recht erinnere. Der alte Hörbiger hat halt wie ein Knödel ausgesehen.«

»Richtig, sein Sohn war aber ein Hungerhaken.«

»Okay, sorry, zurück zur Geschichte.«

»Zu der Zeit war der Pfeiffer-Schorsch bereits bei der Polizei, aber noch ein echter Jungspund, vielleicht so alt wie du jetzt. Und da sind sie also gestanden, der Knödel und der Grantler, und haben sich die rauchende Leiche angeschaut, bei der man nichts gesehen hat außer ein paar schwarze Knochen. Das ist damals ja alles noch ein wenig anders abgelaufen als heute. Und ob die schon da oder erst später das Kniegelenk gesehen haben, das musst du den Pfeiffer fragen …«

»Nicht in diesem Leben! Seine Selbstbeweihräucherung ertrag ich nicht.«

»Jedenfalls war es der junge Pfeiffer, der sich daran erinnert hat, dass der Patriarch einer Gastarbeiterfamilie immer so schlecht zu Fuß unterwegs war. Zu der Zeit gab es bei uns ein paar Italiener und ein paar türkische Familien, die hier in den Fabriken geschafft haben.«

Ihre Oma unterbrach ihren Vater an der Stelle: »Das erzählst du nicht ganz richtig.«

»Was hab ich vergessen, Mutter?«

»Also, Pfeiffer war regelmäßiger Gast bei dieser Familie, weil der Vater so ein Sauhund war, das muss man so sagen, der hat die Mutter geschlagen und auch die Söhne. Ich glaube, es waren drei. Und dann ist er gestürzt, im Winter, und hat sich die Hüfte gebrochen.«

»Der Pfeiffer?«

»Nein, der Vater.«

»Das muss für die Familie eine fürchterliche Tortur gewesen sein, weil das waren ganz anständige Leute. Also bis auf den Vater. Jedenfalls sieht der Pfeiffer das Kniegelenk da in dem Haufen Asche und zählt eins und eins zusammen.«

»Der hat den Fall noch am Tatort gelöst? Vielleicht sollte ich mir doch ein paar Tipps von ihm holen«, überlegte Tilda anerkennend.

»Der ist echt ein gewiefter Kriminaler. Die sind dann zu der Familie gefahren, aber vom Vater gab es keine Spur.

Und so wirklich glaubwürdig war die Geschichte, dass er alleine in die Heimat gereist sei, halt auch nicht. Und wie ist es am Ende ausgegangen, Mutter? Ich bekomm es nicht mehr ganz zusammen.«

»Der jüngste Sohn, der hat das auf sich genommen. Der war da gerade 15. Hat alles gestanden. Dass er den besoffenen Vater die Treppe runtergeschubst hat, als der wieder einmal auf die Mutter los ist. Und dass er den Toten im Anhänger von seinem Mofa auf die Halde gefahren hat.«

»Richtig. So war's. Aber es war ein offenes Geheimnis, dass es die drei Söhne gemeinsam waren. Und wie der jüngste dann wieder raus war, er hat ja nur eine überschaubare Strafe bekommen, da ist er direkt nach Italien. Ich hab nie mehr von denen gehört.«

»Krasse Geschichte.«

»Besser als jeder Tatort«, sagte ihr Vater fast ein wenig stolz.

»So, seid ihr fertig? Dann reden wir doch lieber von den Lebendigen.«

»Ha, Mama, sonst bist du es, die beim Essen fast nur über Tod und Krankheit spricht.«

»Und du hast eine ganz schön freche Gosch. Will noch jemand einen Kaffee?

Am nächsten Morgen fühlte sich Tilda zum ersten Mal seit Tagen, nein, seit Wochen, wirklich ausgeruht. Frisch. Voll da. Das Auf und Ab des vergangenen Tages hallte lediglich als Echo durch ihre Erinnerung, während sie sich mit einer kalten Dusche gedanklich im Hier und Jetzt verankerte. Und hier und jetzt zählte nur eine Sache:

Sie musste den Mörder fangen. Diesen aus dem Ruder gelaufenen Menschen, der ein Leben, das gerade erst

begonnen hatte, ohne mit der Wimper zu zucken ausgelöscht hatte. Ohne Rücksicht auf die Regeln und Systeme, auf die sich die Menschheit als Ganzes verständigt
hatte. Tilda hatte sich selten so fokussiert gefühlt, dabei
war die Kraft der Konzentration ohnehin schon eine ihrer
Superkräfte.

Früher, zu Schulzeiten, hatte sie mit Karla und Antonia wilde Theorien aufgestellt. Jeder Mensch, davon waren
die drei Mädels irgendwann ausgegangen, besitzt mindestens eine Superkraft. Eine Fähigkeit, in der er besser als
die allermeisten anderen ist.

Karla etwa war stark, sehr stark. Sie kannten kein anderes Mädchen und auch keine Frau, die solche Urkräfte ent-
wickeln konnte. Und Antonia hatte einen extrem starken
Kiefer: Sie öffnete Bierflaschen mit den Zähnen, als hätte
sie Flaschenöffner statt Zähne im Mund. Und Tilda? Die
erinnerte sich daran, wie Antonia sie damals angegrinst
und gesagt hatte: »Lilly, ich kenn niemanden, der einen
solchen Todesblick aufsetzen kann wie du. Wenn du dich
konzentrierst, beim Siebenmeterwerfen oder so, dann seh
ich so richtig den Wahnsinn in deinen Augen. Da gibt es
nichts anderes für dich.« Antonia war Torhüterin und hatte
Tildas Blick deshalb des Öfteren zu spüren bekommen.

Und tatsächlich: Auch heute fühlte sich Tilda ein wenig
wie vor einem richtig wichtigen Handballspiel. Das Gefühl
hatte sie in den letzten Jahren beinahe vergessen gehabt. Es
kribbelte in ihrem Bauch und in ihren Fingern. Es war, als
hätte sich ein anderer Zustand in ihr breitgemacht. Aber
auch ein Gefühl machte sich bemerkbar, das sie bislang in
diesem Fall vermisst hatte. Die Gewissheit, dass sie diesen
Scheißtypen kriegen würden.

»Du kannst dich nicht verstecken. Wir verbeißen uns

so lange in dieses Rätsel, bis wir es gelöst haben. Bis ich weiß, wer du bist. Versprochen.« Selbstgespräch passend zum Tunnelblick. Schon klar! Im Auto hörte und grölte Tilda »Wrecking Ball« von Miley Cyrus in Dauerschleife. Ihr liebster Popsong, schon seit sie ihn zum ersten Mal gehört hatte. Erst als sie in die Straße des Dorfreviers einbog, stellte sie ihren Gesang vorsichtig ein. Innen angekommen begrüßte sie Pfeiffer mit einem Peace-Zeichen, während er auf einem gigantischen Salamibrot herumkaute.

»Immer herein in die gute Stube. Fühl dich wie Zuhause«, sagte er mit vollem Mund.

»Guten Morgen, Schorsch, ich habe eher das Gefühl, dass *du* dich wie Zuhause fühlst. Wie sieht denn dein Schreibtisch aus? Wenn ich hier etwas zu sagen hätte, würde ich dich erst mal zum Aufräumen verdonnern.«

Pfeiffers Schreibtisch war über und über bedeckt mit Fotos, bei denen Tilda nicht erkannte, ob diese beruflicher oder privater Natur waren. Leere Joghurtbecher türmten sich neben Aktenbergen, zwischen denen man Bildschirm und Tastatur nur mit Mühe und Not erkennen konnte. Kaum zu glauben, dass ihre Familie gestern noch von diesem Polizisten in den höchsten Tönen gesprochen hatte. Tilda fand zwar auch Müllers sterilen Schreibtisch gruselig, aber dieses verseuchte Bazillengebiet von Pfeiffer ging eindeutig zu weit. Pfeiffer blickte sie schmunzelnd an, während er nach Salamibrot-Krumen angelte, die zwischen den Tasten seiner Tastatur verschollen waren.

»Schon Einstein hat gesagt: Nur Primitive räumen auf, ein Genie überblickt das Chaos.«

»Ich bezweifle ernsthaft, dass Einstein das gesagt hat.«

»Das ist doch egal, solange es stimmt. Und solange ich weiß, was ich tue.«

»Und was tust du heute noch so – außer Salamibrote vernichten?«

»Hm, Krisensitzung im Rathaus. Dein Chef wird auch da sein.«

»Warum Krisensitzung?«

»Ah, der Bürgermeister hat ein wenig enge Höslein an seit gestern. Der Tourismusverband hat auch Alarm geschlagen. Die haben Angst, dass uns die Touris wegen des Mordes wegbleiben.«

»Stimmt, das ist wirklich das größte Problem, wenn ein Junge ermordet wurde«, fuhr Tilda den Alteingesessenen an.

»Hey, Frau Marder, nicht so bissig. Das ist nicht meine Meinung!«

»Schon klar. Aber es ist doch wieder so was von bezeichnend. Der Bürgermeister will seine Wahl gewinnen. Der Polizeipräsident will anständige Aufklärungsquoten. Und der Rest will Kohle machen. Fuck it, echt! Und an den Jungen denkt keiner. Der ist nur noch eine Zahl.«

Kurz bevor Tilda noch saurer werden konnte, stapfte Farouk in die Szenerie. »Tilda, spar deine Kräfte, ich hab ihm auch schon hundert Mal gesagt, dass er den Schreibtisch mal in Ordnung bringen sollte.«

»Was ist denn mit eurer Generation los? Nicht nur Weltverbesserer, sondern außerdem Büroverbesserer? Kein Fleisch essen? Kein Auto fahren? Keine Sauerei am Arbeitsplatz? Was kommt als Nächstes?«

Tilda wollte gerade antworten, doch Farouk kam ihr zuvor: »Wirklich, mehr Boomer wie du geht nicht Schorsch. Das ist schon fast beängstigend. Weltrekordverdächtig.«

»Lieber Boomer als … als Ding … als Spaßbremse.«

»Schon gut, altes Haus, wir sehen uns heute Mittag. Komm, Tilda, wir gehen und lassen Kommissar Bifi alleine.«

»Also, du weißt das vermutlich so gut wie ich, wenn nicht besser, aber prinzipiell haben wir es hier nur selten mit schwer kriminellen Delikten zu tun«, erklärte Farouk, als sie gemeinsam im Auto saßen. Tilda wusste es zu schätzen, dass er auf die üblichen Mansplaining-Floskeln verzichtete.

»Ab und an eine Schlägerei auf Festen oder in den Dorfdiscos. Seltener in Bars. Halt immer, wenn Alkohol im Spiel ist. Was Drogendelikte angeht, gab es in den letzten Jahren einen kleinen Anstieg. Wir haben vermehrt härtere Sachen gefunden. Kokain gehört auch hier inzwischen zum Standard, ich glaube auch in den Chefetagen mancher großen Firma. Heroin ist die absolute Ausnahme, und Meth hatten wir zum Glück noch gar nicht. Der größte Anstieg waren bei so Sachen wie Ketamin und Ecstasy, grad in Bezug auf Festivals. Ich seh das persönlich zwar kritisch, aber nicht unbedingt apokalyptisch, da bin ich ehrlich, zumindest wenn es eine gute Aufklärung bei Drogen gäbe. Aber die haben wir halt so gar nicht. Weißt du was ich meine?«

Tilda nickte.

Farouk führte weiter aus: »Also lieber totschweigen. Das ist halt auch das Problem mit dem Schorsch und mit dem Bürgermeister, die kommen aus einer Generation, die da vollkommen planlos ist. Bei allem Respekt, für den Schorsch ist ein Joint so gefährlich wie eine Heroinspritze. Wir hatten vor zwei Jahren ein Abschlussfest von der Realschule, die sind dann zu später Stunde noch ins Festzelt vom Fußballturnier, und da ist uns eine 15-Jährige umgekippt. Vollkommen dehydriert. Die konnte uns am nächsten Morgen nicht einmal sagen, was sie genommen hatte. Irgendeine Pille halt. Das ist ein beschissener Kreislauf und der ist eben auch hier real. Jedenfalls war mein Gedanke, dass es vielleicht schon Sinn macht, an einem Ort, an dem Kriminalität so wenig präsent ist, irgendwie … Hm, ich weiß nicht, wie ich es sagen soll …? Dass wir einfach mal die wenigen Räume, in denen halt doch Illegales passiert, aufspüren. Gerade, weil unser Opfer ja so jung und Drogen nachweislich nicht abgeneigt war. Aber ohne Vorverurteilung, das ist mir halt wichtig. Deshalb auch ohne Pfeiffer. Kannst du meine Gedanken nachvollziehen?«

Tilda schreckte fast ein wenig auf, so sehr hatte sie sich in Farouks Ausführungen verloren. Der junge Polizist hatte während der gesamten Fahrt das Gespräch dominiert, aber nicht auf eine ichbezogene Art und Weise. Tilda bewunderte seine Denkstruktur, die eben auch Graustufen zuließ. Eine Charaktereigenschaft, die sie bei vielen Kollegen vermisste. Jetzt aber war sie plötzlich als aktive Gesprächspartnerin gefordert. »Ähm, ja. Also klar, total. Ich seh das wie du.« Oh Mann, bei diesem Gestammel konnte Farouk ja eigentlich nur glauben, dass sie ihm nicht zugehört hatte. Sie musste dringend noch ein paar ernsthafte Gedanken hinterherschieben. »Ich glaube, das hat sich auch durch das Internet geändert, kann das sein? Als ich noch jung war, da war das Dorf, oder vielleicht auch der Landkreis, wie eine Art Insel oder so? Also da kam nichts rein und nichts raus, und ich vermute, die Kindheit, die ich gelebt habe, war nicht so viel anders als die von meiner Mutter. Und dann kam das Internet und ICQ und Chats und Facebook und Onlineshopping und die ganze Welt hat sich geöffnet. Weil heute ist es ja fast egal, ob du auf dem

Land oder in der Metropole lebst, alle haben den gleichen Zugang. Ich mein, wenn ich alte Bilder von mir anschaue, ey, teilweise zieht sich da alles in mir zusammen vor lauter Fremdscham. Heute sehen die Kids irgendwie aus wie Modeblogger. Und ich glaub, mit den Drogen ist das ähnlich. Ich mein, teilweise kommen die größten Rapper aus der schwäbischen Provinz und die rappen über Drugs und Lean und was weiß ich.« Tilda war über viele Jahre leidenschaftlicher Deutschrap-Fan gewesen und hatte früher Sido und Bushido in der Umkleidekabine auf ihrem Ghettoblaster aufgedreht. Zum Unmut eines Großteils ihrer Mitspielerinnen.

Als Farouk in den einzigen Kreisverkehr des Dorfes einfuhr, merkte Tilda, dass sie keine Ahnung hatte, wohin ihre Reise gehen sollte. »Du, sorry, ganz kurz, wohin genau fahren wir? Nur dass ich den Überblick habe.«

Farouk drehte sich zu Tilda und konnte ein Grinsen nicht verstecken. »Also in der örtlichen Szene wird unser Ziel nur das Traphouse genannt. Die hören alle zu viel Ami-Rap, wenn du mich fragst. Aber ja, das Traphouse ist so eine alte Industriellenvilla am Waldrand, das war in den 70er-Jahren ein richtiger Prachtbau. Davon ist allerdings nicht mehr viel übrig seit Young Uvy das Ding geerbt hat.«

Jetzt konnte sich auch Tilda das Lachen nicht verkneifen. »Wer zur Hölle ist Young Uvy?«

»Eigentlich heißt der Heinz-Uwe Stadler. Ja, genau richtig gehört, so hab auch geguckt. Er ist einer der Erben der Stadler Scissors AG ...«

»Ach, die Scherenschleifer? Oha, der gute alte Geldadel. Dann kenne ich glaub das Traphouse. Hat das so weiße Säulen am Eingang?«

»Genau. Die Stadlers waren eine große Nummer in der Medizintechnik und sind bis heute einer der großen Arbeitgeber in der Region. Aber Young Uvy hat sich auszahlen lassen. Geschätzte fünf Millionen und den Palast mit den Fake-Säulen. Der muss nie wieder arbeiten, und hat das auch nicht vor. Wobei, ganz richtig ist das nicht. Er strebt seit einigen Jahren eine Karriere als Gangsterrapper an. Daher der Name Young Uvy, früher hat sich noch Kay U genannt.«

»Kay U? Du verarscht mich doch? Der ist noch zu meiner Zeit von den Bühnen der Dorfdiscos gebuht worden.« Am Skihang des Dorfes hatte es einige Jahre ein Festival für lokale Bands gegeben. Normalerweise hatten da Cover- und Rockbands aufgespielt, aber in einem Jahr hatte Kay U mit einer ganzen Armada an Unterstützern das Festival eröffnet. Später hatte es eine Massenschlägerei zwischen Rockern und Hip-Hoppern gegeben. Tildas damaliger (und erster) Freund Manu, der damals Bass bei »The New Treeclimbers« spielte, hatte im Vollrausch eine Faust abbekommen und für eine halbe Stunde bewusstlos im Regen gelegen. Sie hatte in Tränen aufgelöst neben ihm ausgeharrt, bis ihn sein Vater abgeholt hatte. Einer der dramatischeren Abende ihrer Jugend.

»Ja, eins muss man ihm lassen, der versucht das schon ziemlich lange und ist in der ganzen Zeit sensationell erfolglos geblieben. Da geht echt gar nichts, also bei der gesamten Danube-Money-Gang.«

»Das ist seine Crew, oder?«

»Bingo! Im Endeffekt machen die nicht viel, als tagein und tagaus im Traphouse abzuhängen. Heinz-Uwe inszeniert sich als Anführer, er ist auch einiges älter als die anderen. Ich glaube, wenn der Schorsch einen Wunsch frei hätte, dann würde er sich für eine Razzia im Traphouse entscheiden. Wir haben die schon ein paarmal hochgenommen, aber halt nie richtig erwischt. Ich bin auch der Meinung, dass das ein ordentlicher Umschlagplatz für Drogen ist. Gemessen an Großstädten natürlich Kleinscheiß, nicht der Rede wert. Für unsere Verhältnisse ist Heinz-Uwe schon so eine Art schwäbischer Pablo Escobar.«

»Und du glaubst, die könnten etwas mit dem Mord zu tun haben.«

»Nein, also, hm, ne, sorry, das muss ich klarstellen: Ich glaub das nicht. Das sind Kleinstkriminelle, wenn überhaupt. Teilweise sogar echt nette Kerle. Ich mag ehrlich gesagt auch den Young Uvy. Der ist einfach ein maximaler Freak. Aber ich weiß, dass die Karaseks und der Ostrach immer mal wieder mit denen zu tun hatten. Und keine Ahnung, wenn du über Jahre Gangster spielst, vielleicht kommt irgendwann der Moment, in dem du wirklich glaubst, dass du einer bist? Ergibt das Sinn?«

»Ich verstehe deinen Gedanken. Außerdem hat ja selbst der kleinste Dealer immer mindestens mit einem größeren Fisch zu tun. Und der kennt wiederum den nächsten in der Nahrungskette und dann schwimmst du ruckzuck im Haifischbecken …«

Farouk nickte. Tilda hatte offensichtlich seine eigenen Gedanken laut ausgesprochen.

»Vielleicht gab es eine Verwechslung? Vielleicht war Peter der Prügelknabe für irgendeine Scheiße, mit der er gar nichts zu tun hatte. Kein Plan. Und ja, zu 99 Prozent haben die nichts mit dem Fall zu tun. Aber die kennen Leute, und zwar die Leute, die unter der Oberfläche des Dorfes leben. Die eben nicht jeder kennt.«

Tilda wurde hellhörig. Die größte Lüge über das Leben

auf dem Dorf war, dass jeder jeden kannte. Natürlich gab es auch in dieser Gegend Ansammlungen von Häusern, die aus fünf Höfen bestanden und deren gesamte Bevölkerung in familiären Verhältnissen lebte. Aber die allermeisten Dörfer hatten eben mindestens ein paar Hundert, wenn nicht zwei, drei Tausend Einwohner. Genau wie hier. Und klar gab es da die alteingesessenen Familien. Den Gemeinderat. Den Musikverein. Die Sportvereine. Die Narrenzunft. Da kannte man sich. Aber es gab eben auch die Zugezogenen und Zurückgezogenen. Diejenigen, die man auf den Festen nicht zu Gesicht bekam. Die Namenlosen, die an der Supermarktkasse vor dir warteten oder die hinter dir in Richtung Stadt pendelten. Diejenigen, die nicht einmal Tildas Mutter kannte.

»Okay, das klingt vielversprechend«, sagte Tilda. »Dann lass uns das Traphouse doch mal aufmischen.«

Tilda und Farouk hatten noch kein einziges Wort der Begrüßung gesprochen, da knallte die massive Eichentür mit einem erschrockenen »Fuck, die Bullen!« wieder in Schloss. Zuvor hatte Tilda noch einen fast zwei Meter langen Schlaks mit dünnen, ausgefransten Dreadlocks ausgemacht, der beim Anblick von Farouks Uniform wie ein aufgeschrecktes Huhn davongerannt war. Farouk schmunzelte.

»Das läuft immer so. Hörst du, wie sie jetzt ihre Bongs verstecken?« Im Haus war ein ungeheures Gewusel und Gemurmel zu hören. Dumpfe Stimmen, Schritte. Möbel, die verschoben wurden.

Tilda musste an eine Hausparty denken, bei der urplötzlich die Eltern eine frühere Heimkehr ankündigen. »Wer war der Typ?«

»Ein langjähriger Hardcore-Kiffer, den alle nur Spaghetto nennen. Ich hab bis heute nicht rausbekommen, ob das am Körperbau, an den Haaren oder an der italienischen Herkunft liegt.«

Tilda verdrehte die Augen. Typische Spitznamen-Historie irgendwo zwischen unterschwelligem Rassismus und Bodyshaming. Spaghetto, oh Mann. Die Tür öffnete sich erneut. Praktisch in Zeitlupe.

»Was wollt ihr?«, fragte ein Tilda unbekannter Mann.

»Was wollen *Sie*!«, stellte Farouk klar.

»Bitte was?«

»Für dich sind wir immer noch Sie.«

Tilda musste sich zusammenreißen. Diese oberspießige Ansage passte irgendwie gar nicht zu Farouk. Aber sie zeigte Wirkung. Dem kleinen, fast quadratischen Typ mit dem geschorenen Schädel, der sie so giftig aus der Tür heraus angefunkelt hatte, hatte Farouks Oberlehrerton direkt den Wind aus den Segeln genommen.

Spaghetto fragte irritiert: »Aber du bist doch gar keine Frau?«

»Ey, du weißt, was Siezen bedeutet.«

Tilda konnte nicht glauben, welch absurden Dialog sie gerade gehört hatte. Der Kerl vor ihr war wirklich in anderen Sphären unterwegs.

Farouk entschloss sich, direkt zur Sache zu kommen: »Wir haben ein paar Fragen an euch, vor allem an den Hausbesitzer. Ist der Herr Stadler zu sprechen?«

»Nein, der ist nicht zu Hause.«

Tilda war sich sicher, dass sie in ihrem Leben noch keine so offensichtliche Lüge gehört hatte.

»Sicher?«, hakte Farouk nach.

»Sehr sicher«, erwiderte der Mann.

»Und Sie sind der Herr?«

»Der Herr GehtSiegarnichtsan!« Der Kerl hatte offensichtlich sein Selbstbewusstsein wiedergefunden.

»Wunderbar, Herr GehtSiegarnichtsan. Sie kennen doch sicher den Paragrafen XYZ, der besagt, dass wir Ordnungshüter, wenn wir ein Haus ohne den rechtmäßigen Besitzer antreffen, immer davon ausgehen müssen, dass in dieses Haus gerade eingebrochen wurde. Das führt zu einem automatischen Haftbefehl.«

Tilda musste sich auf die Unterlippe beißen, dieses Mal, um nicht laut loszulachen.

Der Mann verlor in Rekordzeit die Fassung. »Was? Was soll das heißen?«

»Wir als Polizei müssen davon ausgehen, dass Sie, lieber Herr GehtSiegarnichtsan, ins Haus von Herrn Stadler eingebrochen sind«, erklärte Farouk todernst. »Was wiederum dazu führt, dass aus Ihnen, Herr GehtSiegarnichtsan, wie durch Zauberhand der Herr Gehtunssehrwohlwasan wird, was mich zu der Frage bringt: Waren Sie schon einmal im Gefängnis?«

Fuck, Farouk war gut. Saugut.

»Ich … nein. Also, doch, aber nur…, also … Sozialstunden halt. Bitte nicht, ähm, ich bin gleich wieder da.« Die Tür fiel erneut ins Schloss.

Farouk zählte stumm mit den Fingern die Sekunden. Eins. Zwei. Drei. Vier. Fünf. Sechs. Sieben. Ac…

Die Tür wurde wieder aufgerissen und der Hausherr stand vor ihnen. »Hier ist überhaupt niemand eingebrochen! Fuck that shit. Der Vitali hat sich nichts zu Schulden kommen lassen, er ist mein Gast. Sie dürfen ihn nicht wegsperren. He's my brother. Das ist Polizeigewalt.«

»Oh, Herr Stadler, Sie sind ja doch da! Schön Sie zu sehen.« Farouk grinste.

In der Tür stand eine ziemliche Erscheinung. Heinz-Uwe Stadler aka Young Uvy war nicht ganz so groß wie Spaghetto und nicht ganz so trainiert wie Vitali, aber er wirkte durch die Mischung der Attribute und auch durch sein gesetzteres Alter viel präsenter als seine beiden Sidekicks. Der Millionenerbe war mindestens Tilda Jahrgang, aber die kunterbunten Klamotten, gepflastert von Markennamen von Gucci bis Balenciaga, und die neonblond gebleichten Haare in Kombination mit einem tätowierten »rich!« Schriftzug unter einem Auge taten ihr Bestes, um sein wahres Alter zu verbergen.

Tilda schoss ein ernsthafter Gedanke durch den Kopf: Der Typ war zwanzigmal mehr Freak als die Karaseks und lebte einen offenen Drogen-Lifestyle am Rande der Dorfgesellschaft. Es gab nur drei Umstände, die ihn im Dorf problemlos überleben ließen: Sein Name. Die Firma. Und das Haus. Solange noch Geld da ist, ist es egal, wie du lebst. Geld macht unsichtbar.

»Sorry, no offense, aber ich freu mich nicht wirklich, euch zu sehen. What do you want? Wir haben nichts gemacht« Das, was Stadler hier sprach, war Denglisch. Tildas Mutter wäre wohl der Kopf explodiert.

»Keine Sorge, ihr habt euch nichts zu Schulden kommen lassen. Wir hören uns gerade in der ganzen Gegend um und würden euch sehr gerne ein paar Fragen stellen. Können wir reinkommen?«, fragte Farouk gelassen.

»Uff. Können wir nicht einfach hier sprechen?«

»Das ist doch total ungemütlich.«

»Mann, da drinnen ist eine brutale Sauerei. A total mess. Können wir vielleicht ins Poolhouse gehen?«, fragte Young Uvy fast wie ein quengelndes Kind.

Wenige Minuten später hatten Farouk und Tilda die Villa durch einen völlig verwilderten Garten umrundet und versanken in tiefen Liegestühlen. Ihnen gegenüber nahm neben Spaghetto, Vitali und Heinz-Uwe ein unscheinbares Mädchen mit dunklen Haaren und fünf spektakulären Nasenpiercings Platz. Im ziemlich versifften Pool trieb ein mit Wasser vollgesogenes Sofa.

»Wollt ihr was trinken?«, bot der Hausherr an. »Ich habe aber nur Karamalz da!«

»Nein, danke«, lehnte Farouk ab. »Tilda, was ist mit dir?«

Tilda war der Geschmack aus ihrer Kindheit sehr vertraut, doch sie verneinte.

Young Uvys volle Aufmerksamkeit lag nun auf ihr. »Ey, du bist Tilda Marder. Sag deinem Bruder einen Gruß von mir, dem hab ich früher öfter … ähm. Egal!«

Tilda erinnerte sich schlagartig an die von Räucherstäbchen geschwängerte Luft, die einst zu den Klängen von Bob Marley aus dem Zimmer ihres Bruders Laurenz gedrungen war. Ne, oder?! »Mach ich!«

»Was treibst du hier? Bist du bei der Polizei?«

»Ja, offensichtlich. Kriminalpolizei, um genau zu sein.«

»Badass. Du bist ein richtiger Cop«, stellte Young Uvys anerkennend fest. »Nicht so wie der Kollege hier. For sure.«

Farouk nahm die Spitze sportlich.

»Nicht jeder kann sich den Luxus leisten, sein Millionenerbe zu verkiffen, Kollege!«

Die gesamte Danube-Money-Gang lächelte verstohlen, und Tilda hatte das Gefühl, dass das der richtige Moment war, um die Karten auf den Tisch zu legen.

»Hört mal zu, ihr habt bestimmt vom Mord an Peter Ostrach gehört? Also dumme Frage, klar habt ihr das. Ganz Deutschland weiß Bescheid.«

»Fuck ja. Obviously. Murder. In unserer City. Hätte ich nie gedacht. Aber wir haben nichts damit zu tun.« Young Uvy schüttelte den Kopf, als wären Geschichten wie diese ein Teil seines Alltags.

»Das hat auch niemand gesagt. Aber ihr habt den Peter gekannt, oder?«

»Kein Plan, ich kann die Youngins, die von time to time hier auftauchen, nicht unterscheiden. Was ist mit euch?« Young Uvy, der sich auffallend lässig in einen thronartigen Strandkorb fläzte, gab die Frage offiziell an seine Gang weiter. Es war eindeutig, wie hier die Hierarchie war. Spagehtto, der durchgehend mit einer seiner Dreadlocks spielte, zuckte mit den Schultern.

Vitali konnte sich besser erinnern: »Digger, Uvy, klar kannten wir den. Der war doch ein paarmal mit den Rothaarigen da.«

»Ach, der Dude war das? Keine Ahnung, Alter. Ich kenn einfach zu viele Leute, you know?«

Irgendwas war komisch. Tilda konnte es förmlich trotz der billigen Deodorants und teuren Parfums der Danube-Money-Gang riechen.

»Digger, wir haben gestern darüber gesprochen. Du wolltest einen fucking Tribute-Song für ihn machen. Pete! Du kennst ihn doch?« Young Uvy funkelte seinen Untergebenen wütend an.

»Oh, for sure, Dude. Hab ich komplett verpeilt.«

Tilda richtete sich auf. Wäre die Sache nicht so ernst gewesen, sie hätte sich wohl nach versteckten Kameras umgeschaut. Noch Stunden später konnte sie nicht fassen, wie schlecht der Rapper geschauspielert hatte. Sie hakte entschieden nach: »Was könnt ihr uns zu den Jungs sagen?«

»Keine Ahnung, die sind halt immer mal wieder hergekommen zum Kickern und Mario-Kart-spielen«, sagte Young Uvy und blickte beinahe auffordernd zu seinen beiden Freunden.

»Wir haben auch mal zusammen Fußball geschaut oder so. VfB!«

»Jo, die sind schon korrekt. Mehr kann ich auch nicht sagen.«

»Wir führen ja kein Gästebuch oder so«, erklärte Young Uvy in einem Tonfall, der das Gespräch eindeutig beenden sollte.

Die Gang balancierte unfassbar unelegant um den heißen Brei. Schließlich entschied Farouk sich, Nägel mit Köpfen zu machen. Viel schneller, als es Tilda von ihm erwartet hätte. »Hört mal zu, Leute. Wir können uns alle weiter blöd stellen und in merkwürdigen Metaphern sprechen. Aber ihr seid nicht blöd. Und weil ihr nicht blöd seid, wisst ihr auch genau, dass ich nicht blöd bin. Und wir wissen genau, warum die Jungs bei euch waren. Warum jeder hier ist. Es geht ums Kiffen, und das auch schon, bevor es legal war, und wahrscheinlich auch um anderes Zeug. Aber das ist uns heute egal. So was von egal. Es könnte uns nicht egaler sein. Wir wollen mehr über den Jungen herausfinden, der so einen Scheißtod sterben musste. Und wir sind nicht im Kindergarten. Also entweder spielt ihr jetzt mit offenen Karten und habt danach einen gut bei mir, oder ihr gebt weiter so scheiß generische Antworten, die keinem etwas bringen, aber dann verspreche ich euch hoch und heilig, dass ich schon morgen mit einem Durchsuchungsbefehl wieder dastehe. Und nächste Woche. Und die Woche darauf auch. Und dann macht das alles keinen Spaß mehr, das kannst du mir glauben. Also, noch mal: Was haben die Jungs so gemacht?«

Farouk war nicht nur gut. Er war ein Schachspieler. Und zwar ein Schachspieler, der seine Figuren mit einem Baseballschläger bewegte. Was machte ein Typ wie er auf dem Dorf? So einen konnte doch jedes Revier in Deutschland gebrauchen.

Young Uvy indes hatte mit einem Schweißausbruch zu kämpfen, während Spaghetto sich vollends in seinen Haaren verwickelt hatte und Vitali sich zärtlich über den Oberarm strich. Da räusperte sich das Mädchen im Hintergrund. »Die haben hier Dope gekauft. Nicht viel, aber immer wieder.«

Die restlichen Mitglieder der Danube-Money-Gang schreckten merklich auf. Tilda sprach das Mädchen so einfühlsam wie möglich an. »Danke für die ehrliche Antwort! Wie heißt du?«

»Ich heiße Gizem.«

»Gizem, weißt du zufällig, wann die Jungs das letzte Mal hier waren?«, fragte Tilda.

»Ich bin nicht immer da, aber in der Regel am Anfang des Monats, wie die meisten. Meinst du die Rothaarigen oder den Typen, der umgebracht wurde?«

»Sind die nicht immer gemeinsam gekommen?«

»Doch, früher schon. Zuletzt allerdings nicht mehr. Das wissen die anderen viel besser als ich. Jetzt macht halt mal das Maul auf, ihr Schlappschwänze.«

»Wir reden nicht mit der Polizei.«

»Das ist das Gesetz der Straße.«

»Hier gibt es kein Gesetz der Straße. Hier gibt es nur Feldwege.« Tilda war ziemlich zufrieden mit diesem Konter, und Farouk nickte ihr kaum merklich zu.

Gizem stand auf. Sie war komplett in Schwarz gekleidet, trug ein übergroßes T-Shirt und eine Baggy-Jeans. Sie glitt regelrecht nach vorne, beugte sich zu Young Uvy herunter und flüsterte ihm etwas ins Ohr. Tilda fühlte sich beinahe an Mafia-Filme erinnert. Der Anführer der Gang, der sicher zehn Jahre älter als das Mädchen war, fiel regelrecht in seinem Stuhl zusammen. Auch er versuchte flüsternd zu antworten, stellte sich dabei aber so ungeschickt an, dass Tilda und Farouk jedes Wort verstanden.

»... warum soll ich ihnen das erzählen? Damit mach ich mich nur verdächtig. So eine Scheiße, wieso sind die überhaupt hier?«

Gizem warf ihm einen Blick zu, der keine Fragen offen ließ. Sie zischte eine messerscharfe Ladung türkischer Wörter, die Farouk, dessen Eltern aus dem Libanon stammten, der aber trotzdem solide Türkisch sprach, später im Auto für Tilda übersetzte: »Lanet olsun, nasıl olsa çözecekler. Das heißt so viel wie: Scheiße, die werden es sowieso herausfinden.«

Die Botschaft fand jedenfalls ihren Weg zu Stadler, der offensichtlich Türkisch verstand.

Mit einem Mal wich alle Farbe aus dem Gesicht des Rappers, was das Neonblond seiner Haare noch mehr zum Leuchten brachte.

Farouk nutzte die Gunst der Stunde. »Komm, Junge, hau raus. Ich weiß du magst uns Polizisten nicht, aber du hast Peter gekannt. Und der liegt jetzt tot in der Leichenhalle.«

Das kunterbunte Häufchen Elend blickte auf. »Es ist eigentlich keine große Sache. Hm. Fuck. Ihr verwendet das nicht gegen uns, okay?«

»Na ja, das kommt darauf an, was du uns erzählst. Wenn es irgendwelche harmlosen Drogengeschichten sind, dann hast du mein Wort.«

»Die Karaseks waren schon oft hier. Die sind krass drauf, die Jungs. Ich wollte sie immer überreden, so ein zweisprachiges Nirvana-Trap-Cover mit so einem brutalen Gitarrensolo zu machen. Aber die haben das gar nicht gefühlt.«

Mann, das hätte ich zu gerne gehört, dachte sich Tilda, während Young Uvy mit überraschend klarer Stimme weitersprach: »Irgendwann war da noch der andere Dude dabei. Die haben den immer Pete genannt. Die meinten, dass der so ein krasser Drummer sei, und ich nur so: for real? Der sieht aus wie ein Muttersöhnchen. Aber die Guys haben echt in den believed. Und jo, wir haben ja im Keller ein wirklich nices Studio, und hab ich schon vor langer Zeit mal ein Schlagzeug geschossen. Und da hab ich den Pete an die Drums gelassen. Holy shit!«

Hm, Tilda kämpfte sich aus ihrem Liegestuhl hoch und nahm eine konzentrierte Haltung ein. Peters Können am Schlagzeug hatte im Traphouse also einen bleibenden Eindruck hinterlassen.

»Der Bre hat dann öfter hier gechillt und hat mir mit den Beats geholfen. Fuck, mit den Real Time Drums war das so richtiger Futuresound.«

Tilda ging das merkwürdige Denglisch-Gemisch zusehends auf die Nerven, obwohl sie selbst eine ganze Fülle an englischen Begriffen felsenfest in ihrem Sprachschatz verankert hatte. »Wie oft war Peter hier?«

»Ein-, zweimal die Woche?«

Farouk hatte mit seiner Einschätzung viel richtiger gelegen, als sie jemals angenommen hatte. Peter hatte regelmäßig im Traphouse verkehrt. Davon hatten die Karaseks nichts erzählt. Hatte Peter es ihnen verschwiegen? Und wenn ja, warum?

»Warum hast du vorhin behauptet, dass du ihn nicht

kennst, wenn er so oft hier war?« Tildas Stimme klang belehrender, als sie wollte. Dünnes Eis.

»Ich … weiß nicht. Das war einfach dumm. Kein Plan. Die haben den ermordet, you know. Das ist kein Spiel. Ich bin ein bisschen scared.«

»Für uns ist das auch kein Spiel. Überhaupt nicht. Aber du kannst dir vorstellen, wie bescheuert es aussieht, wenn einer behauptet, dass er ein Mordopfer nicht kennt, aber ständig mit ihm gechillt und Musik gemacht hat. Und was meinst du überhaupt mit ›Die haben den ermordet‹?«

»Gar nichts, ich meine … Überhaupt nichts, mein ich damit. Nothing. Das sagt man halt so.«

Farouk nahm nun Spaghetto und Vitali in die Pflicht. »Habt ihr auch was zu sagen? Ihr habt den Pete doch auch gekannt.«

»Ne, Mann, Big U hat schon alles gesagt.«

»Der war echt ein starker Drummer. Wenn die Songs droppen, ist alles zu spät. Fucking Hits.«

»Jungs, seid ihr bescheuert? Wir wollen doch nichts über eure Mucke wissen. Noch mal: Fällt euch noch was zu dem Jungen ein?«

»Sei doch nicht so aggressiv …« Spaghetto schien beinahe den Tränen nahe. »Ich kannte den kaum. Und als es hier eskaliert ist, da war ich nicht da.«

»Was heißt da eskaliert?«

Die drei Spezialisten schauten sprachlos zu Boden, und abermals war es Gizem, die den entscheidenden Impuls gab: »Vallah, erzähl jetzt von dem Streit. Bringt doch eh nichts mehr.«

Young Uvy aka Big U aka Kay U kratzte sich bedeutungsschwer am Kinn und begann zu erzählen. »Jo, ich bin nicht proud, aber, nein, warte. Von vorne.«

Tilda spürte ein extremes Kribbeln in der Magengegend. Irgendetwas von Bedeutung würde jetzt passieren.

»Der Pete war öfter da, wir wollten halt ein ganzes Mixtape oder so mit so harten Rockbeats bauen. Aber auch melancholisch und so. So Post-Malone-Shit, you know? Film, wirklich Film. Am Anfang hat er kaum mitgekifft, der Pete. Der meinte, dass er nicht so heavy auf den Drums turnen kann, wenn er stoned ist. Aber dann gab es auch Sessions, da hat er mitgezogen, und der Sound war dadurch einfach nur noch krasser. Er hat dann immer mehr und mehr geraucht, und kein Plan, wenn's ums Kiffen geht, versteh ich halt keinen Spaß. Also hab ich irgendwann gefragt, ob er auch mal für das Zeug bezahlen will, wenn er schon so abgeht. Eigentlich war das funny gemeint, you know? Aber irgendwie hat es den getriggert und alles, und er meinte, dass er ja hier eh schon umsonst die Beats einspielt, und ich dann so: ›Dude, weißt du wie viele Motherfucker sich darum reißen würden, wenn die hier im Studio Session machen dürfen?‹ Und er so: ›Shut up‹ und so weiter, von wegen, ich soll ihm einen ernsthaften Produzenten nennen, der mit so einer Witzfigur von Rapper wie ich es bin zusammenarbeiten möchte und alles. Und jo, das ist halt ein wunder Punkt von mir, you know. Ich leb einfach für den Scheiß. Dann hab ich gesagt, er soll sich verpissen, und er hat mir so einen Drumstick an den Schädel geworfen. Ich schwöre, der wäre fast in meinem Auge gelandet und dann wäre ich blind oder so. Ich war deshalb echt sauer und bin auf ihn los, hab ihm eine gezimmert, I don't know why. Das war echt unnötig und alles. Und wenn ihr irgendwie meine DNA findet oder so einen CSI-Shit, ey, ich war das nicht, ich hab ihn nicht umgebracht, niemals. Der Bruder war mein Homie. Das war einfach ein Streit unter Männern und alles, ich hab ihn einmal erwischt und dann ist er nach Hause.«

»Wann war das?«

»You know, I don't know. Maybe … Das kann der Tag gewesen sein, an dem er verschwunden ist.« Fuck!

ERSTES ZWISCHENSPIEL

Während Tilda und Farouk Zeugen davon wurden, wie sich Heinz-Uwe Stadler um Kopf und Kragen redete, kam es wenige Kilometer weiter zum Krisengipfel im Rathaus des Dorfes. Die gesamte Prominenz der Gegend war aufmarschiert. Das Äquivalent einer Adelshochzeit. Da waren die Bürgermeister der Region, sieben an der Zahl, angeführt von Bürgermeister Heilinger, wie immer mit Günther Gunter an seiner Seite. Der Landrat. Die Vorstände der großen Vereine des Dorfes wie Hubert Fritzle vom Handballverein und Erna Basler, die schon seit vielen Jahren dem Sportverein anführte. Gleich drei Vertreter des lokalen Tourismusverbandes. Die Schulleiter und Schulleiterinnen. Herr Müller von der Kriminalpolizei und Georg Pfeiffer als Stellvertreter der lokalen Ordnungshüter. Martina Vogt, die Redaktionsleiterin des Donautal Kuriers als einzige Pressevertreterin, die im Hintergrund Platz nahm. Die Runde wurde vervollständigt von sechs Vertretern der lokalen Industrie. Stefan Rapp, Vorstandsvorsitzender der Internationalen Metall Werke (kurz IMW), Jochen Sauer, Geschäftsführer der Sauer Medizintechnik GmbH, Gisela Kipp, leitende Geschäftsführerin der Geschwister Kipp GmbH, Michael Bader, als Vertreter der Stadler Scissors AG, Pressesprecherin Sibylle Martinek der lokalen Stadtwerke und Vincent Fabel, der seit Kurzem die Geschicke der FALX GmbH (vormals Fabel und Söhne) lenkte. Wenn diese industriellen Schwergewichte gemeinsam an einem Tisch saßen, konnte man davon ausgehen, dass die Lage ernst war. Oder dass die Lage so eingeschätzt wurde, dass man es sich auf keinen Fall leisten konnte, auf einem etwaigen Pressefoto zu fehlen. Bürgermeister Heilinger, da waren sich im Nachhinein alle einig, hatte ganze Arbeit geleistet, um diese hochdekorierten Menschen und ihre prall gefüllten Terminkalender kurzfristig zusammenzubringen.

Und natürlich war es Heilinger, der die Sitzung mit schwermütigen Worten eröffnete: »Meine Damen und Herren, werte Bürgermeisterkollegen, Herr Landrat, werte Vertreter der Industrie, die Lage ist ernst. Aber nicht hoffnungslos.« Dramatische Pause. »Wir stehen knietief in einer Krise, das kann man nicht anders sagen. Herr Meßmer vom Tourismusverband hat mich gestern kontaktiert, weil sich bereits mehrere Hoteliers der Gegend bei ihm gemeldet hatten, weil unzählige Stornierungen bei ihnen eingegangen sind.« Erneute Pause. Noch länger. Noch dramatischer. »Die Schlagzeilen bezüglich des unfassbaren Gewaltverbrechen an einem Jugendlichen aus unserer Mitte droht unseren guten Ruf, für den wir alle in diesem Raum in den vergangenen Jahren gekämpft haben, einfach zu zerstören. Und wenn wir in Zukunft nicht als Mörderdorf bekannt sein wollen, müssen wir jetzt reagieren. Zeitnah. Sonst sind wir das nächste Höxter. Oder Winnenden. Orte, die man mit Verbrechen assoziiert.« Die nächste Pause.

Doch in dem Moment, in dem Heilinger wieder ansetzen wollte, fiel ihm Jochen Sauer ins Wort. »Ja, ich seh das ähnlich. Wir haben auch schon Anfragen von internationalen Kunden bekommen, was denn da los sei. Auf unseren Umsatz wird das sicherlich keinen direkten Einfluss haben, wohl aber auf das allgemeine Befinden unserer Mitarbeiter. Aber es bringt nichts, sich im Mitleid zu suhlen. Wir brauchen Lösungen, dafür steht die Sauer Medizintechnik GmbH, wie Sie alle wissen. Und die naheliegendste Lösung, ganz klar, wäre eine schnelle und zielgerichtete Aufklärung des Falles. Ohne Skandale. Da würde ich nun einfach die Ordnungshüter direkt ansprechen.«

Müller verschluckte sich fast, als er Sauers Blick spürte, der ihn zum Antworten herausforderte. »Ähm … Ich kann Ihnen versichern, dass meine Kollegen und Kolleginnen alles daran setzen, den Fall so schnell wie möglich aufzuklären.«

»Das ist alles, was Sie zu sagen haben? Wie weit sind Sie denn? Waren das wirklich die Jungs? Warum sind die dann nicht verhaftet worden?«

Müller lief unter dem Druck der weiteren Augenpaare, die sich alle auf ihn richteten, puterrot an.

»Sie werden sicherlich verstehen, dass wir keine Ermittlungsinterna ausplaudern können.«

Gleich mehrere Stimmen erhoben sich, am Ende setzte sich mit Gisela Kipp das vielleicht erfahrenste, garantiert jedoch bekannteste Gesicht der lokalen Industrie durch. 2017 war sie in einer Liste der 500 reichsten Deutschen geführt worden – ein Umstand, auf den die gesamte Region mit einer Mischung aus Abscheu, Staunen, Stolz und Neid reagiert hatte. »Keiner spricht hier von Interna«, setzte Gisela Kipp an. »Wir wollen einfach wissen, ob der Fall noch diese Woche gelöst wird. Dementsprechend kann man reagieren.«

Müller atmete tief ein. So hatte er sich das nicht ausgemalt. Aber auch er konnte anders. »Bitte hören Sie mir mal kurz zu: Der Fall steht augenscheinlich noch nicht vor einer Klärung. Manchmal geht es dann schneller als man denkt, aber ich kann und werde keine Versprechungen oder Prognosen leisten. Das ist völlig unmöglich. Egal, wer vor mir sitzt. Gerne würde ich Ihnen positivere Nachrichten übermitteln, so einfach ist es jedoch leider nicht.«

Im Raum wurde ein Gemurmel laut, das für eine Minute lang andauerte, bis Bürgermeister Heilinger mit einem künstlichen Räuspern die Aufmerksamkeit auf sich zog und das Wort wie einen Staffelstab an Hermann Meßmer vom Tourismusverband weiterreichte. Der über die Landkreisgrenzen hinaus respektierte Marketingexperte Meßmer trug sein eigenes Donautal-Wanderwege-Merch. »Bei allem Respekt vor der polizeilichen Arbeit, da bin ich kein Experte und will mich nicht einmischen. Dennoch ist das eine sehr unbefriedigende Antwort. Wir hatten gestern Dutzende, wirkliche Dutzende stornierte Buchungen. Je länger sich die Aufklärung des Falls zieht und je zahlreicher Schlagzeilen produziert werden, desto häufiger wird dies passieren. Wir haben uns gerade erst von … und ich weiß Sie, wollen das alle nicht mehr hören … also von Corona erholt. Es herrschen jedoch immer noch harte Zeiten, gerade in der Gastronomie. Wir brauchen die Radfahrer und die Wanderer. Unbedingt. Und die Familien, vor allem die Familien. Aber würden Sie Ihre Familie in ein solches Mörderloch schicken?« Die letzte Frage war an Müller gerichtet.

»Was wollen Sie damit sagen? Stehe ich etwa am Pranger? Das ist absurd. Ich kann meine Hand dafür ins Feuer legen, dass wir alles Menschenmögliche tun, um den Fall so schnell wie möglich zu lösen. Aber da steckt man doch nicht drin. Das kennen Sie alle selbst aus ihren beruflichen Fachgebieten«, widersprach Müller mit hochrotem Kopf, eher er sich seinerseits entschied, in den Angriffsmodus zu wechseln. »Wir sollten vielleicht eher über die Presse sprechen und was die sich geleistet hat. Da bewegen wir uns nämlich im Bereich der Moral – oder Amoral.«

Bürgermeister Heilinger, der die in Rekordgeschwindigkeit aus dem Ruder gelaufene Diskussion, die er als großer Zampano initiiert hatte und jetzt anführen durfte, sichtlich genoss, spielte den scharf geschossenen Ball einigermaßen unelegant weiter. »Gutes Stichwort. Vielleicht wollen Sie, Frau Vogt, etwas dazu sagen?«

Die Gesichtszüge der Redaktionsleiterin entgleisten in einer ähnlich spektakulären Weise, wie es bei Müller wenige Minuten zuvor der Fall gewesen war. »Ich bin doch nicht die Ansprechpartnerin aller Presseorgane. Oder der Presse an sich. Ich kann nur für unser Blatt sprechen, und wir haben natürlich versucht, so sachlich wie möglich mit dem Fall umzugehen und die die Arbeit der Polizei zu unterstützen.«

Überraschenderweise mischte sich nun Sibylle Martinek von den Stadtwerken ins Gespräch ein. Fast so, als habe sie genau auf diesen Moment gewartet. »Also das kann man durchaus anders sehen. Ich meine, alleine der heutige Aufmacher ist ein überaus reißerischer Artikel von Frau Blumenschrein. Sorry, ich den genauen Wortlaut nicht greifbar, aber die Überschrift war so was wie: ›Sind unsere Kinder noch sicher?‹ Das ist doch pures Öl ins Feuer.« Ihr hessischer Dialekt machte sie in dieser Runde zu einer Exotin.

Martina Vogt ließ sich vielleicht auch deswegen nicht aus der Ruhe bringen. Was folgte, war ein Lehrstück in Sachen kommunikativer Kriegsführung. »Frau Martinek, das mag vielleicht an Ihrer persönlichen Animosität gegenüber der Frau Blumenschrein liegen, aber wir haben auch eine Art Bildungsauftrag. Viele unserer Leserinnen und Leser sind sich dieser Tage nicht sicher, ob sie ihre Kinder noch alleine zur Schule gehen lassen können. Der Artikel muss in diesem Kontext als Service verstanden werden. Öl ins Feuer gießen da ganz andere.«

Erneut brandete Diskussionswellen durch den Sitzungssaal des Rathauses, die in den unterschiedlichsten Gesprächskonstellationen strandeten, sich auftürmten und wieder zerfielen.

Und mitten in diesem Getöse stand einer auf. Seelenruhig. Der Raum verstummte.

»Darf ich mal ganz kurz etwas sagen? Viele von Ihnen kennen mich vielleicht noch nicht. Mein Name ist Vincent Fabel, ich bin der Sohn des vor zweieinhalb Jahren zurückgetretenen Friedrich Fabel, und ich habe die Firma übernommen.« Der Mann, der viel jünger war, als die meisten der anwesenden Politiker und Industriellen im Raum, sprach mit einer solchen Entspanntheit, dass die Anspannung im Raum in Sekundenschnelle in sich zusammenfiel.

»Der hatte wirklich die Ruhe weg. Das hat mir echt imponiert«, schwärmte Müller später in der Sitzung der Soko Felsen. Fabel wirkte auf ihn in den Strudeln der aufgeschäumten schwäbischen Wut wie eine Rettungsboje.

»Ich muss ein wenig ausholen, ich hoffe, das ist in Ordnung«, fuhr Vincent Fabel fort. »Ich habe fast sieben Jahre im Ausland gelebt, in Amerika und Südkorea, und erst jetzt hat es mich wieder ins Donautal verschlagen. Ich hab mich ehrlich gesagt noch nicht wieder hier gesehen, aber es war der Wunsch meines Vaters, die Firma zu einem für ihn passenden Zeitpunkt zu übergeben. Zunächst hat mich Deutschland so gar nicht gereizt. Es hat mich richtig geschüttelt. Bis ich mit dem Rad durchs Donautal gefahren bin. Da hat es Klick gemacht. Und seither bin ich diesem Ort, der mich schon in meiner Kindheit fasziniert hat, verfallen. Alte Liebe rostet nicht. Und es schmerzt so sehr, dass dieses widerwärtige Verbrechen unsere wunderbare Heimat so überschattet. Und uns allen in diesem Raum fällt nichts Besseres ein, als uns gegenseitig zu zerfleischen.« Zustimmendes Nicken von allen Seiten. »Wissen Sie, in Amerika spricht man schon lange von der Macht der Bilder. Unsere Zeiten sind schnelllebig. Wir müssen dem Schrecken unbedingt etwas Positives entgegensetzen.«

»Na ja, das ist leicht gesagt. Solange die Polizei nicht in der Lage ist, den Tätern ihr Verbrechen nachzuweisen, werden wir keine positiven Schlagzeilen haben«, knurrte Jochen Sauer von der Seite, dem es ganz und gar nicht passte, dass sich der Fabel-Jungspund ins Rampenlicht drängte.

»Jochen, du hast vollkommen recht, das wird nicht einfach. Aber ich bin fest davon überzeugt, dass es geht. Wenn es keine positiven Schlagzeilen gibt, dann sorgen wir halt selbst für welche«, erklärte Fabel regelrecht euphorisch.

»Und wie soll das gehen? Willst du eine Verhaftung erfinden?« Sauer zeigte sich skeptisch.

Doch Fabel ließ sich davon nicht aus der Ruhe bringen. »Nein, im Gegenteil. Wir müssen der Polizei den Rücken freihalten. Das kann unsere Aufgabe sein. In Korea gibt es ein Sprichwort, das heißt frei übersetzt: ›Sammle Staub, um einen Berg zu errichten‹.«

»Sag doch gleich: Kleinvieh macht auch Mist!«, warf Gisela Kipp mit ein.

»Genau, das sagt ungefähr das Gleiche aus. Wenn wir Zusammenhalt zeigen, positiv denken, und das nach außen hin präsentieren, dann sorgt das für ein Sicherheitsgefühl.

Ich bin mir sicher, dass zumindest die lokale Presse uns dabei unterstützen würde. Oder was meinen Sie, Frau Vogt?«

Martina Vogt schreckte erneut auf. Als Journalistin war sie in dieser Situation eher aufs passive Zuhören eingestellt. »Klar. Wir ... wir berichten, was passiert. Und uns liegt das Wohl der Region am Herzen, auch wenn uns das oft genug abgesprochen wird.«

Fabel lächelte ihr warm entgegen. »Das ist doch wunderbar!«

Jetzt war der Moment des Landrats gekommen, der sich bis dahin wohl aus taktischen Gründen zurückgehalten hatte. »Ich finde das einen treffenden Gedanken von Herrn Fabel. Wir sind ja in den letzten Jahren geradezu konditioniert worden auf schlechte Nachrichten. Superansatz. Allerdings haben Sie uns immer noch nicht gesagt, was Ihnen konkret vorschwebt. Das wäre schon wichtig zu wissen, sonst verschwenden wir ein wenig unsere Zeit.«

Fabel nahm auch diese Kritik von höchster politischer Stelle wohlwollend auf. »Guter Einwand, Herr Landrat. Danke schön. Mir ist spontan eine Idee gekommen. Also, laut gedacht! Morgen ist doch großer Handballspieltag. Wir wäre es, wenn die Teams in Solidaritätstrikots auflaufen – als Zeichen gegen Gewalt? Das wären tolle Bilder. Wir hätten ein großes Publikum ...«

Fabel wurde von einem schneidenden Tonfall aus der hintersten Ecke des Sitzungssaals unterbrochen. »Keine Chance, vollkommen unmöglich. Wo sollen wir so schnell die Trikots herbekommen? Wer soll das bezahlen?«

Der Saal lachte zustimmend, als die Anwesenden den Vorstand des Handballvereins Hubert Fritzle als Quelle des Einspruchs erkannten.

»Hubert, du kennst dich da viel besser aus. Aber ich

hab einen guten Draht zur Druckerei Germ, wenn ich den Eric gleich anrufe und ihm von unserem Anliegen erzähle, dann legt der notfalls, wie ich ihn kenne, eine Nachtschicht ein, um die Beflockung fertigzubekommen. Und wegen dem Geld braucht ihr euch keine Sorgen zu machen, wir von FALX übernehmen da einen Satz.« Fabel hatte kaum zu Ende gesprochen, als die restlichen Unternehmer sofort ihre Bereitschaft zur Unterstützung der Finanzierung bekundeten.

Das dachte sich selbstverständlich auch Bürgermeister Heilinger. »Und wie wäre es mit einer Mahnwache nach dem Spiel? Alle gemeinsam: die Spieler, das Publikum. Ich lade natürlich auch euch dazu ein, geschätzte Kollegen. Der Herr Landrat hatte sich ja ohnehin schon angekündigt. Das wäre doch eine runde Sache. Herr Gunter, bitte mitschreiben. Ein Schulterschluss der Bevölkerung mit der Industrie und der Politik und die klare Ansage: ›Ihr seid nicht allein.‹ Das wäre doch was?« Heilinger überschlug sich fast vor Aufregung, ohne genauer zu klären, wen er mit »ihr« überhaupt meinte. Fabels unaufgeregte Art hatte die Stimmung im Raum komplett verändert.

»Wir von den Stadtwerken könnten uns um Leuchtfackeln kümmern. Das wäre auch was für die Kinder.«

»Vielleicht könnte die Polizei ein wenig Präsenz zeigen? Wie beim Fahrradführerschein, da habt ihr doch immer so grüne und blaue Ballons dabei. Das wäre doch ein gutes Signal.«

Während Müller wortlos nickte, sprach Schorsch Pfeiffer den ersten und letzten Satz, den er zu dieser Diskussion beizutragen hatte: »Wenn ihr mir einen Geigenspieler organisiert, mach ich euch auch den Tanzbär!«

Während Tilda wieder neben Farouk im Auto saß, fragte sie sich immer wieder: Was in drei Teufels Name fasziniert uns alle so an diesen Geschichten? An Mord und Totschlag? An all dem Leid? Und dem Drama? Warum können, nein, warum wollen wir nicht wegsehen? Warum schauen wir Sonntag für Sonntag den Tatort? Warum sind wir regelrecht süchtig nach Verbrechen?

Vielleicht, dachte Tilda, ist das etwas zutiefst Menschliches. So ein Urgefühl. Die Faszination für das andere. Das Böse. Den süßen Schauder. Das Kribbeln. Die Angst, die allerdings nicht real ist, sondern nur ein Abbild davon.

Und ja, schon früher haben sie die Räuber und Totschläger in Moritaten besungen. Und von Kain und Abel wollen wir gar nicht anfangen.

In einer Sache war sich die Kommissarin aber sicher: Das Verbrechen auf dem Dorf besitzt eine andere Qualität. Ein Mord auf dem Dorf schlägt tiefe Kerben. Die Systeme greifen hier eng ineinander, und wenn da ein Dominostein ins Kippen gerät, dann fängt alles an zu schaukeln.

Und nachdem sie diese Gedanken gedacht hatte, fragte sich Tilda, warum ausgerechnet der Kriminalroman eines der wenigen literarischen Genres war, in denen das Dorf als Handlungsraum dominierte.

Lag es daran, dass die Rollen hier viel eindeutiger verteilt waren? Jedes Dorf besitzt ganz klare Beziehungsgeflechte. Und abseits der alltäglichen Dramen von Ehebruch und Eifersucht über Geldnot und Schulden bis hin zu Krankheit und Tod sitzt das Korsett der gesellschaftlichen Regeln so fest und so sicher, dass es dich auffängt, wenn du fällst – solange du dazugehörst. Das versteht sich von selbst. Wenn allerdings das Konstrukt eine Kerbe abbekommt und die Idylle reißt, dann offenbart sogar das engmaschigste Sicherheitsnetz Löcher.

Und das war hier passiert. Der Mord an Peter Ostrach, einem zugezogenen Jungen, den die wenigsten gekannt oder auch nur wahrgenommen hatten, ging plötzlich alle an. Dafür brauchte es nicht viel. Nur ein wenig Angst. Und ein paar wenige, die sie schürten.

Und in diesem Augenblick erkannte Tilda ihre eigene Rolle: Sie agierte zwischen den Zeilen, zwischen den gängigen Zuschreibungen. Sie wurde zur Weltenwandlerin, zu einer, die eigentlich dazugehört und es eben doch nicht mehr tut. Sie war innen und außen und beides gleichzeitig. Sie verstand die Angst. Und sie verstand, dass sie selbst keine haben durfte.

Und sie verstand Peter Ostrach und die Karaseks und wahrscheinlich verstand sie sogar Young Uvy. Weil sie selbst immer am Rand gestanden hatte, selbst in den Momenten, in denen man sie in der Mitte des Kreises hochleben ließ.

Und an diesem Tag, als sie mit Farouk unterwegs war, übermannte Tilda eine dunkle Vorahnung. Fast so, als wäre ihr plötzlich bewusst, dass diesen Geschichte, die bislang in einigermaßen geregelten Bahnen verlaufen war, jetzt den Halt verlieren würde. Als hätte jemand ein erstes Schneebrett losgetreten, das keiner mehr einfangen konnte. Dann bahnt sich die Lawine ihren Weg ins Tal.

V

Und da passiert es: Er fällt vom Baum in eine bodenlose Tiefe. In den sicheren Tod, der auf ihn in unerträglicher Geschwindigkeit zurast. Das war's. Ende. Aus.

Doch dann zuckt er zusammen, reißt seinen Kopf nach oben und wacht auf. Nach Stunden des Vor-sich-hin-Dösens zwischen Todesangst und wegschlummern hat ihn der Schlaf gefangen und ihm einen Albtraum beschert. Am Horizont kriecht der Tag blutrot über die Berge, und für eine Sekunde überlegt er, ob das nicht der beste Moment wäre, um sich auf sie zu stürzen. Um das Überraschungsmoment für sich zu nutzen. Er sieht nur Schemen. Sechs Schatten. Aber es ist einfach zu früh, um alles zu riskieren, denn ein wenig Resthoffnung bleibt, dass seine eigene Rotte die Spuren findet. Also entscheidet er sich für eine andere Taktik. Der nahende Morgen liegt noch stumm im Halbschlaf, nur wenige Vögel sind schon zu hören. Also liegt es an ihm, die Stille zu zerstören. Er bündelt die Angst und die Wut und die Verzweiflung und verwandelt sie zu einem grollenden Gurgeln aus der Untiefe seines Körpers. Eine paar Raben, die es sich zuvor als stumme Zeugen seines Überlebenskampfes in einem benachbarten Baum eingenistet hatten, stimmen mit ein, kreischen und krächzen, und mit Genugtuung stellt er fest, dass der Lärm die anderen aufscheucht und nervös macht. Ja, noch bin ich da. Sein Schrei wandert durch den Wald, bis ins Tal und dort den Fluss entlang. Wenn sie ihn gehört haben, dann wis-

sen sie, dass er noch lebt. Dann werden sie kommen. Und
dann gibt es Krieg.

ZWEITER TEIL

DREI TOTE HUNDE

KAPITEL 6

Später fragte sich Tilda immer und immer wieder, warum sie nicht direkt auf den Karasek-Hof gefahren war, um die Jungs dort zur Rede zu stellen. Die Brüder haben ihr so einiges verschwiegen. Sie hatten weder davon erzählt, dass Peter regelmäßig im Traphouse abhing, noch hatten sie die Auseinandersetzung erwähnt, die ihr Kumpel am Tag seines Verschwindens mit Young Uvy gehabt hatte.

Die Jungs hatten sich im Gespräch so offen gezeigt. Solch entscheidende Infos zu verschweigen, das passte für die Kommissarin überhaupt nicht ins Bild. Oder war es Peter gewesen, der seine Freunde belogen hatte? Tilda erinnerte sich auch daran, dass Franz Peter bei der Vernehmung durch Gräberer einen Feigling genannt hatte.

Hatten die Brüder sie tatsächlich getäuscht? War sie ihnen aufgesessen? An welchen Stellen hatten sie noch gelogen? Sie fühlte sich schäbig, obwohl der Ausflug ins Traphouse aus ermittlungstechnischer Sicht als voller Erfolg zu bewerten war.

»Was meinst du?«, fragte Farouk, nachdem sie sich einige Minuten im Auto angeschwiegen hatten.

»Ich meine, dass du ein verdammt gutes Näschen hattest.« Tilda klopfte ihm ungelenk, aber anerkennend auf die Schulter.

»Glückstreffer. Ich hatte ja ursprünglich in eine ganz andere Richtung gedacht.«

»Stell dein Licht nicht so unter den Scheffel.«

»Glaub mir, wenn sich am Ende Young Uvy wirklich als Täter herausstellt, würdest du dir wünschen, dass du das nie zu mir gesagt hast. Dann lauf ich wie ein König durchs Revier!«

Die beiden lachten laut. Zu laut. Eine Folge der massiven Anspannung, die sich seit Heinz-Uwe Stadlers merkwürdigem Geständnis breitgemacht hatte. Sie blieben an einer der wenigen roten Ampeln des Dorfes stehen, und Farouk schaute ernst zu ihr herüber. »Mal ganz im Ernst: Das war schon wahnsinnig verdächtig.«

Tilda nickte vehement. »Wenn einer sagt: ›Jo, also wenn ihr zufälligerweise meine DNA an dem Mordopfer findet, dann nur, weil ich es halt zusammengeschlagen hab. Aus Versehen.‹ Dann ist das im Normalfall ein Volltreffer«, führte sie aus.

»Hm.«

Sie schwiegen. Rot. Gelb. Grün. Anfahren. 30er-Zone.

Und wieder war es Farouk, der die Stille durchbrach. »Fuck, aber ich glaub trotzdem nicht, dass er es war.«

Tilda nickte wieder. Diesmal bedächtig. Beinahe in Zeitlupe. »Ich auch. Aber ich weiß nicht wieso. Ich mein, mehr Red Flag geht eigentlich nicht. Das war ein halbes Geständnis, nicht wahr? Auch wie es zustande gekommen ist. Dass er erst vertuschen wollte, dass er Peter kannte. Aber irgendwie, ich weiß auch nicht … Das ist zu einfach.«

»Verbrechen sind doch meistens einfach. Die meisten Morde sind Beziehungstaten. Einer dreht durch …«

»Stopp: Ein Mann dreht durch!«

»Okay, klar. In den allermeisten Fällen. Was ich sagen will: Gewalttaten sind selten kompliziert, oder? Warum fühlt sich das so seltsam an?«, fragte Farouk.

Tilda spürte, dass dies ein entscheidender Moment war. Das Kribbeln meldete sich. »Fahr mal rechts ran, wir müssen das einmal anständig durchsprechen.«

»Ich dachte, du musst zur Besprechung?«

»Egal, komm ich halt zu spät. Das ist jetzt wichtig.« Farouk lenkte den Streifenwagen auf den Kreissparkassen-Parkplatz.

Tilda schnallte sich ab, sie musste frei gestikulieren können. »Wie ist das abgelaufen? Peter und Stadler – sorry, wenn der für uns verdächtig ist, kann ich ihn nicht mehr Young Uvy nennen. Also, die beiden sitzen da mittags rum und machen Musik und ballern sich zu?«

»Davon müssen wir ausgehen, ja.«

»Dann kommt es zum Streit. Eine Kleinigkeit. Es geht hin und her, Peter wirft seinen Drumstick und das geht ins Auge, Stadler verliert die Fassung und schlägt ihn?«

»Bis dahin hat er das so zugegeben.« Farouk stand sichtlich unter Strom.

Der erste Teil der Geschichte war eindeutig, jetzt kam Tilda zu den Fragezeichen. »Und danach? Schlägt er ihn tot? Oder bewusstlos? Erwürgt ihn? Wann holt er das Kreuz? Und warum hat er ein Kreuz? Und dann nimmt er den toten Peter und fährt ihn auf den Schmuckfelsen? Ich sehe das einfach nicht. Der Typ wirkt wie ein Riesenbaby. Vollkommen verplant, vollkommen in seinem Film hängen geblieben.«

Farouk äußerte seine Bedenken. »Ich weiß, was du meinst. Aber wir ... also ihr könnt ihn ja deshalb nicht als Verdächtigen ausschließen. Wer weiß, ob das alles irgendwie Tarnung ist? Sein Deckmantel.«

»Glaubst du wirklich, dass der so cool ist? So abgezockt?«, fragte Tilda ihren Kollegen.

Farouk pflichtete ihr sogleich bei: »Der ist das Gegenteil von cool. Aber das können wir ihm ja nicht positiv auslegen.«

»Nein, auf keinen Fall. Den bestellen wir zeitnah aufs Revier. Wir müssen seine DNA nehmen, auch wenn die Gerichtsmedizin keine Spuren gefunden hat. Fluchtgefahr besteht ja keine, oder?«

»Der flüchtet höchstens vom Poolhouse vor die Playstation.«

»Oder versucht einen Geständnis-Song einzurappen.«

»Mann, wenn es tatsächlich so war?«

»Dann hast du den Fall gelöst.«

»Nein, wir!«

Später in der Sitzung, bei der erstmals alle Mitglieder der Soko Felsen anwesend waren, konnte es Tilda kaum erwarten von ihrem Erfolg zu erzählen. »Ich glaube, wir haben einen neuen Verdächtigen«, begann sie und berichtete von Farouks und ihrer Theorie.

Die Reaktionen ihrer Kollegen und Kolleginnen fielen eher zurückhaltend aus. Nicken. Notieren. Abwägen. Vor allem Tyll hatte naturgemäß einiges auszusetzen. »Tut mir leid, das wirkt für mich ziemlich konstruiert«, warf er ein. »Und auch nicht zielführend. Wir haben drei Hauptverdächtige, um deren Hals sich die Schlinge immer enger zieht. Warum sollten wir da auf Krampf noch ein anderes Feld aufmachen?«

Tilda atmete tief ein, um ihrer Konter durchschlagskräftig zu platzieren, doch Bardet kam ihr zuvor: »Das nennt sich Polizeiarbeit, Tyll. Also bei aller Liebe, wenn wir jetzt nicht mehr alle Spuren verfolgen, dann können wir den Laden gleich dichtmachen.« Bardets Abneigung gegenüber Tyll triefte aus jedem Wort. Sie war mit gewetzten Messern in die Sitzung marschiert.

»Halt, stopp! Und zwar sofort, bevor das wieder zu emotional wird.« Müller hatte augenscheinlich keine Lust auf das nächste ausufernde Streitgespräch. Die zurückliegende Krisensitzung inklusive der teils offensiven Schuldzuweisungen hatte seinem Geduldsfaden ziemlich gekürzt. »Wir machen das wie folgt, ganz nach dem Lehrbuch: Frau Marder, Sie bleiben da bitte dran. Das klingt in jedem Fall vielversprechend und wenn es uns auch nur dabei hilft, unser Opfer ein wenig intensiver zu beleuchten. Herr Tyll, solche Kommentare können wir uns sparen. Natürlich ermitteln wir nach wie vor in sämtliche Richtungen. Vollkommen klar.«

Tilda grinste in sich hinein. Es fühlte sich wie ein Punktsieg an, und jetzt galt es, diesen zu zementieren. »Ich würde den Stadler gerne am Montag noch mal so richtig in die Mangel nehmen. Vielleicht wäre es cool, wenn wir das gemeinsam machen, Yves?«

Gräberer grummelte sein Einverständnis und nutzte die Gelegenheit, um seinerseits davon zu berichten, wie er der Ochsenblut-Truppe auf den Zahn gefühlt hatte. Tilda hätte den Moment gerne noch länger ausgekostet, hörte ihrem Kollegen aber trotzdem aufmerksam zu. »Die Typen sind harmlos. Ziemliche Dorfproleten, würde ich sagen. Die hatten am Abend zuvor in ihrem Bauwagen gesoffen und teilweise durchgemacht. Und als sie dann beim Katerfrühstück, sprich beim Konterbier, die Karasek-Schlagzeilen gesehen haben, kamen sie auf die grandiose Idee, es denen mal so richtig zu zeigen.« Gräberer zeichnete mit seinen Pranken gigantische Anführungszeichen in den Raum. »Die sind auch zuvor schon das ein oder andere

Mal mit den Karaseks zusammengestoßen. Kindergarten, wenn ihr mich fragt. Aber auch ein bisschen politisch motiviert, links gegen rechts. Dorfpunks gegen Nachwuchsnazis. Irgendwie haben die Typen, also die Angreifer, das einigermaßen sportlich gesehen, so war mein Eindruck.«

An der Stelle grätschte Tyll, der sich ansonsten selten mit Gräberer anlegte, dazwischen. »Na ja, sportlich … Das kann man jetzt so oder so sehen. Ich bin noch mal tiefer in das Thema eingestiegen. Neben der bislang bekannten Auseinandersetzung gibt es vier weitere Zwischenfälle, bei denen die Karaseks in unseren Akten auftauchen. Vier Schlägereien. Und zwar handfeste. Im Konzertclub, in der Festhalle, auf dem Handballturnier und an einer Bushaltestelle. Wo die auftauchen, hagelt es Schläge für Andersdenkende. Also, ich weiß nicht, wie ihr alle aufgewachsen seid, aber für mich zeigt sich da ein großes Gewaltpotenzial. Und interessant, dass du die politische Ebene erwähnst, vielleicht müssten wir uns mal die linksradikale Szene genauer anschauen.«

Gräberer schaute gedankenverloren bis gelangweilt von seinen Notizen auf. »Egal, wie oft du versuchst, eine linksradikale Szene im Landkreis zu konstruieren, es gibt keine. Im Gegenteil. Das Thema hatten wir jetzt oft genug. Und deine Behauptung wurde oft genug widerlegt.«

Tyll gab nun doch klein bei – wie üblich, wenn ihn Gräberer ins Visier nahm. Tyll lebte, da war sich Tilda sicher, nach dem antiken Prinzip des Recht des Stärkeren. Gemäß seiner Wertvorstellungen war Gräberer als durchsetzungsstarker Mann das unangefochtene Alphatier. Um seinen eigenen Status als Beta abzusichern, war er darauf aus, aufmüpfige »Weibsbilder« wie Tilda oder Bardet in die Schranken zu weisen.

»Gut, dann vergiss den Punkt meinetwegen«, lenkte Tyll ein, »auch wenn uns das noch früher oder später um die Ohren fliegt. Fest steht: Die Karaseks sind Gewalttäter. Und Mobber. Mörder!«

»Manfred, da kann ich deine Argumentation nicht komplett unterschreiben«, meldete sich die in Sitzungen sonst eher zurückhaltende Esther Szoboszlai zu Wort. Sie war als die graue Maus der Truppe bekannt, Tilda mochte solche Zuschreibungen gar nicht. Aber Esther hatte die einzigartige Fähigkeit, einen Raum zu betreten, ohne bemerkt zu werden. Entsprechend neugierig reagierte die Truppe, als sie sich nun plötzlich gegen Tyll stellte. »Ich hab mich ja gemeinsam mit Sofia mit den Profilen der drei Brüder auseinandergesetzt und in deren sozialem Umfeld nachgeforscht. Online haben wir nichts gefunden, was deine Theorie bezüglich politischer oder sozialer Auffälligkeiten stützen würde. Oder Sofia?« Sofia nickte, obwohl ihr die Rolle als Sidekick augenscheinlich so gar nicht zusagte. »Kein Mobbing, keine Hassrede. Und auch an der Schule haben die meisten Mitschüler recht positiv über die Jungs gesprochen. Sogar die Eltern des Opfers. Ich hab die Akten auch gelesen und zumindest in zwei von den vier Fällen waren die Karaseks eindeutig die Geschädigten.«

Tilda traute ihren Ohren nicht trauen. Was war denn mit Esther los? Bardet, die neben Tilda saß, tippte sie aufgeregt unter dem Tisch an. Das Signal für »Alle Achtung, jetzt wird's interessant!«

Wurde es allerdings nicht wirklich. Selbst Tyll spürte jetzt, dass er es mit seinen in Rekordschnelle widerlegten Beschuldigungen zu weit getrieben hatte. Folgerichtig ruderte er zurück – selbstverständlich nicht ohne den ein oder anderen Seitenhieb zu verteilen. »Alles klar, ihr wisst das besser. Aber es wird euch auf die Füße fallen. Auf dem linken Auge blind ...«

Und obwohl sie ihn niemals in Schutz genommen hätte, konnte Tilda ihren ungeliebten Kollegen sogar ein Stück weit verstehen. Jeder Polizist kannte das. Diese eine Idee, die so stark und so laut vor sich hin rauschte, dass sie deine sonstigen Gedanken übertönte. Und eines musste sie sich eingestehen: Auch ihre eigene Gefühlslage in Bezug auf den Fall war nicht allein von Fakten geprägt. Die Karaseks waren legitime Verdächtige. Nur weil sie mit ihnen sympathisierte und Tyll mit beinahe jeder Faser ihres Körpers verabscheute, durfte sie sich nicht von ihren Emotionen in eine Richtung drängen lassen. Zumal ihr jetzt bekannt war, dass die Jungs sie gleich mehrfach angelogen hatten.

Sie musste Jakob, Nikola und Franz dringend zur Rede stellen. Aber erst nach dem Wochenende, das nun nur noch einen kurzen Bericht von Bardet und eine vermutlich ausufernde Abschlussrede von Müller entfernt war.

Am liebsten hätten sie durchgearbeitet, aber Müller, geprägt von Seminaren über Führungsqualität, hatte das streng untersagt und einen peniblen Plan für die Wochenendschichten vorgestellt. Tilda hatte beschlossen, ihre eigene Impulsivität im Zaum zu halten und sie erst dann wieder von der Kette zu lassen, wenn es wirklich sinnvoll war. Das Nachdenken konnte ihr ohnehin keiner verbieten. Und ja, auch wenn sie es an Tagen wie diesen zu gerne vergaß, ihr Job war ein Job. Nicht mehr. Nicht weniger. Eine ausgeruhte Tilda war eine bessere Polizistin.

Während Tildas Gedanken schon Richtung Feierabend stolperten, verband Bardet ihr iPad mit dem Beamer und schien selbst überrascht, als dieser plötzlich eine Drohnenaufnahme der Schmuckfelsen auf die Leinwand warf. »Geil, das funktioniert ja sogar«, stellte Bardet begeistert fest. »Also, ich hab mir mit den Kollegen von der Spurensicherung noch mal den Tatort und die Umgebung drum herum angeschaut, und wir haben uns vor allem Gedanken über mögliche Wege gemacht. Unser Opfer wog 76 Kilo, es war also nicht ohne, die Leiche von den möglichen Zufahrtspunkten zum Aussichtspunkt zu wuchten. Vor allem nachts, wenn die Wege kaum zu erkennen waren. Zwei der möglichen vier Zugangswege führen durch dichten Wald. Das seht ihr hier und hier …« Bardet fummelte an ihrem Tablet herum, und tatsächlich erschienen zwei bunte Linien auf der Karte, die zu den Parkplätzen in Talnähe führten.

»Diese Wege sind teilweise so steil und zugewachsen, dass sie auch ohne eine große Last eine Herausforderung wären. Da bleibst du selbst mit einem Rucksack hängen, das ist praktisch nicht machbar. Das hätte laut den Kollegen Kratzspuren im Gesicht des Jungen verursacht. Wir hatten eine Puppe dabei und haben unterschiedliche Tragetechniken ausprobiert – das seht ihr hier –, aber keine Chance.« Bardet klickte sich durch einige Fotos, die sie mit dem Handy geschossen hatte. Sie zeigten, wie die Kollege sich mit einer lebensgroßen Puppe durch den Wald kämpften. Bardet ließ erneut die Karte aufleuchten und markierte eine weitere Route, die im Dorf endete.

»Diesen Weg aus dem Wohngebiet heraus können wir sicher ausschließen. Das Risiko wäre ja immens gewesen, dass jemand aufmerksam wird. Damit bleibt nur der Weg hier.« Auf der Karte war jetzt noch eine Linie zu sehen, die sich mitten im Wald verlor. »Ich weiß, das scheint nicht logisch, aber da täuscht die Karte ein wenig. Der Weg hier ist länger als die anderen beiden und führt durch dieses bewachsene Teilstück, aber er ist auch viel, viel breiter und wirklich schnurgerade. Und ab hier ... Könnt ihr das sehen? Da ist er sogar geschottert. Der eine Typ von der Spurensicherung meinte, dass man bis zu diesem Punkt sogar problemlos eine Schubkarre hätte benutzen können.«

Tilda wurde hellhörig. »Was ist das denn für ein Weg? Ich war oft an den Schmuckfelsen, aber den hab ich gar nicht auf dem Schirm.«

»Der ist relativ neu, da gibt es eine Schneise im Wald und einen Hochstand. Wahrscheinlich hat ihn der Förster mal angelegt, um schneller zum Schießstand zu kommen. Es ist jedenfalls kein offizieller Wanderweg. Aber ja, der langen Rede kurzer Sinn: Wir waren eine ganze Weile draußen, und wir sind uns sicher, dass der oder die Täter auf diesem Weg zum Schmuckfelsen gelangt sind. Was für uns heißt ...«

Tilda konnte sich nicht zurückhalten und vervollständigte Bardets Satz: »... dass der Täter sich ausgekannt haben muss. Er muss den Weg einfach auf dem Schirm gehabt haben, sonst findet man den nicht. Der Täter muss aus der Gegend sein.«

Die Schmuckfelsen waren ein bekanntes Ausflugsziel. Ein Postkartenmotiv. Ein Wahrzeichen. Es wäre zumindest denkbar gewesen, dass ein ortsunkundiger Täter durch Zufall auf ihn aufmerksam geworden und ihn als Ablageort für Peters Leiche ausgewählt hatte. Aber der von Bardet aufgezeigte Weg, der sich wie ein Fremdkörper durch das eindrucksvolle Landschaftsbild schlängelte, war so spezifisch abseits der üblichen Wanderrouten, dass sie einen Zufall ausschließen konnten.

Bardet kam zum Ende ihres beeindruckenden Vortrags. »Ich bleib da jedenfalls dran. Check die Zufahrten, red mit dem Förster und lasse mir die Listen der Jäger und Waldarbeiter geben. Wir sind die Gegend ja mit Hunden abgelaufen, also letzte Woche schon. Das hat uns nicht vorangebracht, ihr wisst ja, das ist immer eine Art Lotteriespiel, aber vielleicht ist es sinnvoll, wenn wir uns mit den Hunden noch mal konkret diesen Weg vornehmen. Yes, das war's. Schönes Wochenende, Leute.«

»Na, so schnell geht das nun auch wieder nicht!« Müller hatte Bardets cleveren Versuch durchschaut und schob sich neben die Kollegin, die parallel dazu den Beamer ausschaltete. »Ich will noch ein, zwei Worte sagen, bevor ich die Glücklichen von Ihnen tatsächlich ins wohlverdiente Wochenende schicke. Zuallererst: gute Arbeit. Das gilt für alle. Ich weiß der Druck ist groß und wird immer größer, ich habe das selbst bei der Besprechung im Rathaus gespürt. Es hat nicht viel gefehlt, und ich wäre von aufgebrachten Millionären gelyncht worden.« Er blickte erwartungsvoll in die Runde. Tilda tat ihm den Gefallen und setzte ein breites Grinsen auf. »Wir müssen damit rechnen, dass die Einflüsse von außen noch größer werden. Auch wenn es natürlich wünschenswert wäre, wenn wir den Fall zeitnah lösen, hilft uns die Zeit insofern, dass sich die Presse schon bald eine andere Kuh suchen wird, die sie durchs Dorf treiben kann. Wir müssen einfach dranbleiben. Grundlagen. Gute Polizeiarbeit. Keine Alleingänge. Dann schaffen wir das. Ganz bestimmt. Wir haben schon einige Puzzlestücke gesammelt, auch wenn die noch nicht so richtig zusammenpassen wollen. Vielleicht sind wir nur ein weiteres Teilchen davon entfernt, dass das alles Sinn ergibt. Und damit entlasse ich Sie. Der

Wochenendschicht frohes Schaffen. Montag in alter Frische.«

Tilda war gottfroh, als sie abends endlich in ihr Jugendbett fiel.

Tilda schlief geschlagene zwölf Stunden, tief und fest.

»Der Körper nimmt sich, was er braucht«, sagte ihr Vater, während sich ihre Mutter darüber beschwerte, dass sie das gemeinsame Frühstück verpasst hatte. Nachdem sie aufgewärmtes Rührei gegessen hatte, legte sich Tilda zurück ins Bett und machte nichts. Gar nichts. Nicht einmal denken. Und danach, als sich dieses Nichts verflüchtigt hatte, fragte sie sich, warum nichts zu tun, sich manchmal so richtig anfühlte. Das war doch irgendwie ein Widerspruch zu allem, was die Menschheit dieser Tage antrieb. Jeder wollte, dass jederzeit etwas passierte. Erfolg. Oder Liebe. Action. Alles, nur keine Langeweile. Bloß nicht. Und doch war die Sehnsucht nach dem Nichts allgegenwärtig. Einfach vor sich hin existieren. Da sein. Dasein. Manchmal reichte das.

Ein entscheidendes Problem beim Nichtstun, das bemerkte sie wenig später, ist allerdings die Zeit. Die Zeit registriert es, wenn man nur daliegt und sich frei macht von all den Zeitplänen und Terminen. Sie nutzt das aus und beginnt zu rennen, als ginge es um olympische Medaillen. Und als Tilda irgendwann gelangweilt nach ihrem Smartphone griff, erschrak sie regelrecht, weil die Uhr schon 15.46 anzeigte. Fuck! Um 16.30 Uhr sollte sie bei Karla sein. Die Welt holte sich Tilda unbarmherzig zurück, als ihre Mutter sie fragte: »Willst du gar nichts essen?«

»Wir haben doch deinen Kuchen, Mama!«

»Na, ob das reicht, wenn ihr da heute Abend noch im Vereinshaus feiert?«

»Mama, ich bin keine 18 mehr.«

»Wirklich? Manchmal bin ich mir da gar nicht so sicher.«

Tatsächlich fühlte sich Tilda an diesem Spätnachmittag wie in einer Zeitkapsel gefangen. Schon früher war sie vor den Spielen bei Karla gewesen, deren Eltern direkt neben der Halle wohnten. Jetzt residierte ihre älteste Freundin in einem schicken Neubau, der auf einen Bauplatz in direkter Nachbarschaft des Elternhauses gepflanzt worden war. Karlas Vater, den Tildas Mutter gerne als »Gscheidle« bezeichnete, hatte sich die einstige Grasfläche in weiser Voraussicht gesichert, als die Grundstückspreise noch bezahlbar gewesen waren.

Tilda, die dieser Tage aus einem Koffer lebte, den sie in erster Linie mit Funktionskleidung vollgestopft hatte, mühte sich bei der Outfitwahl länger ab, als es ihr lieb war. Am Ende entschied sie sich für eine schwarze Kapuzenjacken, ihr Lieblingskleidungsstück, das sie schon früher in den unterschiedlichsten Ausführungen bei jeder Gelegenheit angehabt hatte. Die Kommissarin hatte sich in all ihren aktiven Handballjahren dagegen gesträubt, die rot-weißen Trainingsanzüge ihres Heimatvereins zu tragen, und hatte damit nicht selten Ärger mit ihren Mitspielerinnen und ihren Trainern provoziert. Aber die Teenager-Tilda hasste jede Form der Uniformierung – schon merkwürdig mit Blick auf ihre spätere Berufswahl. Zu jener Zeit war die Kapuzenjacke in Kombination mit einer Jogginghose jedenfalls zu einem akzeptablen Kompromiss gereift.

Als Tilda vor Karlas Haustür wartete, die Jacke zurechtzupfte und den über und über blühenden Garten bewunderte, streifte eine Katze zwischen ihren Füßen hindurch, und das Klingeln wurde von Kinderschreien beantwortet.

Hier hatte sie sich also eingenistet. Zurückgezogen, um die Wunden zu lecken. Die verwundete Idylle.

Da sprang die Tür mit ungeheurer Energie auf und Karla strahlte ihr entgegen. »Lilly! Endlich. Es war so klar, dass du zu spät kommst. Hab ich's nicht gesagt, Schatz? Die kommt sicher zu spät. Wie früher. Kennt ihr euch überhaupt?« Tilda warf einen Blick auf Karlas Mann Adrian, der sich hinter Karla abzeichnete und alle Mühe hatte, die gemeinsame Tochter in den Armen zu jonglieren. Klar kannte sie Adrian. Irgendwie. Von früher. Vom Sehen. Tilda streifte ihre Sneaker ab, umarmte Karla innig und sprang die Treppen nach oben, um Adrian die freie Hand zu schütteln.

»Ich hab so viel von dir gehört, ich glaub ich könnte ein Buch über dich schreiben«, sagte der adrette Typ lächelnd und wurde direkt von seiner Frau zurechtgewiesen.

»Ach, red doch keinen Scheiß. Der ist immer so. Kannst dich gleich dran gewöhnen. Aber zum Glück bin ich ja nicht allein mit dem im Haus. Tadaaaaaaa, das ist Viktoria«, sagte Karla und deutete im Stile einer Zirkusdirektorin auf ihre Tochter.

Karlas Tochter, die inzwischen ungefähr zweieinhalb Jahre alt sein musste, versteckte sich hinter der Schulter ihres Vaters, während ihr Tilda ungelenk entgegenwinkte.

»Jetzt macht sie wieder einen auf schüchtern, dabei gibt es seit zwei Tagen kein anderes Thema, außer: Tilla kommt! Nun ist sie da, Vicky. Das ist Tilda.« Viktoria spickelte nun an ihrem Vater vorbei und grinste Tilda vorsichtig an. Die grinste zurück.

»Sie braucht noch ein bisschen. Komm, wir gehen mal rein.« Karla zeigte auf ein rundliches, mit Alufolie überzogenes Gebilde in Tildas Händen. »*Was*? Ist es das, was ich denke?«

»Yes, ich hätte mich nie getraut, bei dir ohne Apfelkuchen aufzutauchen.«

»Ja leck mich doch am Ar… Sorry, Vicky, du hast nichts gehört. Hey, kann dieser Tag noch schöner werden?« Karla nahm Tilda noch mal in den Arm. Schraubstock. Tilda spürte, dass Karlas Euphorie ehrlich war. Und sie schämte sich dafür, dass sie dieses Treffen so lange hinausgezögert hatte.

Wenig später saßen sie an Karlas langem Esszimmertisch im offenen Wohnbereich, der Esszimmer, Wohnzimmer und Küche vereinte.

»Sorry, du musst die Sauerei entschuldigen. Der Adrian kocht so gerne, aber vom Aufräumen danach versteht er nichts. Und die Kleine verteilt halt ihr Spielzeug überall.«

Abgesehen von Karlas Handball-Klamotten war der offene Wohnraum extrem sauber. Was für ein zauberhaftes Haus! Karla hatte schon immer einen eigenen Stil gehabt und der zeigte sich auch hier in der zurückhaltenden, aber gemütlichen Inneneinrichtung.

»Wow, ihr habt es so schön. Hammer«, zeigte sich Tilda beeindruckt, während Karla in der angrenzenden Küche am Kühlschrank hantierte.

»Ach, Ikea regelt. Setz dich, bitte. Was willst du trinken? Bier? Sekt? Aperol?«

»Ich nehm ne Apfelschorle«, sagte Tilda, wohlwissend, dass das Karla unmöglich akzeptieren würde.

Karlas Antwort ließ nicht lange auf sich warten. »Das kannst du direkt abschminken, wenn du schon einmal hier bist.«

»Du trinkst doch eine Schorle.«

»Klar, aber ich muss auch noch Handball spielen. Komm, ein Radler zum warm werden. Adrian trinkt auch mit. Vicky übernachtet heute bei der Oma.«

Das kleine Mädchen stand mittlerweile auf den eigenen Füßen und lugte durch die geschnitzte Musterung der wunderschönen Esszimmerstühle, die garantiert nicht von Ikea stammten.

»Na gut, ein Radler geht.« Das ein oder andere Getränk konnte sicher nicht schaden, wenn sich die Nostalgie schon so wohlig klebrig breitmachte.

»Ihr zwei Glückspilze habt übrigens Premiumplätze in der Sponsorenlounge«, meinte Karla, während sie drei Flaschen aus dem Kühlschrank holte und öffnete.

»Immerhin, einen Vorteil muss es ja haben, wenn man die Toptorschützin geheiratet hat«, feixte Adrian, während er sein Pils und Tildas Radler in Empfang nahm. Danach schnitt Karla den Kuchen an.

Tilda war indes doppelt verwirrt. »Warte ... was? Wirfst du immer noch die meisten Tore? Und was ist eine Sponsorenlounge?«

»Warum klingst du so überrascht, wer soll denn sonst die Tore machen? Mutti hat noch einiges im Tank«, erklärte Karla mit aufgesetzter Arroganz und schob sich mit den letzten Worten die ersten Stücke Apfelkuchen in den Mund. Während Tilda an Spieltagen kaum etwas essen konnte, hatte Karla schon früher gerade vor wichtigen Spielen Unmengen an Essen in sich hineingeschaufelt. Und es stimmte, dachte Tilda, während sie selbst den Apfelkuchen probierte, es gab keinerlei Grund an Karlas Fähigkeiten zu zweifeln. Ihre Freundin war schon immer eine herausragende Handballerin gewesen, die Tildas Meinung nach locker das Potenzial für die Erste oder Zweite Bundesliga gehabt hätte. Allerdings war sie einige Jahre kürzergetreten und hatte sich auf ihre Ausbildung zur Zahnmedizinischen Fachangestellten konzentriert. Karla kannte kein Halbgas.

»Deine Mama ist eine Apfelkuchen-Göttin, unfassbar. Ich muss mich zusammenreißen, um nicht das ganze Teil zu fressen. Ach so, Sponsorenlounge. Du wirst es nicht glauben, aber unser guter alter Dorfverein hat tatsächlich die Professionalisierung vorangetrieben. Wir haben ja immer noch einen der besten Zuschauerschnitte in ganz Baden-Württemberg, und das als Viertligateam. Total krass. Und das ist natürlich auch bei lokalen und sogar überregionalen Sponsoren bekannt. Bei den Heimspielen gibt es eine kleine Lounge mit Sektbar und Häppchen für die Gönner und so, die ist aber nur bei den Spitzenspielen richtig voll. Darum konnte ich euch heute da unterbringen.«

Handball war schon immer ein entscheidender Taktgeber im Dorf gewesen. Tilda war nur bedingt begeistert, in der Lounge wie auf dem Präsentierteller zu sitzen, aber sie wusste, dass jeglicher Widerstand zwecklos war. Karla lud ihr ein riesiges Stück Apfelkuchen auf den Teller.

»Weißt du, was das Beste ist? Die Männer spielen mittlerweile vor uns.«

»Das war ja schon lange überfällig!«, stimmte Tilda zu. Obwohl die Frauen seit vielen Jahren in einer höheren Liga als die Männermannschaft gespielt hatten, hatte sich der Vereinsvorstand über Jahre geweigert, dass höherklassige Frauenspiel zur Prime Time stattfinden zu lassen. Mittlerweile war Vicky zu ihr geschlichen und hatte sich durch eine spektakuläre Kletterpartie auf den Stuhl neben ihr gehievt.

»Schau mal an, legst du endlich die falsche Schüchternheit ab, Vicky! Jetzt kannst du Tilda fragen, was du schon immer wissen wolltest.«

Die Kleine grinste verlegen, bis Tilda ihr Paw-Patrol-T-Shirt lobte. »Dein T-Shirt sieht ja wirklich hammer aus. So eins brauch ich auch.«

Vicky lachte laut.

»Du bist doch gar kein Kind.«

»Aber ich bin auch ein Paw-Patrol-Fan«, sagte Tilda eindrücklich.

»Wirklich?« Vicky konnte das nicht glauben.

»Klar, das sind doch auch Polizisten«, erklärte Tilda, während Karla ihrer Tochter durch die Haare wuschelte und sagte: »Siehst du, Vicky, die Tilda ist nett. Jetzt frag sie endlich …«

»Was soll ich denn fragen?«

»Stell dich doch nicht so an, du hast mich vorhin noch damit vollgeplappert. Du möchtest gerne einmal in einem Pooooliiii…«, das letzte Wort zog Karla künstlich in die Länge, bis es auch bei Vicky klickte.

»…liiiiiiizeiauto. Darf ich mal in einem Polizeiauto mitfahren?«

»Aber klar doch, ich frag mal meinen Kollegen Farouk, der fährt im Dorf immer mit einem herum. Und dann können wir auch die Sirene anmachen.«

»Echt? Und darf ich dann auch einmal schießen?«

»Ich glaub, ich spinne! Wie kommst du denn drauf?« An ihren Mann gewandt sagte Karla: »Das Interesse an Waffen hat sie von dir, Adrian. Die hört das ja auch, wenn du am Zocken bist.«

Tilda fühlte sich erstaunlich wohl in dieser Familienblase, die keinen Platz für Mord und Totschlag zuließ.

Sie aß zwei Stücke Kuchen, trank zwei Radler und zwei Sekt und lachte beim lebhaften Erinnern der gemeinsamen Erlebnisse teils so unkontrolliert, dass ihr der Schaumwein aus der Nase quoll.

»Weißt du noch, wie wir damals im Trainingslager gegen Mitternacht das große Nackt-Hochsprung-Turnier veranstaltet haben und den Rudi dabei erwischt haben, dass der heimlich gefilmt hat?«, erinnerte sich Karla an eine besonders denkwürdige Episode.

»Logisch, den haben wir dann ja halbnackt durchs ganze Dorf verfolgt.«

»Du hast ihn einfach umgetackelt. Wie so ein Footballspieler. Alter, ich hab das noch so vor Augen.«

»Der hat das Handy verteidigt, als wäre es aus Gold.«

»Du hast es einfach formatiert. Der hatte Tränen in den Augen. Das war seine große Chance damals.«

»Ey, der perverse Rudi. Was ist aus dem geworden?«

»Schafft auf der Bank.«

»Wirklich?«

»Und ist immer noch leidenschaftlicher Leichtathletikfan.«

Tilda verschluckte sich schon wieder vor Lachen. »Hör auf, bitte, ich kann nicht mehr!«

Wie hatten sich zwei Menschen, die so viel miteinander erlebt hatten, so nachhaltig aus den Augen verloren? Was war passiert? Tilda wusste es selbst nicht mehr. Aber es war ihre Schuld. Sie war weggezogen. Schon klar. Einige Zeit hatten Karla und sie noch täglich telefoniert. Später nur noch wöchentlich. Irgendwann waren sie auf Sprachnachrichten umgestiegen, bei denen jede von ihnen immer länger brauchte, um zu reagieren. Und je länger die Nachrichten unbeantwortet blieben als Mahnmale der sterbenden Freundschaft, desto größer war der Druck geworden. Leichtigkeit und Selbstverständlichkeit hatten sich für beide aufgelöst. Doch jetzt, wie sie da saßen und in Erinnerungen schwelgten, da war die Leichtigkeit wieder da, als wäre sie nie weg gewesen. Und vielleicht war sie das auch. Karla wirkte glücklich. So ausgeglichen. Zufrieden mit ihrem Job. Ihrem Mann. Ihrem Haus. Ihrem Kind. Ihrem Handball. Was wäre wohl aus Tilda geworden, wenn sie nie gegangen wäre? Wenn sie besser hierher gepasst hätte?

»Lilly, wir müssen gleich los, und ich weiß, dass das ein schwieriges Thema ist.«

Tilda zuckte zusammen. Jetzt würde Karla den Elefanten im Raum ansprechen. Das Ghosting. Das Vergessen. Den Kontaktabbruch. Es war ihr gutes Recht. Tilda musste sich dem stellen. Endlich.

Karla blickte ihr tief in die Augen. »Kriegt ihr die Schweine, die den Jungen umgebracht haben?«

Tilda fiel ein Stein vom Herzen, der aber umgehend von einem altbekannten Brocken ersetzt wurde. Sie überlegte. »Ich denke schon.« Eine halbgare Antwort. Aber mehr ging nicht.

Karla hatte den Blick noch nicht von ihr gelöst und sagte: »Weißt du was, das reicht mir. Wenn du sagst, du schaffst das, dann tust du das auch. Das war schon immer so. Du bist meine Superheldin, das weißt du. Ich bin so fucking stolz auf dich.«

Die Halle roch sogar noch wie früher. 60er-Jahre-Industriemief, frischer und abgestandener Schweiß, dazu Bratwurst-Wasserdampf und penetrantes Männershampoo. Tilda schloss für einige Sekunden die Augen und reiste in der Zeit zurück. Schon spürte sie die Riemen der übergroßen Sporttasche über der Schulter. Die Motivation. Die Aufregung.

»Sieben Euro für das Damenspiel.« Die schnurrende Stimme des Kassierers riss Tilda aus ihrem Tagtraum.

Karla sprang ihr direkt zur Seite. »Ich glaub, du spinnst, die gehört zu mir. Außerdem redest du mit einer Vereinslegende.«

Tilda wollte schon intervenieren, als der Kassierer seine Brille nach oben schob.

»Ist das etwa … Tilda Marder?«

Jetzt erkannte auch sie den freundlichen Rentner. »Hey, Seppi, yes, ich bin's.«

»Das man dich noch einmal in einer Handballhalle sieht.«

»Hätte ich auch nicht gedacht.«

»Oh, so eine Kreisläuferin hätten wir in den letzten Jahren gut gebrauchen können«, sagte Seppi, der zum festen Inventar des Vereins gehörte. Karla hatte genau dasselbe gesagt.

»Ich glaube, ich würde heute nicht einmal mehr das leere Tor treffen«, gestand Tilda.

»Du bist bei der Polizei? Ich hab dich in der Zeitung gesehen. Ich hoffe, ihr habt den Drecksack bald.«

»Wir geben unser Bestes.« Phrasen.

»Nachher findet ja noch die Mahnwache statt.«

Stimmt, das hatte Tilda bereits ganz vergessen gehabt. Mahnwache. Das hörte sich irgendwie problematisch an. Der Sekt vertrieb die zweifelnden Gedanken, sie zahlte gegen den Protest ihrer Freundin den Eintritt und schob sich in das Foyer der Halle. Dieser kurze Austausch mit dem Kassierer Seppi bildete in der Folge die Blaupause für gefühlte 50 weitere Gespräche.

»Die freuen sich halt alle, dich zu sehen«, beschwichtigte Karla, die vor dem Spiel noch schnell eine Cola trank. Und sie hatte recht. Die alten Wegbegleiter waren alle wahnsinnig freundlich. Ruckzuck sprach man über längst vergangene Zeiten und legendäre Spiele. Und über den Mord. Natürlich. Fucking Mord. Nein, fucking Mörder. Jede Erwähnung stach Tilda direkt ins Herz. Was machte sie überhaupt hier? Hatte sie nichts Besseres zu tun?

Aber Karla riss sie immer wieder aus diesen Gedanken, weil sie die nächste ehemalige Mannschaftskameradin ausmachte und herbeiwinkte. Tilda war natürlich überfordert, aber irgendwie mochte sie diese merkwürdige Erfahrung in der Paralleldimension. Der Stimmung, die Halle, die Musik, all das war gleich geblieben. Identisch. Die zur Seite geschobenen Basketballkörbe. Die Holzverkleidung. Die Türen zu den Umkleiden. Nur die Menschen waren gealtert. Kinder von damals waren inzwischen gestandene Männer und Frauen. Jugendspielerinnen von früher, die kaum einen Handball hatten halten können, trugen die Trainingsjacken der Frauenmannschaft. Ältere Edelfans von damals waren nun Greise. Und dazwischen: neue Gesichter. Neue Generationen. Die Welt hatte sich weitergedreht. Auch hier. Auch ohne sie. Natürlich. Warum auch nicht? Die Welt steht nicht still, wenn du dich abwendest. Auch wenn es sich so anfühlt. Sie dreht sich immer weiter, ist immer noch da. In all ihrer Schönheit und mit all ihren Fehlern.

»Ich muss mich jetzt umziehen. Die Plätze sind unten im Sponsoringbereich, schau da, genau da, wo sie den roten Teppich ausgelegt haben. An der Bar schreibst du alles auf meinen Namen, die wissen Bescheid.«

Tilda und Adrian stiegen die Treppen nach unten, diese Treppen, die Tilda so oft gegangen war. Mit schwitzigen Haaren und harzigen Händen. Die nächsten Erinnerungssequenzen wurden in Tilda lebendig. Überhaupt der Geruch von Harz. Der Moment vor dem Anpfiff. Das Abklatschen mit den Gegnerinnen.

»Wenn das nicht die Kreisläufer-Legende Tilda Marder ist ...«

Tagträumen ergab in dieser Umgebung wohl wenig Sinn. Der enge Gang zur Halle verdunkelte sich, als sich ihr ehemaliger Jugendtrainer Gerhard Fischer auf sie zuschob, der nun seit drei Jahren äußerst erfolgreich die Damenmannschaft trainierte.

»Ja, Mensch, Gerhard, was machst du denn hier? Hoffst du auf einen neuen Job? Der Trainer der Damenmannschaft sitzt anscheinend auf einem Schleudersitz.«

»Was? Ich bin der Trai... Ach so, das war ein Witz? Du bist immer noch die alte«, dröhnte Gerhard.

»Na ja, fast. Ich bin doppelt so alt«, erklärte Tilda. Eine bittere Wahrheit.

Gerhard musterte seine ehemalige Spielerin und sagte: »Ich hab das erst gestern zum Brummer gesagt, kein Scheiß: Ich versteh es bis heute nicht. Wieso jemand so talentiertes wie du einfach aufgehört hat. Was für eine Talentverschwendung.«

»Dafür steht das T in Tilda. Wieso habt ihr über mich geredet?«

»Na, wir haben dich in der Zeitung gesehen.«

Natürlich. Warum hatte sie überhaupt gefragt? Tilda versuchte ihre lange Leitung mit einem weiteren Scherz zu überspielen. »Ach so, ich dachte, weil ihr endlich mein Trikot unter die Hallendecke hängen wollt.«

»Dafür hättest du ein paar Jährchen länger spielen müssen.«

»Da hast du recht. Gewinnt ihr heute?«

»Sieht ganz gut aus! Aber wenn das was werden soll, muss ich jetzt los. Es war wirklich schön, dich zu sehen. Ich hoffe, du kommst wieder öfter.«

»Mal schauen, kommt drauf an, ob ihr den Sieg heute klar macht. Viel Glück.«

Tilda holte sich ein Bier und verzichtete darauf, es auf Karlas Namen anschreiben zu lassen. Adrian war mittlerweile in Gespräche mit Spielern aus der Herrenmannschaft verwickelt, sodass sich Tilda erst mal alleine auf die reservierten Plätze setzte. Die Sponsorentribüne war recht gut gefüllt, einige Dorfvips wie den Zimmermann Heidecker und die Zahnärztin Heinzelmann kannte Tilda noch von früher. Sie vertiefte sich gerade in der Hallenzeitung, die neben Unmengen von Werbung auch die Mannschaftsfotos und aktuelle Spielberichte bereithielt, als sie jemand aus der Reihe hinter ihr antippte.

»Frau Marder, schön Sie zu sehen.«

»Oh nein, verfolgen Sie mich jetzt in meiner Freizeit?«

Müller lachte. Er trug ein Jeanshemd und sah losgelöst vom Polizeikontext deutlich jünger aus. Aber nicht weniger spießig. »Dasselbe wollte ich gerade Sie fragen.«

»Na ja, ich hab hier immerhin früher gespielt. Sie sind mir nicht gerade als großer Handballfan in Erinnerung.«

»Richtig, bin ich auch nicht. Überhaupt nicht. Ich bin Volleyballer. Von Kindheit an. Aus Leidenschaft.« Das erklärte einiges.

»Ich hoffe, ich muss Ihnen nicht ständig die Regeln erklären«, stichelte Tilda.

»Keine Sorge, dazu hat sich schon der Herr Fabel bereiterklärt. Kennen Sie sich?«

Tilda blickte auf den Mann neben ihrem Chef und wunderte sich, dass er ihr zuvor nicht aufgefallen war. Er sah aus wie eine spießige Endzwanziger-Version von Joaquin Phoenix. Irgendwoher kannte sie den Typen. »Ne ... Hast du ... haben Sie hier auch mal Handball gespielt?«

»Das Du ist schon in Ordnung. Ich bin Vincent. Ganz früher, ja, bis in die D-Jugend. Dann gings aufs Internet nach Salem.«

»Freut mich, ich bin Tilda.« Es war irgendwie seltsam, dass sich zwei Personen, die sich gerade erst vorgestellt worden waren, das Du anboten, während Tilda und Herr Müller, die sich seit Jahren kannten und gut verstanden, stur beim Sie blieben.

Müller meldete sich wieder zu Wort und wandte sich an Tilda. »Herr Fabel hat mit seiner Firma die Sondertrikots gesponsert und die aufgebrachte Stimmung im Rathaus beruhigt. Ich habe Ihnen doch davon erzählt, Frau Marder. Nach der Sitzung haben Herr Fabel und ich uns noch kurz unterhalten, und er hat mich zum Spiel eingeladen. Ein wenig Präsenz kann ja nicht schaden. Ah, fast hätte ich es vergessen: Die Mahnwache war auch seine Idee.«

»Das war doch nicht meine Idee, wir haben gemeinsam überlegt, wie wir euch den Druck nehmen können. Für euch als Team ist es momentan alles andere als einfach.« Fabel blickte zwischen den beiden Polizisten hin und her und entschied sich dann für einen Themenwechsel. »Genug von der Arbeit, jetzt geht's erst mal um Handball. Du hast auch gespielt? Torhüterin?«, fragte er Tilda.

»Kreisläuferin!«

»Geht es da nicht ordentlich zur Sache?«

»Ja, ganz ohne ist es nicht. Aber genau das mochte immer.«

»Wissen Sie, Herr Fabel, die Frau Marder schätzt die Herausforderung. Damals, wie ich vermute, wie heute im Beruf.«

»Oh, da geht es mir ähnlich. Zumindest in den letzten Jahren. Ein Unternehmen mit 400 Angestellten zu übernehmen, von heute auf morgen, ohne reale Vorkenntnisse, das war eine Herausforderung, wie ich sie selbst gar nicht kannte.«

Tilda konnte für gewöhnlich mit Typen, die das Gespräch direkt auf ihr Business lenkten, gar nichts anfangen. Aber bei Vincent Fabel klang es irgendwie natürlich.

»Und abseits der Arbeit? Wie bist du mit dem Kulturschock zurechtgekommen?«

»Ah, ich kannte das ja alles noch von früher. Und Weihnachten bin ich ja auch immer nach Hause gekommen. Ich bin hier aufgewachsen. Ein wenig im Elfenbeinturm, klar. Aber das Dorf ist schon meine Heimat. Ich mag das alles. Das Urige. Das Alte. Das Angestaubte. Ich habe einige Semester Geschichte studiert, das ist meine wirkliche Leidenschaft. Und hier ist ja alles voll mit Geschichte und Geschichten. Abseits der alten Kamellen will ich allerdings auch das reale Leben aktiv mitgestalten. Das war für mich ganz entscheidend, als klar war, dass ich zurückkomme. Ich will kein reiches Alien sein, sondern Teil der Gemeinschaft.« Tilda dachte darüber nach, ob sie ihren eigenen Alienstatus wohl jemals ablegen würde. Oder ablegen wollte. So ein Dorf vergisst nichts. Aber so ein Dorf vergisst dich schnell. Während Tilda versuchte, einen klaren Gedanken zu formulieren, stürmten die beiden Mannschaften unter lauten Jubelstürmen auf Spielfeld.

Fabel rutschte nervös auf seiner Sitzschale herum. »Die haben ja gar nicht die Trikots an.«

»Keine Sorge, das sind die Aufwärmtrikots, die werden sich gleich noch umziehen«, beruhigte Tilda den sichtlich aufgeregten Unternehmer.

»Verstehe, das ist gut zu wissen. Es war nämlich ein ziemlicher Aufwand, die Teile auf die Schnelle fertigzubekommen. Wir konnten sie erst vor einer Stunde abholen, ich dachte schon, ich hätte mich übernommen. Und wenn ich eine Sache hasse, dann wenn ich mein Wort brechen muss.«

Mit einem ohrenbetäubenden Knall schlug in dieser Sekunde ein Handball neben Tilda auf den für Adrian reservierten Plastikstuhl ein, der durch die Wucht des Aufpralls umkippte. Tilda blickte erschrocken auf … und sah Karlas breites Grinsen. Ihre Freundin hatte die Haare zu Zöpfen gebunden, und Tildas Überraschung nahm beinahe Déjà-vu-artige Ausmaße an, weil Karla damit haargenau aussah wie damals.

»Früher hättest du den gefangen«, foppte Karla sie.

»Solltest du dich nicht lieber gescheit warm laufen? Die anderen marschieren schon.«

Karla hatte den Stuhl aufgerichtet und es sich neben Tilda gemütlich gemacht. »Es gibt einige Privilegien, die man als Mannschaftsälteste genießt.«

»Ah, der Altweiberbonus.«

»Weißt du eigentlich, wer da hinter dir sitzt?« Karla hatte ihr Stimme gesenkt und flüsterte ihr ins Ohr.

»Ja, mein Chef.«

»Ach du scheiße. Das ist dein Chef? Aber ich mein den anderen. Den jungen.«

»Der hat sich mir grad vorgestellt.«

»Der ist eine richtig gute Partie. Hoffentlich hast du nichts Tilda-typisches gesagt.« Karla hatte ihr Leben lang versucht, Tilda zu verkuppeln. Sie konnte nicht anders.

»Was soll das denn bitte heißen?«

»Nichts, nichts. Ich würde mal angreifen an deiner Stelle. Du siehst heute extra süß aus.«

»Ich würde mich an deiner Stelle warm machen, damit die alten Knochen auch halten.«

»Auch wieder wahr.«

Eine halbe Stunde später ging das Licht in der Halle aus und eine Rotte wuselnder Hallenhelfer kümmerte sich um Discolicht, Einlaufsound und die aufgeheizten Rauch- und Nebelmaschinen. Die Stimme des Hallensprechers überschlug sich beinahe, als er die einzelnen Spielerinnen der Heimmannschaft mit ihren Nummern aufrief. Karla war eindeutig die älteste Spielerin und überragte den Rest des Teams um gute zwei Köpfe. Das Team reihte sich gekleidet in Trainingsjacken auf Höhe der Mittellinie auf, während der Mann am Mikro mit hochrotem Kopf das Letzte aus seinen geschundenen Stimmbändern herauspresste.

»Meine sehr verehrten Damen und Herren«, rief er, »wie Sie alle wissen, ist heute kein normaler Heimspieltag. Es waren keine einfachen Tage hier im Dorf, auch für uns als Verein nicht. Ein schreckliches Verbrechen hat uns alle erschüttert. Deshalb widmen wir Peter vor dem Spiel eine Schweigeminute und werden ihm nach dem Abpfiff mit einer Mahnwache gedenken. Außerdem hat unser Hauptsponsor, die FALX GmbH, weder Kosten noch Mühen für eine ganz besondere Aktion gescheut. Das ist echter Zusammenhalt! Danke dir, lieber Vincent. Großartig! Und damit präsentieren wir die Aktion: ›All Together – kein Vergessen für Täter‹!«

Das war das Stichwort, zu welchem die Spielerinnen ihre Trainingsjacken öffneten und die ganz in Schwarz gehaltenen Trikots zur Schau stellten. Darauf prangte in Weiß ein stilvoller Rahmen in Form einer Traueranzeige, der den eben verkündeten Slogan wenig subtil in Szene setzte. Die Halle erhob sich zu Standing Ovations und brachte im Anschluss daran auch die Schweigeminute diszipliniert hinter sich. Tilda war froh, als das Spiel endlich angepfiffen wurde.

Aus der Fankurve trommelten vibrierende Schlachtgeräusche, und von den Rängen schallten Anfeuerungsrufe. Die Stimmung war grandios. Ein wirkliches Ereignis.

Tilda, die davon selbst überrascht war, stand ab der ersten Sekunde unter Strom und fieberte bei jeder Aktion der Heimmannschaft mit. Als Karla nach wenigen Minuten einen besonders komplizierten Unterarmwurf bei angezeigtem Zeitspiel ins Netz wuchtete, sprang sie klatschend auf ... und setzte sich dann schüchtern, in der Hoffnung, dass sie niemand gesehen hatte. Das Spiel hatte längst vergessene Gefühlswelten in ihr geweckt.

Das gegnerische Team war dem Heimteam körperlich klar überlegen, einzig Karla konnte ihnen auf Augenhöhe begegnen. Dafür begeisterten die jungen Spielerinnen durch Spielwitz und Tempo. Genau das hatte Tilda schon immer an Handball geschätzt. Eine Sportart, in der es viele Wege zum Erfolg gab. Es gab Teams, die durch schiere Körperlichkeit dominierten, aber eben auch quirlige Mannschaften, die diese brachialen Körper durch flinke, spielintelligente Strategien aushebeln konnten.

Auch abseits der oberflächlichen Grundlagen war Karla die mit Abstand beste Spielerin auf dem Feld. Sie war nicht mehr ganz so spritzig wie früher, dafür hatte sie über die Jahre eine bemerkenswerte Selbstverständlichkeit entwickelt. Es war, als würde das Spiel für sie ein weniger langsamer laufen. Beinahe jede ihrer Entscheidungen war richtig. Jeder Pass und jeder Wurf wurde mit perfektem Timing ausgeführt. Und jetzt verstand Tilda, warum ihre Freundin trotz zweieinhalb Jahrzehnten Handball in den Knochen, trotz überstandener Verletzungen, Schwangerschaft und Nachwuchs, trotz Stress auf der Arbeit und trotz Hausbau immer noch spielte. Handball war ihr Rückzugsort. Eine Welt, die sie verstand. In der sich für sie alles am richtigen Ort befand. Vor allem sie selbst.

Tilda erinnerte sich, wie auch sie früher mit jedem Anpfiff die Sorgen und Probleme des Teenagerlebens vergessen hatte. Hier, im direkten Duell, gab es eindeutige Regeln. Wer am Ende der 60 Minuten mehr Tore geschossen hatte, der ging als Siegerin vom Platz. Ganz einfach. Nichts war hier kompliziert. Es gab keinen doppelten Boden. Nur zwei Teams. Und einen Ball. Phrasenschwein-Philosophie. Und das war gut so.

In dieser Sekunde wünschte sich Tilda, selbst noch einmal auf dem Feld zu stehen. Die Finger ins Harz zu tauchen. Ihre Mitspielerinnen zu umarmen. Die Gegnerinnen zu provozieren. Das Adrenalin zu spüren. Zu rennen. Zu schreien. Zu werfen. Zu jubeln. Am Ende der Handshake. Euphorie. Oder Traurigkeit.

Das Spiel wogte in der Zwischenzeit hin und her. Keines der Teams konnte einen Vorsprung ausbauen, jeder Treffer der Gegnerinnen wurde mit überfallartigen Gegenstößen oder gewaltigen Rückraumattacken von Karla beantwortet, was die Stimmung in der Halle immer weiter befeuerte. Die Donautalarena war schon immer ein Hexenkessel gewesen, aber das, was Tilda jetzt hörte, hatte noch einmal eine andere Qualität als damals, als sie selbst noch die Turnschuhe geschnürt hatte. Ohrenbetäubend.

Kurz vor der Halbzeit erzielte die heimische Kreis-spielerin – die zuvor nicht wirklich überzeugt hatte und dadurch in Tilda kurz den selbstgefälligen Gedanken entfacht hatte, dass sie vermutlich schon noch mithalten könnte – nach einem akrobatischen Anspiel von Karla die Halbzeitführung. Den Kontrahentinnen blieb nur ein letzter Angriff vor der Pause, um das Ruder herumzureißen. Sie spielten die verbliebene Zeit weitestgehend souverän, ließen sich dann aber doch zu einem verfrühten Wurf ihrer Linksaußen hinreißen, der gegen die Latte krachte, abprallte und direkt in Karlas Händen landete. Diese zögerte nicht lange, sondern schleuderte den Ball auf direktem Wege über das gesamte Spielfeld. Beim American Football sprach man in solchen Situationen von einer Hail Mary, einem beinahe verzweifelten finalen Versuch, Punkte auf die Anzeigetafel zu bringen. Jetzt aber bemerkte Tilda die wieselflinke Rechtsaußen der Heimmannschaft, die in Höchstgeschwindigkeit Karlas Pass hinterherjagte, den Ball konzentriert in ihren Blick fasste, ihre fangbereiten Arme in die Höhe riss ... und ... heftig mit einer aus dem Nichts aufgetauchten Person zusammenprallte.

Ein besorgniserregendes Krachen ließ die gerade noch tosende Halle sofort verstummen, und Tilda nutzte die Stille zur Orientierung. Hatte die Torhüterin ihren Kasten verlassen? War ein besonders durstiger Zuschauer in freudiger Erwartung der Halbzeitpause aufs Spielfeld gerannt?

Die Spielerin rappelte sich glücklicherweise wieder auf und verlor einige wütende Worte in Richtung des Kleiderhaufens, der sich nun seinerseits aus der Bauchlage zur Seite walzte, auf die Knie kam, sich mühsam erhob und orientierungslos in die Menschenmenge blickte. Tilda traute ihren Augen nicht. Es war Karl Karasek, der Vater der Jungs, der jetzt wie von Sinnen brüllte: »Meine Söhne sind verschwunden! Wo habt ihr sie hingebracht?«

Fuck.

Die folgenden 24 Stunden zogen an Tilda wie im Zeitraffer vorbei. Ein einziger, unübersichtlicher Bilder-, Wörter- und Gedankenstrudel, der über sie überwältigte, sie mitriss in die Dunkelheit und der nur von Zeit zu Zeit innehielt, um ihr einzelne Momente aus ihrer Erinnerung zu zeigen.

Da war Karl Karasek, wie er auf der Liege im Sanitätsraum der Halle lag und so bitterlich schluchzte, dass Tilda und Müller nur die Hälfte verstanden.

»Jetzt habt ihr es geschafft. Jemand hat meine Söhne geholt. Ganz bestimmt. Da habt ihr endlich, was ihr wolltet.«

Wie er auf die Frage, ob er etwas getrunken habe, beinahe empört von der Liege aufsprang.

»Ich hab seit fünf Jahren keinen Schluck gesoffen. Ich bin krank. Ich hab Demenz. Oder so. Als 50-Jähriger? Das verstehen die Ärzte selber nicht. Aber lieber das Maul zerreißen, als mal nachzufragen. Ich bin kein Säufer. Aber ich kann mich auch nicht anständig um meine Jungs kümmern. Warum habt ihr das zugelassen? Warum habt ihr nicht besser aufgepasst? Ich habe es versucht, aber ich kann's nicht mehr. Oh, Maria hilf.«

Tilda schoss ein Kalenderspruch durch den Kopf: »Never judge a book by its cover«.

Sie hatten alle falsch gelegen. Und versagt. Sie hatte versagt. Unverzeihlich.

Aber sie mussten weiter. Weitermachen. Im Strudel.

Und da war Müller, der geistesgegenwärtig mehrere

Kollegen und Streifenwagen zu einem Suchtrupp zusammentrommelte, der noch in der Nacht die Gegend um den Karasek-Hof absuchen sollte. Vergeblich. Auch an ihrem Vorgesetzten nagte die Schuld. Sie trieb an. Tilda sah es in seinen Augen.

Nächster Schnitt. Wieder Strudel.

Da war sie selbst, im Scheinwerferlicht. Auf dem Hof. In den Zimmern der Jungs. Die Handys mit eingesteckten Ladekabeln. Die Geldbörsen auf den Schreibtischen.

Und dann im Auto, neben Müller, der sich nicht zu schade war, Runde um Runde zu drehen. Vom Hof ins Dorf und zurück. Über Feld- und Schleichwege. Zur Halle, wo die Mahnwache in vollem Gange war und die flimmernden Fackeln einen gruseligen Schattenwurf zeichneten. Tilda lief es eiskalt den Rücken hinunter.

Und mit dem Schaudern kam die Erkenntnis, dass sie die Jungs in dieser Nacht nicht mehr finden würden. Keine Chance.

Also nach Hause. Hinlegen. Halbschlaf. Aufschrecken. Albtraum. Schwarze Schlange. Schnitt!

Da war die Sondersitzung am nächsten Morgen, in der Müller Tyll dermaßen zur Schnecke machte, nachdem dieser selbstgefällig getönt hatte: »Na, das hat ja super geklappt. Die sind über alle Berge. Drei Täter auf der Flucht.«

Tilda hatte Müller noch nie so gesehen. Seine Wut wurde von seiner Verzweiflung genährt. Tilda indes fehlte die Kraft zum Nachtreten. Für Tyll hatte sie nur noch Verachtung übrig. Wieder Schnitt!

Da war die Entscheidung, dieses Mal offensiv an die Presse zu gehen, um keinen Millimeter Nährboden für Spekulationen zu bieten.

Da war Gräberer, der in Dutzende Mikrofone sprach: »Ich betone noch mal, dass die drei Jungs nicht als Verdächtige gesucht werden. Sollte Ihnen vorgestern Nacht etwas Ungewöhnliches aufgefallen sein oder sollten Sie Kenntnis über den Verbleib der Jungen haben, dann wenden Sie sich bitte an die nächste Polizeistelle. Und, Jungs, wenn ihr das seht: Bitte meldet euch. Wir können über alles sprechen.«

Und da war das Gefühl in der Magengegend, wie Messerstiche. Krämpfe, tief drin. Übelkeit. Schwindel. Und dann: Angst. Nein, das war schon Panik. Sie hatte ihren Job nicht gemacht. Sie war überfordert. Zu unerfahren.

Sie. Sie. Sie.

Sie war zum Handball gegangen.

Sie hatte Spaß gehabt.

Fuck. Fuck. Fuck.

Aber die Jungs waren doch schon in der Nacht davor verschwunden?

Oder wann? Und wie?

Also, nächste Besprechung. Jetzt ein wenig sachlicher. Gräberer – wer sonst? –, brachte es auf den Punkt: »Es ist im Endeffekt vollkommen egal, ob die Jungs Täter oder Opfer sind. Wenn wir den Fall lösen wollen, müssen wir sie finden. Das muss unsere Priorität sein.« Tilda dankte ihm innerlich, weil er auf den Zusatz »tot oder lebendig« verzichtete.

Nächster Schnitt.

Da war das erneute Gespräch mit dem Vater der Verschwundenen, das von Bardet geführt wurde. Ohne nennenswertes Ergebnis. »Ich hab ihm am Ende einen Arzt vorbeigeschickt. Der Mann ist am Boden zerstört, der war vollkommen durcheinander. Der konnte nicht einmal die Namen seiner Söhne aufzählen, das war ganz schrecklich.«

Schnitt.

Da waren die unzähligen Telefonate. Die geputzten Klinken. Die stichprobenartigen Fahrten in den Wald. Da war das Rufen. Das Schreien.

Da waren die Alibis der Ochsenblut-Bande. Da war ein erneuter Besuch im Traphouse unter Androhung einer Hausdurchsuchung, und da war die Einbestellung von Stadler zum Verhör. Da war der missglückte Versuch, Nikolas Handy, das einzige, das nicht mehr am Ladegerät hing, zu orten.

Und da war die beißende Erkenntnis: ein toter Junge. Und drei verschwundene. Keine Spuren. Nichts. Keine Idee.

Alles löste sich auf. Der Fall. Das Dorf. Die Welt.

Ihre Gedanken waren mal rational, mal willkürlich: Irgendeiner hat sie geholt. Rausgelockt. So was musste schnell gehen. So schnell, dass zwei der Jungs ihre Handys nicht mitgenommen haben. Warum waren sie überhaupt rausgegangen? Warum gab es keine Spuren?

Und warum hatten sie Dinge verschwiegen? Warum? Warum? Warum?

Was wussten sie? Was war das Lockmittel gewesen? Was, wenn sie doch geflohen waren? Was? Was? Was?

Wenn sie alles inszeniert hatten? Das konnte man ihnen doch zutrauen? Vielleicht reichte ihnen auch ein Handy? Neue SIM-Karte? Neues Leben?

Und dann war da der Anruf, der die Welt zurück in Normalgeschwindigkeit versetzte, weil er Tilda eine Aufgabe gab. Einen Hinweis, den sie verfolgen sollte. Verfolgen musste.

»Hier ist Distelmeyer. Sprech ich mit Frau Marder?«

Am liebsten hätte sie direkt aufgelegt. Ausgerechnet Distelmeyer, der er ihr das Versprechen abgenommen hatte.

»Ja, ich bin's. Herr Distelmeyer, es tut mir wahnsinnig leid. Ich … Sie haben das vorausgesehen und … ich hab's versucht … aber …«

»Machen Sie sich keinen Kopf, es konnte keiner wissen, dass es so weit kommt. Ich auch nicht. Ich … ich muss mich bei Ihnen entschuldigen.« Was für ein seltsames Gespräch. Schon wieder. »Ich … Ich … war, ähm …« Jetzt war es der Musiklehrer, der stotterte. »Ich war nicht ganz ehrlich mit Ihnen. Ich wollte die Jungs in einer Sache schützen, und das war ein Riesenfehler.«

Tilda, die gerade noch in ihrem Bürostuhl gefläzt hatte, saß plötzlich aufrecht.

»Es gab vor einigen Monaten einen Zwischenfall. Nicht bei uns an der Schule, aber ich … Also, ich wurde kontaktiert, stellvertretend. Ich weiß auch nicht. Es ist so, nun ja, das ist schwer zu erklären. Die vier Jungs wurden bei Raubgrabungen erwischt.«

Tilda fragte sich, ob sie richtig gehört hatte. »Bitte was, Raubgrabungen?«

»Ja, tatsächlich. Es ist so, und das war mir auch nicht klar, dass hier im Donautal immer wieder außergewöhnliche archäologische Artefakte aus der Keltenzeit gefunden werden. Und letztes Jahr wollte irgendeine Kette im Neubaugebiet den Grundstein für einen großen Supermarkt legen, und dabei sind die wohl auf eine ganze Siedlung gestoßen. Ein ziemlicher Sensationsfund.«

Jetzt fiel der Groschen. Tildas Vater hatte sie mit Artikeln zu dem Thema per WhatsApp bombardiert, die meisten davon hatte sie trotz ausführlicher Erläuterungen ihres

Vaters per Sprachnachricht nicht gelesen. Das war ein großes Thema im Dorf gewesen, weil der Bau dann tatsächlich gestoppt worden war. Zig Gutachten später entschied sich die Landesregierung dafür, dass die Fundstätte kleinteilig aufgearbeitet werden würde – der Deal mit dem Supermarkt platzte, inklusive Aufschrei der lokalen Politik und Wirtschaft. Eine Gruppe hatte sich im Fasnetsumzug als Bauarbeiter und Gallier verkleidet und chaotische Schwertkämpfe inszeniert – eine Anspielung auf das Dorfgeschehen.

»Die Jungs sind in die Ausgrabungsstätte eingebrochen und haben dort einige Gräber ausgehoben. Die Aktion hat mehrere Nächte gedauert. Am Ende wurden sie von einer der Forscherinnen erwischt.«

»Warum wissen wir nichts davon? Das müsste doch aktenkundig sein.«

»Nein, weil sich die Archäologin meiner Meinung nach wahnsinnig korrekt verhalten hat und den Jungs laut eigener Aussage nicht die Zukunft verbauen wollte.«

»Sie hat keine Anzeige erstattet?«

»Jepp. Aber ganz ungeschoren wollte sie die Truppe auch nicht davonkommen lassen …«

»Und hat sich deshalb bei Ihnen gemeldet?«

»Richtig, ich hab die Vier ordentlich ins Gebet genommen. Das geht ruckzuck, und du bist wegen einer solchen Lausbubenaktion vorbestraft. Aber das wissen Sie natürlich.«

Die Jungs konnten wirklich froh sein, einen solchen Lehrer zu haben.

»Und Peter war da auch dabei?«

Distelmeyer nickte und Tilda schob direkt die nächste Frage nach. »Lassen Sie mich raten: Sie haben die Schulleitung nicht kontaktiert?«

»Nein. Und das war wahrscheinlich ein Fehler. So ein Geheimnis macht die Sache größer als sie in Wirklichkeit ist. Deshalb habe ich mich in unserem ersten Gespräch auch nicht getraut, Ihnen von der Sache zu erzählen.«

»Und was hat Sie jetzt umdenken lassen?« Hm, dumme Frage, Tilda.

»Als ich heute Morgen erfahren habe, dass Jakob, Franz und Nikola verschwunden sind, musste ich mir meinen Fehler eingestehen. Ich mein, wahrscheinlich ist das keine entscheidende Information, aber ... Sie sind vermutlich über jedes Detail dankbar. Und ... also, diese Kelten-Geschichte hat echt Wellen geschlagen. Und das tut sie immer noch. Da geht es um richtig viel Geld. Und Geld, na ja, Geld macht was mit den Menschen.«

Tilda nickte. Biss sich auf die Unterlippe. Geld machte gierig. Geld machte blind. Geld machte böse. »Vielen Dank für Ihren Anruf, das weiß ich sehr zu schätzen.«

»Kein Problem. Ich will nur, dass die Sache gut ausgeht. Haben Sie was zum Schreiben? Dann gebe ich Ihnen den Namen der Archäologin. Es ist Prof. Dr. Eliz Yildiz.«

Tilda vereinbarte noch am selben Tag einen Termin mit der Professorin und fuhr zur Ausgrabungsstelle.

»Hi, ich bin Eliz Yildiz. Ich leite hier die Grabungen.« Die Wissenschaftlerin strahlte eine ungemeine Energie aus.

»Ich heiße Tilda Marder. Wow, das sieht so spannend aus. Ich hab als Kind immer davon geträumt, als Paläontologin zu arbeiten und nach Dinos zu graben.«

Die Archäologin riss die Augen freudig auf und fragte: »Wirklich? Ich nämlich auch. Ich habe Jurassic Park geliebt. Aber in der Pubertät hat sich mein Interesse von den Riesenechsen in Richtung der Menschen verschoben.«

»Zumindest sind wir um einiges bescheuerter als Dinosaurier, obwohl die nur Erbsenhirne hatten.« Wissenschaftswitze bei einer Professorin? Dünnes Eis, Tilda.

Aber Eliz Yildiz schüttelte sich vor Lachen. »Ha, du bist ja megalustig. Das hätte ich von einem Bullen nicht erwartet. Oh Mann, sorry! Ich bin manchmal so unverschämt. Ich meinte natürlich *Sie* sind ja megalustig.«

Jetzt grinste auch Tilda, der bis vor wenigen Minuten überhaupt nicht zum Lachen zumute gewesen war. Sie antwortete: »Das Du ist doch perfekt! Ich habe mir eine Frau Professor Doktor übrigens auch anders vorgestellt.« Über Nacht hatte es geregnet, und sie standen auf einer schlammigen Wiese, auf der es Eliz entgegen aller Wahrscheinlichkeit gelang, mit imposanter Lockenpracht und einem superstylischen Outfit wie frisch aus dem Ei gepellt auszusehen. Dabei grinste sie Tilda, die sich ziemlich underdressed vorkam, ein herausragend sympathisches Zahnpastalächeln entgegen.

»Willkommen im Dreck. Ich glaub die Roomtour können wir uns sparen«, verkündete Eliz mit ausgebreiteten Händen inmitten der Schlammwüste. »Hier wird gegraben, da drüben in den Containern wird gearbeitet, also archiviert, fotografiert und verpackt, und das, na ja, das sind die Dixiklos. Traumhaft, oder?

»Das erinnert mich an den Zeltplatz vom Southside-Festival.«

»Yes, nur hier geht's manchmal noch schlimmer zu. Nein, Spaß, wir haben echt ein tolles Team und eine richtig gute Zeit.«

Kein Wunder, bei so einer Chefin, dachte sich Tilda, die sich bereits jetzt wünschte, mit Eliz befreundet zu sein.

»Ich würde vorschlagen, wir setzen uns in den Pausencontainer«, schlug Eliz vor. »Bock auf einen Kaffee? Unserer schmeckt sehr lecker, ich habe mich für eine gute Maschine stark gemacht. Ohne Kaffee geht bei mir gar nichts.«

Tilda orderte eine Tasse, obwohl sie so gut wie nie Kaffee trank, und fragte: »Kannst du mir vielleicht kurz zusammenfassen, an was ihr genau arbeitet? Also was sind die Hintergründe?«

»Oh, da öffnest du natürlich ein Fass ohne Boden. Darüber könnte ich stundenlang reden – und mach ich auch meistens. Kurzfassung?«

»Kurzfassung!«

»Du musst wissen, dass wir das Donautal als so eine Art Wiege der Menschheit verstehen können. Zumindest auf dem europäischen Kontinent.«

Tilda kam dieser Fakt bekannt vor, aber sie konnte ihn nicht greifen, was meist ein sicheres Anzeichen dafür war, dass ihr Vater dieses Thema irgendwann angeschnitten hatte. »Ich bin ehrlich, ich hab absolut keinen Plan von Geschichte oder von Kelten, auch wenn mein Vater mich mein Leben lang mit Informationen und Vorträgen dazu bombardiert hat«, gab Tilda zu.

»Ach, keine Sorge, das ist bei meinen Studenten und Studentinnen genau dasselbe. Aber kein Scheiß, unser Vorfahren sind damals vom afrikanischen Kontinent aus über das Donautal nach Mittel- und Nordeuropa gewandert. Menschen haben sich meist an den Flüssen entlang bewegt und dort auch gesiedelt. Ergibt ja auch Sinn, du hast Trinkwasser, es wächst viel und der Flusslauf bildet einen natürlichen Weg ohne extreme Hindernisse. Vor allem aus der Keltenzeit gibt es im Donautal grandiose

Fundorte. Alleine die Heuneburg, weiß nicht, ob du von der schon mal gehört hast. Oder dem Heidentor?«

»Irgendwas klingelt da bei mir. Aber mein Hirn ist manchmal ein Sieb«, gab die Kommissarin peinlich berührt zu. Ihr Nichtwissen vor der coolen Archäologin zuzugeben, fühlte sich ein wenig so an, als hätte sie ihre Hausaufgaben in ihrem Lieblingsfach vergessen. Eliz wirkte jedoch alles andere als enttäuscht. »Halb so schlimm. Ich sag immer: Wofür haben wir Smartphones? Google das mal, es ist schon echt interessant. Vor allem das Heidentor, richtige True-Crime-Action. Wusstest du, dass Sherlock Holmes selbst einfachste Dinge, wie das Bett beziehen oder den Abwasch machen, nicht beherrscht hat? Weil ihm das beim Lösen der Fälle nicht weitergeholfen hat. Er hat alles unnütze Wissen einfach vergessen, um seinen Job besser erledigen zu können.« Eliz redete so schnell, dass Tilda kaum hinterherkam.

»Na ja, ich würde mich nicht unbedingt als Sherlock Holmes bezeichnen«, warf die Kommissarin ein.

»Aber ich glaube, du bist eine echt gute Polizistin. Das spürt man sofort. Also, wie willst du deinen Kaffee?«

Tilda entschied sich bei dieser Frage meistens für die einfachste Antwort. »Schwarz bitte!«

»So mag ich das Zeug auch am liebsten. Rabenschwarz wie der Tod.«

»Ganz schön morbide!« Tilda musste grinsen. Die Archäologin war wirklich eine Nummer.

»Klar, ich glaub, das muss man sein, wenn man ständig Gräber aushebt.«

»Das wollte ich dich eh fragen: Was genau grabt ihr denn momentan aus?«

»Hm, so ganz genau wissen wir das selbst noch nicht.

Die sind hier ja mit so üblen Baubaggern angerückt und haben erst mal zwei Tage alles durcheinander geworfen, bis sie gemerkt haben, dass es zwischen den Steinen und dem Geröll immer wieder golden schimmert. Ich will mich gar nicht über die Bauarbeiter beschweren, die können überhaupt nichts dafür, aber ja, der ganze Bereich war aus archäologischer Sicht in einem katastrophalen Zustand, als wir mit unserer Arbeit angefangen haben.« Eliz war jetzt offensichtlich in ihrem Element. »Die Funde sind dafür umso interessanter. Viele Waffen, teils zerstört, teils in grandiosem Zustand. Das hängt ein Stück weit immer von der Bodenbeschaffenheit ab. Oh, wir haben so tolle menschliche Überreste gefunden.«

»Das klingt ein wenig nach Jackpot?«

»Das kann man so sagen. Im Endeffekt ist es so ähnlich wie Pharaonengräber in Ägypten, nur dass sich das bei uns halt unterirdisch abspielt. Gefühlt könnten hier überall krasse Fundorte sein, wir haben leider keine Pyramiden als Marker. Und genau diese Gräber sind halt besonders spannend, weil auch die Kelten ihre Toten mit allerlei Schätzen begraben haben. Also halt die Reichen und Schönen.« Eliz schlug ein riesiges Buch auf, blätterte durch die Seiten, fand jedoch augenscheinlich nicht das, wonach sie gesucht hatte, und klappte es wieder zu. »Über die einfache Bevölkerung wissen wir deshalb leider weitaus weniger. Das ist ein generelles Problem der Geschichtsforschung. So tolle Typen wie du und ich, wir werden es nicht in die Geschichtsbücher schaffen. Die Normalos werden meistens ausgeblendet, weil die nachkommenden Generationen halt kaum etwas über sie wissen. Es sei denn, sie werden zu Verbrechern. Krass, oder? Die einzigen Prominenten früher waren Könige und Mörder. Und Könige gibt es nicht mehr so viele. Darum interessiert sich auch jeder für euren Fall.«

Tilda hing Eliz an den Lippen, wollte aber trotzdem diese Steilvorlage nutzen, um das Gespräch in die ursprünglich vorgesehene Richtung zu lenken. »Super Stichpunkt. Die vier Jungs, die haben sich bei euch als Indiana Jones für Arme aufgespielt?«

Eliz atmete tief ein. »Das war wirklich eine wilde Geschichte. Ich hatte bislang nur punktuell mit Räubern zu tun, aber man kennt natürlich die Berichte darüber. Besonders prominent hier am Heidentor, davon hatten wir es ja schon, da haben die Räuber einen Sensationsfund praktisch komplett zerstört. Und das ist eigentlich gang und gäbe bei solchen Leute, die gehen normalerweise nicht besonders zimperlich vor. Ist ja auch logisch. Ich mein: der Zeitdruck. Das fehlende Werkzeug. Aber bei deinen Jungs war das anders. Die müssen wohl schon ein, zwei Nächte da gewesen sein, bevor ich es überhaupt bemerkt habe. Die haben sich verdammt clever angestellt.«

»Darf ich da mal kurz dazwischengrätschen? Wie muss ich mir das vorstellen?«

»Also, wir sichern unsere Grabungsstätten natürlich ab, aber das ist keine Hochsicherheitsangelegenheit. Bei Fällen von Raubgrabungen in der Vergangenheit sind die Räuber mit roher Gewalt vorgegangen, ohne Rücksicht auf Verluste. Sagt dir der Einbruch ins Grüne Gewölbe in Dresden was? Das Museum super gesichert gegen einen Einbruch wie bei Mission Impossible, aber nicht gegen eine Handvoll Typen, die alles kurz und klein schlagen. Bei uns war es genau andersrum. Die Jungs sind wie Profis vorgegangen, die haben die Grabungsstätte danach wieder aussehen lassen wie zuvor.«

Tilda meinte, eine Spur von Bewunderung in Eliz' Stimme zu hören. Als würde sie nicht über Kleinkriminelle, sondern über besonders talentierte Studenten sprechen. »Wie ist euch das Ganze überhaupt aufgefallen?«

»Ich war dabei, einen Schwertgriff freizulegen. Du musst dir vorstellen, das macht man Schicht für Schicht, sehr vorsichtig. Drum herum hatte sich eine Lehmschicht gebildet, und deshalb hab ich das an dem einen Tag nicht mehr geschafft. Ich bin da immer extra vorsichtig und hab die Fundstelle abgesichert. Am nächsten Tag hab ich mich schon richtig drauf gefreut, weiterzumachen. Ich mag meinen Job einfach.«

»Und als du gekommen bist, war das Ding nicht mehr da?«

»Bingo! Aber da war kein Loch oder so, nein, es war alles fein säuberlich aufgeschichtet. Ich habe echt an meinem Verstand gezweifelt – zum Glück hatte ich ein Foto auf meinem Handy. Und als ich meinem Team davon erzählt hab, da sind uns noch weitere Ungereimtheiten aufgefallen.«

»Wieso seid ihr nicht zur Polizei gegangen?«, fragte Tilda ehrlich neugierig.

»Das kam mir gar nicht in den Sinn. Ich dachte ohne Witz, dass uns irgendwelche Kollegen einen Streich gespielt haben. Da wurde so sauber und professionell gearbeitet, dass ich mir sicher war: Die kommen wieder. Also haben wir uns auf die Lauer gelegt und zack, sind uns die Schlingel ins Netz gegangen.«

»Haben sie nicht versucht zu flüchten? Oder sich zu wehren?«

»Die hatten keine wirkliche Chance, weil sie in der Grube festsaßen. Außerdem hab ich sie fotografiert, da war klar, dass die aus der Nummer nicht mehr rauskommen«, erklärte Eliz nicht ohne Stolz. »Aber wir haben alle nicht schlecht gestaunt, als sich unsere Gangster zu erkennen gaben. Das sind ja praktisch noch Kinder. Ich hatte mit allem gerechnet, nur damit nicht. Und noch überraschter war ich, als ich mich mit den Jungs unterhalten habe. Die haben einen richtig guten Wissenstand, vor allem die beiden Älteren. Sie haben mir erzählt, dass sie sich vorstellen könnten, in Zukunft etwas in Richtung Archäologie zu machen und …«

»Da bist du schwach geworden.«

»Hm. Ich weiß gar nicht, ob es ich es als schwach bezeichnen würde …«

»Nein, so meinte ich das nicht. Du hast dich dagegen entschieden, die Polizei zu rufen.«

»Ja, genau so war es! Ich habe schon drauf bestanden, dass sie uns alles zurückbringen und mir den Kontakt von einem Lehrer oder einer Lehrerin geben, zu dem oder der sie einen guten Draht haben. Auf Raubgrabungen stehen teilweise extreme Strafen, aber was bringt es mir, wenn ich da ein paar jungen Menschen die Zukunft verbaue? Ich weiß nicht, vermutlich kannst du das als Polizistin nicht ganz nachvollziehen.«

Tilda blickte auf den Boden. Das Bild der Polizei, das sich bei vielen Menschen manifestiert hatte, war nicht gerade positiv. Deshalb widersprach sie entschieden. »Doch, voll. Hundertprozent.«

»Cool! Lass es mich anders formulieren. Viele deiner Kollegen könnten das wohl eher nicht nachvollziehen.«

Tilda dachte an Tyll. An Müller. An Esther. An Sofia. An Driller. An Pfeiffer. »Da hast du wahrscheinlich recht.«

»Ich hab schon mit mir gehadert. Ich hasse diesen Raub-grabungsscheiß, wirklich. Auch diese Freaks mit den Metalldetektoren, die ihre Streifzüge auch noch streamen. Du wirst nicht glauben, was es da draußen für einen Markt für Reliquien und Fundstücke gibt. Da werden horrende Summen gezahlt! Und dann wundern sich die Menschen, warum es immer mehr Einbrüche gibt. Die Archäologin redete sich in Rage. »Davor ist nicht einmal euer kleines Heimatmuseum sicher. Dort ist laut dem Kreisarchivar erst vor eineinhalb Jahren eingebrochen worden. Wäre doch geil, wenn sich die Typen tatsächlich für Archäologie interessieren und sich mit der Materie beschäftigen wür-den. Aber das hier«, Eliz machte eine ausladende Geste, »das war das Ergebnis von jugendlichem Übermut. Wie du schon gesagt hast: Die Jungs haben sich wie Indiana Jones oder Nathan Drake gefühlt. Die wollten dabei sein, aus echtem Interesse an der Sache. Das hat für mich eine andere Qualität, als wenn Berufsverbrecher aus Goldgeil-heit wertvolle Keltenstücke stehlen.«

Tilda hatte eine Idee, die sie so aufwühlte, dass das Krib-beln schlagartig zurückkehrte. »Ich ... ich hab gerade so einen wilden Gedanken. Wenn die Kriminalität in dem Sektor derart zugenommen hat ... hm ... wäre es da denk-bar, dass sich die Jungs vielleicht mit dem Falschen ein-gelassen haben?«

Zum ersten Mal während des Gesprächs nahm sich Eliz einige Sekundenbruchteile, um nachzudenken. »Oh, da müsste ich spekulieren. Diese großen Einbrüche in Dres-den und in Berlin, die medial extreme Wellen geschlagen haben, da ging es um organisiertes Verbrechen. Ich glaube, dieser ganze Diskurs hat schon eine neue Form der Auf-merksamkeit generiert.«

Jetzt zitterte sogar Tildas Hand. Sie spürte regelrecht, dass sie einen entscheidenden Punkt getroffen hatte. Sie musste dringend mit diesen Gedanken allein sein. »Wow, Eliz, du hast mir wirklich wahnsinnig geholfen. Aber ... nein, kein Aber ... Ich muss ...«

»Du musst eine Idee verfolgen, nicht wahr?«

»Ey, du verstehst mich. Ich hab nur noch eine Frage: Haben die Jungs das Zeug zurückgebracht?«

»Sie sind mit einer ganzen Ladung hier aufmarschiert. Alles in top Zustand.« Eliz schaute sie traurig an. »Es hat mich so getroffen, als ich das von Peter gelesen habe. Er wäre ein grandioser Archäologe geworden.«

Stich. Ins Herz. Mittenrein.

»Ich hoffe, ihr findet die anderen«, schob Eliz nach. »Ich hoffe es so sehr.«

Während Tilda nach ihrem Besuch bei Eliz in ihrem Dienstwagen kurz durchatmete, fühlte sie sich, als hätte jemand ihre Batterien geladen. Das Gespräch mit Eliz, die neue Spur und die Aussicht auf die ausstehende Vernehmung von Heinz-Uwe Stadler aka Young Uvy hatten in ihr neue Lebensgeister geweckt. Ermittlerinnengeister.

Sie hatte etwas zu tun. Und tat etwas. Sie hielt den Fall am Leben.

Er pulsierte. Und mit ihm die Hoffnung, die verschwundenen Jungs lebend zu finden und Peter Ostrachs sinnlosen Tod aufzuklären.

Viel zu oft, dachte sie, habe ich mich in den letzten Tagen runterziehen lassen, mich klein gemacht und überflüssig gefühlt. Fehl am Platz. Ich war wie erstarrt.

Und vielleicht war das okay, vielleicht gehört das dazu, wenn man erstmals einen solchen Fall bearbeitet. Aber sie wusste doch, dass sie eine gute Polizistin war. Sie hatte es oft genug bewiesen.

Warum die Zweifel? Der Druck? Die Angst?

»Sie sind doch die Kommissarin Marder?«

Tilda zuckte zusammen. Ein untersetzter Typ in einem merkwürdig kurzen Jackett hatte sich an ihr Auto herangeschlichen und gegen das geschlossene Fenster geklopft. Tilda atmete einmal kurz ein und öffnete dann die Scheibe. »Sie haben mich zu Tode erschreckt. Was wollen Sie denn?«

»Warum so schreckhaft? Mein Name ist Ernst Lubbern-Michel, Sie haben garantiert von mir gelesen.«

Tilda hatte selten einen auf den ersten Blick derart unsympathischen Menschen getroffen. Dagegen war selbst ihr Kennenlernen mit Tyll beinahe ein liebevolles Blind Date gewesen. »Entschuldigen Sie, ich muss zur Arbeit. Ich habe gerade keine Lust auf dumme Sprüche«, fuhr Tilda ihn an und wunderte sich über sich selbst, dass sie es geschafft hatte, ihre Antwort mit der angemessenen Schärfe zu unterlegen. Normalerweise fiel ihr die passende Reaktion erst nach einem Gespräch ein.

»Nein, nein, schon gut. Ich bin Journalist. Ich schreibe für die DWPA. Haben Sie immer noch keine Spur von den Mördern?«, fragte der Typ in einem maximal unangenehmen Tonfall.

»Bitte was? Was ist die DWPA?«, wollte Tilda wissen.

Doch der vermeintliche Journalist ging überhaupt nicht auf sie ein und sagte: »Sogar die Eltern von Peter Ostrach glauben, dass die Karasek-Brüder ihren Sohn umgebracht haben.«

»Das stimmt nicht.« Tilda machte Anstalten, das Fenster zu schließen, doch der Schmiersack legte seine Hände auf die Scheibe.

»Nun, meine Quelle aus dem Familienumfeld sagt etwas anderes.«

»Dann würde ich noch mal mit meiner Quelle sprechen, wenn die solchen Blödsinn verzapft.«

»Was machen Sie überhaupt hier? Haben Sie jemanden verhört? Wurden die Brüder hier gesehen?«

»Das geht Sie überhaupt nichts an!« Tilda war jetzt wirklich genervt.

»78 Prozent unserer Leser sind dafür, dass die Mordkommission ausgetauscht wird. 85 Prozent sprechen sich für die Bildung einer Bürgerwehr aus. Was tun Sie, um die Bevölkerung zu beschützen?« Der Typ, der mit einer Hand immer noch Tildas Scheibe blockierte, zog mit der anderen eine veraltete Digitalkamera aus seiner Jackentasche.

Tilda wurde ungehalten. »Nehmen Sie sofort die Kamera aus meinem Gesicht. Wenn Sie mit uns sprechen wollen, dann vereinbaren Sie bitte einen Termin über unsere Pressestelle. Sonst werden Sie von mir nichts hören. Und schon gar nicht, wenn Sie mir nicht Ihren Arbeitgeber nennen, sondern nur eine zwielichtige Abkürzung.«

»Na schön, DWPA steht für Die wahre Presseagentur.«

Tilda verschluckte sich fast vor Lachen. »Ach du Scheiße. Das Schwurbelportal? Habt ihr Spinner noch nicht dichtgemacht? Corona ist doch vorbei.«

»Was erlauben Sie sich? Sie werden sich noch wundern.«

Tilda spürte, wie sie das Adrenalin aufputschte. Diese Witzfigur von einem Journalisten konnte ihr gar nichts. Nicht heute. Sie löste die krakeligen Finger des Möchtegernjournalisten von ihrem Auto und gab ihm eine finale Botschaft mit auf den Weg. »Sie können über mich schreiben, was Sie wollen. Das ist mir egal. Kein normaler Mensch wird das ernst nehmen. Ach, und grüßen Sie gerne die Gisi von mir. – Nur zur Info: Die hat das Haus der Ostrachs genau so selten betreten, wie Sie eine anständige Journalistenschule von innen gesehen haben. Schönen Tag.«

»Das hast du nicht wirklich gesagt?« Tilda stand noch immer unter Strom, als sie an ihrem Schreibtisch saß und Bardet von ihrer Auseinandersetzung mit der DWPA erzählte. Sie war sich sicher, eine gehörige Portion Stolz in Bardets Blick zu erkennen. Aber auch ein wenig Sorge.

»Der hat dich ab jetzt auf dem Kieker«, gab sie zu bedenken. »Ich würde das gleich Müller durchgeben, dann kommst du später nicht in irgendwelche Erklärungsnöte.

»Ich habe es Müller schon geschrieben. Aber weißt du was: Vor dem Möchtegernjournalisten habe ich keine Angst. Und auch nicht vor seinen Kollegen, selbst wenn die professioneller sind. Scheißpresse, wirklich. Was die alles angerichtet haben die letzten Tage. Ich lass mich nicht mehr einschüchtern.«

»Du hast echt ziemliche Stimmungsschwankungen. Himmelhochjauchzend. Zu Tode betrübt. Du bist wie eine Schachtel Pralinen, Tilda Marder. Man weiß nie, was man kriegt.« Bardet war immer ehrlich, und das tat manchmal weh. Doch heute ließ sie einen entscheidenden Nebensatz folgen: »Weißt du was? In diesem Angriffsmodus, gefällt mir Tilda Marder am allerbesten.«

»So gefalle ich mir auch am besten. Am liebsten wäre ich dauerhaft so.«

Tilda war schon immer launisch gewesen. In einem ungesunden Maße. Ihr Studienkumpel Marvin, mit dem sie für einige Monate angebandelt hatte, hatte nach einem Streit die laienhafte Vermutung aufgestellt, dass Tilda manischdepressiv sei. Danach hatte sie die Symptome gegoogelt und sich für eine Woche krankschreiben lassen.

»Weißt du, Bardet ... Ich kann nichts gegen diese Stimmungswechsel machen«, erklärte Tilda. »Die sind einfach da. Ich ... Manchmal zweifle ich an allem. Vor allem an mir. Da würde am liebsten erstarren. Einfach irgendwo liegen bleiben. Für immer. Und an anderen Tagen, da fühle ich mich unbesiegbar. Das kommt einfach. Es ist allerdings schon besser geworden, du hättest mich nicht zu Studentenzeiten erleben wollen.«

»Oh Gott, nein, auf keinen Fall. Ich glaube, wir hätten uns gehasst. Aber mach dir keine Sorgen, du bist du, und das ist gut so. Gelegentlich bist du halt ein bisschen anstrengend, wenn du so eine Schnute ziehst und man dich erst mal aus dem Loch herauslocken muss. Aber das ist halt so. Keiner ist perfekt.«

Tilda merkte, wie ihre gute Laune vor lauter Diskussion über ihre Launen zu schwinden drohte.

Offensichtlich sah man ihr das an, denn Bardet fragte:

»Oh nein, ist es wieder so weit? Kündigt sich der nächste Stimmungswechsel an?«

Bardet grinste sie so blöd an, dass Tilda nicht anders konnte, als zurückzugrinsen und ihr Kontra zu geben. »Man könnte nicht meinen, dass du diejenige von uns beiden bist, die ihren 50. Geburtstag schon gefeiert hat.«

»Oha, das Frollein Babyface hat wieder Oberwasser.«

Blitzschnell schnappte Tilda die kleine Gießkanne, die auf ihrem Schreibtisch für die Bewässerung der Tischpflanzen stand, und spritzte eine überschaubare Ladung auf Bardet, die beinahe von ihrem Schreibtischstuhl fiel. Die beiden lachten fast eine Minute. Tilda kam als Erste zur Besinnung.

Und fühlte sich direkt merkwürdig.

»Kennst du das, Bardet, wenn man sich schlecht fühlt, weil man sich gut fühlt?«, fragte Tilda. Bardets Blick signalisierte, dass sie das nicht kannte. »Das ergibt keinen Sinn.«

»Also jetzt gerade, wenn wir hier abhängen und Sprüche reißen, dann geht's mir offensichtlich gut. Richtig gut. Heute war insgesamt ein guter Tag. Und es tut gut zu lachen. Aber dann denk ich Peter. Und an Jakob. Und an Nikola. Und an Franz. Und ich frag mich ehrlich, ob es richtig ist zu lachen. Bevor wir sie gefunden haben.«

»Oh Mädchen, du machst dir vielleicht einen Kopf. Aber ich verstehe das, wirklich. Ich war früher auch so, das kannst du mir glauben. Ich habe eine Frage an dich: Meinst du, wir würden den Fall schneller lösen, wenn wir nur Trübsal blasen würden?«

»Nein!«

»Damit hast du deine Antwort.«

»Ich weiß nicht, ob die mir reicht.«

»Wir sind Menschen, Tilda Marder. Echte Menschen, mit echten Gefühlen. Dieser Fall ist schrecklich. Schrecklicher als alles, was ich in 30 Jahren bei der Polizei erlebt habe. Und glaub mir, ich hab mich in den letzten Tagen nicht nur einmal in den Schlaf geheult. Aber verdammt noch mal, ich freu mich den ganzen Tag darauf, mit dir ein paar Witze zu reißen. Vor allem, wenn ich schon von Weitem sehe, dass du auch gut drauf bist. Das lass ich mir nicht nehmen.«

»Ja, du hast recht. Das ist sweet, was du gesagt hast.«

»Ihr jungen Hühner mit eurem Denglisch!«

»It is what it is«, sagte Tilda feixend.

Bardet musterte Tilda eindringlich. »Weißt du, ich glaube, das gilt für jeden Job. Du kannst nicht immer verbissen alles geben, sonst reicht irgendwann die Kraft nicht mehr. Wenn du nicht mehr lachen dürftest, bis du deinen nächsten Fall gelöst hast, dann würdest du verdammt viele Polizisten niemals lachen sehen.«

»Hm, da würden mir schon einige einfallen«, sagte Tilda lapidar, während sie über die Bedeutung von Bardets Anmerkung nachdachte.

»Aber das sind auch keine so hervorragenden Ordnungshüter wie du und ich, Tilda Marder!«

»Danke, Bardet! Das hat mir wirklich geholfen. Aber eine Frage hab ich noch.«

»Schieß los!«

»Trübsal blasen? Habt ihr so im Jahr 1800 geredet?«

»Du bist ein echtes Miststück, Tilda Marder.«

»Seit wann nennst du mich eigentlich beim vollen Namen?«

»Seit mir heute Morgen aufgefallen ist, was du für einen Badass-Namen mit dir herumträgst. Wurdest du eigentlich nach Tilda Swinton benannt?«

Tilda war ein wenig stolz, weil Bardet das Wort Badass von ihr gelernt hatte. »Ich hab das gehofft, aber ne, als ich auf die Welt gekommen bin, war Tilda Swinton noch nicht berühmt. Kein Plan, wo meine Eltern den Namen herhatten. Ich vermute, mein Dad hat ihn in irgendeinem Buch gelesen.«

»Wie auch immer, Tilda Marder, der Name gefällt mir. Tilda Marder. Irgendwo zwischen süßem Streichelzoo und bissigem Raubtier, Tilda Marder.«

Die beiden schüttelten sich erneut vor Lachen, ehe sie ein vehementes Klopfen von Yves Gräberer zurück auf den Boden der Tatsachen holte.

»Marder, wir wären dann so weit«, sagte Gräberer. »Der

Kollege Schnürschuh wurde gerade ins Vernehmungszimmer gebracht.«

Tilda sprang auf und folgte ihrem hünenhaften Kollegen. Im Hinausgehen hörte sie Bardet flüstern: »Für Sie immer noch Tilda Marder.«

Bevor sie das Vernehmungszimmer betraten, nahm Gräberer Tilda zur Seite. Sie war nervös, gleichzeitig auch voller Vorfreude, weil sie schon so viel über Gräberers Methoden gehört hatte. Es war nur folgerichtig, dass der legendäre Vernehmungsspezialist in dieser Angelegenheit die Führung übernahm.

»Wir machen keine großartige Good-Cop-Bad-Cop-Action. Ich werde das Gespräch über weite Teile führen, wenn dir etwas ein- oder auffällt, dann darfst du mir dazwischenfahren, solange es meine Autorität dem Verhörten gegenüber nicht untergräbt. Ich bin da drinnen das Alphatier. Blöder Begriff, ich weiß, aber das habe ich eigentlich immer so gehandhabt.«

Tilda hatte einige legendäre Storys über Gräberer gehört. Verdächtige, die Verbrechen gestanden, für die es keinerlei Beweise gab.

»Der für mich entscheidende Punkt wird sein, wie er auf seine eigenen Aussagen bezüglich potenzieller DNA-Spuren reagiert«, fuhr Gräberer fort. »Darauf müssen wir hinarbeiten. Das ist unsere Trumpfkarte, die spielen wir aber erst zum Schluss. Und spätestens da kommst du ins Spiel, weil du dabei warst, als er das gesagt hat. Das gibt uns einige taktische Möglichkeiten. Bereit?«

Gräberer hatte ein Talent dafür, keine Fragen offen zu lassen. Sie betraten das Zimmer, und für einen Moment dachte Tilda, dass Heinz-Uwe Stadler seinen Anwalt geschickt hatte. Denn anstelle von Jogginganzug, Sonnenbrille und Basecap trug der Cloudrapper einen maßgeschneiderten Designeranzug, der ihn wie einen einigermaßen gestriegelten Mittdreißiger aussehen ließ. Einzig das Gesichtstattoo verriet Young Uvy hinter der Maskerade.

»Guten Tag, Herr Stadler, vielen Dank, dass Sie heute gekommen sind und sich gesprächsbereit zeigen«, begann Gräberer. »Mein Name ist Yves Gräberer, meine Kollegin Frau Marder kennen Sie ja bereits. Wie Sie wissen, werden Sie heute in der Mordsache Peter Ostrach als Zeuge vernommen. Deshalb können wir ganz offen sprechen.«

Stadler nickte in einem fort. Bereits jetzt zeichneten sich die ersten Schweißtropfen auf seiner Nase ab. Der etwas zu eng geschnittene Anzug war für die hohen Temperaturen des stickigen Vernehmungszimmers wohl nur bedingt das richtige Outfit.

Gräberer ließ sich davon nicht beirren und betete seinen Sermon herunter: »Sollten wir an einen Punkt kommen, an dem Sie sich potenziell selbst belasten, möchte ich Sie darüber aufklären, dass es Ihnen freisteht, sich nicht zu der Sache zu äußern, und dass Sie selbstverständlich das Recht auf einen Anwalt haben.«

Interessant, dachte Tilda, viele Polizisten versuchten bei einer Vernehmung die Idee eines Anwalts möglichst lange außen vor zu lassen und setzten auf die Unbedarftheit, Selbstsicherheit und auch auf die Blödheit der Verdächtigen. Doch Gräberer hatte diesen Gesprächseinstieg ganz bewusst gewählt, daran gab es keine Zweifel. Er wollte, dass Stadler wusste, dass sie in ihm potenziell mehr sahen als einen einfachen Zeugen.

Der Rapper, der fast ein wenig verloren wirkte, blickte starr auf die Tischkante. »Ich habe mich absichtlich dagegen entschieden, mit einem Anwalt aufzukreuzen. Ich habe nichts zu verbergen. Das müssen Sie mir glauben.«

Ähnlich wie sein äußeres Erscheinungsbild hatte auch Stadlers Sprache immens an Profil gewonnen. Beim Gespräch im Traphouse hatte er langsam gesprochen, langgezogen wie Kaugummi und dabei jeden zweiten Satz mit englischen Begriffen durchsetzt. Jetzt klang er viel klarer und erwachsener.

Gräberer brachte die restlichen Formalitäten hinter sich, startete mit Stadlers Einverständnis ein Aufnahmegerät und begann die eigentliche Befragung. »Ich habe mir ein wenig von Ihrer Musik angehört, aber ich bin ehrlich, ich habe das alles nicht so richtig verstanden. Deshalb habe ich meinem Sohn ein paar Sachen geschickt.« Gräberers Sohn Luka war Anfang 20 und studierte in Tübingen. »Ihm hat es richtig gut gefallen. Er war total überrascht, dass hier im Donautal solche Musik entsteht.«

Wahnsinn, Gräberer, der ansonsten nur Rockbands aus den 70er-Jahren auf Schallplatte konsumierte, hatte sich tatsächlich durch Young Uvys Diskografie gehört. Das war echte Hingabe! Und führte zum Erfolg: Stadler konnte ein stolzes Grinsen nicht verbergen. Diese scheinbar harmlose Plauderei hatte bereits gereicht, um an seiner Fassade zu kratzen.

»Wenn wir manchmal mit Rappern aus Stuttgart oder so connecten, dann können die das auch nicht fassen. Die wissen nicht mal, wo unser Dorf liegt. Tatsache ist: Viele Rapper kommen mittlerweile aus Käffern. RIN und Bausa kommen beide aus Bietigheim. Und wir legen halt großen Wert auf eine anständige Produktionsqualität.« Stadler war wie ausgewechselt, obwohl er punktuell in seinen Slang zurückfiel. Er wirkte richtig motiviert.

Tilda war gespannt, wohin ihr Kollege das Gespräch nun führen würde.

»Ja, ich hab einen Plattenspieler zu Hause und bilde mir ein, dass ich höre, wenn ein Song gut produziert ist«, ging Gräberer darauf ein. »Das hat schon Hand und Fuß bei euch. Aber eine Sache müssen Sie mir erklären: Sie rappen in jedem Song über Drogen. Also durchgehend.«

Stadler schaute jetzt so, als hätte ihn seine Großmutter beim Stibitzen von Keksteig erwischt.

Gräberer hob beschwichtigend die Hände. »Kein Stress, ich bin ein Kind der 70er, Drogen haben auch bei meinen musikalischen Helden eine riesige Rolle gespielt. Aber irgendwie gehts bei Ihnen ja um nichts anderes?«

Der Befragte druckste nun ein wenig herum. Offensichtlich war es ihm unangenehm, in diesem Umfeld über Drogen zu sprechen – selbst wenn das Thema in eine vermeintlich belanglose Musikdiskussion eingebunden war. Gräberer hatte das schon sauber aufgefädelt.

»Mir ist das manchmal auch zu viel«, behauptete Stadler. »Ich komme prinzipiell aus einer anderen Generation Rap. Wir haben früher viel mehr Storytelling in den Lyrics gemacht, auf Kopfnicker-Beats. Aber Rap hat sich halt verändert, heute ist alles melodiöser und vielleicht auch ehrlicher. Direkter. Intensiver, I guess?«

»Also spielen Drogen in Ihrem Leben eine genauso große Rolle wie in den Texten? Keine Sorge, das ist keine polizeiliche Frage. Ich frage als Musikfan.«

»Hm, nein, natürlich nicht. Dann wäre ich ja tot. Ehrlich gesagt, nehme ich persönlich seit einigen Monaten gar nichts mehr. Also abseits vom Kiffen und dem Lean.«

»Aber wenn das nicht Ihre Realität ist, warum rappen Sie dann darüber? Was wollen Sie damit erzählen?«

»Es ist halt … Die Amis würden sagen: part of the culture. Es gehört irgendwie dazu. Unsere Vorbilder rappen das auch. Die rappen außerdem über Waffen, weil in Amiland jeder eine Kanone hat. Deshalb rappe ich auch, dass ich strapped bin, also eine Waffe habe. Habe ich aber nicht.«

In Rekordzeit von Drogen zu Waffen. Gräberer konnte die Steilvorlage nicht liegen lassen. »Hatten Sie noch nie eine Waffe im Haus? Das kann ich mir als Polizist kaum vorstellen, wir haben ja immer welche in der Nähe. Das ist irgendwie so natürlich für mich.«

»Nein, nichts. Also, ich habe eine Baseballkeule und so ein japanisches Filetiermesser zur Selbstverteidigung. Das war's.«

Stadler war so ein Typ, dachte Tilda, dem man nur lange genug eine Bühne geben musste, dann redete er sich um Kopf und Kragen.

Gräberer hakte noch einmal nach. »Aber keine Schusswaffen, oder?«

»Nein, woher auch? I mean, man kennt Leute, klar. Da würde man vielleicht auch ein Eisen herbekommen.«

»Das dachte ich mir fast bei jemandem mit Ihren Kontakten. Warum brauchen Sie einen Baseballschläger zur Selbstverteidigung? Gibt es Menschen, die Ihnen schaden wollen?«

»Safe, wir haben uns nicht nur Freunde gemacht in den letzten Jahren. Wir waren immer frech auf Tracks und so. Und mittlerweile haben ja viele Rapper Rücken. Da muss man aufpassen. Und eh klar, ich hab halt heftiges Studioequipment, und Sie kennen ja meine Crib. Da machen schon viele Augen. Letztes Jahr gab es drei oder vier Einbruchsversuche bei mir.«

»Was heißt das – ›Rücken‹? Nicht Rückenschmerzen, oder?«

Stadler lachte auf und wirkte dabei beinahe kindisch. Beinahe sympathisch, dachte Tilda.

»Sie kennen doch Bushido? Und Arafat? Wenn ein Rapper sich so Leute aus der Unterwelt holt, dann nennt man das ›Rücken‹. Die regeln die ungemütlichen Dinge für dich, you know?«

Die englischen Phrasen kehrten jetzt noch stärker zurück. Tilda schmunzelte. Stadler fühlte sich wohl fast wie zu Hause.

»Ah, jetzt verstehe ich. Und Sie haben keinen Rücken?«

»Nein, wir sind ja auf dem Land. Da tut es eine gute Alarmanlage, die hat meine Großmutter noch eingebaut. Das Haus ist ja von ihr.«

»Sie waren der Alleinerbe von Haus und Firma, richtig?«

»Ja, meine Eltern hatten sich früh getrennt und ich bin bei meinem Vater geblieben. Der ist dann bei einem Autounfall ums Leben gekommen. Danach habe ich bei meiner Granny gelebt und jo, sie war halt schon alt.«

»Warum haben Sie die Firma direkt verkauft?«

»Das war mit meiner Großmutter so abgemacht. Die hat gesehen, dass das nicht mein Ding ist, und hat alles dafür geregelt.«

»Warum war das nicht Ihr Ding?«

Das Thema war Stadler sichtlich unangenehmer als das vorangegangene Gespräch über Drogen und Waffen. »Ich … ich konnte nie mit Geld umgehen. Und in der Schule liefs halt auch nicht. Nirgends. Oma hat mich irgendwie aufs Gymnasium gebracht, dann Realschule, dann Internat. Nach Salem. Und wieder zurück. Ich hab überall Scheiße gebaut. Alle haben mich getestet, und ich wollte es allen beweisen.«

»Was heißt getestet?«

»Die wussten ja, wer ich bin. Stadler Scissors ist ein weltweit führendes Unternehmen. Ich sollte sogar einmal entführt werden, kein Scheiß. Einer von den Entführern hat aber den Schwanz eingezogen und den 31er gemacht, also seine Kumpels verpfiffen, und die Bullen, sorry, Ihre Kollegen, haben die Typen noch rechtzeitig erwischt. Die Lehrer wussten auch, wohin ich gehöre. Ich war immer die Extrawurst. Und jeder hat Trinkgeld von mir erwartet. Jeder wollte, dass ich ihm aushelfe. Oder ihn einlade. Ihm Sachen spendiere. Aber meine Oma hat mir nur Taschengeld gegeben.« Stadler ließ jetzt wirklich tief blicken. Gräberer hatte ihn in Rekordzeit geknackt. »Alle dachten, ich sei was Besseres. Nein, die dachten, dass ich denke, dass ich was Besseres bin. Und im Geschäft dachten sie, dass ich eine Schande für das Unternehmen bin. Da haben alle immer getuschelt. Also hab ich gedacht: euch zeig ich's! So viele Jahre hatte ich versucht, nicht aufzufallen. Aber ab dem Moment, you know, habe ich alles darangesetzt, im Mittelpunkt zu stehen. Deshalb will ich es auch unbedingt mit der Musik schaffen. Music is my life. Um es allen zu beweisen. Auf meinem Weg.«

Tilda konnte diese Gedanken tatsächlich nachvollziehen. Sie hatte ihr Leben lang gegen merkwürdige Erwartungen gekämpft. Viele davon, das hatte sie erst in den letzten Jahren verstanden, hatte sie sich eingebildet. Selbst auferlegt. Auch deshalb entschied sie sich dafür, jetzt eine Frage zu stellen. »Wenn ich an der Stelle etwas fragen darf: Warum sind Sie geblieben? Warum haben Sie nicht das Haus verkauft und eine Wohnung in Berlin gemietet?«

»Oh shit, good question. Ich hab so ein weirdes Heimatgefühl. Das ist meine Hood hier. Ich kenn jeden. Und jeder kennt mich. In Berlin bin ich ein Niemand.«

Tilda war überrascht. Damit hatte Young Uvy den Kern einer Überlegung getroffen, die sie selbst lange Zeit beschäftigt hatte. Die Angst davor, komplett unsichtbar zu sein, war größer als die Angst vor den Erwartungen und Vorurteilen. Sie schaute auf Gräberer, der sie durch ein Nicken ermutigte, weiterzumachen. »Sie haben da ja eine ganze Gruppe um sich geschart. Bei Ihrem Label und so. Sind das auch alles Leute, die nicht so richtig in diese Gegend hineinpassen?«

»Damn right, die Danube-Money-Gang. Freaks und Außenseiter. War schon immer so. Wir haben ein Mixtape gemacht, das heißt ›Freakz‹. Ohne Witz. Gibts auf Spotify.«

»Haben deshalb auch die Karaseks und Peter Ostrach bei Ihnen abgehangen?« Das war ein entscheidender Moment. Sie musste unbedingt den nonchalanten Interviewtonfall beibehalten. Es ging ans Eingemachte.

Heinz-Uwe Stadler rückte seinen Stuhl zurecht. »Am Anfang, und da bin ich jetzt straight with you guys, wollten die einfach Gras kaufen. Ich mochte die Jungs sofort. For real. Die haben sich nichts gefallen lassen, von keinem hier. Auch von uns nicht. Das fand ich cool. Wir haben dann paarmal im Studio gechillt, aber die Brothers haben den Vibe da nicht so gefühlt. Die haben nichts für Hip-Hop übrig. Pete war da anders, der war offener. Hat dem kleinen Karasek gar nicht gepasst. Aber der Pete war ein crazy Drummer. Das hat gleich gefunkt. Dem sein Shit war on another Level.«

Tilda hatte jetzt endgültig das Gespräch von Gräberer übernommen, der sich leicht zurücklehnte und damit suggerierte, dass er das Ganze fortan als Zuhörer verfolgte. »Als wir zuletzt gesprochen haben, da konnten Sie sich zunächst nicht an Peters Namen erinnern.«

»Sorry, das war Crap, ich hab das ein wenig übertrieben. Ich … ich bin ehrlich. Ich war saunervös. Und megastoned. Voll überfordert. Ich bin seit zwei Tage clean, einfach, weil ich nicht noch mal so einen Crap erfinden will. Auch für Pete. Ich hab da einfach ultrascheiße erzählt, Gizem hat mich noch mega zur Sau gemacht.«

Tilda erinnerte sich an das Mädchen, das so viel klarer gewirkt hatte als der Rest der Traphousebesatzung. Sie spürte, dass sich Stadler über die folgenden Sätze zuvor Gedanken gemacht hatte.

»Ich wollte so tun, als würde ich ihn nicht kennen. Auch weil ich wusste, dass wir kurz vor seinem … also jo … Da haben wir halt gestritten. Und das war Abfuck von mir. Mein bekifftes Hirn hat mir das eingeflüstert, und ich dachte, ich bin megaschlau.«

»Besonders schlau war das tatsächlich nicht. Vielleicht könnten Sie uns noch mal kurz von diesem Streit erzählen? War noch jemand anderes dabei?«

»Vitali war da, aber passed out«, berichtete Stadler. »Der hat nichts mitbekommen. Ich war halt sehr besoffen an dem Tag, wir haben Trinkspiele im Studio gespielt. Und Pete war sauer, weil er ist ja zum Mucke machen gekommen, und er meinte, wir seien Scheißalkis und alles. Und ich so: ›Jo, du Pisser bist halb so alt wie ich. Was willst du?‹ Und er so: ›Jo, ich bin aber auch zehnmal schlauer als ihr Junkies in eurer Pissbude. Ihr reißt doch eh nie was, ihr Bauern.‹ Das hat mich halt getriggert, und ich hab einen Joint nach ihm geschnipst, I don't know, und er wirft einen Drumstick und trifft mich unter dem Auge. Und dann bin ich auf ihn los und hab ihm ein paar eingeschenkt. Nicht schlimm, hat nicht mal geblutet. Und er hat mir auch ein paar eingeschenkt. Und danach ist er abgehauen. Das ist wirklich fucked up, weil er wenig später tot war. Und ich habe ihn echt gemocht.«

Tilda spürte, dass Stadler die Wahrheit sagte. Und Gräberer, da war sich Tilda sicher, ging es genauso. Fuck. Stadler war nicht ihr Mörder. Keine Chance.

Eine Frage musste sie dennoch stellen. »Sie haben letztens festgestellt, dass es sein könnte, dass wir Ihre DNA auf Peters Leiche finden. Wie kamen Sie darauf, so etwas zu sagen?«

»Shit, ich schäm mich richtig dafür. Das war so wack. Ich hör zu viele True-Crime-Podcasts, wenn die da ein Haar finden oder einen Blutfleck, dann bist du gefickt. Ich dachte mir: Was, wenn wegen der Schlägerei irgendwie Spuren von mir zu finden sind oder so? Ich bin einfach ein Vollidiot, verstehen Sie das? Fucking Drugs. Pete war ein guter Kumpel, ich hab noch drei, vier Beats mit seinen Drums auf Lager, die wir gemeinsam aufgenommen haben, das sind einfach Hits. Wenn das durch die Decke geht, geht die Kohle an seine Mum, das verspreche ich. For real.«

Gräberer schob sich auf seinem Sitz nach vorne. Wachablösung! »Wenn Sie selbst nichts mit dem Mord zu tun haben, haben Sie eventuell eine Ahnung, wer Ihrem Freund das angetan hat? Sie haben vorhin von der Unterwelt gesprochen.«

»Ne, Mann, da haben die Youngsters nichts mit zu tun. No way. Die haben wie gesagt ihre Drugs bei mir gekauft. Das war's. Safe.«

»Gibt es sonst irgendwas Seltsames, was Ihnen im Gedächtnis geblieben ist?«

»Jo, eine Sache ist mir aufgefallen. Der Pete hatte zuletzt immer Kohle am Start. Normalerweise, wenn wir im Studio abhängen, schick ich einen von den Guys zum Drinks und Food holen. Einmal hat Pete darauf bestanden, dass er die Pizzas zahlt. I don't know. Dann ging es so bisschen hin und her und ich so: ›Nein, ich bin Gastgeber.‹ Und er so: ›Nein, I pay for my shit!‹ Und am Ende zeigt er mir seinen Geldbeutel, und da waren sicher 15 50er drin oder so. Er hatte ja sonst nicht die derbsten Klamotten oder so. Und seine Eltern sind bestimmt nicht rich. Drum hat mich das gewundert.«

Tilda war hellhörig geworden. Falls die Geschichte stimmte: Woher hatte Peter so viel Geld?

»Kann das kein Drogengeld gewesen sein?«, fragte Gräberer passend zu Tildas Gedanken.

»No way. Ich kenne die Szene hier. For real. Das Geld war dafür auch einfach zu sauber. Das war richtig frisch.«

»Ich habe noch eine Frage: Sie haben ja bestimmt mitbekommen, dass die Karasek-Brüder verschwunden sind. Können Sie sich vorstellen, dass die etwas mit dem Mord an Peter zu gehabt haben?«

Stadler nahm sich Zeit für seine Antwort und tat alles dafür, dass man ihm das Denken auch ansah. Er blickte Gräberer direkt in die Augen, als er sagte: »Ich will mir kein Judging erlauben oder jemanden in die Scheiße reiten. Aber wenn ich eine Sache in meinem Leben gelernt habe, dann dass Geld Menschen verändert. Sogar Menschen, die dich zuvor Brother genannt haben. For real.«

Als Tilda an diesem Abend bei ihren Eltern ankam, merkte sie direkt, dass etwas nicht stimmte. Die Stimmung war geradezu gelöst. Ihre Mutter umarmte sie zur Begrüßung, drückte ihr einen Becher Obstsalat in die Hand. Ihr Vater jätete mit gigantischen Kopfhörern auf den Ohren das Unkraut im Karottenbeet und erschrak, als ihm Tilda eine Hand auf den Rücken legte.

»Sag mal, was stimmt denn mit euch nicht?«, fragte Tilda.

»Wieso? Was soll nicht stimmen?« Ihr Vater war sichtlich irritiert.

»Ihr seid so … normal. So nett. So ruhig?«

»Was hast du denn für ein Bild von uns?«, sagte ihre Mutter leicht empört-

»Nein, das kam falsch rüber. Ihr seid so entspannt.«

»Es wird Sommer, Tilda. Manchmal ist es so einfach. Vielleicht kannst du mir demnächst mal mit den Tomaten helfen? Das würde dir bestimmt guttun.«

Da realisierte Tilda, wie wenig sie in den letzten Tagen von der Außenwelt wahrgenommen hatte. Sie hatte regelrecht in einem Tunnel gesteckt, in dem sie von einem für den Fall relevanten Ort zum nächsten gehetzt war.

Selbst jetzt nach Feierabend huschten ihr Gedanken an die zurückliegende Vernehmung durch den Kopf. Alles war der Fall und der Fall war alles. Den Frühling, der langsam, aber sicher dem Sommer wich, hatte sie vollkommen ausgeblendet. Das war selbstverständlich alles andere als gesund. Und lange würde sie das auch nicht mehr durchstehen, aktuell ging es allerdings noch. Ging es nicht anders. Der Garten musste noch warten.

»Wenn wir den Mörder haben, dann sind die Tomaten dran. Okay?«

Ihr Vater nickte und konnte seine Enttäuschung nicht verbergen, als er erkannte, dass die Gedanken seiner Tochter bereits wieder abgeglitten waren.

Tilda hatte sich, nachdem sie Stadler verabschiedet hatten, intensiv mit Gräberer ausgetauscht, und beide waren sich einig, dass der Rapper wohl die Wahrheit gesagt hatte.

»Wir müssen ihn trotzdem im Auge behalten«, sagte Gräberer. »Der wäre glatt ein neuer Robert De Niro, wenn er uns die ganze Nummer vorgespielt hätte.«

Tilda beschäftigte sich bereits mit dem nächsten losen Ende. »Was ich mich die ganze Zeit frage: Woher hatte Peter das Geld? Also wenn wir Stadler die Story glauben.«

Das war der Knackpunkt. Wenn sie Young Uvys Version der Wahrheit folgten, hatten sie eine weitere undurchsichtige Schicht von Peter Ostrach freigelegt. Das Mordopfer erschien Tilda nach wie vor wie ein unbeschriebenes Blatt, das sich zumindest in ihrem Kopf hauptsächlich durch die Freundschaft mit den Karasek-Brüdern charakterisierte. Doch da war mehr. Das Gehalt eines Zeitungsausträgers reichte jedenfalls nicht für die von Stadler beschriebene Summe.

Gräberer blickte sie ernst an. »Wir müssen noch mal mit seinen Eltern sprechen. Wohl oder übel. Willst du das übernehmen?«

Fuck. Nein. Will ich nicht. Alles in Tilda sträubte sich dagegen. »Klar, kann ich machen!«

»Die stecken vermutlich mitten in den Vorbereitungen zur Beerdigung. Die müsste ja übermorgen stattfinden, oder? Schau ich sofort nach. Vielleicht kannst du dann gleich noch mal bei den Eltern ankündigen, dass wir die Gäste der Trauerfeier vor Ort mit ein, zwei Kollegen im Blick behalten möchten. Nein, nicht möchten. Müssen.«

So pietätlos es auf den ersten Blick erschien, führte an einer Überwachung der Trauerfeier kein Weg vorbei. Täter tauchten häufig auf den Beerdigungen ihrer Opfer auf, um keinen Verdacht zu schüren. Speziell bei Taten in einem Mikrokosmos, wo es besonders auffiel, wenn jemand fehlte.

Und nicht selten verhielten sich diese Täter auffällig. Zu emotional. Zu kalt. Zu seltsam.

Tilda dachte an die Karaseks. Wie sie über Peters Beerdigung gesprochen hatten. Was würde sie dafür geben, wenn die Jungs auf dem Friedhof auftauchen würden. Wie Tom Sawyer und Huckleberry Finn bei ihrer eigenen Trauerfeier. Doch sie glaubte nicht daran. Leider.

»Was machst du da, Papa?« Tilda erwachte aus ihren Erinnerungen und nahm das Gespräch mit ihrem Vater wieder auf.

»Das Unkraut muss weg. Also nicht alles, ich versuch, die Pflanzen, die unproblematisch sind, zwischen den Karotten stehen zu lassen.«

»Ich wünschte, ich hätte deinen grünen Daumen geerbt. Bei mir hat noch jede Zimmerpalme den Lebensmut verloren.« Nachdem zahlreiche von Tildas Topfpflanzen über Jahre vertrocknet waren, hatte sie zuletzt so intensiv gegossen, dass sie eine ganze Reihe an grünen Mitbewohner regelrecht ertränkt hatte. Mittlerweile spielte sie ernsthaft mit dem Gedanken, sich Plastikpflanzen zuzulegen.

»Du musst dich ein wenig in die Pflanzen hineinversetzen. Du musst sie verstehen. Jede Pflanze ist anders.« Tildas Vater streichelte über die zarten Karottenkeimlinge.

»Boah, das ist jetzt aber arger Hippie-Talk.«

»Aber es stimmt. Am besten fangen wir direkt heute damit an. Hast du Lust, noch eine Runde durch den Wald zu laufen? Waldbaden. Bäume umarmen. Das hilft. Wir haben, glaube ich, noch ein, zwei Sonnenstunden.«

Tilda hörte in sich hinein, und ihr Körper gab das klare Signal von sich, dass es wohl das Beste für ihn wäre, sich auf ein Sofa zu fläzen. »Hm, ich bin echt megakaputt. Und morgen muss ich bei den Ostrachs vorbei.«

»Aber dann will ich auch keine Beschwerden hören, wenn die nächste Yucca-Palme in sich zusammenfällt.«

Ihr Vater wusste schon immer, was seine Tochter hören musste. »Fuck, okay. Ich bin dabei.«

Tilda schnürte gerade ihre Laufschuhe, als ihr Diensthandy klingelte. Kurz dachte sie daran, es zu ignorieren, nahm dann aber doch ab. »Hey, Marder, hier ist Stramondo aus dem Labor.«

»Ah, ich hab deine Nummer gar nicht gespeichert, sorry.«

»Halb so wild. Du hast doch den Kollegen zwei Proben zum Testen mitgegeben?«

»Yes, genau. Einmal den Farbabrieb und einmal den Tierknochen.« Tilda hatte, nachdem sie Peter Ostrachs Fahrrad in der Donau gefunden hatte, die Gelegenheit beim Schopfe gepackt und den Spurensicherern ihre Fundstücke aus der Waldhütte in die Hand gedrückt. Einen Knochen aus dem Tiergrab und ein mit schwarzer Farbe bestrichenes Brett.

»Bingo. Ich hab jetzt beide Ergebnisse vorliegen.«

»Ey, ihr seid ja superschnell.«

»Ja, wir haben die Anweisung, alles, was mit dem Mordfall an dem Jungen zu tun hat, mit Priorität zu behandeln.«

»Das war eigentlich ironisch.«

»Also komm, beim Fahrrad waren wir wirklich schnell!« Da musste Tilda Stramondo beipflichten. Die Untersuchungsergebnisse von Peters Fahrrad hatten die Kollegen tatsächlich rasch geliefert – wenn auch nicht mit dem gewünschten Ergebnis. Das Gefährt, das Tildas Oma wohl als »alten Geppel« bezeichnet hätte, war zwar voller Schrammen, Kratzer und Beulen, aber keine davon konnte einem konkreten Zusammenstoß mit einem PKW zugeordnet werden. Die Zeit im Wasser hatte wohl ihr Übriges getan.

»Willst du jetzt die Ergebnisse wissen?«, unterbrach Stramondo Tildas Denkpause.

»Yes, unbedingt.«

»Dass der Tierknochen zu einem Wolf gehört, hattest du glaube ich schon vermutet. Und ja, du hast recht. Die Probe war nicht besonders alt, deshalb ließ sich die DNA problemlos extrahieren.«

»Krass.« Tildas Verdacht hatte sich bestätigt. Sie hatte tatsächlich das Grab eines Wolfs gefunden. Aber wie war er dort hingekommen?

»Und dann noch die Farbprobe. Warte, wo hab ich das? Ah, hier. Also, die Farbe hat die identische Zusammensetzung wie auf dem Kreuz, mit dem das Mordopfer ... Na ja ... Du weißt schon.«

Tildas Herz schlug schneller. Sie hatte eine Gänsehaut. Irgendwie hatte sie das bereits vermutet, hatte den Verdacht dann aber weggeschoben und abgelegt, irgendwo tief drin im Unterbewusstsein. Vielleicht, weil das inoffizielle Spuren waren. Weil sie den Moment verpasst hatte, ihre Kollegen mit einzubeziehen.

Daran führte nun kein Weg mehr vorbei.

Die Hütte war wichtig. Vielleicht sogar zentral. Sie musste sie schnellstmöglich noch mal in Augenschein nehmen. Zumal ... Tilda zuckte abermals zusammen ... so eine Hütte im Wald ja auch ein ideales Versteck sein könnte.

Sie beendete das Gespräch und lief zu ihrem Vater. »Papa, ich habe eine Idee, wo wir unsere Runde drehen könnten. Ich sags dir auf dem Weg.«

Tildas Vater stellte keine Fragen. Außer es wurde von ihm erwartet.

Das schätzte Tilda sehr an ihm. Ihre Mutter wäre wohl keinen Meter gelaufen, wenn Tilda ihr nicht das genaue Ziel des Spaziergangs genannt hätte. Im Gegenzug überließ Tilda ihrem Vater die Gesprächsführung, denn der redete gerne. Ohne Punkt und Komma. Wenn er eine neue Serie geschaut hatte, erzählte er nicht selten die Handlung in allen Details nach, als wäre es eine Anekdote, die er selbst erlebt hatte.

An diesem Frühlingsabend waren Storys aus seiner Studienzeit an der Reihe, die er größtenteils in abgeranzten Konzertschuppen in Freiburg verbracht hatte. Tilda kannte die Geschichten teilweise auswendig. Aber gerade deshalb mochte sie sie besonders, weil es sich wie früher anfühlte, wie die Zeit, zu der man als Kind Filme fünf-, sechs-, siebenmal hintereinander schaute und dabei immer wieder aufs Neue auf bestimmte Höhepunkte wartete.

»Da steht also Shane MacGowan, das muss kurz vor dem Durchbruch der Pogues gewesen sein, mitten im Crash vor vielleicht 50, 60 Leuten. Alle sturzbesoffen, das war ja Punkpublikum. Trotzdem war keiner so besoffen wie er. Der hat einfach geradeaus geschaut, und man musste froh sein, dass er nicht umfällt. Er hatte damals schon kaum noch Zähne im Mund. Und dann ist eine Schlägerei ausgebrochen, es sind Barhocker und Bierdosen herumgeflogen und die ein oder andere hat seinen Kopf nur knapp verfehlt, aber das war ihm egal, weil er so dicht war. Der hat einfach dagestanden und gesungen, da hätte die Welt untergehen können.«

Weil Tilda die Geschichten so gut kannte, konnte sie sich immer wieder ausklinken und ihren eigenen Gedanken folgen und dann doch wieder zurückkehren in die wohlige, nostalgische Wärme des Altbekannten. Durch die Bestätigung aus dem Labor war für sie klar, dass sie in den sauren Apfel beißen und Müller und dem Rest des Teams von ihrer Entdeckung erzählen musste. Für Tyll wäre das garantiert eine Steilvorlage für eine Verschwörungstheorie rund um die Karaseks, aber das musste Tilda egal sein.

Von der Hütte, das hatten die Laborergebnisse bewiesen, gab es eine direkte Verbindung zur Tatwaffe. Und dass ausgerechnet bei dieser Hütte ein Wolf begraben worden war, konnte kein Zufall sein. Vielleicht war es das aber auch nicht. Bevor sich am nächsten Tag die Spurensicherung der Hütte annehmen sollte, wollte Tilda den Ort noch einmal selbst aufsuchen. Einfach, um sich zu versichern, dass er wirklich in der Form existierte, wie sie ihn in Erinnerung hatte.

Ihr Vater hielt gerade einen beinahe wissenschaftlichen Vortrag über die deutsche Post-Punk-Band Die Haut, die in den frühen 8oer-Jahren ein Kollaborationsalbum mit Nick Cave eingespielt hatte und deren Mitglieder Rudi Moser und Jochen Arbeit später bei den Einstürzenden Neubauten einstiegen, als sie die Senke betraten und die Hütte in einem derart gruseligen Licht vorfanden, dass selbst ihr Vater seine Erzählung unterbrach. »Wo hast du mich denn hingeführt?«, fragte er. »Das sieht ja aus wie aus wie bei Blair Witch Project.«

»Sorry, Papa, ich wollte es dir schon früher sagen. Die Hütte hat eventuell mit unserem Fall zu tun, und ich will sie mir noch mal anschauen.« Sie berichtete ihm kurz von ihren Funden und um was es ihr jetzt ging. »Vielleicht kannst du auch die Augen offen halten, ob dir etwas Merkwürdiges auffällt? Aber nichts anfassen, okay?«

»Sicher doch. Der Hilfssheriff meldet sich zum Dienst!«

Gemeinsam umrundeten sie das rustikale Bauwerk, und Tilda wollte gerade ihrem Vater das Wolfsgrab zeigen, als sich plötzlich alles in ihr zusammenzog. Denn das Grab war leer. Die Erde frisch umgegraben. Tilda konnte es nicht fassen. »Wer zum Teufel gräbt einen Wolf aus?«

»Ein Förster vielleicht? Oder ein Tierschützer?« Ihr Vater nahm die Rolle als Hilfskommissar offensichtlich ernst.

Auch Tilda dachte laut: »Jemand, der nicht will, dass wir ihn finden? Jemand, der gesehen hat, dass ich den Kopf entdeckt habe?«

Sie schritt langsam auf die Tür der Hütte zu, schob sie auf und schlug sie direkt wieder zu. Fuck. Tilda atmete durch, öffnete die Tür erneut und blickte auf eine Installation, die aus einem Horrorfilm hätte stammen können.

Ihr wurde schlecht.

Jemand hatte vier angespitzte Stöcke in den Boden getrieben.

Darauf saßen fein säuberlich aufgespießt ein abgetrennter Rabenschädel und drei abgeschnittene Fuchsköpfe.

Das Schwirren der Fliegen dröhnte beinahe ohrenbetäubend, doch Tilda hatte nur Augen für ein vielleicht unbedeutendes Detail: die feuerrote Farbe im Fell der Füchse.

VI

Die anderen sind immer noch da. Natürlich. Die Jungen sind unruhig. Gelangweilt. Sie tollen herum. Scharren nach Mäusen. Starren ihn wütend an. Einer springt nach oben, versucht nach ihm zu schnappen. Aber keine Chance. Sie sind nicht dafür gemacht.

Irgendwann hat der Alte genug und mahnt seine Gefolgschaft mit einem tiefen Knurren zur Ruhe. Missmutig legt sich das Rudel wieder unter den Baum. Ihre Blicke fragend. Zweifelnd. Ist er das Warten wert? In der Zeit könnten sie doch Hirsche jagen. Aber der Alte weiß, dass sie in den letzten Wochen leer ausgegangen sind. Die Hirsche sind längst den Fluss entlang weitergezogen. Sie haben zu lange gewartet.

Den Verlust einer sicheren Beute können sie nicht riskieren. Unmöglich.

Wenn der Blick des Alten zu ihm in den Baum wandert, erkennt er darin keinen Hass. Auch keinen Hunger. Sondern eine Art von Respekt. Als würde der Anführer sagen wollen: Du würdest es doch genauso machen. Auge um Auge.

Seine Hoffnungen wurden nicht erfüllt, seine Schreie um Hilfe nicht erhört. So langsam kommt der Punkt, an dem er eine Entscheidung treffen muss. Sein Körper verkrampft sich, weil er dehydriert ist.

Sein Rücken. Seine Armen. Seine Beine. Sogar sein Kiefer verkrampft sich, als ihn ein Gähnen übermannt. Die

Müdigkeit lässt sich seine Glieder bleischwer anfühlen, während die Hitze seinen Durst befeuert und zusehends zum Problem wird, obwohl er im Schatten der knorrigen Äste sitzt. Lang wird er das nicht mehr aushalten. Und je schwächer er wird, desto schlechter stehen seine Chancen. Er beginnt damit, sich eine Taktik für sein Himmelfahrtskommando zu überlegen.

Den ersten muss er direkt töten. Es muss so schnell gehen, dass der Kerl gar nicht realisiert, was gerade mit ihm geschieht. Wenn er schnell genug ist, kann er auch den zweiten überraschen, aber dann werden sie sich auf ihn stürzen. Dann hilft nur noch beten.

KAPITEL 7

»Glaubst du nicht, dass du das ein wenig überinterpretierst?« Gräberer sprach mit vollem Mund, er hatte gerade einen gigantischen Bissen von einer Laugenbrezel genommen. Tilda stand mit ihrem Kollegen und der rauchenden Bardet einige Meter abseits der Hütte.

Sie hatte in der morgendlichen Sitzung die Karten auf den Tisch gelegt und das Team über die Hütte, den Wolf und die mörderische Installation aufgeklärt. Zu ihrer Überraschung hatten die Kollegen entspannt auf ihre Geheimniskrämerei reagiert und Tilda sogar zu ihrer Entdeckung gratuliert. Den ganzen Stress hatte sie sich vollkommen unnötig gemacht. Menschen waren schon komisch. Unberechenbar.

Müller hatte sich nach einer kurzen Diskussion gegen den erneuten Einsatz der Spurensicherung entschieden. »Ein wenig Fotografieren und Proben nehmen, das bekommen wir selbst hin.« Offensichtlich war ihr Chef mit dem falschen Fuß aufgestanden. Gemeinsam mit Gräberer und Bardet, die sich zu ihrer großen Freude freiwillig gemeldet hatten, packte Tilda in der Folge Bodenproben aus dem Wolfsgrab ein, tütete die Tierschädel ein und nahm sogar Fingerabdrücke von der improvisierten Holztür – auch wenn sie sich einig waren, dass das wenig erfolgversprechend war.

Nach Abschluss der Arbeit hatte Tilda den grausigen Verdacht geäußert, dass der tote Rabe für Peter Ostrach und die toten Füchse für die rothaarigen Karaseks stehen könnten.

Gräberer schien von ihrer Theorie nicht überzeugt. »Für mich ist das mehr Germanistik als Kriminalistik. Zeichendeutung. Metaphern und so. Versteh mich nicht falsch, aber so denken echte Verbrecher nicht. Das ist Krimilogik. Symbolik und Spuren, die ineinandergreifen. Wir suchen Beweise. Indizien. Das ist keine Schnitzeljagd.«

Tilda kam sich ein wenig blöd vor. Vielleicht hatte sie ihrer inneren Clarice Starling zu viel Platz eingeräumt. Und ja, natürlich hatte Gräberer recht. Sie jagten hier keinen Hannibal Lecter. Die wirkliche Welt kannte keine ausgetüftelten Masterpläne oder Superbösewichte. Das echte Böse wurde von Instinkten und Gefühlen angetrieben. Von Eifersucht und Raffgier. Von Ängsten. Von Trieben.

Trotzdem sprang ihr Bardet zur Seite. »Ich gebe dir da ja prinzipiell recht, Yves. Aber na ja, du hast diesen Kopfaltar doch selbst gesehen. Der war ja nun mal da. Und weißt du, auch die Tat selbst mit der ganzen Inszenierung widerspricht ja allen Statistiken. Einem Täter, der sein Opfer mit einem Kreuz im Hals inszeniert, dem trau ich auch ohne Weiteres so eine Geisterbahnsymbolik zu.«

Gräberer brummte wie ein alter Kühlschrank. »Ich bin dafür, nichts und niemanden auszuschließen. Aber wir dürfen uns auch nicht locken lassen, nur weil uns der Zufall ein verformtes Puzzlestück unter die Nase hält. Vielleicht haben hier ein paar Kinder gespielt. Vielleicht hat ein Luchs die Füchse geholt und jemand hat die Kadaverreste gefunden. Vielleicht gab es ein Sonderangebot auf schwarze Farbe im lokalen Baumarkt. Vielleicht läuft hier ein Tierquäler herum.«

Tilda konnte Gräberers rationale Einordnung nachvollziehen, doch sie erreichte bei ihr das Gegenteil. So viele Zufälle gab es nicht. Und auch wenn ihr der direkte Zusammenhang noch nicht klar war, stand ihr Unterbewusstsein zusehends unter Strom. Ein ähnliches Gefühl hatte sich an der Ausgrabungsstelle im Gespräch mit Eliz Yildiz in der Magengegend breitgemacht. Die von Gräberer angesprochenen Puzzlestücke passten noch nicht zusammen, aber Tilda wusste instinktiv, dass sie das Potenzial besaßen, ein stimmiges Bild zu ergeben. Nur die Verbindungsstellen für die klaffenden Leerstellen fehlten noch.

Hatte der Wolf die Füchse gerissen? Oder hatten die Füchse das Untier überlistet? In der Natur war das undenkbar.

Waren die Köpfe eine Botschaft? Und wenn ja, für wen?

Tilda wollten die anderen in ihre Überlegungen einweihen. »Was denkt ihr? Wie lange waren die Tierköpfe so aufgebahrt?«

»Schwer zu sagen, gerade bei der Witterung hier.« Gräberer hob einen der Plastiksäcke hoch, in denen sie die Füchse verpackt hatten, und gab seine Einschätzung ab: »Vielleicht zwei Tage? Vielleicht einen?«

»Wir dürfen uns nicht von den Temperaturen jetzt täuschen lassen. Gerade in der Nacht ist es noch saukalt. Warum denkst du, dass das wichtig ist?«, fragte Bardet, die wie üblich Dinge bei der Spurensuche bedachte, die Tilda wohl durchgegangen wären.

Tilda kratzte sich am Kinn. »Wenn wir – also ganz hypothetisch – davon ausgehen, dass die Installation vom Täter stammt und dass er – mindestens genauso hypothetisch – damit eine Botschaft senden wollte, dann gibt uns der Zeitpunkt der Installation direkten Aufschluss darüber, an wen die Botschaft gerichtet ist. Wenn der Rabe und die Füchse vor dem Verschwinden der Karaseks hier platziert wurden, dann …«

Bardet fiel Tilda aufgeregt ins Wort: »… könnte das eine Warnung an die Jungs gewesen sein.«

»Genau! Und wenn der oder die Täter das alles erst danach aufgebaut haben, dann …«

»… könnte das eine Botschaft für uns sein.«

Eine Weile standen sie einfach nur da. Blickten in den Wald, auf der Suche nach einem Phantom. Schließlich durchbrach Tilda die Stille. »Und was ist mit dem Wolf? Warum hat der Täter den ausgegraben?«

»Das habe ich mich auch gerade gefragt. Vor allem hätte er mit dem Skelett doch perfekt die Hütte schmücken können«, sagte Bardet und machte einige Schritte in Richtung des ausgehobenen Grabes.

»Vielleicht wollte er das Skelett für sich? Für seine Sammlung? Man hat ja nicht oft die Chance auf ein waschechtes Wolfskelett«, meinte Gräberer.

»Reicht da nicht der Schädel? Glaubt mir, es ist eine Heidenarbeit, den Waldboden hier umzugraben.« Tilda dachte mit Schrecken an ihren ersten Besuch bei dieser merkwürdigen Hütte. »Keine Ahnung, wie solche Knochensammler ticken.«

Bardet blickte plötzlich aus großen Augen in die Runde. »Wartet, irgendwas passt nicht. Wenn wir davon ausgehen, dass der Täter das Kreuz für den Mord an Peter Ostrach hier gefunden hat, dann wusste er von dem Grab – und hat es so gelassen. Aber wenn wir annehmen, dass der Mistkerl noch einmal hierher kam, um seine makabre Botschaft zu senden, warum hat er seine Meinung geändert? Was war anders?«

Tilda war jetzt hellwach. Bardet war da etwas auf der Spur. Und ausgehend von den Gedanken ihrer Kollegin traf sie selbst ein Geistesblitz. »In der Zwischenzeit hatte ich das Grab entdeckt und geplündert. Der Wolf war nicht mehr sicher. Was hätte uns der Wolf erzählt? Was erzählen uns die Toten?«

Gräberer hatte sich aus ihrem Rätselspiel ausgeklinkt, aber Bardet war noch voll dabei und antwortete: »Wie sie zu Tode gekommen sind?«

In diesem Moment machte es Klick in Tildas Kopf, und sie rannte in die Hütte zu dem Regal, auf dem bei ihrem ersten Besuch verschiedene Fundstücke aus dem Wald gelegen hatten.

Und tatsächlich: Die Patrone war nicht mehr da!

Am Nachmittag stand für Tilda der bislang schwerste Gang im Zuge der Ermittlungen im Mordfall Peter Ostrach an. Nachdem sie gemeinsam mit Gräberer und Bardet im Alten Ochsen zu Mittag gegessen hatte, wo sich Tilda aus Nostalgie Pommes mit Bratensoße bestellt hatte, waren alle drei ihrer Wege gegangen. Bardet zu einem Gespräch mit dem Förster, Gräberer zur Kreissparkasse, um die Konten der verstorbenen beziehungsweise verschollenen Jugendlichen einzusehen, und Tilda zu Peters Eltern.

Die Ostrachs lebten in einer Doppelhaushälfte. Der spärliche Garten war weitestgehend mit dekorativen Steinen ausgelegt, und um die Eingangstür herum waren verschiedene Dekoartikel drapiert. Herzen aus Holz. Gebundene Sträuße aus Stroh und Sträuchern. Rostige Tierfiguren.

Tilda wollte gerade klingeln, als die Tür bereits aufschwang. Ein auffallend zierlicher Mann blickte ihr freundlich entgegen. »Guten Tag, Sie sind bestimmt Frau

Marder. Wenn wir dieser Tage Besuch bekommen, dann meistens von der Polizei. Oder von den Reportern. Aber die erkenn ich mittlerweile schon am Outfit.«

Tilda reichte ihm die Hand und zuckte irritiert zusammen, als sich eine massive Pranke um ihre Finger schloss. Hand und Mann passten irgendwie nicht zusammen.

»Mein Name ist Manuel Ostrach«, fuhr er fort. »Meine Frau ist in der Küche. Vielleicht fangen wir gleich an und sie stößt dazu, wenn es ihr danach ist.« Er ließ Tilda eintreten. Als sie sich die Schuhe ausziehen wollte, widersprach er: »Nein, nein, lassen Sie die Schuhe bitte an.«

Tilda, die sich vorgenommen hatte, die trauernden Eltern nicht lange zu stören, blickte sich unauffällig im Haus der Ostrachs um, während ihr Peters Vater den Weg zum Esstisch aufzeigte. Sie hatte noch nie ein so steriles Haus gesehen. Die Inneneinrichtung hätte glatt in einem Möbelgeschäft stehen können. Nichts wirkte benutzt oder belebt. Es gab eigentlich keine Hinweise darauf, dass hier Menschen lebten. Das Haus war nicht nur aufgeräumt, es war geradezu klinisch.

»Darf ich Ihnen etwas zum Trinken anbieten? Kaffee oder Tee?« Manuel Ostrach wirkte vollkommen in sich gekehrt. Wie ein sehr freundlicher Roboter. Tilda erinnerte sich, dass Peters Vater mit Long Covid zu kämpfen hatte. Vielleicht bewegte er sich deshalb so bedächtig.

»Nein, vielen Dank. Ich will Sie gar allzu lange in Anspruch nehmen.«

»Sie stören nicht, ganz und gar nicht. Im Gegenteil. Wir sind froh, wenn wir spüren, dass Sie immer noch … Wie soll ich das sagen? Dass Sie Peter nicht vergessen haben.« Mit diesem Halbsatz fiel alles Roboterhafte von Manuel Ostrach ab.

Tilda wusste nicht, was sie sagen sollte. Also sagte sie nichts. Erst als die Stille zu lange andauerte, gab sie sich einen Ruck. »Wir werden Ihren Sohn garantiert nicht vergessen. Wir tun alles, was in unserer Macht steht …«, sagte Tilda.

»Wissen wir. Und wir wissen es sehr zu schätzen.« Seine Pranken, zwischenzeitlich auf dem Tisch abgelegt, bebten.

Tilda schluckte. Sie musste jetzt die Initiative ergreifen, das war ihr Job. Ihre Aufgabe. Aber sie konnte nicht. Nicht so richtig. »Herr Ostrach, wir versuchen momentan Peters Leben in allen Details zu durchleuchten. Das ist bei einem Jugendlichen nicht so einfach, und wir sind sehr dankbar, dass Sie so gut mit uns kooperieren. Sie müssen entschuldigen, wenn Ihnen die ein oder andere Frage schon von meinen Kollegen und Kolleginnen gestellt wurde.«

»Das ist kein Problem, wir verstehen das. Wirklich.« Er sprach weiterhin konsequent von wir, obwohl Peters Mutter nach wie vor nicht zu sehen war. In diesem Haus herrschte eine merkwürdige Grundstimmung. Wer wollte das den trauernden Eltern verdenken?

»Meine erste Frage ist: Wussten Sie, wie stark sich Peter für Geschichte und Archäologie interessierte?«, wollte Tilda wissen.

Manuel Ostrach hatte offensichtlich eine andere Einstiegsfrage erwartet. »Hm … ja, das war sein Steckenpferd. Und Lieblingsfach. Schon immer. Peter wollte von klein auf immer nur Geschichtsbücher zum Geburtstag. Er hat auch meine alten ›Was ist was‹-Bücher verschlungen.«

»Hat er zufällig einmal etwas über Kelten oder die lokale Geschichte hier im Umkreis erwähnt?«

»Oh, da bin ich überfragt. Als wir frisch hergezogen sind, hat er viel über die Gegend gelesen. Wir haben auch einige Wanderungen unternommen, und da konnte Peter immer viel über die Landschaft und so erzählen. Aber ich bin ehrlich, manchmal konnte ich ihm gar nicht richtig folgen.«

Tilda dachte an ihren Vater. Vertauschte Rollen. »Ganz andere Frage: Hat Ihr Sohn viel Taschengeld bekommen?«

»Nein, nicht außergewöhnlich viel. Ich glaube, so um die 80 Euro im Monat. Zur Selbstverwaltung. Meine Frau hat ihm aber Klamotten und Ähnliches besorgt.«

»Hat Peter neben dem Zeitungsaustragen in Ferienjobs gearbeitet oder nach der Schule gejobbt?«

»Letzten Sommer war er für zwei Wochen bei der Dorfverwaltung. Rasenmähen. Und Anfang des Jahres hat er im Getränkemarkt Pfandkisten gestapelt, zusammen mit Nikola. Sie haben sich dann mit dem Chef überworfen, weil der ihre Überstunden nicht zahlen wollte. Mit so was kommst du bei der neuen Generation nicht durch.« Manuel Ostrach schmunzelte. Seine Gedanken schweiften ab.

Tilda öffnete ihre Notizapp. »Gehört der Getränkemarkt noch dem Koloczyk?«

»Genau, der war's!«

»Mit solchen Jobs wird man ja nicht reich, oder? Können Sie sich vorstellen, dass Peter eine größere Summe Bargeld mit sich herumgetragen hat?« Bislang gab es keinerlei Informationen, die Heinz-Uwe Stadlers Aussagen bezüglich Peters Umgang mit Geld stützten. Aber Geld, da war sich Tilda sicher, hinterließ immer einen Nachgeschmack. Und damit eine Spur. Geld war ein Motiv.

»Nein, das kann ich mir beim besten Willen nicht vorstellen. Von was für einer Summe reden wir denn da?«

Tilda musste schätzen. »Mehrere Hundert Euro? In 50er-Scheinen.«

»Das klingt absolut nicht nach Peter.«

Tilda zuckte zusammen, weil sie unvermittelt Schritte im angrenzenden Treppenhaus vernahm. Ein erstes Lebenszeichen von Peters Mutter, die ihr Gespräch wohl auf der Treppe stehend verfolgt hatte. »Haben Sie eine Idee, woher er eine solche Bargeldsumme hatte? Er hatte ja ein Sparkonto, oder? Vielleicht von da abgehoben?«

Manuel Ostrach schüttelte sichtlich irritiert den Kopf. »Wir haben Ihren Kollegen ja die Vollmacht erteilt, die müssten das nachschauen können. Meine Frau hat die Kontoauszüge unseres Sohnes ziemlich streng kontrolliert, wir haben uns deshalb sogar einige Male gestritten. Ich hab das nicht für nötig gehalten. Der Peter war sehr zuverlässig.«

Jetzt meinte Tilda, sie habe eine Art Schnaufen im Gang gehört. »Mein Kollege ist gerade dabei, das Konto noch einmal im Detail zu prüfen. Trotzdem ist Ihre Perspektive für uns natürlich mitentscheidend. Manchmal sind es scheinbar nichtige Details, aus denen sich im Nachhinein plötzlich entscheidende Zusammenhänge ergeben.«

Peters Vater signalisierte sein Verständnis. Er knetete seine Riesenhände, also wollte er die Trauer greifen. Erdrücken.

Für Tilda war die Zeit für eine entscheidende Frage gekommen. »Sie wurden das garantiert schon mehrfach gefragt, aber mir ist es noch mal wichtig nachzuhaken … Sie haben ja sicher die Artikel in der Presse verfolgt und wissen über das Verschwinden von Jakob, Nikola und Franz Bescheid. Können Sie sich vorstellen, dass die Brüder etwas mit Peters Tod zu tun haben?«

Manuel Ostrach hob seine Hände fast entschuldigend an und blickte Tilda direkt in die Augen. »Niemals. Das ist für mich ausgeschlossen. Auch für meine Frau. Als wir hierhergezogen sind, ging es Peter mental sehr schlecht. Der Umzugsstress hat sich zu einer starken Depression entwickelt. Er hatte keinen Anschluss. Tagelang lag er in seinem Bett, wollte nicht in die Schule. Es ist hart, sein Kind so zu sehen. Aber sein Zustand hat sich fast schlagartig geändert, als diese Freundschaft entstand. Ich bete zu Gott, dass den Jungs nichts passiert ist. Dass wir wenigstens sie retten können.«

Tilda kämpfte gegen die Tränen. Sie schloss ihre Notizapp. »Vielen Dank, das war's schon.«

Während die beiden aufstanden, raschelte es abermals im Gang, und Tilda vermutete, dass Peters Mutter zurück in ihr Versteck schlich. So kindisch das Verhalten der trauernden Mutter anmutete, so sehr konnte Tilda es nachvollziehen. Beim Hinausgehen streifte ihr Blick ein Regal mit verschiedenen Familienbildern, darunter Kinderporträts von Peter. Auf einem spielte er mit einer Lego-Ritterburg. Sie blieb stehen. Wog einen Gedanken ab. »Ich muss Sie doch noch etwas fragen. Wir haben zuletzt einen konkreten Hinweis darauf bekommen, dass Peter und seine Freunde bei illegalen Ausgrabungen auf der hiesigen archäologischen Fundstelle erwischt wurden.« Beinahe hätte Tilda diesen entscheidenden Punkt vergessen. Oder vergessen wollen? »Hat er davon erzählt? Haben Sie etwas davon mitbekommen?«

Peters Vater war sichtlich verwirrt. »Nein, überhaupt nicht. Das hat er uns wohl verschwiegen.«

»Alles klar. Es war ehrlich gesagt auch nur halb so wild.« Tilda nahm ihre Jacke von der Garderobe, als über die Treppe aus dem oberen Stock ein Flüstern herunterwehte.

»Manuel, kannst du kurz kommen?«

»Mensch, Heike, komm doch bitte runter«, erwiderte Peters Vater.

»Ich kann nicht.«

»Du kannst das.«

Und da sah Tilda einen Geist. Eine Frau, sehr zierlich. Zerbrechlich. Ganz in schwarz, auch die Haare und die Augen. Ein Gesicht, das über weite Teile aus dunklen Augenringen bestand. Tilda spürte so großes Mitleid, dass ihr ein wenig schummrig wurde. Die Gestalt, die beim Heruntersteigen der Treppe die Hände vor dem Bauch gefaltet hatte, streckte nun eine geschlossene Hand aus und öffnete sie vor Tilda. Darin kam eine rostige, kantige Fläche zum Vorschein, die Tilda an ein zerbrochenes Geodreieck erinnerte.

War das eine Pfeilspitze?

»Das habe ich in Peters Zimmer unter dem Teppich gefunden.« Heike Ostrachs Stimme war kaum mehr als ein Hauch.

»Jetzt gerade?«

»Nein, vor einigen Tagen.«

»Nach seinem Tod?«, hakte Tilda vorsichtig nach.

»Ja!«

Manuel Ostrach war mit der Situation sichtlich überfordert. »Aber Heike, warum hast du denn nichts gesagt?«

Heike Ostrach sah Tilda mit einem Blick an, der alles Leuchten und alles Leben vermissen ließ. »Weil ich so eine Angst hatte, dass er deshalb Ärger bekommt!«

Tilda kämpfte gegen ihre Tränen an.

An diesem Abend lag Tilda im Bett ihres Jugendzimmers, in dem sich seit ihrem Auszug nicht viel verändert hatte. Um sich von dem erdrückenden Treffen mit Peters Mutter zu erholen, scrollte sie durch einen scheinbar endlosen Verlauf von Artikeln zu ihrem Fall. Eine Fülle von Texten, die sich gegenseitig zitierten und widersprachen, die Unwahrheiten als Wahrheiten verkauften und Wahrheiten als Spekulationen einordneten. Manche von ihnen waren zu kurz. Andere zu lang. Die meisten erschienen stark emotional aufgeladen. Sie ordneten Menschen in Kategorien wie Opfer, Jäger und Bestie.

Die versiertesten Artikel fanden sich tatsächlich in der Lokalpresse, abseits der teils wirren Texte von Andrea Blumenschrein, die Tildas Empfinden nach einen beinahe satirischen Grad an Absurdität erreichten.

Die Kommissarin fand sich auf Fotos von Pressekonferenzen oder auf Bildern, die sie im Gespräch mit ihren Kollegen zeigten, oder es wurden die unterschiedlichsten Zitate von ihr wiedergegeben, wobei manche der ihr zugeordneten Aussagen von Gräberer stammten oder frei erfunden waren.

Tief drin im Suchmaschinen-Dschungel stieß sie dann auch auf die erschreckend unprofessionelle Seite der DWPA: Über einer Art Paparazzifoto, das Tilda im Austausch mit Eliz Yildiz zeigte, prangte die Überschrift »Woke Ermittlerin vollkommen überfordert!« Das hatte sie nicht anders erwartet. Der Reporter wollte ihr nach ihrem Aufeinandertreffen selbstverständlich eins auswischen, die zusammenhanglose Zuschreibung »woke« setzte dem Artikel die Krone auf. Bardet würde sich totlachen.

Tilda, die längst nicht mehr aufhören konnte, las die abwegigsten Überschriften und fragte sich, ob die Boulevardmagazine wohl einen Preis für die schwachsinnigste Bezeichnung für die Karasek-Brüder ausgelobt hatten:

Mordbuben. Terrorteenies. Satanistenschüler. Die roten Rächer.

Sie las von Augenzeugen, die darauf schworen, die Karaseks in der Türkei gesichtet zu haben. Sie las von einer Wohnung im Untergrund, wo sich die vermeintlichen Mörder angeblich aufhielten und weitere Anschläge planten.

Und sie dachte sich, dass es für einen guten Anwalt eines Tages ein Leichtes sein würde, all diese Veröffentlichungen wegen Rufmords auseinanderzupflücken.

Irgendwann war Tilda so müde, dass ihr beinahe das Smartphone ins Gesicht gefallen wäre. Also legte sie es zur Seite, und weil ihr die Kraft fehlte, sich aufzuraffen, um das Licht auszuschalten, starrte sie im Halbschlaf an die Decke. Und plötzlich kroch ein Gefühl in ihr nach oben, dass sie seit Jahrzehnten nicht mehr wahrgenommen hatte. Sie konnte es nicht greifen, aber erinnerte sich daran, wie sie als Teenagerin genau auf diese Stelle der Fasertapete gestarrt hatte, teils stundenlang, weil sie von der Welt so überfordert war, dass ihr dieser kleine Ausschnitt ihres Zimmers wie ein Anker vorkam. Doch selbst dieser Ort offenbarte einen doppelten Boden, weil sich das Muster der Tapete in schöner Regelmäßigkeit zu schreienden Gesichtern verformte. Und wenn sie dann die Augen schloss, war es, als würde sie in Wasser eintauchen. Sie wiegte sich hin und her. Zwischen den Algen. Beinahe schwerelos. Es waren diese Momente, in denen sich Tilda der eigenen Sterblichkeit bewusst wurde. Die Erkenntnis traf sie wie ein Schlag, immer wieder, und eine giftige Panik, die sie teils über Stunden wachhielt, befiel sie.

Irgendwann hatte das Gefühl aufgehört, und die Tapete war nur noch eine Tapete.

Als sie an diesem Abend, mittlerweile als gestandener Mensch, der das ewige Memento mori des heranwachsenden Ichs längst zu verdrängen wusste, aus einer morbiden Nostalgie heraus versuchte, sich in ebendiesen Zustand zurückzuversetzen, schlief sie einfach ein. Sie schlief so tief wie selten zuvor.

»Tilda? Tilda! Bitte. Tilda … wach auf, bitte!« Wieder war es ihre Mutter, die sie aus den Träumen riss. Ein ewiger Loop. Und Tilda, deren Herz immer schneller schlug, wollte bereits vor Wut losbrüllen, als sie in die Augen ihrer Mutter blickte. Aufgeschreckt. Voll Panik.

»Ich dachte, du bist tot. Du bist einfach nicht aufgewacht!« Ihre Mutter hatte Tränen in den Augen.

»Oh, Mama, das tut mir leid, ich hab verdammt tief geschlafen. Ich glaub, ich hab das gebraucht.« Ihre Mutter wischte sich über die Augen. Tilda setzte sich auf. »Mama, es ist alles gut. Wie spät ist es denn?« Tilda griff sich ihr Smartphone, das auf dem Nachttisch lag. Es war 6.15 Uhr. Viel zu früh. Was war hier los? Waren das verpasste Anrufe?

»Ich weiß, ich soll dich nicht wecken, und ich weiß, es ist wahnsinnig früh«, sagte ihre Mutter. »Aber deine Kollegin hat angerufen. Es schien wirklich dringend zu sein.«

»Welche Kollegin? Auf dem Festnetz?«

»Ja, sie ist noch in der Leitung.«

Tilda war noch zur Hälfte in einer anderen Welt. Orientierungslos. Ein halber Mensch.

»Hier, sie ist noch dran!«

Erst jetzt kapierte Tilda, dass ihre Mutter mit einem Telefon vor ihrer Nase herumwedelte. Sie griff danach. »Tilda Marder, wer spricht da?«

»Ich bin es, Bardet!«

Tilda hörte sofort, dass etwas nicht stimmte. »Was ist passiert?«

»Wir sind gleich bei dir.«

»Wer, wir?«

»Zieh dich an, bitte! Und iss was.«

Tilda kämpfte sich in die Klamotten, die sie am Vortrag getragen hatte und die sie willkürlich in ihrem Zimmer verteilt hatte. Ihre Mutter schmierte ihr parallel ein Käsebrot. Tilda weigerte sich vergeblich, dieses zu essen.

»Du brauchst etwas im Magen.« Ihre Mutter sollte recht behalten.

Wenig später stapfte Tilda in die zärtlichen Schleier des frühmorgendlichen Nebels und stolperte über ihre ungebundenen Schnürsenkel, als ein Dienstauto vor der Garage ihrer Eltern parkte. Darin saßen Müller, Gräberer und Bardet. Eine ganz und gar außergewöhnliche Kombination, die ihr aus starren, leeren Augen entgegenblickte.

»Was ist los?«, fragte sie anstelle einer Begrüßung. »Ihr seht furchtbar aus.«

Bardet, die auf dem Rücksitz saß, empfing sie mit einer herzlichen Umarmung, während Müller sich nach hinten beugte. »Frau Marder, wir haben einen der Jungen gefunden. Den Ältesten.«

Tilda versuchte seine Miene zu deuten. »Wo? Hat Jakob was gesagt, wo die anderen beiden sind?«

Müller schüttelte den Kopf. Bardet blickte aus dem Fenster und sagte mit erstickter Stimme: »Er ist tot, Tilda.«

Dies war der schlimmste Moment in Tildas Polizeikarriere. Daran war sie selbst nicht unschuldig. Sie war zu sehr involviert. Hatte sich zu sehr mit diesen Jungs identifiziert, die hier, in ihrem Dorf, nicht so richtig dazu passten. Wie sie damals, bevor sie gegangen war. Die sich dieselben Fragen stellten, die sie sich früher auch gestellt hatte. Sie hatte in einen Spiegel geblickt und sich für das verzerrte Spiegelbild verantwortlich gefühlt. Doch der Spiegel war nun endgültig zerbrochen. Und mit ihm die Versprechen, die Tilda auf das angelaufene Glas geschrieben hatte.

Vielleicht gehörte das zum Job. Vielleicht musste man das mitmachen, wenn man zu einer gestandenen Ermittlerin heranwachsen wollte. Vielleicht musste man verstehen, dass Polizeiarbeit auch eine gewisse Distanz braucht. Und Tilda verstand. In diesem Moment. Weil es ihr fortan gelang, die persönliche Ebene, der sie so viel Raum eingeräumt hatte, zu verdrängen. Wegzuschieben. Weil sie jetzt nur noch funktionierte. Angetrieben von einem einzigen Gedanken, der in ihr rotierte.

Als Tilda sich einigermaßen gefangen hatte, richtete sie das Wort an Müller. »Wo fahren wir hin?«

»Zur Ausgrabungsstelle.«

Sie traute ihren Ohren nicht. »Was? Welche Ausgrabungsstelle?«

»Na, dort wo sie letztens die Archäologin interviewt haben.« Selbst in dieser Situation setzte Müller an jeder noch so einsamen Kreuzung einen Blinker.

»Eliz?«

»Genau, sie hat uns heute Morgen kontaktiert.«

Tilda wusste nicht, wie sie mit diesen Informationsfetzen umgehen sollte. Es lief ihr eiskalt den Rücken hinunter. Ausgerechnet Eliz hatte Jakob gefunden. An der Stelle, wo sie gestern noch gesprochen hatten. Das war doch kein

Zufall. Es war ein Zeichen. Eine Botschaft? Nach all dem Herumirren, war sie doch auf die richtige Spur gestoßen. Vielleicht hätte sie nur ein wenig mehr Zeit gebraucht. Ein paar Tage mehr. Vielleicht hätte sie den Jungen retten können. Aber da waren ja noch seine beiden Brüder. Es war noch nicht zu Ende.

Doch was war eine Spur wert, wenn der Täter selbst sie mit leuchtenden Textmarkern unterstrich? Fing jetzt alles von Neuem an? Tilda schossen die Bilder vom ersten Tatort in den Kopf. Fuck! Was hatte Jakob wohl erleiden müssen? Wie würden sie ihn vorfinden?

Obwohl bislang keine Spurensicherung in Sicht war, sah die Ausgrabungsstelle wie ein professionell abgeriegelter Tatort aus. Das Absperrband, das Gewusel, die Scheinwerfer. Letztere richteten sich auf eine Gruppe, an deren Rand der Kriminaldauerdienst stand. Pantalic mit einer Kollegin, die Tilda nicht kannte. Flashbacks. Trotzdem Angst. Welcher Horror würde in der Grube auf sie warten? Fuck. Fuck. Fuck. In diesem Moment entdeckte Tilda Eliz, die sich aufgeregt mit zwei Männern unterhielt, vermutlich ebenfalls Archäologen. Als sich ihre Blicke trafen, löste Eliz sich aus diesem Gespräch und lief mit schnellen Schritten auf Tilda zu, um sie mit einer ehrlichen Umarmung in Empfang zu nehmen. Tilda erwiderte die Geste ein wenig steif.

Eliz begann sofort zu erzählen. »Gut, dass ihr da seid. Ich wollte heute Morgen an die Universität fahren, aber ich hatte hier einen Ordner vergessen, den musste ich abholen. Als ich ankam, war der ganze Platz hell erleuchtet und die Scheinwerfer auf die Grube gerichtet, in der wir letzte Woche das Grab freigelegt haben.«

Gräberer, der neben Tilda stand, unterbrach Eliz' Redeschwall mit einer beschwichtigenden Geste. »Einen

Moment bitte, nur dass wir alles direkt richtig verstehen. Sie sind heute außerplanmäßig früh aufgetaucht. Die Scheinwerfer waren zu diesem Zeitpunkt an?«

»Genau! Ich dachte zuerst, dass meine Kollegen und Kolleginnen eventuell vergessen haben, sie auszuschalten. Aber …« Eliz' Stimme überschlug sich fast.

»Langsam. Das da sind eure Scheinwerfer, richtig?« Gräberers Stimme beruhigte Tilda, deren Herz nun immer schneller pochte, während sich ihre Gruppe Schritt für Schritt dem Grab näherte. Noch 20 Meter.

»Genau! Wir setzen sie manchmal auch bei Tag ein, weil wir gegen die Sonne diese Segel aufspannen und es dann ist im Schatten von Zeit zu Zeit zu dunkel wird. Wir brauchen eine gute Übersicht. Und abends werden die Scheinwerfer natürlich in dem Container verstaut.«

»Wurde er aufgebrochen?«

15 Meter.

»Das habe ich nicht überprüft, aber es muss eigentlich so sein. Ich checke das nachher. Ich war zu aufge…«

»Alles gut, Sie haben das wunderbar gemacht. Dann war es also der Täter, der die Fundstelle so ausgeleuchtet hat.« Gräberer gelang es, beruhigend auf die aufgedrehte Zeugin einzuwirken und gleichzeitig entscheidende Fakten zu benennen.

»Wahrscheinlich, ja! Also … wer sonst?« Eliz sah mitgenommen aus.

Gräberer verknüpfte indes die ersten Fäden. »Was für ein Risiko. Ich mein, die nächsten Wohneinheiten sind ein paar hundert Meter entfernt. Wieso macht der Täter das? Haben Sie jemanden gesehen? Vielleicht haben Sie ihn aufgeschreckt. Ein Auto, das Ihnen entgegenkam?«

Zehn Meter. Fuck. Fuck. Fuck.

»Nein, garantiert nicht. Also, es war ja noch stockdunkel, vielleicht hat er sich auch vor mir versteckt. Da will ich gar nicht dran denken.«

»Sie meinten, die Fundstelle sei selbst ein Grab?«

»Ja, genau. Ziemlicher Sensationsfund. Ein junger Mann, vermutlich ein Krieger oder Jäger. Darauf deuten die Beigaben hin: viele Waffen, Speer- und Pfeilspitzen. Und drei Wolfsköpfe. Absolut irre. So was habe ich noch nie gesehen.«

Wölfe. Gräber. Alles hing zusammen. Aber es wirkte so willkürlich. So zufällig. Als hätte ein betrunkener Puppenspieler die Fäden in der Hand. Tilda spürte, wie sich ein Eckzahn ihres Unterkiefers in ihre Unterlippe bohrte.

»Wie alt ist das Grab?«

»Vielleicht 3.000 Jahre? Es ist erstaunlich gut erhalten. Deshalb muss ich heute noch nach Tübingen. Da sind alle in Aufruhr, ein Grab in diesem Zustand findet man nicht jeden Tag. Wir haben einen Großteil der Fundstücke schon zur weiteren Untersuchung ins Labor gebracht.«

Fünf Meter.

Tilda dachte an die Parallelen.

Ein Grab. Zwei Tote.

Vier Meter.

Jahrtausende dazwischen.

Das Aufbahren.

Drei Meter.

Das Untersuchen.

Die Vermutungen.

Zwei Meter.

Das Erforschen.

Das Labor.

Ein Meter.

»Wer wusste von dem Fund?«

»So ziemlich jeder, der sich für Archäologie interessiert. Vor zwei Tagen ging die Meldung durch die Fachpresse.«

Sie hatten jetzt den Rand der Grube erreicht, und Eliz blieb stehen.

»Ich möchte mir das nicht noch mal anschauen«, sagte sie.

Tilda strich ihr aufmunternd über die Schulter, obwohl ihre Beine sie selbst kaum noch halten konnten. Sie begrüßten Pantalic und seine Kollegin per Handschlag. Das Licht der Scheinwerfer wirkte irgendwie unnatürlich grell und verlieh dem Szenario einen unwirklichen Anstrich.

Die Grube war etwa drei Meter tief und hatte die Form eines Rechtecks. An den Rändern zeichneten sich blockhüttenartige Baumreihen ab.

Schwarz vor Dreck und von der Zeit. Ein gigantischer Sarg.

In dessen Mitte, beinahe verloren in der schmutzigen Hülle des ansonsten leeren Grabes, lag Jakob. Auf dem Rücken. Aufgebahrt wie ein toter König.

Die Augen geschlossen, die Hände auf der Brust gefaltet, über einem von Rost zerfressenen Schwert. Ein fast friedliches Bild, bis Tilda das entscheidende Detail erkannte. Jakobs Arme lagen neben seinem Körper ausgestreckt.

Die gefalteten Hände waren lose.

Abgetrennt.

ZWEITES ZWISCHENSPIEL

Als Tilda sich an jenem Tag auf eine Bank setzte und in den Himmel starrte und die Welt sich für sie beinahe anfühlte, als würde sie sich jetzt einfach auflösen, da erinnerte sich die Kommissarin an den vielleicht einprägsamsten Moment ihres Lebens.

Tilda war in ihrer Jugendzeit von einer Außenseiterin zu einer erfolgreichen Handballspielerin gereift. Das durch die Sportart gewonnene Selbstbewusstsein half ihr schnell dabei, auch in anderen Bereichen zu funktionieren. Sie wurde zu einer guten Schülerin, die vor allem in Deutsch, Englisch und Sport glänzte, während sie beim Tanzen, Turnen und bei Diktaten oft eine katastrophale Figur abgab. Sie interessierte sich für Musik und Kunst, sie besuchte das Southside-Festival und Rock am See, sie reiste mit Reisebussen in spanische Küstenstädte und feierte dort ihre ersten Nächte durch. Sie verliebte sich in die Falschen, während sich die Richtigen in sie verliebten und von Tilda vor den Kopf gestoßen wurden. Und manchmal fiel das Verlieben auch zusammen und dann stellten sich die Richtigen halt doch als die Falschen heraus. Und andersrum. So ein Teenagerleben war kompliziert. In einem Sommer trank sie viel zu viel, was zu einer Intervention ihrer Eltern führte. Sie genoss das Leben auf dem Land, bis sie sich irgendwann merkwürdig asynchron vorkam. Dinge, die sie zuvor geliebt hatte, waren ihr nun fremd. Das Dorf wurde ihr fremd. Und sogar die Handballhalle. Niemand verstand das. Auch Karla und Antonia nicht. Und doch wollte sie keine neuen Freunde. Denn wie hätten die jemals aufholen können, was sie im Dreiergespann bereits erlebt hatten.

Und so schob sich ein Gedanke in Tildas Kopf: »Sobald ich mein Abi habe, muss ich von hier weg. Und dann komm ich nie wieder zurück.«

Anders als viele ihrer Klassenkameraden, für die es klar war, dass diese Dorfwelt nur eine zufällige Zwischenstation war, behielt Tilda diesen Gedanken für sich.

Im Geheimen. Denn sie war ein funktionierender Teil dieses Systems. Sie gehörte hierher. Ihre Eltern waren hier fest verwurzelt, die Stammbaumstränge reichten in die Untiefen der Dorfgeschichte.

Niemals hätte sie es übers Herz gebracht, Karla davon zu erzählen. Denn die Freundin hätte Tildas Wunsch nach Veränderung womöglich auf sich bezogen, und das wäre das Ende ihrer Freundschaft gewesen. Von da an lebte Tilda ein geteiltes Leben, dass sie oft unglücklich machte. Weil sie wusste, welch falsches Spiel sie hier spielte. Dass sie sich eine Maske übergezogen hatte.

Nur beim Handball fiel alles von ihr ab.

An der Seite von Karla, die zu diesem Zeitpunkt bereits zahlreiche Angebote von höherklassigen Clubs erhalten hatte, und Antonia, die als Einzige von ihnen später den Sprung in den Profihandball schaffte, spielte Tilda eine so erfolgreiche finale Jugendsaison, wie sie der Verein noch nicht erlebt hatte. Am Ende stand die Mannschaft vom Dorf, die lange Zeit belächelt worden war, im Halbfinale um die süddeutsche Meisterschaft gegen den großen Favoriten des Traditionsvereins »Frisch Auf! Göppingen«, der mit gleich drei Junioren-Nationalspielerinnen antrat.

Für Tilda, die in diesen Tagen ihre Abiturprüfung ablegte, fühlte es sich an, als würde sich ihr gesamtes Leben auf dieses eine Duell zuspitzen.

Im Hinspiel vor grandioser Heimkulisse hatte Tildas Team dem übermächtigen Gegner noch ein Unentschieden abgetrotzt und somit die Chance auf das Finale aufrechterhalten.

Ein Sensationserfolg, der das ganze Dorf elektrifizierte. Im Rückspiel, für das der Verein gleich drei Busse charterte, spielte Tilda die schlimmste Halbzeit ihrer Handballkarriere.

Dabei hatte sie sich zuvor gut gefühlt. Motiviert. Und frisch. Beim Aufwärmen hatte jeder Wurf gesessen. Aber dann, nach dem Anpfiff, ging alles schief. Tilda rutschten selbst präzise Kreisanspiele durch, und wenn es ihr ausnahmsweise gelang, einen Ball zu fangen, vermasselte sie sogar die sichersten Treffer. Die Abwehr verschlief ein ums andere Mal die richtige Übergabe und wurde zigfach im Eins-gegen-eins geschlagen. Zu allem Überfluss foulte Tilda die gegnerische Starspielerin unglücklich beim Tempogegenstoß, was ihr neben einer Zeitstrafe auch den Unmut des Publikums einbrachte. Fortan wurde sie bei jeder Ballberührung ausgepfiffen. Am Ende konnte ihr Trainer Gerhard nicht anders, als sie unter lautstarken Verhöhnungen seitens des Publikums auszuwechseln.

Der Moment, an dem sich Tilda auf die Bank setzte (ihr Team lag zu diesem Zeitpunkt beinahe uneinholbar mit acht Toren zurück), fühlte sich für Tilda wie der absolute Tiefpunkt ihres Lebens an. So lange hatte sie auf diese Chance hingearbeitet.

Handball war ihr Opium gewesen. Ihr Fluchtort. Ihre Ablenkung.

Der Sport hatte ihr so viel gegeben, auch wenn Tilda sich selbst stetig hinterfragte. Und jetzt, in diesen entscheidenden Sekunden, war sie nicht dazu in der Lage, etwas zurückzugeben. Als Tilda den jungen Jakob Karasek mit abgeschnittenen Händen in der Grube liegen sah, war das wieder so ein Tiefschlag in ihrem Leben. Natürlich von ganz anderer Qualität.

Sie hatte so viel in diese Karriere investiert. Sie hatte Freundschaften und Beziehungen torpediert, Träume vergessen, Chancen ausgeschlagen, immer in der Hoffnung, irgendwann in der Position zu sein, in der sie heute war. Eine wirkliche Polizistin. Eine Ermittlerin. Und dann, als sie in diesen Fall gestolpert war, der sie durch all diese erbarmungslosen Mühlen trieb, hatte sie versucht, alles zu geben. Alles, was sie hatte.

Zunächst, um Peter Ostrachs Mörder aufzuspüren.

Dann, um Jakob, Nikola und Franz zu finden.

Und wieder hatte es nicht gereicht.

Jakob lag tot in der Grube.

Doch während Tilda in jenem Handballspiel auf der Bank schmorte, gelang es ihrem Team, sich langsam ins Spiel zurückzukämpfen. Vieles im Sport lässt sich berechnen. Mathematik, Prozentrechnen – ganz simpel. Meistens gewinnt das Team mit den besseren Spielerinnen. So einfach ist das. Aber das Schöne am Sport ist die Tatsache, dass er trotz aller Wahrscheinlichkeiten unberechenbar bleibt. Und so war es auch damals, als Tildas Team ohne ihre Kreisläuferin und Abwehrchefin plötzlich besser spielte als zuvor. Sich Tor um Tor heranrobbte, und zehn Minuten vor Schluss nur noch einen Zähler im Hintertreffen war. Tilda feuerte ihre Teamkolleginnen lautstark an. Sie brüllte bei jedem Tor wie eine Furie, und doch pochte die

Enttäuschung über sich selbst penetrant in ihrem Hinterkopf. Erst als es den Gegnerinnen mit einem handballtypischen Lauf gelang, den Vorsprung wieder auszubauen und damit wohl endgültig auf die Gewinnerstraße einzubiegen, stampfte Tilda auf, fischte sich den Harztopf, verklebte sich die Finger und sagte zu ihrem Trainer: »Gerhard, ich bin ready, bring mich noch mal.«

Ihr Trainer blickte sie irritiert an, nickte und nahm seine letzte Auszeit.

Zurück auf dem Feld schnappte sich Tilda einen Abpraller und jagte den Ball mit Karacho unter die Latte. Ihr erstes Tor in diesem Spiel. Das Publikum buhte. Karla rief ihr etwas Unverständliches entgegen. Tilda schloss die Augen. Atmete tief ein. Atmete tief aus. Und stürzte sich wie ein angeschossener Bär in die folgenden Zweikämpfe. Sie sprang, schlug, kratzte und stürzte sich auf ihre Gegnerinnen. Jede Aktion am Rand der Legalität. Sie blockte die Nationalspielerinnen in einem Angriff gleich doppelt, wurde ihrerseits zweimal gefoult und traf danach zwei weitere Male nach Anspielen von Karla. Sie war wie ausgetauscht. Ein Biest. Antonia sagte später in der Kabine, dass sie Angst vor ihrer Freundin gehabt hatte. »Ich hab dich nicht mehr wiedererkannt. Du warst so on fire. Im Wahn. Und gar nicht mehr ansprechbar.«

Tilda war in einen anderen Zustand eingetreten, der für sie selbst kaum noch zu kontrollieren war. Der Sieg war durch ihren engagierten Einsatz wieder zum Greifen nah. Antonia parierte einen Siebenmeter, Karla nutzte Tildas Sperre und versenkte einen Rückraum-Kracher im langen Eck. Das Publikum war längst aufgestanden und brüllte Tilda Hasstiraden entgegen, die an ihr abprallten, als hätte sie einen Regenschirm aufgespannt.

Tilda sah die Angst in den Augen der Widersacherinnen.

Das Spiel endete mit dem ultimativen Drama.

Denn in der letzten Sekunde gelang Tilda nach einer unmenschlichen Drehung um den Körper einer Abwehrspielerin tatsächlich der Ausgleich, doch weil die Gegnerinnen im Hinspiel mehr Auswärtstore erzielt hatten, hätte ein erneutes Unentschieden das Aus für Tildas Team bedeutet. Die verbliebenen Sekunden jagten sie die Gegnerinnen in Manndeckung durch die Halle, ein bewusst gestreutes Chaoselement, um schnelle Fehler zu provozieren. Und tatsächlich: Irgendwie gelang es Tilda, einen panischen Pass zu erahnen, dazwischen zu hechten und den Ball mit ihren Fingerspitzen in die gegnerische Hälfte zu schlagen, wo ihn Karla im Vollsprint aufnahm und, ohne zu zögern, in Richtung des Tores jagte, wo er am Lattenkreuz abprallte, auf der Torlinie aufschlug und zurück ins Feld sprang, während die Schlusssirene wie ein verletztes Tier durch die Halle jaulte.

Kein Tor. Kein Sieg. Das Ende ihrer Träume.

Und Tildas letzte Sekunden auf einem Handballfeld.

Ja, am Ende hatte es nicht gereicht, aber Tildas unbändiger Wille in jenen finalen Minuten war bis heute unvergessen. Gerhard Fischer erzählte die Anekdote dieser Wiedergeburt bis heute, wenn eine seiner Jugendspielerinnen mit sich haderte.

Karla konnte jede einzelne von Tildas Aktionen in allen Details nacherzählen.

Am Tiefpunkt aufgeschlagen, hatte sie sich zusammengerafft und war aufgestanden. Und selbst wenn es am Ende nicht gereicht hatte, konnte sich Tilda nichts vorwerfen.

Tat sie natürlich trotzdem.

Und so, wie sie sich nach ihrer Einwechslung auf den Ball gestürzt hatte, so stürzte sie sich in den nachfolgenden Tagen auf ihren Fall.

Ohne Selbstmitleid. Ohne Hinterfragen. Wie ein verletztes Tier.

KAPITEL 8

Vor der sich anbahnenden Krisensitzung stellte Tilda Tyll zur Rede: »Schau mal, es ist kein Problem, wenn man sich irrt. Das gehört in unserem Beruf dazu. Jeder macht Fehler. Aber so, wie du dich aufgeführt hast, wie du dich mir gegenüber verhalten hast, verlange ich eine Entschuldigung. Und wenn ich die nicht bekomme, dann lege ich Beschwerde gegen dich ein. Und dann werden sie dich von dem Fall abziehen. Vielleicht sogar versetzen. Überleg es dir gut, Tyll.« Während dieser Worte zitterte Tilda am ganzen Körper. Nicht aus Angst, sondern weil sie ihre ganze Restenergie in die Selbstbeherrschung stecken musste. Am liebsten hätte sie Tyll geohrfeigt, der sie trotz seines eigenen Versagens mit einem arroganten Lächeln musterte, das jedoch zusehends zerfiel. Sie würde den verhassten Typen niemals bei Müller anschwärzen, aber sie wusste, dass sie mit der Drohung Tylls wunden Punkt traf: seine Karriere. Und genau darauf hatte sie abgezielt.

»Es gibt keinen Grund für eine Beschwerde. Das … das war einfach Polizeiarbeit. Ich … ich hab mich eben getäuscht.«

Tilda genoss, wie ihr Gegenüber ins Schwimmen geriet.

Und ja, eigentlich sollte sie keine Zeit für diese Witzfigur verschwenden, sie hatte wahrlich Besseres zu tun. Doch Tyll trug eine Mitverantwortung bei der Entwicklung der Ereignisse. Eine Mitschuld, für die er niemals zur

Rechenschaft gezogen werden würde. Deshalb würde sie ihn zappeln lassen.

Sie würde keine halben Sachen mehr machen. Das war jetzt ihr Fall.

»Hör mal zu, Tyll«, fuhr sie fort. »Ich werde mich auf keinerlei Herumgeeiere mit dir einlassen und mich auch nicht wiederholen. Du hast Scheiße gebaut und mich wie Scheiße behandelt. Und wir wissen beide, dass du dir das nur herausnimmst, weil ich eine Frau bin. Aber ich lass das nicht mehr mit mir machen. Entschuldige dich bei mir. Und bei Jakobs Vater. Und bei seinen Brüdern. Denn die werde ich, so Gott will, finden, während du hier in deinen Schreibtischstuhl furzt.« Mit diesen Worten ließ sie ihn stehen. Ein besserer Abgang war ihr wohl noch nie gelungen. Sie fühlte sich gut. Tilda war in Kampflaune.

Die Sonderkommission wurde an diesem Tag auf Druck der Staatsanwaltschaft auf 25 Personen aufgestockt. Esther und Bardet fiel die Aufgabe zu, die neuen Kollegen einzuarbeiten. Unter ihnen waren Spezialisten zur Tatortuntersuchung, die gemeinsam mit Bardet den Leichenfundort unter die Lupe nehmen würden, außerdem ein Quintett aus erfahrenen Spezialisten für Ermittlungsarbeiten. Ergänzt wurde ihr Team von einer dreiköpfigen Gruppe der Operativen Fallanalyse, die sich gemeinsam mit Gräberer, der sich dieser Aufgabe nur zähneknirschend annahm, durch die bisherigen Akten und Erkenntnisse kämpfen würden, um ein konkretes Täterprofil zu erstellen.

Gräberer, der sich stetig gegen eine solche Aufstockung ausgesprochen hatte, protestierte in der finalen Sitzung der ursprünglichen Ermittlungsgruppe zunächst lautstark, doch Müller beschwichtigte ihn mit Engelsgeduld. »Herr Gräberer, ich verstehe Ihren Unmut, aber wir brauchen dringend neuen Ansätze. Frischen Wind. Wir sind uns beispielsweise immer noch nicht sicher, ob wir es mit einem Täter oder mit mehreren Tätern zu tun haben. Genau in solchen Fragen sind die Experten von der OFA geschult.«

Damit hatte Müller freilich nicht unrecht, allerdings war der Mord an Peter Ostrach in seiner gesamten Ausführung so ungewöhnlich, so abseits der Norm, dass es bis dato keinen Sinn ergeben hätte, sich auf eine einzelne Theorie festzulegen. Manischer Einzeltäter? Okkulte Gruppe? Drogenkartell? Auf dem Papier schien das alles möglich, auch wenn sich Tilda spätestens seit dem zweiten Mord sicher war, dass sie es mit einem Einzeltäter zu tun hatten.

Das hier war zu persönlich. Zu dramatisch. Zu brutal. Zu inszeniert.

Eine zu klare Handschrift.

Gräberer grummelte seine Antwort in gewohnter Manier: »Das klingt vielleicht abgedroschen, aber viele Köche verderben den Brei. Wenn wir so viele Kollegen koordinieren müssen, dann bekommen wir die Abläufe nicht mehr sauber geregelt. Ich habe das Gefühl, Sie unterschätzen unsere Gruppe.«

Tilda wusste, was er meinte. Ein eingespieltes Team war viel wert. Doch sie verstand auch Müller, auf den sich der Druck durch den zweiten toten Jungen abermals erhöht hatte. Zwei scheinbare Ritualmorde ergaben das perfekte Futter für die geifernde True-Crime-Gemeinde, die schon nach dem nächsten Kick lechzte. Tilda wollte sich gar nicht ausmalen, welche bizarren Schlagzeilen ihr am nächsten Tag von den Titelblättern entgegenschreien würden.

Nur in einer Sache war sie sich sicher: Keiner würde sich bei Jakobs Familie entschuldigen. Niemals. Vermutlich würden die Medien Nikola und Franz auch für den

Mord an ihrem Bruder verantwortlich machen. Sie selbst hielt das für absurd – aber ganz ausschließen durften sie diese Theorie nicht.

Müller fühlte sich von Gräberers Vorwürfen augenscheinlich angegriffen. »Ich unterschätze uns garantiert nicht. Im Gegenteil. Ich bin fest davon überzeugt, dass wir teilweise hervorragende Arbeit geleistet haben. Bei bestimmten Fällen kommt man eben an seine Grenzen, vor allem, wenn wir die Ermittlungen als Wettlauf gegen die Zeit verstehen müssen, dann brauchen wir jeden Mann. Und jede Frau.«

Müller hatte recht. Das Wettrennen hatte bereits begonnen. Erbarmungslos. Vielleicht hatten sie das Rennen sogar schon verloren. Vielleicht lagen Nikola und Franz irgendwo tot im Wald. Aufgebahrt wie Puppen.

Sie kannten diese Möglichkeit. Auch wenn sie keiner laut aussprach.

Doch je länger Tilda in ihrem Kopf die verschiedenen Theorien wälzte, desto sicherer war sie, dass Nikola und Franz noch lebten.

Der Täter hatte die drei Fuchsköpfe als großes Ganzes in Szene gesetzt. Ein groteskes Kunstwerk. Warum hätte er das nicht mit den drei Brüdern genauso machen sollen? Es gab keinen Grund, um das Tableau aufzubrechen. Nein, irgendwas war schiefgelaufen. Er war nicht in der Lage gewesen, alle drei gleichzeitig zu töten. Das spürte sie.

Es gab noch Hoffnung. Reale Hoffnung. Irgendwo in der Dunkelheit flackerte ein Licht. Wenn auch nicht besonders hell.

Während Müller zum Abschluss das volle Verwaltungsprogramm abspulte (Integration der neuen Teammitglieder, Hierarchien in der Gruppe und konkrete Aufgabenfelder), scharrte Tilda ungeduldig mit den Hufen. Sie wollte endlich loslegen.

Aber Müller schlug Haken um Haken. Diese Sitzungen waren sein Safe Space. Hier drinnen funktionierte ihr Chef am besten. Planen. Delegieren. Einteilen. Paragrafen reiten. Berichten. Alles was Tilda an der Polizeiarbeit verabscheute, hob Müller auf ein anderes Level. Er war vielleicht kein herausragender Polizist, aber ein guter Vorgesetzter. Diese Einschätzung verstärkte sich, als er zu ihrer großen Überraschung das Wort an sie richtete: »Frau Marder, an der Stelle möchte ich hervorheben, dass ich als Ihr Vorgesetzter eventuell nicht immer ganz fair mit Ihnen war. Sie hatten recht mit Ihrer Ansicht in Bezug auf die verschwundenen Brüder, den Schuh muss ich mir anziehen. Sie haben da einige erstaunliche Querverbindungen freigelegt, auch wenn sich der finale Zusammenhang unserer Kenntnis noch entzieht. Ich denke, Ihre Stärken liegen in der freien Ermittlungsarbeit, deshalb würde ich Sie gerne der Grüppchenbildung entziehen und als eine Art freies Radikal von der Leine lassen. Bitte folgen Sie Ihrem Instinkt. Der könnte äußerst nützlich für uns sein.«

Tilda konnte es kaum glauben. Lange Zeit war sie fest davon ausgegangen, dass ihre eigenwillige Arbeitsweise sie irgendwann den Job kosten würde. Nun war das Gegenteil der Fall. Denn auch wenn in Müllers Worten eine gehörige Portion schlechtes Gewissen mitschwang, hatte sie nun genau die Position inne, die sie sich immer erträumt hatte.

Freies Radikal. Das klang fantastisch. Jetzt gab es keine Ausreden mehr.

Zum Abschluss der Sitzung hatte Müller noch eine Neuigkeit parat, die die gesamte Truppe überraschte, weil sich Müller damit tatsächlich den klassischen Abläufen entzog.

Eigentlich undenkbar. »Ich weiß, das ist gegen die gängigen Regeln, aber ich denke, besondere Anlässe erfordern spezielle Methoden. Sagt man das so?«

»Außergewöhnliche Umstände erfordern außergewöhnliche Maßnahmen«, korrigierte Bardet mit einem breiten Grinsen.

»Genau das. Jedenfalls habe ich mit der Frau Professor Nagelstein gesprochen, die den meisten von Ihnen ein Begriff sein wird. Sie ist die Leiterin der Rechtsmedizin am Universitätsklinikum Freiburg. Ich habe vorhin mit ihr telefoniert und sie darum gebeten, uns zeitnah – und damit meine ich jetzt – eine erste Einschätzung der Verletzungen von Jakob Karasek zu geben. Sie war zunächst nicht begeistert, sie meinte, das wäre unwissenschaftlich, aber ja, ich denke, für uns ist das von enormer Wichtigkeit. Wir müssen jetzt schneller sein. Das hat sie eingesehen. Ich werde sie gleich anrufen und das Gespräch auf Lautsprecher stellen.«

»Lautsprecher? Die 80er-Jahre haben angerufen und wollen ihre Kommunikationswege zurück«, flüsterte Tilda Bardet zu. Die beiden waren sich allerdings einig, dass eine funktionierende Telefonverbindung einer hängenden Videokonferenz immer vorzuziehen war.

»Nagelstein!«

»Hallo, Frau Nagelstein, Müller hier von der Sonderkommission Felsen. Ich versuche, Sie kurz auf Lautsprecher zu stellen.« Zwei Minuten und einen helfenden Eingriff von Esther Szoboszlai später war Frau Nagelstein für alle im Raum zu hören.

Über die viel zu leisen Telefonlautsprecher begann sie ihre Ausführungen in einem monotonen Tonfall. »Gleich vorweg: Meine Angaben in dieser Sachlage erfolgen ohne

Gewähr, nach einer sehr oberflächlichen Untersuchung des Leichnams. Mit einem wirklich stichhaltigen Bericht können wir wohl erst in circa 48 Stunden dienen. Aber ja, der Herr Müller hat mich dahingehend bearbeitet, in dieser Sache über den eigenen Schatten zu springen.«

Tilda hätte niemals geglaubt, diesen Satz aus dem Mund eines anderen Menschen zu hören, denn Müller war ein Mensch, der immer 100-prozentige Korrektheit vorlebte und das auch von seinen Mitmenschen erwartete. Einen vorläufigen Bericht einzufordern, klang so gar nicht nach ihm.

Nagelstein ratterte die Informationen herunter: »Im Endeffekt verfolgen wir ja ein gemeinsames Ziel. Kommen wir zum Punkt. Wir haben bei der ersten Untersuchung des Leichnams drei entscheidende Anomalien festgestellt: Sowohl die linke als auch die rechte Hand wurden dem Toten abgetrennt. Die Schnitte würde ich als sehr sauber, beinahe professionell bezeichnen. Fleisch und Knochen zu zerschneiden ist für Laien gar nicht so einfach. Ein weiteres Detail ist der abgetrennte Digitus minimus an der linken Hand, besser bekannt als der kleine Finger. Dieser Finger wurde nicht bei der Leiche gefunden.«

Tilda dachte an Peter Ostrachs fehlenden Zehn. Waren das wirklich Trophäen?

»Wir gehen momentan davon aus«, fuhr Nagelstein fort, »dass sowohl die Hände als auch der Finger post mortem abgetrennt wurden. Sie fragen sich jetzt unter Umständen, welche Verletzungen zum Tode des Opfers geführt haben. Diese Frage haben wir uns selbstredend auch gestellt. Dabei sind wir recht schnell auf eine Wunde unterhalb des Brustmuskels gestoßen. Ein Trauma, verursacht durch einen spitzen Gegenstand. Dieses uns noch unbekannte Tatwerkzeug wurde wohl mit großer Gewalt gegen das Opfer geführt, sodass er mehrere Rippen durchstieß und dann das Herz verletzte, was zu einem recht schnellen Ableben des Opfers geführt hat. Ich möchte abermals und abschließend betonen, dass ich Ihnen diese Informationen ohne Gewähr zur Verfügung stelle.«

Tilda merkte, dass sie sehr schwer atmete.

Sie kam nicht umhin, sich den toten Jungen vorzustellen.

Den fehlenden Finger.

Die abgetrennten Hände.

Und die Wunde in der Brust.

Wie Jesus nach dem Lanzenstich.

Den restlichen Tag arbeitete Tilda wie eine Besessene. Sie sprang beinahe willkürlich von Gedanke zu Gedanke, auf der Jagd nach einer Idee, einer Spur, einem Partikel, einer Verschiebung im Raum, einem Zucken oder Zittern. Sie vergaß zu trinken und zu essen und es war egal. Das musste so sein. Denn ihr Körper war an diesem Tag nur das Transportmittel ihres unruhigen Geistes.

Zunächst überprüfte sie Young Uvys Alibi, nach dem sie bei ihrer letzten Vernehmung von ihm gefragt hatten. Angeblich war er auf einer Konzertreise in der Schweiz. Sie hatte den Kleinstadt-Rapper im Kopf längst von ihrer Liste der Verdächtigen gestrichen, und seine Posts auf diversen Social-Media-Plattformen belegten seine Unschuld endgültig.

Haken dran, weiter ging's!

Im Anschluss fuhr Tilda noch einmal zur Schule. Sie redete mit der Rektorin, aus deren Augen eine tiefe Trauer sprach.

»Nicht auszudenken, wenn wir vier Schüler verloren haben«, sagte Frau Schnack. »Es ist eine Tragödie.«

Tilda sprach mit dem Musiklehrer Distelmeyer, der noch abwesender wirkte als bei ihren vorherigen Gesprächen und Tilda mit einem traurigem Blick musterte.

Nichts Neues. Nur noch mehr Leid.

Sie sprach mit der Geschichtslehrerin der Jugendlichen, die Peter und Jakob als außergewöhnliche Schüler in ihrem Fach hervorhob. »Ihr Wissen ging weit über den Standard hinaus, speziell Jakob war auf dem Level eines Bachelor-Absolventen. Sie haben aber auch richtig dafür gearbeitet. Teilweise wollten die Jungs wissenschaftliche Aufsätze mit mir diskutieren, die sie sich über die Stadtbibliothek bestellt haben. Zur europäischen Frühgeschichte konnte ich leider nicht viel beitragen. Da waren die Jungs viel fitter als ich.«

Im Anschluss fuhr Tilda zur Bibliothek und erhielt nach einigen Diskussionen mit dem Bibliothekar die Ausleihlisten von Peter und Jakob. Der Herr der Bücher druckte genervt 17 DIN-A4-Seiten voll mit Fachliteratur zur Geschichte der Kelten aus, mit einigen Ausreißern ins Mittelalter.

Warum zur Hölle entwickelten sich Teenager, die in einer Punkband spielten und in ihrer Freizeit ein ganzes Dorf aufmischen, ausgerechnet zu Geschichtsnerds?

Nerd. Was für ein Wort. Es beinhaltete so viel Abwertung, dabei sollte man die Jungs eigentlich feiern für ihre Interessen und ihr Wissen.

Tilda ließ sich einen Bildband zu keltischen Ausgrabungen in Süddeutschland und der Schweiz aushändigen, den sich Jakob zuletzt ausgeliehen hatte, und blätterte durch das aus ihrer Sicht unspektakuläre Buch. Plötzlich hielt sie auf einer bebilderten Seite inne: »Es wird vermutet, dass der 1932 entdeckte Opferaltar am Rande des Donautals als Opfer- oder Kultstätte genutzt wurde.«

Den abgebildeten Steinklotz hatte sie schon einmal gesehen. Oder hatte ihr Vater ihn nur beschrieben? Egal, keine Zeit verlieren. Tilda fotografierte die Buchseite und hetzte weiter.

Unermüdlich. Diese Stunden waren wertvoller als Gold.

Die Spuren waren wieder frisch. Das musste sie nutzen. Jetzt oder nie.

Beim Verlassen der Bibliothek fiel Tilda ein überbordendes True-Crime-Regal ins Auge. »Die 100 schrecklichsten Serienmörder« stand neben einem Sammelband des Podcasts »Mordsstorys vom Arsch der Welt«, von dessen Cover zwei Schönheiten dem Betrachter mit blutrotem Wein zuprosteten, und einem nüchtern gehaltenen Sachbuch über den Zodiac-Killer.

Einer spontanen Eingebung folgend fuhr Tilda ohne Anmeldung zur Redaktion der Regionalzeitung und fragte die verdutzte Redaktionsleiterin Martina Vogt, ob es zuletzt seltsame Leserbriefe oder Anrufe gegeben hatte. Vogt trommelte ihr Team zusammen und die ruckzuck ausgesprochene Antwort überraschte Tilda.

»Unzählige«, erklärte Martina Vogt. »Also zumindest, wenn wir Facebook-Kommentare mitzählen. Da ist alles dabei. Aufrufe zu Lynchmorden. Aber auch die Position, dass es die Opfer verdient hätten. Dazu die üblichen Schwurbleleien und Verschwörungen. Seit der Corona-Krise bräuchten wir eigentlich jemanden, der in Vollzeit unsere Kommentarspalten moderiert.«

Nein, das war nicht wirklich das, wonach Tilda suchte. »Gibt es nichts, was dann noch mal herausgestochen ist? Was bei ihnen hängen blieb?«

»Hm, wir haben einen Drohanruf erhalten, da war ich zufällig in der Redaktion«, meldete ein untersetzter Mittvierziger sich zu Wort. »Ich hab das auch ihren Kollegen gemeldet, das war ziemlich gruselig, weil derjenige mit so einem Stimmverzerrer gearbeitet hat. Er meinte, er würde alle linksgrün versifften Gutmenschen ausrotten. Und deshalb hätte er bei der Wurzel begonnen. Wie Anders Breivik.«

»Wissen Sie, welcher Kollege Ihren Hinweis aufgenommen hat?«, fragte Tilda, die sich die Antwort schon denken konnte.

»Das war ein Herr Tyll, wie der Eulenspiegel, nur mit Y. So hat er sich vorgestellt. Ist das nicht bei Ihnen angekommen?« Bingo!

»Nein, ich höre davon zum ersten Mal.«

»Merkwürdig, ich hatte mich schon gewundert, weil ich nichts mehr dazu gehört habe. Ich habe Ihrem Kollegen auch meinen Verdacht genannt«, erklärte der Journalist.

Tilda musste sich zusammenreißen, um die professionelle Distanz zu wahren. »Das muss dem Kollegen durchgerutscht sein, ich spreche ihn darauf an. Welchen Verdacht hatten Sie denn konkret?«

»Also die Breivik-Sache hat mich aufhorchen lassen. Wir haben vor einiger Zeit einen Nutzer auf unserer Facebook-Seite gesperrt, weil derjenige unter einem Artikel zu einer Protestaktion der Letzten Generation Tötungsfantasien äußerte und Breivik dabei als Referenz nannte. Alles unter Klarnamen!«

»Wie lautet der Name?«

»Andi Mohrbrunner.«

Tildas Augenlid zuckte. Andi Mohrbrunner war Gisis Sohn. Das passte. Zu gut?

Der Journalist hatte eine Fülle von Mohrbrunners Entgleisungen als Screenshots, die er für Tilda ausdruckte.

Die nächste Spur. Aus einem toten Winkel. Und praktisch frisch.

Eine Spur, die Tyll ignoriert hatte. Das machte es noch interessanter, musste Tilda zugeben.

Tilda kannte Andi von klein auf und hatte ihn quer durch alle Altersklassen verabscheut. Als ihre Mütter sie gemeinsam in den Sandkasten gesteckt hatten, hatte Andi ihr mit Vorliebe Sand in die Augen geworfen. Sie waren sozusagen Kindergartenfeinde. Andi war immer ein Großmaul gewesen, aber auch einer, der den Schwanz einzog, wenn es ernst wurde.

Als ihre Familien einmal den Nikolausabend gemeinsam verbracht hatten, tönte der damals sechsjährige Andi, wie er den alten Sack vermöbeln würde. Nur um dann heulend vor Knecht Ruprecht um Gnade zu winseln.

Seine ersten Profilbilder in den aufkeimenden sozialen Netzwerken waren Songzitate von Rechtsrockbands. Zu seiner Firmung erschien er in Bomberjacke. Er war ein stumpfer Dorfneonazi, der auf Festen die Dorfneonazis, die noch stumpfer waren als er selbst, zu Schlägereien anstachelte.

Gisi, die zu dieser Zeit bereits auf dem Hippie-Trip war, schickte ihren Sohn zur Therapie bei zwielichtigen Hippie-Therapeuten, die alles nur noch schlimmer machten. Es brauchte schon den Kapitalismus, um Andi zumindest die offene Neonazi-Haltung auszutreiben, weil er schnell merkte, dass rechtskonservatives Gedankengut in vielen Firmen zwar offen gelebt wurde, die Aufstiegschancen für Rechtsradikale aber eher begrenzt waren. Für viele Jahre hatte Tilda nichts mehr von Andi mitbekommen, bis bei einem Familienessen das Gespräch zufällig auf ihn gekommen war, wobei ihre Mutter meinte: »Also, der Andi, der muss sich echt gemacht haben. Der hat eine Frau und ein Kind und wohl auch einen guten Job.«

Die Familie als Joker. Als Deckmantel? Lieblos übergeworfen über ein ansonsten verkorkstes Leben?

Tilda suchte noch im Auto vor der Redaktion nach Andis Facebook-Profil und erschrak im Angesicht des dort geduldeten rechtsradikalen Auftritts. Da waren geschmacklose Comics zu sehen, die überzeichnete arabische Männer zeigten, die sich geifernd an jungen blonden Frauen vergingen. Da war ein verpixeltes Fadenkreuz, das jemand mit miserablen Photoshopkenntnissen über ein Porträt von Greta Thunberg gelegt hatte. Und da war eine Fülle an Reposts des lokalen AfD-Kandidaten, der sich mehrfach so menschenfeindlich geäußert hatte, dass sich selbst seine eigene Parteispitze von ihm distanzierte. Und das wollte wirklich etwas heißen! Andi hatte auch mehrere Artikel zu ihrem Fall gepostet, die meisten davon, wen wunderte es, von der DWPA. Über einen dieser Artikel zum Verschwinden der Karasek-Brüder hatte er geschrieben: »super ja jetzt erwischt es endlich die richtige. linke scheisser.«

»So ein degeneriertes Arschloch«, sagte Tilda laut und ohne sich für das Selbstgespräch zu schämen. Sie schäumte vor Wut und pfefferte nach kurzer Adressenrecherche ihr Handy auf den Beifahrersitz, um mit Vollgas zu Andi Mohrbrunners Haus zu rauschen.

Die heruntergekommene Hütte, Gisis Elternhaus mitten im Dorfkern, sah nicht wirklich belebt aus. Aus mehreren Fenstern grüßten Deutschlandfahnen. Tilda stapfte zur Klingel und drückte sie mit Nachdruck. Die Tür ging vorsichtig auf, und ein schüchternes Augenpaar musterte die aufgebrachte Polizistin.

»Tilda Marder, Polizei Konstanz. Ich möchte Andreas Mohrbrunner sprechen«, verlangte Tilda.

Der Türspalt öffnete sich um weitere Zentimeter und gab das Gesicht einer Frau um die 40 frei. »Das geht leider nicht.«

Tilda, die sich innerlich schon auf solche Mätzchen eingestellt hatte, wollte sich auf gar nichts einlassen. »Und ob das geht. Sagen Sie Ihrem Mann, dass er genau fünf Minuten hat, um hier unten zu erscheinen, sonst besorg ich mir einen Haftbefehl und zieh seinen patriotischen Arsch vor versammelter Pressemeute durch diesen Garten.«

Die Frau blickte Tilda ehrlich erschrocken an. »Sie verstehen mich, glaube ich, falsch. Ich bin nicht seine Frau, ich bin nur die Nachmieterin. Der Herr Mohrbrunner ist vor einem halben Jahr nach Paraguay ausgewandert.«

Fuck!

Alles verlief im Sand. Immer und immer wieder.

Aber Tilda ließ sich auch von diesem Rückschlag nicht unterkriegen. Die Energie, die sie durchströmte, hatte nicht nachgelassen.

Mittlerweile war es bereits Abend, aber einen letzten Impuls musste sie noch verfolgen.

»Hey, Karla, hier ist die Lilly.« Aus ihrem eigenen Mund klang der Spitzname noch seltsamer. »Hast du zufällig ein bisschen Zeit heute Abend? Ich hab so eine Idee und würde mich freuen dich zu sehen.«

»Geht klar! Willst du was essen? Ich hab grad Vesper gemacht, aber dann warte ich auf dich!«

Tilda, die immer wieder Zeit für sich selbst brauchte, hatte Karlas regelrechte Gesellschaftssucht nie so richtig verstanden und manchmal sogar verflucht. Doch mindestens so oft hatte sie in ihren dunkelsten Momenten Karlas Nummer gewählt. Und Karla hatte nie abgelehnt, sie zu treffen. Nicht ein einziges Mal.

An diesem Abend war Karlas Esstisch so dermaßen mit Brot, Käse und Aufstrichen bedeckt, dass Tilda kaum wusste, wie sie ihr Besteck ablegen sollte. Die kleine Vicky schlief erneut bei ihren Großeltern, und Adrian hatte sich online zu einer Runde Counter-Strike mit seinen ehemaligen Arbeitskollegen verabredet. Somit hatten die beiden das geräumige Esszimmer für sich. Das kam Tilda gerade recht.

»Also, schieß los! Was liegt dir auf dem Herzen?«, fragte Karla mit vollem Mund.

»Weißt du noch, wie ich damals bei dir übernachtet habe und wir die ganze Nacht gezockt haben? All die Rätselspiele und Point'n'Click«, sagte Tilda und merkte, dass sie fast ein wenig aufgeregt war.

»Klar, Baphomets Fluch. Monkey Island. Das hat so Spaß gemacht«, antwortete Karla.

»Voll. Und wir waren echt ein gutes Team.«

»Sherlock Holmes und Dr. Watson!«

»Eben. Und irgendwie ist das jetzt ja mein Beruf. Fälle knacken, Rätsel lösen. Aber ich fühle mich blockiert. Wir sind alle blockiert. Wegen dem Druck und … Ach, kein Plan. Aber vielleicht, wenn wir beide uns das mal anschauen … Vielleicht hilft das. Vielleicht müssen wir die Hinweise und Indizien als Teil eines Spiels verstehen.« Tilda wusste, dass sie sich damit auf ganz dünnes Eis begab. Eine unbeteiligte Zivilistin in einen Fall einzuweihen, war eigentlich undenkbar. Das hatte Müller nun davon, wenn er ihr als freies Radikal freie Hand ließ.

Karla zögerte keine Sekunde und war sofort dabei. »Geil, ja, ich räum sofort den Tisch ab! Und nein, du hilfst nicht. Ich hol Schreibzeug und Kuscheldecken und mach uns einen Tee. Und dann musst du mir alles erzählen. Jetzt geht es dem Wichser an den Kragen. Damit hat er nicht gerechnet.«

In den nächsten Stunden wälzten sie sich von Grund auf durch den gesamten Fall. Karla zeichnete eine zusammenhängende Mindmap mit allen bekannten Personen. Gemeinsam durchdachten sie die abwegigsten Theorien.

Zwischendurch verfielen sie in das gegenseitige Erzählen von Anekdoten, Witzen und Geschichten, tauchten tief ein in Nostalgie-Gewässer. Sie weinten und lachten. Mischten Gurkenwasser mit Obstler. Warfen sich über den Tisch hinweg Erdnüsse in den Mund, wobei sie einen Großteil der Geschosse im Raum verteilten.

Am Ende war sich Tilda sicher, dass sich der Besuch bei Karla vor allem abseits des Falles gelohnt hatte, und ihre unbedarften Gespräche hatten tatsächlich noch einmal andere Blickwinkel eröffnet. Viel zu oft war es der eigene Geist, der den Blick auf eigentlich offenstehende Pfade versperrte. Manchmal aus Selbstschutz, manchmal aus Unachtsamkeit. Manchmal, weil ein Detail unwichtig und überflüssig wirkte. Und diese natürlichen Blockaden galt es zu lösen.

Am Ende fasste Tilda ein letztes Mal zusammen: »Okay, ein Junge zieht aufs Dorf und ist erst mal Außenseiter. Er ist traurig, depressiv, allein. Dann lernt er drei Brüder kennen. Auch sie sind Außenseiter, aber anders als er. Sie lassen sich nichts gefallen. Gemeinsam spielen sie zu viert in einer Band. Sie fallen auf. Sie schlagen sich. Sie machen sich Feinde. Und doch fühlt sich der Junge wohl. Er ist

jetzt selbstbewusster und macht auch andere Bekanntschaften. Er erstellt Beats für einen Dorfrapper, der ihm
Drogen verkauft. Vielleicht sorgt das für Unruhe in der
Band? Und doch teilen sie einen Traum. Sie wollen das
Dorf hinter sich lassen, so schnell wie möglich. Dafür brauchen sie Geld. Die Ältesten sind Geschichtsnerds. Vielleicht kommt da die Idee auf, dass sie durch illegale Ausgrabungen schnelles Geld machen könnten. Sie werden
dabei erwischt, kommen aber glimpflich davon. Und doch
kommt es zur Katastrophe: Auf dem Weg vom Hof seiner
Freunde nach Hause wird der Junge angefahren, entführt
und getötet. Sein Leichnam wird martialisch inszeniert, die
Mordwaffe ist ein Kreuz, geschlagen aus dem Baumaterial
einer Hütte, die aller Wahrscheinlichkeit nach die Jungs
im Wald gebaut haben. Bei der Hütte wurde ein toter Wolf
vergraben, der später vermutlich vom Täter, der zudem drei
Tierköpfe in der Hütte drapiert hat, ausgegraben wird.«
    Während Tilda die Ereignisse zusammenfasste, erkannte
sie, dass sich zwar mittlerweile eine stringente Geschichte
abzeichnete, allerdings ließen sich keine konkreten
Schlüsse auf die Lösung ableiten. Karla starrte sie wie
gebannt an. Also sprach Tilda weiter: »Die Überlebenden
müssen gewusst haben, wer der Täter ist. Sie haben aber
nichts gesagt. Dann verschwinden sie. Der Älteste wird
in einem Keltengrab in jener Ausgrabungsstelle gefunden, in der auch die vier zuvor gegraben hatten. Wo sind
die anderen Brüder? Sind sie schon tot? Und falls nicht:
Warum hat der Täter sie nicht auch getötet?«
    Karla hatte während Tildas Zusammenfassung durchge-
hend genickt, als würde sie ihre Freundin anfeuern. Jetzt
hob sie die Hand. »Also, das ist jetzt nur meine weibliche Intuition und Erfahrung als Mutter und Trainerin.

Kinder und Jugendliche, die sind wie Flöhe. Die kriegst du nicht gebändigt. Sie sind zu unberechenbar. Zu schlau. Und schnell mit ihren kleinen Füßen. Wenn der Täter die Jungs irgendwie festgehalten hat, dann hat er dafür bestimmt eine Waffe genutzt. Vielleicht konnte er sie nicht alle kontrollieren? Vielleicht sind die zwei Jüngeren abgehauen? Dadurch steht er mit dem Rücken zur Wand, weil die Geflüchteten ja wissen, wer er ist. Also setzt er alles auf eine Karte und tötet den einen Bruder. Weil er hofft, dass die anderen ihn rächen kommen. Aber die Geflüchteten sind untergetaucht. Sie verstecken sich. Irgendwo. In Todesangst.«

Tilda musste lächeln, als sie in Karlas vor Aufregung gerötetes Gesicht blickte. Ihre Theorie klang logisch. Sie folgte jedoch derselben Logik, wie sie in überzeichneten Spielen und Filmen üblich war. Für die sie selbst von Gräberer kritisiert worden war. Und doch oder gerade deshalb dachte Tilda an die schwarze Hütte. An die Tierköpfe. Der Verschlag war ein Versteck der Karaseks gewesen – ihr Nachbar Siggi hatte das bestätigt. Genau dort hatte der Täter eine Botschaft hinterlassen. Falls er Franz und Nikola noch immer suchte, musste es weitere solche Verstecke geben. Bessere? Tiefer im Wald? Und sie, die den Jäger jagte, musste seine Beute finden. Vor ihm.

An diesem Abend hatte Tilda das aufdringliche Gefühl, sich an einem entscheidenden Punkt des Falles zu befinden. Das Unheil und das Unglück waren längst geschehen.

Die Idylle lag zerrissen vor ihr.

Zwei Jungen waren tot, das kann keiner wiedergutmachen. Egal, wie es ausging.

Dieser Verlust würde bleiben und die Angehörigen bis an ihr Lebensende verfolgen. Selbst in 50 Jahren würde man im Dorf von diesen Tagen erzählen.

Von wegen, die Zeit heilt alle Wunden, dachte Tilda. Die Zeit lässt vielleicht Haut darüber wachsen, das ist alles, aber darunter ist die Wunde noch da.

Aber zwei Jungen waren noch verschwunden. Und nicht nur Tilda fragte sich, ob sich die Suche noch lohnte.

Aber natürlich tat es das. Auch das dachte sie.

Alleine, um das Böse mit aller Macht in seine Schranken zu weisen.

Die meisten Mordfälle geben keine großen Rätsel auf. Meistens sind es Männer, die Frauen töten. Aus Eifersucht. Weil die Frauen ihre Liebe, wenn man das überhaupt so nennen sollte, nicht erwidern oder weil die Liebe nicht mehr da ist. Weil sie sich einen Körper gewaltsam nehmen wollen. Frei nach dem Motto: Wenn ich dich nicht haben kann, soll dich keiner haben. Die Zeitungen nennen das dann »Beziehungsdrama«. Von Mord ist da selten die Rede.

Diese Fälle werfen zwar viele Fragen auf, aber geben keinerlei Rätsel auf. Denn diese Täter werden häufig auf frischer Tat ertappt.

Diese schrecklichen Gewalttaten sind in unserer patriarchalen Gesellschaft so blitzsauber integriert, dass wir kaum noch zusammenzucken, wenn wir davon lesen. Die einzigen beiden Morde, mit denen Tilda bis dahin konfrontiert worden war, waren ebensolche Femizide gewesen. Diese Taten sind unserer Gemeinschaft kaum noch Schlagzeilen wert.

Das Böse kleidet sich mit Vorliebe in Alltagsklamotten und zieht sich Biedermeiermaske über.

Aber von Zeit zu Zeit hat der Teufel Flausen im Kopf.

Und dann entspinnt sich das Drama, ein Kreis- oder Wettlauf, voller Rätsel, Spuren und falscher Fährten, von denen die allermeisten ins Leere laufen. Unsere Gesellschaft wird unruhig, und eine merkwürdige Unsicherheit macht sich breit. Alles wirkt asynchron.

Und ab einem gewissen Moment, wenn sämtliche Möglichkeiten überprüft und sämtliche offensichtlichen Verdächtigen abgeklopft wurden, hilft nur noch der Zufall oder die Zeit.

Eine neue Methode zur Spurenanalyse wird entwickelt. Ein Paar trennt sich oder Freundschaft endet und ein Mitwisser gibt jahrzehntelang geheim gehaltene Informationen preis. Ein Täter gerät in eine Verkehrskontrolle und den Streifenpolizisten fallen Skimaske und Panzertape auf.

Und so war es auch in den Mordfällen von Peter Ostrach und Jakob Karasek, in denen Tilda zum richtigen Zeitpunkt die richtige E-Mail erhielt, daraus die richtigen Schlüsse zog und eine Reihe von Geschehnissen lostrat, die die Bestie am Ende zu Fall brachten. Und all die Nebenschauplätze, all die Verhöre und all die Theorien waren plötzlich nichtig und verzogen sich wie Nebelschwaden.

Aber so funktioniert das Leben eben. Wir sind alle die Summe unserer Entscheidungen. Jeder Tag hält Tausende davon für uns bereit, und so ist unser Leben ein Labyrinth an Wahrscheinlichkeiten. Und diese überlagern sich und schichten sich auf, sodass immer neue Knotenpunkte entstehen. Deshalb gibt es eigentlich auch keine Zufälle – aber jede Menge unwahrscheinliche Ereignisse.

Und die musst du dir erarbeiten.

Wie Tilda.

In der folgenden Nacht schlief Tilda schlecht.

Sie zuckte und zappelte, schwitzte und verkrampfte sich.

Und zu allem Übel träumte sie von der schwarzen Schlange, die im Traum fast drei Meter maß. Tilda folgte ihr ins hohe Gras, verfolgte sie durch den Wald und dann sogar in die Donau, die sich schwarz verfärbte, als sich die Höllenotter ins Wasser schlängelte. Tilda tauchte ihren Kopf in das dunkle Wasser, das sie sogleich absorbierte und mithilfe von unbekannten Kräften hinab in die Schwärze zog. In der völligen Düsternis waren die leuchtenden Schlangenaugen die einzige Lichtquelle. Das Tier spielte mit ihr. Tilda war ihm in die Falle gegangen. Und gerade als die Schlange ihr Maul so weit aufriss, dass sie die träumende Kommissarin problemlos mit einem Biss hätte verschlingen können, wachte Tilda schweißgebadet auf.

Sie griff aus Instinkt nach ihrem Handy auf dem Nachttisch und war überrascht, als ihr eine Mail von Eliz Yildiz entgegenblitzte, die offensichtlich nur selten schlief. Es war 6 Uhr.

Hallo, Tilda, stand darin. *Ich hoffe, es ist in Ordnung, dass ich dir direkt schreibe. Hab einige neue Erkenntnisse über das Schwert. Bin gegen zehn wieder vor Ort, vielleicht hast du Lust auf einen Kaffee? Falls nicht, können wir auch jederzeit telefonieren. Bis dann!*

Natürlich, das Schwert! Sie hatten darin zunächst für kurze Zeit die Tatwaffe vermutet, aber das rostige Ding war bei der Bergung des Leichnams beinahe auseinandergefallen. Nach ersten Untersuchungen seitens der Gerichtsmedizin war klar, dass diese Waffe wohl in das ursprüngliche Grab gehört hatte und damit eher ein Fall für Eliz Yildiz und ihr Team war. Tilda hatte keine Lust auf eine weitere Begegnung mit der Schlange und brach deshalb schon kurze Zeit später auf, um sich mit der Archäologin zu treffen.

»Wir werden die Grabungen für ein, zwei Wochen pausieren müssen«, informierte Eliz sie. »Und alles andere würde sich seltsam anfühlen. Ich arbeite in der Zwischenzeit an der Uni, aber hab ja meinen ganzen Scheiß noch hier.« Eliz sah trotz der unchristlichen Uhrzeit unglaublich frisch aus. Tilda blickte eifersüchtig auf ihre grandiose Lockenmähne und strich eine leicht fettige Strähne möglichst unauffällig unter die Kapuze ihres Anoraks.

»Das ist ein ziemliches Gependel, oder?«

»Das gehört dazu, und wir sind hier in Ferienwohnungen untergebracht. Außerdem bin ich gern draußen – außer wenn wir eine Leiche finden. Also eine frische. Mit den alten komm ich klar.«

»Das wollte ich dich noch fragen: Du sagtest, dass ihr … Ähm, wir … Nein, du … Also, Jakob wurde in einem Grab gefunden, in dem zuvor ein anderer junger Mann begraben wurde. Zusammen mit Wölfen? Ist das typisch?« Tilda merkte, wie schwer es ihr fiel, über den Toten zu sprechen. Peter hatte sie nicht gekannt, das führte wie automatisch zu einer gewissen Distanz. Aber mit Jakob hatte sie gesprochen. Ihm war sie begegnet. Als Lebendem.

»Das ist nicht typisch, ganz und gar nicht. Also, wir finden schon regelmäßig tierische Grabbeigaben, wenn auch nicht in so einer exzessiven Form, wie es im ägyptischen Gräbern der Fall ist, wo die Kollegen teilweise 50 mumifizierte Krokodile entdecken. Aber Schädel sind beliebt. Geweihe. Krallen. Zähne. Das Zeug eben, das sich Jäger auch noch heute an die Wand hängen. Aber drei Wolfsschädel? Davon hab ich noch nie gelesen. Möglicherweise war er ein besonders herausragender Krieger. Vielleicht ein Jäger? Kann alles sein. Bei der Geschichtsforschung ist immer auch viel Herumgerate und Interpretation dabei.«

»Das kommt mir irgendwie bekannt vor«, meinte Tilda.

Eliz nickte. »Ist so, oder? Ich hab das heute Morgen beim Fahren gedacht. Ohne Scheiß, eigentlich machen wir zwei genau das Gleiche. Ich habe eine Leiche, du hast eine Leiche. Und wir teilen uns ein Grab und sollten jetzt alles darüber herausfinden. Richtige Ironie des Schicksals! Unser Junge war übrigens ebenfalls zwischen 14 und 17 Jahren alt und ist einen gewaltsamen Tod gestorben. Aber seine Mörder, da können wir uns sicher sein, die sind schon tot. Sorry, wenn ich so flapsig daherrede, wir Archäologen haben ein weirdes Verhältnis zum Tod.«

Vor Tildas geistigem Auge tauchten die Bilder von Jakobs Leiche auf. Die Inszenierung. Der Horror. Doch als sie jetzt darüber nachdachte, bemerkte sie Ungereimtheiten.

Da waren Verweise auf die Keltenzeit, wie das Schwert und das Grab. Aber da war auch die Wunde, die an Jesus erinnerte und damit eine Querverbindung darstellte zu dem schwarzen Kreuz bei Peter. Das war nicht kohärent. Kein fehlerfreies Bild. Das war irgendwie willkürlich. Wie ein B-Movie-Regisseur, der sich bei Kubrick, Coppola und Tarantino bediente.

»Worüber denkst du nach?« Eliz riss Tilda aus ihren Gedanken.

»Ich hab mich einfach gefragt, wie das alles zusammenpassen soll. Die ganze Symbolik und so«, erklärte Tilda ihr Abdriften.

»Gar nicht. Das passt nicht zusammen. Also wenn ich eins in meinem Beruf gelernt habe: Wir sehen überall Zusammenhänge. Zahlen und Formen und Kombinationen. Und dann schließen wir erst das eine daraus und das wird widerlegt, und dann kommt die nächste Theorie daher und in Wirklichkeit ist alles viel einfacher. Irgendjemand hat irgendwann irgendwas entschieden. Weil gerade das Material da war. Oder weil es gut ausgesehen hat. Vielleicht weil sie früher Feierabend machen wollten. Weißt du, was ich meine?«

Tilda war sich nicht ganz sicher, nickte jedoch trotzdem und erinnerte sich an Eliz' Email. »Du meintest in deiner Mail, dass du mehr über das Schwert herausgefunden hast?«

»Stimmt, genau. Ich hab darauf ja noch mal einen Blick geworfen, als klar war, dass man damit niemanden mehr abstechen konnte. Zugegebenermaßen habe ich keine besonders spannenden Erkenntnisse. Das Teil stammt tatsächlich aus der Keltenzeit. Ziemlicher Standard, um ehrlich zu sein. Klassisches Eisenschwert. Davon findet man recht viele, vor allem hier in der Gegend. Es ist recht gut erhalten, wenn auch naturgemäß vom Rost zerfressen. Ich frag mich nur, wo es gefunden wurde.«

»Also stammt das Schwert nicht aus dem Grab?«

»Ach so, nein, auf gar keinen Fall. Das wurde schon vor ziemlich langer Zeit ausgegraben. Der Rost wurde teilweise abgetragen und abgeschmirgelt, das macht man heute in der Form nicht mehr. So sehen Museumsstücke aus, die in den 70er- und 80er-Jahren präpariert wurden.«

»Das heißt, das Teil ist ein Original, das wohl mal ausgestellt und nun mit Jakob im Grab platziert wurde?«

»Hundert Punkte! Und deshalb kam mir vorhin so eine Idee, weil ich mich ja jetzt ein wenig wie eine Kommissarin fühle. Ich hab dir doch von diesem Einbruch im Museum erzählt. Ich habe auf die Schnelle online nichts gefunden, und den Museumsleiter, den erreicht man ja sowieso nur alle Schaltjahre, aber ich glaube tatsächlich, dass damals unter anderem Schwerter gestohlen wurden. Ich meine, die Museen hier auf dem Land sind sowieso voll mit Schwertern. Alleine, damit die kleinen Jungs was zum Gucken haben.«

Tildas Hirn ratterte. Warum hatte sie nicht früher daran gedacht? Vielleicht waren die Jungs ins Museum eingestiegen? »Du meinst, das Schwert könnte aus unserem Heimatmuseum gestohlen worden sein?«

»Das ist nur eine Theorie, aber würde ja irgendwie Sinn ergeben, oder? So viele Keltenschwerter sind ja auch nicht im Umlauf.«

»Das würde bedeuten, dass entweder der Täter oder Jakob und seine Brüder ins Museum eingebrochen sind.«

Eliz strahlte euphorisch. »Du musst dringend diesen Einbruch aufklären!«

Tilda wollte sich bereits verabschieden, als ihr etwas einfiel. »Schau mal, das wollte ich dir zeigen.« Sie kramte die Pfeilspitze aus ihrer Jackentasche. »Ist das auch so museumstechnisch abgeschmirgelt?«

Eliz blickte konzentriert auf das Fundstück. »Wo hast du das her?«

»Das hat Peters Mutter in seinem Zimmer gefunden.«

»Ich wusste es!«

»Was?«

»Die kleinen Scheißer haben natürlich nicht alles zurückgebracht.«

Pfeiffer wartete schon vor dem Museum, das in den 60er-Jahren in der alten Zehntscheuer des Dorfes errichtet worden war.

»Soso, will sich die werte Frau Mordermittlerin ausnahmsweise von bodenständiger Polizeiarbeit inspirieren lassen?«, begrüßte sie Pfeiffer in gewohnter Manier.

Der Dorfpolizist hatte bei dem Einbruch vor etwas mehr als eineinhalb Jahren ermittelt. Wohlgemerkt erfolglos, was Tilda ihm sogleich unter die Nase rieb: »Wirklich wahnsinnig inspirierend, wie du die Einbrecher *nicht* gefunden hast.«

»Es ist noch kein Meister vom Himmel gefallen.«

»Du machst das Ganze aber schon ne Weile. Wird langsam Zeit.«

»Ach, weißt du, früher, da habe ich auch auf die Aufklärungsquote geachtet. Ich hab richtig Buch geführt. Aber wenn du dann den ersten Fall nicht lösen kannst, ist der Bann gebrochen. Dann verstehst, dass du nicht alle kriegen kannst. Unmöglich. Und dadurch wird man entspannter.«

»Damit, entspannter zu werden, hast du es ein wenig zu weit getrieben, Schorsch.«

»Warts nur ab, ich hab nachher noch ein detektivisches Schmankerl für dich.«

»Da bin ich aber gespannt«, sagte Tilda ironisch. »Warum stehen wir hier eigentlich rum? Sollen wir nicht reingehen?«

Pfeiffer winkte ab. »Wir warten auf den Museumsleiter, Pierre Achert. Ein Schnarchzapfen vom Allerfeinsten.«

Eliz hatte Tilda schon ausführlich von Achert berichtet. Davon war bei ihr vor allem die Beschreibung »menschgewordene Häkelanleitung« hängen geblieben. Sie sagte: »Dann solltet ihr beide euch ja prächtig verstehen.«

»Tun wir auch. Wir haben damals nach der Tatortbesichtigung noch ein Stück Schwarzwälder zusammen gegessen.«

»Das ist also die bodenständige Polizeiarbeit. Apropos: Vielleicht kannst du mir gleich was über den Einbruch erzählen?«

Pfeiffer machte Bewegungen, als würde er sich für einen Boxkampf aufwärmen. »Das war eine aufregende Sache. Wir sind hier ja mitten im belebten Ortskern, also normalerweise ist hier auch in der Nacht was los. Da sind praktisch immer Leute unterwegs.«

Tilda blickte einmal im Kreis und sah nichts als ausgestorbene Gassen. Sie verkniff sich einen Kommentar dazu und lauschte weiter Pfeiffers Ausführungen.

»Aber an dem Tag war Apfelfest vor dem Rathaus.«

»Apfelfest? Das hab ich noch nie gehört.«

»Es gibt eine Handvoll junger Menschen im Dorf, die Lust auf Landwirtschaft haben und hobbymäßig Hühner und Ziegen und so halten. Die haben außerdem die alten Streuobstwiesen wiederbelebt. Richtig klasse, wenn du mich fragst. Die jungen Leute haben einen Verein gegründet, und dieser Verein veranstaltet seit drei, vier Jahren das Apfelfest vor dem Rathaus. Superding, so was hat gefehlt. Da gibt's dann Most und Apfelkuchen. Immer im Herbst, und eben auch an unserem Einbruchstag. Da spielt eine Band, und es wird gesungen, und alle sind auf den Beinen. Das haben die Einbrecher ausgenutzt.« Er zeigte auf ein tief eingelassenes Fenster in der dicken Wand des Museums. »Die haben einfach die Scheibe eingeschlagen, als wär's nichts. Wirklich dreist. Den Schneid musst du erst mal haben. Der Achert war vollkommen außer sich. Der hat sich bis heute nicht von dem Tag erholt. Ja, schau an, wenn man vom Teufel spricht. Tag, Chef, auf dich haben wir gewartet.« Ein komplett in Beige gekleideter Mann mit zerzaustem Haar und kringeligem Schnurrbart kam in Schlangenlinien angefahren. Tilda dachte für einen Moment, dass der Museumsleiter eventuell betrunken war, erkannte dann aber, dass sein Fahrrad sich mehr als offensichtlich nach einem schnellen Ende auf einem Schrottplatz sehnte.

Die Gestalt stieg ungelenk ab und reichte ihnen die Hand. »Bonjour, Schorsch! Und Sie müssen die Frau Marder sein, ich habe schon einiges von Ihnen gehört. Der Herr Bürgermeister hält große Stücke auf Sie.«

Tilda war irritiert. Wieso sprach der Bürgermeister mit dem Museumsleiter ausgerechnet über sie? Merkwürdig. Egal. Man musste auch nicht alles verstehen.

Der Museumsleiter, der den Namen Schorsch eher französisch aussprach, vollzog einen ungewöhnlich schwachen Händedruck. »Achert ist mein Name. Pierre Achert. Ich bin äußerst erfreut, dass Sie unseren Fall noch einmal von Grund auf aufrollen. Eine Tragödie war das, ein Schlag für die Kulturgeschichte im Donautal. Und selbst ein ausgewiesener Fachmann wir Schorsch ist damit an seine Grenzen gestoßen.«

Pfeiffer vollführte eine merkwürdig wippende Bewegung mit seinem Kopf, die Tilda nicht deuten konnte. Sie blickte ohnehin fasziniert auf den Museumsleiter, der jede seiner Bewegungen in Zeitlupe absolvierte. Noch während seiner Begrüßung kramte Achert einen massiven Schlüsselbund aus seiner Hose und suchte sich durch circa 30 identisch aussehende Schlüssel, bis er endlich den richtigen gefunden hatte und das Zehntscheuer-Museum öffnete. Er deutete auf eine leuchtende Apparatur über der Tür. »Alles neu, erstklassige Alarmanlage, nur das Beste. Wir haben jetzt auch Kameras. Unser altes Sicherheitssystem hat ja komplett versagt.«

Tilda hatte zuvor nie jemanden mit solcher Inbrunst von einer Alarmanlage schwärmen hören.

Pfeiffer ergänzte: »Das alte System war komplett veraltet, die Einbrecher haben es damals einfach kaputtgeschlagen. Hätte aber wahrscheinlich eh nicht ausgelöst, weil nur die Tür gesichert war. Dämlicher geht's kaum.«

»Frau Marder, Sie können sich den Grad der Gewalt nicht vorstellen. Hier lag alles in Scherben, fürchterlich.« Achert senkte sein Haupt, als würde er verstorbener Helden gedenken.

Vor ihnen erstreckte sich nun ein Potpourri aus Stellwänden und Schaukästen. Die DNA eines jeden Heimatmuseums.

»Wir haben drei Stockwerke mit drei Themenbereichen. Im ersten Stockwerk befindet sich unsere feste Ausstellung zur Dorfgeschichte. Ganz gelungen, auch ohne Selbstlob. Da kann ich Ihnen den Besuch nur ans Herz legen. Das zweite Stockwerk widmet sich der Fastnacht, und im dritten haben wir die Möglichkeit, lokalen Hobbykünstlern ein offenes Forum zu bieten. Die Resonanz hält sich bislang Grenzen, zuletzt präsentierten wir die gelungenen Blumenporträts einer hochtalentierten junge Damen, deren Name mir gerade entfallen ist. Egal, der kommt schon wieder. Und last, but not least wäre da noch …«

Sogar für Pfeiffer ging diese Schlaftablettenabhandlung zu langsam voran, sodass er dem Museumsleiter ins Wort fiel. »Unterm Dach ist noch ein Lager. Hat die Strolche damals alles nicht interessiert, die sind im ersten Stock geblieben und haben sich dort auf die Ausstellungsstücke gestürzt.«

»Wir hatten zu der Zeit noch andere Glasvitrinen, die waren tatsächlich nur zum Schein gesichert.«

»Irgendein Schlaumeier hatte da drin willkürlich lose Kabel verklebt, dass man wirklich kein Meistereinbrecher sein musste, um das Alarmsystem als Attrappe zu erkennen.«

Acherts gesenkter Blick ließ stark vermuten, dass er sehr wohl wusste, wer dieser Schlaumeier gewesen war. Wohl um das Thema ad acta zu legen, rümpfte er empört die Nase. »Frau Marder, diese Tiere sind mit einer Gleichgültigkeit vorgegangen, die ihresgleichen sucht.«

Pfeiffer widersprach ihm: »Ehrlich gesagt war ich überrascht, wie bedächtig sie im Ausstellungsraum vorgegangen sind. Klar, das Fenster musste dran glauben, aber hier im Raum haben sie die Glasfronten fein säuberlich aufgeschoben und vorsichtig abgestellt.«

Achert reagierte einigermaßen empört auf Pfeiffers Aussagen. Tilda konnte sich die beiden Gockel kaum beim gemeinsamen Kuchengenuss vorstellen.

»Bedächtig, sagt er. Wirklich bedächtig, wie sie unsere wichtigsten Ausstellungsstücke geraubt haben. Ich war ebenfalls hochgradig positiv überrascht, fast schon begeistert vom Vorgehen dieser Gentlemangangster. Also, Schorsch, ich bitte dich.«

Tilda konnte ein Schmunzeln kaum unterdrücken, entschied sich aber trotzdem, dem Gespräch ein wenig mehr Format zu verleihen. »Was haben die Täter denn alles mitgenommen?«

»Praktisch unsere gesamte Keltenvitrine wurde leergeräumt. Inklusive Schmuckstücken, Ohrringen, Halsketten, aber auch Waffen. Ein Dolch, mehrere Speerspitzen und insgesamt drei Schwerter.«

Bingo. Warum nicht gleich so. Tilda hatte sich von Eliz ein Bild des entscheidenden Schwertes schicken lassen und hielt Achert, der einige Zeit brauchte, um mit seiner Brille den richtigen Winkel zu finden, nun ihr Smartphone unter die Nase.

»Potzteufelsblitz! Ich fasse es ja nicht!«

Tilda zuckte regelrecht zusammen. Einen solch emotionalen Ausruf hätte sie dem schrulligen Museumsleiter nicht zugetraut. Abgesehen davon war sie sich sicher, dass das Wort Potzteufelsblitz gar nicht existierte.

»Das ist unser Langschwert. Natürlich. Ich hatte es zigmal in den Händen. Nicht zu fassen! Haben Sie das Bild auf Ebay gefunden? Wollen die es verkaufen?«

»Nein, wir haben das Schwert. Es wird aktuell noch untersucht, anschließend bekommen Sie es zurück.«

»Dann haben Sie auch die Einbrecher? Warum sind Sie denn nicht gleich mit der Sprache herausgerückt?« Achert schoss vor lauter Freude durch den Museumsraum und dachte wohl für eine Sekunde darüber nach, Pfeiffer mit einer Umarmung zu umschlingen, entschied sich dann aber für einen überaus uncoolen High-five-Handcheck.

»In Sachen Täter muss ich Sie enttäuschen, da sind wir leider nicht wirklich weiter. Allerdings kann ich Ihnen versichern, dass diese Typen gerade mit einem Höchstaufgebot an Polizei gesucht werden.«

Achert hörte nicht mehr richtig zu. »Entschuldigen Sie bitte, ich bin ganz aus dem Häuschen. Macht es Ihnen etwas aus, wenn ich kurz telefoniere?«

»Nein, nein. Ganz und gar nicht. Herr Pfeiffer und ich sollten uns ohnehin unterhalten.« Als Achert sich in Richtung des zweiten Stockwerks verzogen hatte, richtete Tilda die Aufmerksamkeit auf ihren alteingesessenen Kollegen. »Schorsch, hattest du damals eine Idee, wer hier eingebrochen sein könnte?«

»Nein, wirklich nicht! Ich meine, ich hab dafür nicht die ganz großen Geschütze aufgefahren, aber das Ding war recht schnell ausermittelt. Das war schon ein ungewöhnlicher Bruch, ansonsten konzentrieren sich die Banden in der Gegend ja eher auf Vereinsheime oder Restaurants, die ein Stück außerhalb stehen.«

»Gab es gar keine Spuren oder Anhaltspunkte?« Tilda hoffte darauf, dass Schorsch Pfeiffer noch einmal den aufstrebenden Jungpolizisten in sich weckte, den ihre Eltern in den höchsten Tönen gelobt hatten.

»Wir hatten eine Zeugenaussage, aber das war ein Sturzbesoffener, der da vorne die Gasse entlangkam, weil er sich übergeben musste. Der meinte, es seien mindestens vier Täter gewesen. Er hat die nämlich beim Aussteigen beobachtet. Das war's auch schon.« Mindestens vier Täter. Wenn der Besoffene nicht gerade doppelt gesehen hatte, passte das. »Du hast vorhin das Wort ›bedächtig‹ benutzt?«

»Damit wollte ich ehrlich gesagt ein wenig den alten Achi auf die Palme bringen. Aber es stimmt schon, die hatten die Ruhe weg. Fenster einschlagen, reinklettern und in aller Ruhe die Vitrinen auseinanderschrauben, obwohl man die ja genauso gut hätte einschlagen können. Ich denke, die wussten, dass die Ausstellungsstücke nicht gesichert waren. Jemand der dafür ein Auge hat, konnte das auch als ganz normaler Besucher feststellen. Ich geh fest davon, dass die das Museum vorab unter die Lupe genommen hatten.«

»Ich habe mich vorhin schon mit Eliz Yildiz darüber unterhalten. Wenn das Schwert, das wir bei Jakob gefunden haben, wirklich aus dem Museum stammt, dann müssen entweder die Jungs oder der Täter hier eingebrochen sein.«

»Oder es war jemand, der das Teil auf dem Schwarz-markt gekauft hat.«

Fuck. Daran hatte Tilda gar nicht gedacht. Manchmal übersah man die offensichtlichsten Details. »Richtig! Du hast es ja immer noch drauf.«

»Jetzt wart mal ab. Ich hab nämlich damals noch hier vor Ort einen zweiten Einbruch lokalisiert, bevor der Bestohlene es überhaupt bemerkt hatte.«

Tilda ahnte angesichts von Pfeiffers gewichtigem Ton-fall Böses, schluckte ihren frechen Konter hinunter und hörte weiter zu.

»Der Raum war total sauber, aber eine Kleinigkeit hat nicht ins Bild gepasst. Und jetzt pass auf, Tilda, darauf bin ich richtig stolz. Da lagen so zwei, drei hellgraue Steinchen auf dem Boden. Die hatten die Einbrecher wohl mit ihren klobigen Schuhen reingeschleppt. Und da ist mir sogleich ein Licht aufgegangen. Du kennst doch das große Fabel-Anwesen?« Pfeiffer erwischte Tilda auf dem falschen Fuß.

»Nein? Was? Das ging mir jetzt zu schnell.«

»Na, das umgebaute Schlösschen am Waldrand Rich-tung Serpentinen.«

»Ach, Gutenwein?« Das Schloss am Ortsausgang, an das sich der Radweg schmiegte, war ein besonders belieb-tes Fotomotiv bei Touristen und ein kleines Wahrzeichen des Dorfs. Es befand sich seit vielen Jahrzehnten in Pri-vatbesitz, und deshalb hatte es kaum jemand Lebendes von innen gesehen. Ein Umstand, den ihr Vater seit jeher bedauerte.

»Klar kenn ich Gutenwein. Aber wem gehört das – der Familie Fabel? Schon lange? Stand es nicht immer leer? Es ist doch teilweise zerfallen.«

»Es hat denen schon immer gehört, aber der alte Fabel

war ziemlich knausrig. Von den Reichen lernst du das sparen. Inzwischen führt der Junior die Geschäfte und der ist tatsächlich in das Schloss gezogen. Einwandfreier Bursche! Hat praktisch im Alleingang die Industrie hier im Ort wieder angeschoben.«

Alte Polizisten schienen Vincent Fabel allesamt zu vergöttern, stellte Tilda fest. »Wir kommen vom Thema ab.«

»Das gehört zur Geschichte dazu. Als der Umbau fertig war – das war bis dahin ein Mordszinnober mit Denkmalschutz und so weiter –, hat der Vincent Fabel die … na ja, eine Auswahl wichtiger Personen aus dem Dorf zu einem Barbecue eingeladen. Ich bin ja der Meinung, ein ›Grillabend‹ hätte es auch getan.«

»Und du gehörst zu dieser Dorfprominenz?«

»Selbstverständlich. Jedenfalls hat Fabel seinen Innenhof mit diesem besonderen Kies auslegen lassen. Das Beste vom Besten. Ich hab mich mit ihm da noch drüber unterhalten, japanischer Marmor oder so. Und deshalb …«

»… hast du die Steine hier wiedererkannt. Fuck, Pfeiffer, du hast richtige Miss-Marple-Qualitäten.«

»Siehst du mal! Ich habe dann gleich den Vincent auf seinem Handy angerufen, die Nummer hat er mir nämlich persönlich gegeben. Der war ganz durch den Wind, weil er gerade erst vom Apfelfest heimgekommen war, und der Arme ist aus allen Wolken gefallen, als ich ihn gefragt habe, ob bei ihm eingebrochen wurde. Mit dem Handy am Ohr ist er durch sein Schloss marschiert, und plötzlich klang er alarmiert und sagte: ›Schorsch, tut mir leid, ich glaub, du musst deinen Feierabend noch mal verschieben!‹ Da hatten wir direkt den zweiten Tatort.«

»Du glaubst es nicht. Aber wie passen die beiden Orte zusammen – ein Museum und ein Privathaus?«

»Ich glaube halt, dass die das Schloss beim Auskund-schaften gesehen haben, und es für ein Museum gehal-ten haben.«

Das leuchtete Tilda ein, passte allerdings nicht so richtig zu ihrer aktuellen Theorie, dass Peter und die Karaseks in das Museum eingestiegen waren. Die hätten gewusst, dass sich im Schloss kein Museum befand.

»Soll ich den Vince mal kurz anrufen?«, schlug Pfeif-fer vor. »Der führt uns gerne rum. Und das Schlösschen ist immer einen Besuch wert. Bei dem klopfen ständig die Radler an und fragen, wann er es denn endlich für die Öffentlichkeit zugänglich macht.«

»Mein Vater wird richtig neidisch sein, wenn er erfährt, dass ich das Schlösschen von innen sehen durfte«, sagte Tilda einige Zeit später auf der Fahrt Richtung Gutenwein zu Pfeiffer. Ihr Vater, der sich natürlich auch für die Bur-gen und Schlösser des Donautals interessierte, hatte ihr auf so manchen Spaziergängen von dem außergewöhnli-chen Bau vorgeschwärmt.

»Das glaub ich dir sofort. Das ist schon ein echtes Schmuckstück«, antwortete Pfeiffer, und Tilda war sich sicher, dass in seiner Stimme eine ordentliche Prise Stolz mitschwang.

Vincent Fabel erwartete sie bereits in der Einfahrt. Er trug einen schwarzen Anzug kombiniert mit nach hinten gegelten Haaren und winkte ihnen freudig zur Begrüßung zu. Auch wenn Tilda eine grundsätzliche Abneigung gegen alle Formen von zur Schau gestelltem Reichtum in sich trug, kam sie nicht umhin, einmal mehr festzustellen, dass der Jungunternehmer optisch als Filmstar durchgegangen wäre. Des Weiteren wurde ihr jetzt erst bewusst, wie hinmelschreiend die Unterschiede zwischen Fabel und Heinz-Uwe Stadler, dem anderen prominenten Industrieerben des Dorfes, waren. Wie Tag und Nacht.

»Willkommen auf Schloss Gutenwein!«, empfing sie Vincent. »Sorry, das klingt immer so übertrieben spießig und aufgesetzt. Aber ja, schön, dass ihr da seid.«

Tilda schlug sich beim Aussteigen den Kopf an der Autotür an, weil sie sofort den Kies in der Einfahrt in Augenschein nehmen wollte. Perfekt, gleich mal einen guten Eindruck machen, dachte sie sich, ehe sie mit schmerzender Stirn das Wort an den Gastgeber richtete: »Vielen Dank, dass du uns so kurzfristig empfängst.«

»Brauchst du Eis für den Kopf?«, fragte der Schlossherr besorgt.

»So weit kommt es noch. Alles gut, danke.«

Pfeiffer blickte erstaunt zwischen den beiden hin und her. »Ihr kennt euch? Warum erzähl ich dir dann die halbe Lebensgeschichte von dem Kerl?«

»Darum hat dich keiner gebeten, Schorsch. Vincent und ich sind uns zufällig begegnet, als wir beim Handball hintereinander gesessen haben«, sagte Tilda und war einmal mehr vom fehlenden Fingerspitzengefühl ihres Kollegen überrascht.

Der Hausherr nahm es mit Humor. »Schorsch, du bist schon so eine Nummer. Ich hoffe, du hast auch von meinen Steaks geschwärmt.«

»Da bist du bei der Marder an der falschen Adresse. Die isst mit Vorliebe unserem Essen das Essen weg.«

Der Spruch war so blöd, dass Tilda nicht einmal wütend werden konnte. Sie entscheid sich gegen einen Konter und verdrehte stattdessen demonstrativ die Augen.

Fabel grinste und wies mit seinem Arm Richtung Hauptgebäude. »Soll ich euch herumführen?«

Ehe Tilda reagieren konnte, ergriff ihr Kollege das Wort: »Klar, wir sind ja nicht ohne Grund hergekommen«, tönte Pfeiffer, und sie schlossen sich fast wie Touristen dem vorauseilenden Unternehmer an.

»Das mach ich doch gerne! Ihr müsst wissen, dass Schloss Gutenwein seit 1962 in unserem Familienbesitz ist. Meine Mutter hat nie verstanden, warum sich mein Vater dazu hinreißen ließ, diese Immobilie zu übernehmen, zumal er eigentlich zu keinem Zeitpunkt großes Interesse an ihr gezeigt hat. Ich erinnere mich aber, dass wir von Zeit zu Zeit Sommerfeste hier im Hof gefeiert haben. Das sind so mit meine schönsten Kindheitserinnerungen«, erklärte Fabel, während sie sich in Richtung des Haupthauses bewegten, das von einer kleinen Kapelle und einer Art langgezogenen Stallscheune eingefasst war. »Ich bin bei der Gelegenheit mit meinen Cousins in die Keller und Kerker gestiegen, das war vielleicht ein Abenteuer.« Während seiner Erzählung leuchteten seine Augen regelrecht auf, und Tilda dachte, dass so eine Kindheit auf dem Schloss sicher ihren Reiz hatte.

Fabel, der die Polizisten nicht mit seiner gesamten Biografie nerven wollte, machte einen gehörigen Zeitsprung. »Als dann vor vier Jahren klar war, dass ich das Geschäft übernehmen werde und deshalb auch hierher zurückziehen musste – keine Sorge, Schorsch, ich mach nur Spaß. ›Zurückziehen durfte‹ ist der bessere Ausdruck. Jedenfalls hatte ich plötzlich diese lose Idee im Kopf, im Schlösschen zu wohnen. Und ich hab halt den Dickschädel von meinem Vater geerbt. Wenn ich mir etwas in den Kopf gesetzt habe, ziehe ich das auch durch. Wir sind einige Male mit diesen dicken Schädelplatten gegeneinander gerannt, wie diese seltsamen Dickkopfsaurier …«

»Pachycephalosauria!«, warf Tilda ein und schämte sich sogleich für ihr Nerdwissen.

»Wow, genau! Du bist auch Dinofan?«, zeigte Vincent sich beeindruckt. »Also offensichtlich. Und versierter als ich. Mein Wissen endet leider mit dem Brachiosaurus. Ich würde alles dafür geben, ein echtes Saurierskelett zu besitzen.«

Fabel öffnete die massive Eingangstür aus Eiche, und sie betraten einen beeindruckenden Empfangssaal, der von einem massiven Kronleuchter erhellt wurde und den Blick auf ein epochales Treppenhaus eröffnete. Tilda entfuhr ein leises: »Wow!«, und sie war froh, dass es unbemerkt blieb. Fabel lächelte sie trotzdem an. Aber nicht arrogant. Oder angeberisch. Eher verlegen. Sympathisch.

»Ja, so sieht es hier jetzt aus. Die ganzen Holzverkleidungen haben uns massive Kopfschmerzen bereitet, weil du sie wegen des Denkmalschutzes nichts ohne Genehmigung bearbeiten kannst«, erklärte er.

Pfeiffer strich mit der Hand über das dunkelbraune Treppengeländer und ergänzte mürrisch: »Ich hab manchmal das Gefühl, dass es den Leuten vom Denkmalschutz lieber wäre, wenn man die alten Bauten verrotten lassen würde.«

»Du, Schorsch, die machen doch auch nur ihren Job. Aber klar, wenn du dir wirklich jede einzelne Schraube abnehmen lassen musst, wird es irgendwann ungemütlich. Umso zufriedener bin ich mit dem Ergebnis.«

Und das konnte er wahrlich sein. Tilda war der Meinung, dass es Fabels Architekten gelungen war, das Schloss mit einem gewissen Charme stilsicher zu renovieren, ohne die Essenz des Vergangenen dabei zu zerstören. An den Wänden hingen markante Kupferstiche und Radierungen, davor standen auf schlichten Sockeln geschwungene Steinskulpturen.

»Alles Originale!«, erklärte Pfeiffer so selbstsicher, als wäre es sein Haus. Zwischen den Kunstwerken hatte Fabel schlicht gehaltene Designermöbel platziert. Die Kombination der Stile ergab ein merkwürdig rundes Gesamtbild.

»Mein Vater ist leidenschaftlicher Kunstsammler. Also, er ist nicht wirklich versiert, er kauft halt einfach viel. Er hat Spaß daran. Und seit den späten 6oern ist da einiges zusammengekommen. Ein paar echte Perlen. Er hat zum Beispiel einen frühen Basquiat geschossen. Dazu meinte meine Mutter immer: ›Auch ein blindes Huhn findet mal ein Korn‹«, sagte Fabel, während er den Blick schweifen ließ. Schorsch Pfeiffer lachte zu laut für jemanden, der unter Garantie noch nie den Namen Basquiat gehörte hatte. Sie gingen gemeinsam die Treppe nach oben und Fabel setzte seine Erzählung fort. »Die meisten Werke hat mein Vater eingelagert. Meine Innenausstatterin ist sich wie im siebten Himmel vorgekommen, als ich ihr einen Freifahrtschein für das Lager ausgestellt habe. Es war ihre Idee, das Stallhaus zu einem Partyraum mit inkludierter Galerie auszustaffieren. Aber dazu kommen wir noch. Erst mal die Küche! Ach und überhaupt: Darf ich euch was zu trinken anbieten?« Die Küche war ein Kunstwerk für sich. Schwarze Steinplatten formten eine zentrale Arbeitsfläche, um die herum ein Zusammenspiel der Jahrhunderte wirbelte. »Für mich ist die Küche der wichtigste Ort des gesamten Hauses. Ich koche sehr gerne, das hab ich mir in Amerika angeeignet, dort ist das ja beinahe alternativlos bei all dem Fast Food. Und ich habe so eine kleine Obsession in Bezug auf Messer. Ich besitze Messer aus circa, lasst mich nicht lügen, 43 Ländern. Einige davon sind einige hundert Jahre alt. Mich fasziniert, wenn ein Gegenstand eine Geschichte hat. Versteht ihr, was ich meine? Wenn etwas über Generationen genutzt wurde.«

Pfeiffer nickte anerkennend, während er ein Pale Ale schlürfte, das Tilda kurz zuvor dankend abgelehnt hatte. Sie hatte die Führung bis dahin vor allem aufgrund der interessanten Teilnehmerkonstellation genossen, doch jetzt meldete sich langsam das schlechte Gewissen. Es hatte schließlich einen Grund, warum sie hier waren.

»Ich will nicht hetzen, aber …« Fabel hob entschuldigend die Hände.

»Oh Mann, es tut mir leid. Ich bin so eine Labertasche, aber das Ding hier ist halt mein Baby, da komm ich immer ins Plaudern. Sorry, wir gehen sofort runter.« Fabels Unbehagen war nicht gespielt. Tilda fand es irgendwie nett. Pfeiffer hingegen fand es augenscheinlich unentschuldbar.

»Stell dich nicht so an, Marder. So einen Einblick bekommt man einmal im Leben, da kommt es nicht auf ein paar Minuten an. Mindestens das Kaminzimmer müssen wir uns noch anschauen«, bettelte Pfeiffer.

Tilda hätte es nie zugegeben, aber ganz unrecht hatte der alte Polizist nicht. »Na gut, Kaminzimmer klingt verdammt verlockend.«

Und das war es auch! Der offene Kamin war rustikal renoviert und umrahmt von zahlreichen Bücherregalen, die sich außerhalb der Funkenreichweite aufreihten und bis unter die hohe Decke reichten. Linker Hand entspann sich eine gemütliche aussehende Sofalandschaft, und rechter Hand nahm ein massiver Eichenschreibtisch

einen Großteil des Raumes ein. Darüber prangte, einge-
rahmt und ausgeleuchtet, die recht unspektakulär wirkende Strichzeichnung eines Hauses mit angedeuteter
Winterlandschaft.

»Ein echter Egon Schiele. Nach dem Basquiat das Wert-
vollste, was meine Familie besitzt. Zum Glück wussten die
Einbrecher nichts davon.«

Tilda nahm das Bild genauer in den Blick, während sich
Pfeiffer dem mächtigen Geweih über dem Kamin widmete.
»Hast du den selbst geschossen? Das war ja ein Riese.«

»Nein, ich hab zwar den Jagdschein – das war eine
Bedingung von meinem Vater, sonst hätte ich das Schloss
nicht bekommen, weil da ja irgendwie noch die Jagd mit
drin hängt –, aber schießen will ich nichts. Auch wenn
mein Großvater sich im Grab umdreht.« Vincent Fabel
wirkte plötzlich abwesend, und Tilda dachte sich, dass es
von Zeit zu Zeit sicher eine große Bürde sein konnte, die
Erwartungen einer derart patriarchalen Familie zu erfül-
len. Pfeiffer starrte ein wenig irritiert auf seine Füße, während Fabel mit Blick auf die massive Trophäe erläuterte:
»Das Tier hat mein Urgroßvater geschossen, so groß werden die Hirsche heute nicht mehr.«

Wenig später kam das Trio im Innenhof an. Pfeiffer hatte
mit Nachdruck darauf bestanden, die alten Kerker aus
Fabels Kindheitserinnerungen zu besichtigen, aber der
Unternehmer musste ihn enttäuschen.

»Keine Sorge, Schorsch, da verpasst du nichts«, hatte
Fabel erklärt. »Ich hatte direkt nach meinem Einzug einen
Wasserschaden, weil mir die Leitungen zugefroren sind.
Daraufhin haben wir die Rohre ausgetauscht und den
Boden wasserdicht zubetoniert – deshalb sind die Keller
immer noch gesperrt. Wegen der Statik.«

Während der Hausherr nun die Details des Einbruchs schilderte, schnappte sich Tilda ein Stück Kies aus japanischem Marmor und drehte es zwischen den Fingern hin und her. Pfeiffer war doch kein Genie, stellte sie fest. An die eigenartige Form und Farbgebung der Steine, kleine, rotschimmernde Dreiecke, hätte sie sich garantiert auch erinnert.

»Als ich damals deinen Anruf bekommen hab, Schorsch, bin ich erst mal in den Empfangssaal runter und von da zur Hintertür«, berichtete Fabel. »Aber die war zu, verriegelt. Ich will nichts Falsches sagen, das ist ja schon fast zwei Jahre her und ich erinnere mich nicht mehr an alle Details, aber ja, ich bin erst danach raus in den Hof.« Fabel sah sich im Hof um, als hätte er die Szene wieder vor Augen. »Vielleicht hast du es damals an meiner Stimme gehört, Schorsch, ich war so was von unentspannt. Klar, ich hatte zwei, drei Bier getrunken, und der Alkohol hat die irrationale Angst noch mal geschürt, aber die Taschenlampe in meinen Händen hat so richtig gezittert.«

Pfeiffer klopfte dem neben ihm zierlich wirkenden Fabel mit einer väterlichen Geste auf die Schulter. »Man darf natürlich nicht vergessen, dass das Verbrechen für uns Polizisten an der Tagesordnung ist. Für euch Normalsterbliche bedeutet so ein Einbruch Ausnahmezustand.« Tilda verdreht beim Wort »Normalsterbliche« die Augen, was Fabel bemerkte und mit einem Lächeln quittierte.

»Jedenfalls habe ich hier dann gleich bemerkt, dass etwas nicht stimmte«, fuhr er fort. »Die Tür hier stand sperrangelweit offen. Und ich selbst bin superselten in der Galerie, eigentlich nur, wenn ich Gäste habe.«

Die drei hatten sich wieder in Bewegung gesetzt und betraten nun die Galerie, die in einem eigentümlich lang gezogenen Raum untergebracht war, dessen Boden mit grauen Steinplatten ausgelegt war.

»Hier drin mussten wir leider eine Menge Material austauschen, da der Zahn der Zeit einfach zu stark genagt hatte«, erklärte Fabel. »Das Gebäude war über Jahrhunderte ein Reitstall für Zuchtpferde. Ungefähr hier müsst ihr euch die Boxen denken. Also um ehrlich sein, ist dieser Komplex beinahe ein Neubau, in dem wir einige originalen Steine und Balken wiederverwendet haben.«

»Sieht doch klasse aus. Grad mit den Bildern und so. Auch wenn ich ja gar nichts mit Kunst anfangen kann.« Pfeiffer stolzierte mit im Rücken verschränkten Armen an den aufgereihten Kunstwerken vorbei. Tilda musste schmunzeln und dachte daran, dass die Einbrecher mit ihrer Einschätzung, in ein Museum einzusteigen, vielleicht doch nicht so falsch gelegen hatten.

»Hier drin werdet ihr keine Kaliber wie Egon Schiele finden, das Bild oben ist eine Ausnahme. Die anderen großen Fische, die rückt mein Vater nicht raus. Hier drin sind eher die lokalen Künstlergrößen vertreten, und das meine ich gar nicht abwertend. Es ist ja nicht umsonst öfter von einer Kunstregion die Rede. Aber deshalb ist der Raum im Gegensatz zum Haupthaus auch nicht stark gesichert.«

Tilda ließ ihren Blick über Landschaftsbilder von Hans Bucher und Figuren von Roland Martin schweifen. Dabei drängte sich ihr die vielleicht entscheidende Frage auf: »Haben die Einbrecher eigentlich etwas mitgenommen?«

»Na ja, teils, teils. Zwei, drei Bilder von Ursel Schneckenstein, davon war ich jetzt ohnehin nie der größte Fan. Und sie wollten auch die Steinskulptur von Damian Wachter einpacken, was zum Glück nicht geklappt hat.«

Fabel zeigte auf einen massiven schwarzen Monolithen, in den eine Art rote Glaskugel eingelassen war. Der Unternehmer lenkte ihre Blicke nun auf den Boden.

»Dort seht ihr noch die Schleifspuren, die Einbrecher haben vier oder fünf Steinplatten ruiniert. Das ist ein weitaus größerer Schaden als der Verlust der Schneckenstein-Gemälde. Diesen speziellen Stein musst du aus Südafrika importieren, und dazu hatte ich bislang echt keine Nerven. Darum habe ich es erst mal so gelassen.«

Jetzt erkannte Tilda tiefe Rillen, die sich über mehrere Meter zogen und dann abrupt endeten.

»Der Stein ist ihnen wohl zu schwer geworden, und da haben sie ihn einfach in der Mitte des Raumes stehen gelassen. So hab ich ihn vorgefunden. Schorsch und ich haben das Teil dann gemeinsam wieder an seinem Platz aufgestellt.«

»Ja, das war eine ganz nette Kraftübung.«

Tilda versank in ihren Gedanken. Wenn es tatsächlich die Jungs gewesen waren, die sich in jener Nacht auf einem Streifzug durch das Dorf befunden hatten, warum waren sie hier gelandet? Was hatten sie im Schloss gesucht? Und was hatten sie mit dieser eigenwilligen Skulptur gewollt?

»Warum haben die ausgerechnet das Riesenteil geschnappt?«, fragte sie. »Das waren ja vermutlich keine Kunstkenner beziehungsweise ist das Ding überhaupt besonders wertvoll?«

Fabel zuckte auf Tildas Frage hin mit den Schultern. »Das kann ich gar nicht so richtig sagen. Ein Wächter hat schon seinen Preis, aber keine Ahnung, ob so eine Skulptur auf dem Schwarzmarkt wirklich was hergibt. Ich vermute ja, dass die auf die rote Kugel scharf waren. Ein Wunder, dass sie bei der Aktion nicht zerbrochen ist.«

Tilda fuhr mit den Fingern über die Kerben im Boden. »Habt ihr sonst noch Spuren gefunden? Die haben doch einen Lieferwagen gebraucht, wenn sie so einen Brocken klauen wollten.« Tilda sah ihre Theorie immer weiter bröckeln – im wahrsten Sinne des Wortes. Die Jungs konnten noch nicht Auto fahren. Aber vielleicht hatten sie einen Fahrer gehabt? Oder sie hatten sich ein Fahrzeug vom Hof ausgeliehen und waren doch selbst damit gefahren?

Pfeiffer löste sich für seine Antwort aus einer intensiven Bildbetrachtung. »Tatsächlich nicht, das hat mich damals auch gewundert. Keine frischen Reifenspuren. Das war schon merkwürdig.«

Tilda war zusehends frustriert. »Das ist eine seltsame Geschichte, oder? Eine Einbrecherbande steigt zunächst in ein Privathaus ein, versucht eine Riesenskulptur zu klauen, und schnappt sich random ein paar Bilder. Danach fährt die Bande zum Heimatmuseum und stiehlt dort superprofessionell Schmuck und Waffen und so Zeugs, und eines der Schwerter davon finden wir dann bei einem Mordopfer. Das passt doch nicht zusammen.«

Fabel hob beinahe entschuldigend die Arme. »Ich hab auch nächtelang gerätselt, wer die Täter sein könnten. Der Schorsch und ich haben so einige Theorien gewälzt.«

Nicht ohne Stolz pflichtete der Polizist dem Unternehmer bei: »Aber hallo, wir haben jedes Steinchen umgedreht. Ich habe immer gesagt: Wahrscheinlich sind die Gemälde und die Schwerter schon irgendwo in Osteuropa. Schau nicht so, Marder. Das sind keine Vorurteile. Du kennst doch selbst die Zahlen. Und jetzt ist ja zumindest das Schwert wieder da.«

Tildas Gehirn arbeitete auf Hochtouren. Aber sie bekam

keinen wirklichen Zugriff. »Irgendwas ist faul. Gewaltig faul.«

Nachdem sie noch eine Weile zu dritt gerätselt hatten, verabschiedeten sie sich auf Tildas Drängen hin von Fabel, der ihnen beim Wegfahren hinterherwinkte.

»Das ist echt der netteste Kapitalist, den ich bislang getroffen habe«, sagte Tilda, während sie eine Hand vom Lenkrad zum Gruß erhob.

Pfeiffer stimmte ihr zu. »Ein waschechter Glücksfall für die Region. Junge Leute, die das Leben hier mitbestimmen und nicht direkt abhauen.«

Tilda konnte nicht anders, als sich angesprochen zu fühlen.

Da es mittlerweile Zeit für den Feierabend war, fuhr sie den beseelten Pfeiffer direkt nach Hause. Der Polizist nutzte die Fahrt für weitere Schwärmereien. »Also das Haus ist eine Wucht. Das wirkt auch bei der zweiten und dritten Besichtigung nicht weniger eindrucksvoll. Oder was meinst du?«

»Es ist wirklich schön, und an deiner Theorie könnte echt was dran sein«, sagte Tilda gedankenverloren.

»Welche meinst du? Ich hab eine Menge guter Theorien.«

»Na, dass die Täter glaubten, im Schloss sei ein Museum untergebracht. Das ergibt Sinn. Obwohl es uns nicht direkt weiterbringt.«

»Weißt du, Tilda, das musst du noch lernen. Nicht jeder Schritt im Leben muss direkt Sinn ergeben. Manche Schritte führen dich auch mal im Kreis. Und manche führen dich aufs Klo. Aber die braucht es halt auch«, führte Pfeiffer aus.

»Danke, Schorsch, jemand sollte dringend deine Weisheiten aufschreiben«, sagte Tilda und musste dabei feststellen, dass Eliz ihr ähnliche Gedanken mit auf den Weg gegeben hatte. War ihre eigene Sinnsuche für alle so offensichtlich?

Der lachende Pfeiffer unterbrach ihre Gedanken. »Die Weisheiten schreibe ich schon selbst auf. Hab ja genug Zeit, wenn ich im Ruhestand bin. ›Memoiren eines Dorfsheriffs‹. Nicht schlecht, oder?«

»Ich würde es kaufen.« Das war nicht einmal gelogen.

»Na, das will ich hoffen, soll ja schließlich ein Bestseller werden. Kein Bock auf Schmalspurrente. Vor allem nicht, wenn man so einen Palast sieht.«

»Denk dran, Schorsch, es gibt eine Menge Menschen auf der Welt, die für deine Rente töten würden«, sagte Tilda und bereute ihren belehrenden Tonfalls sogleich.

»Schon klar, ich mache nur Spaß. Aber so als Schlossherr würde ich mich schon auch sehen. Alleine, damit ich meine Enkel irgendwann da drin spielen lassen kann. Hast du gehört was der Vince gesagt hat? Als Kinder sind sie in die Kerker gekrochen. Das ist doch genial für die Kids. Dann kommen sie auch mal vom Handy weg.« Offensichtlich lebte Pfeiffer zum Tagesabschluss noch einmal die vollendeten Boomer-Klischees. »Unser Spielplatz war ja früher der Wald. Das war super. Da, beim Steinaltar bei den Zinnen, unvergesslich, wie wir dort Cowboy und Indianer gespielt haben. Darf man heute ja nicht mehr sagen. Und dahinter, in den verschlungenen und geheimen Höhlen, da haben wir uns verlaufen und uns wie echte Höhlenforscher gefühlt. Einfach klasse! Hey, wieso hältst du an? Ich wohne erst in der nächsten Straße.«

Tilda starrte ihn mit weit aufgerissenen Augen an.

VII

Der Augenblick ist gekommen. Er sammelt seine letzten
Kräfte und verstaut alle überflüssigen Gegenstände zwischen den Ästen. Sein Speer ist geschärft, er hat ihn vor der
Jagd präpariert. Trotzdem wird es nicht leicht sein, gleich
mit dem ersten Versuch eine tödliche Wunde zu schlagen.
Die Höhe des Baums und der Schwung des Sprungs werden ihm helfen, denn eigentlich muss er sich ja nur fallen
lassen. Aber er hat Angst, dass er sein Ziel verfehlt, dass er
bereits zu schwach ist, um effektiv zu zielen. Er muss den
Nacken treffen, der Schädel ist zu hart. Manchmal rutscht
man mit dem Speer auf einem Knochen ab.

Er darf sich keinen Fehler erlauben. Die anderen spüren
seine Unruhe und werden ebenfalls nervös. Die zwei Jüngs-
ten lassen sich zu Drohgebärden hinreißen. Sie werden
seine ersten Opfer. Es klingt herzlos, ein so junges Leben
auslöschen zu wollen, aber sie befinden sich im Krieg. Fressen oder Gefressen werden. Dabei bleibt kein Platz für
Rührseligkeiten.

Seine Beine zittern, als er sich auf den Ast stellt und
den Speer in seiner rechten Hand balanciert. Er bellt ein
paar Worte in Richtung der anderen, und wie vermutet
sind es die beiden Heißsporne, die sich auf die Provokation einlassen. Sie springen fauchend zum Baum, fletschen
die Zähne. Sie hassen ihn so sehr. Und er hasst sie. Als sie
sich ein wenig beruhigen, schlägt seine Stunde. Und dann
springt er doch ab, nur ganz leicht, weil er glaubt, dass er

dadurch ein besseres Gefühl für den Fall bekommt. Der Zähnefletscher, der ihm so vortrefflich den Nacken zugewandt hatte, dreht sich während seines Sprungs zu ihm, sodass er ihn nicht hinterrücks trifft, sondern den Speer direkt in das aufgesperrte Maul treibt. Durch die natürliche Körperöffnung erfährt die Waffe kaum Widerstand auf ihrem Weg in die Eingeweide, der ein merkwürdig knirschendes Geräusch verursacht, das den Tod anlockt. Der Getroffene rollt sich sterbend zusammen, während er selbst alles daran setzt, den verkanteten Speer aus dem Körper zu lösen. Er reißt und schüttelt und endlich gibt der jetzt Tote nach. Keine Sekunde zu früh, denn der zweite Jungspund setzt bereits zum Sprung an. Dieses Mal ist es die Schnellkraft des Opfers, das die Wirkung des spielerisch ins weiche Bauchfleisch eindringenden Speers verstärkt.

Bis hierhin ist sein Plan aufgegangen. Doch als er seine Waffe nun abermals löst und angriffslustig herumwirbelt, erkennt er den angespannten Körper des Ältesten, der auf Rache sinnt.

KAPITEL 9

Unser Hirn hat so viele Windungen, dass sich darin von Zeit zu Zeit Gedanken und Ideen regelrecht verkanten. Die hängen dann da, so halb gedacht, und es braucht schon einen Auslöser, einen willkürlichen Trigger, damit sie sich aus dieser ungünstigen Position lösen können. Und während Tilda durch das Dorf fuhr und es kaum erwarten konnte, den in verklärten Erinnerungen versunkenen Pfeiffer aus ihrem Dienstwagen zu werfen, fanden einige seiner Worte den Weg in ihr Unterbewusstsein.

Steinaltar.

Höhle.

Versteckt.

In Sekundenbruchteilen lösten sich gleich mehrere festsitzenden Blockaden, und Tilda erinnerte sich urplötzlich an einen Satz von Franz über Peter aus ihrem ersten Gespräch mit den Karaseks: »Der hat doch sogar die geheime Höhle bei der Felsengruppe Hufeisen-Zinnen gefunden.«

Im selben Augenblick wusste Tilda, wo sie das Bild des Opferaltars aus dem Keltenbuch schon einmal gesehen hatte. Auf Peter Ostrachs vereinsamten Instagram-Profil. Deshalb war sie sich sicher: Nikola und Franz versteckten sich in der geheimen Höhle. Sie musste da hin. Sofort.

Pfeiffer war alles andere als erfreut, als ihm Tilda ihren Plan mitteilte. »Es ist schon fast dunkel. Das lohnt sich doch nicht mehr.«

»Und ob sich das lohnt. Es geht um das Leben der beiden Jungs. Selbst wenn die Chancen unter einem Prozent stehen, müssen wir das machen. Außerdem habe ich Stirnlampen im Kofferraum.«

»Na gut, aber lass mich fahren«, lenkte er ein. »Ich kenne einige Schleichwege im Wald, nicht dass wir nachher in den Büschen hängen.«

Er hatte maßlos untertrieben. Sie fuhren über Wege, die diese Bezeichnung beim besten Willen nicht verdient hatten. Mehr als nur einmal zuckte Tilda erschrocken zusammen. Es fehlte ihr gerade noch, dass Pfeiffer ihren Dienstwagen im Wald zu Schrott fuhr.

Als sie schließlich doch unbeschadet am Opferaltar ankamen, dämmerte es bereits. Pfeiffer, den Tilda noch nie so agil gesehen hatte, sprang sofort aus dem Auto. Sie selbst holte die Stirnlampen aus dem Kofferraum und gab Pfeiffer eine.

»Du gibst ja ganz schön Gas auf deine alten Tage«, foppte Tilda ihren Kollegen.

»Sehr lustig, aber wir müssen gleich einen steilen Hang runter, und Gott bewahre, wenn es dann komplett dunkel ist. Vor allem, wenn die geheime Höhle dort ist, wo ich sie vermute.«

»Woher willst du wissen, wo die geheime Höhle ist? Sie ist schließlich geheim«, fragte Tilda.

Doch Pfeiffer hatte eine passende Erklärung parat: »Es gibt da so einen legendären Unterschlupf, der wird von jeder Generation aufs Neue entdeckt – und aufs Neue geheim gehalten. Und ja, ich weiß, ich bin ein Boomer oder wie du das nennst, aber manchmal sollte man uns alte Säcke nicht unterschätzen.«

Tilda spürte eine ehrliche Zuneigung für ihren älteren

Kollegen. »Weißt du, Pfeiffer, für einen Boomer bist du schwer in Ordnung.«

»Und für ein Kleinkind kannst du schon tolle zusammenhängende Sätze bilden.«

Sie lachten laut, und Tilda merkte, wie das Lachen ihre Anspannung zunächst verdrängte und dann befeuerte. Sie schrie mehrmals die Namen der Jungen, während sie Pfeiffer auf einen mäßig befestigten Waldweg dirigierte, der zu den Hufeisen-Zinnen führte.

Er klang nun wie ein Wanderführer. »Von hier oben kann man an klaren Tagen bis zum Karasek-Hof sehen. Schau, der Schleichweg da führt zu Hufeisenhöhle. Das wäre kein gutes Versteck, die ist in jedem Wanderführer eingezeichnet. Wenn wir aber dort lang gehen, dann kommen wir zur Burgstallerhöhle, die kennen nicht besonders viele, obwohl sie schöner und größer ist. Geheim ist die allerdings auf keinen Fall, da drin wird von Zeit zu Zeit übernachtet. Oder gevespert. Zur geheimen Höhle, wir haben sie immer Fuchsloch genannt, führt kein direkter Weg. Da müssen wir über diese Rasenfläche runter«, erklärte Pfeiffer konzentriert.

»Das ist keine Rasenfläche, das ist ein Steilhang.« Sie spürte, wie das Adrenalin durch ihre Adern jagte.

»Ich sag doch, das wird kein Zuckerschlecken.«

Sie setzten sich nach der kurzen Verschnaufpause wieder in Bewegung. Tilda war fit, auch wenn sie früher mal viel fitter gewesen war. Aber sie war eben auch legendär tollpatschig, und ein solch steiler Abstieg stellte für sie eine echte Herausforderung dar. Pfeiffer indes bewegte sich erstaunlich geschmeidig, rutschte dabei immer wieder aus und landete unsanft auf seinem Hinterteil.

Hoffentlich kommt der heil wieder oben an, sonst kann ich mir das Gejammer jahrelang anhören, dachte

Tilda, als sie mit schlechtem Gewissen einen jungen Baum griff, um sich an seinem elastischen Stamm ein paar Meter nach unten zu hangeln. Als sie das Ende des Abhangs erreicht hatten, der mit einer scharfen Kante endete, war es fast vollständig dunkel und die Lichtkegel ihrer Stirnlampen tauchten die Nacht in ein gespenstisches Szenario.

»Wie geht es jetzt weiter?«, fragte sie ihren schwer schnaufenden Kollegen.

»Ich muss mich kurz orientieren, ist ein paar Jahre her, dass ich hier herumgekraxelt bin. Aber wir sind schon richtig. Gleich kommt die entscheidende Stelle. Du musst zwischen diesen beiden Felskanten durchklettern, dann immer an der Wand entlang, bis du auf einen weiteren Felsen stößt. Es ist scheinbar eine Sackgasse, und genau dort musst du noch mal den Hang hinunter. Unten musst du dich links halten, bis du auf eine Schneise zwischen den Bäumen triffst, die zur Höhle führt.«

»Ich höre immer nur du, du, du?«, fragte Tilda?

»Tut mir leid, Tilda, bei Tag hätte ich mir das vielleicht zugetraut. In der Dunkelheit? Keine Chance. Den Rest musst du alleine gehen. Ich schaff das nicht mehr. Aber du schaffst das.«

Tilda schaute ihn an. Er war am Ende seiner Kräfte. »Schorsch, danke. Wartest du hier? Sollen wir über das Handy Kontakt halten?«

»Ich brauche erst mal ne Weile, bis ich wieder Luft habe, dann bin ich dein Back-up. Aber Handy kannst du vergessen, du befindest dich im größten Funkloch des Donautals. Ich brülle einfach.«

»Dann kann ja nichts schiefgehen. Ich bin gleich wieder da.«

»Tilda, ich bin saumäßig stolz, dass unser Kaff eine so gute Polizistin hervorgebracht hat.«

Der Rest des Weges war eine Tortur. Tilda traute sich nur kleinste Schritte zu, der drohende Absturz malte ihr grauenvolle Bilder in den Kopf. Und doch durfte sie nicht trödeln.

Trödeln. Was für ein Wort.

Pfeiffers Wegbeschreibung war erstaunlich akkurat, abgesehen von der Tatsache, dass er kein Wort über die dünnen Äste der Dornenhecken verloren hatte, die Tildas Haut malträtierten. Sie spürte, wie das Blut aus mehreren Kratzern tropfte, aber sie traute sich nicht, die Wunden abzutasten. Plötzlich brach ein morscher Ast unter ihrem Gewicht, und sie rutschte mit einem panischen Aufschrei mehrere Meter nach unten.

»Tilda? Alles klar da unten?«, brüllte Pfeiffer von oben.

Nachdem sie sich abgetastet hatte und keine schwereren Verletzungen feststellen konnte, antwortete sie außer Atem: »Klar, ich hab nur eine Abkürzung genommen.«

Die Kommissarin setzte ihren Weg fort, als ihre Stirnlampe, die bei der Rutschpartie in Mitleidenschaft gezogen war, unvermittelt den Geist aufgab und sie in undurchdringlicher Dunkelheit zurückließ. So blieb Tilda nur der Einsatz ihrer Smartphone-Taschenlampe, und als sich in deren schwächlichen Licht die Umgebung wieder schemenhaft abzeichnete, erkannte Tilda die von Pfeiffer beschriebene Schneise. Mit höchster Anstrengung kraxelte Tilda, die sich dafür das Handy zwischen die Zähne klemmte, den steinigen Hang empor und zuckte zusammen, als das Licht in einigen Metern Höhe ein schwarzes Loch in einer Felswand freigab.

»FRANZ? NIKOLA? SEID IHR DA?« Nichts. Nur Stille. Fucking Stille. Scheißstille. Tildas Hoffnung fiel in sich zusammen.

Sie hatte wieder aufs falsche Pferd gesetzt und ihre Gesundheit blindlings aufs Spiel gesetzt. Die letzten Energiereserven verblasen. Verschenkt.

»Wenn du schon hier bist, dann schaust du wenigstens rein«, sagte sie in voller Lautstärke zu sich selbst. Auch wenn es sie gehörige Überwindung kostete, die letzten Meter zur Höhle über eine Art in den Stein gehauene Naturleiter hinaufzuklettern. Oben angekommen, empfing sie ein regelrechter Saal. Die Höhle selbst war viel größer, als Tilda sie sich vorgestellt hatte.

Und sie war leer.

Fuck.

Alle Hoffnung verließ mit einem Mal Tildas Körper, während sie mit einem wütenden Aufschrei einen umliegenden Stein in die Höhle kickte.

Und da sah sie es.

Ein dünner Faden Rauch, kaum wahrnehmbar, schlängelte sich durch das von ihrem Handylicht durchleuchtete Grau der dunklen Nacht.

Tilda machte einige Schritte in die Höhle und japste erschrocken auf.

Dort, in der Dunkelheit, reflektierte etwas. Ein Knopf? Kunststoff? Ein Mensch?

Da war ein Körper.

Tilda sprintete zu dem menschlichen Körper, der sich nun klar und deutlich abzeichnete. Ein Häufchen Mensch lag leblos neben einem glimmenden Lagerfeuer.

Tilda hob vorsichtig den Kopf an, drehte ihn zu sich.

Es war Franz. Die Augen waren leblos. Sie legte ihm einen Finger unter seine Nase. Und spürte einen Atemzug. Der Junge lebte. Tilda brüllte so laut, wie noch nie zuvor: »SCHORSCH! ICH HAB SIE! SIE SIND HIER! RUF EINEN KRANKENWAGEN. NEIN, EINEN HELI!« Das Echo hallte so laut, dass sich Pfeiffer seinen Anruf wohl hätte sparen können.

Wenige Minuten später dröhnte es durch den Wald: »ALLE UNTERWEGS!«

Tilda atmete durch. Erst jetzt spürte sie, wie sehr ihr Körper schmerzte. Aber zumindest für den Moment war es ein positiver Schmerz. Ein Schmerz wie nach einem gewonnenen Handballspiel.

Sie atmete ein. Atmete aus. Stand auf. Blickte sich um.

Und sah sich mit zwei grausigen Erkenntnissen konfrontiert: In Franz' Unterschenkel steckte ein Pfeil.

Und – diesen Gedanken ließ sie erst jetzt zu, nachdem die Sorge um Franz sie bislang beherrscht hatte – von seinem Bruder Nikola fehlte jede Spur.

Tilda nickte immer wieder auf den seltsam geformten Sitzschalen der Notaufnahme ein. Die Sitze mussten jahrzehntealt sein, denn sie erinnerte sich an den Tag, an dem sie sich als Kind die Schulter ausgekugelt hatte und neben ihrer Mutter auf einem dieser Sitze hatte warten müssen. Ihr Mutter war auf der Suche nach einer angenehmen Sitzposition hin und her gerutscht und hatte genervt von sich gegeben:

»Ich frag mich wirklich, welche Arschbacken sie für diese Form als Vorbild genommen haben.«

Tilda hatte es sich nicht nehmen lassen, selbst ins Krankenhaus zu fahren, um dort auszuharren, bis es mehr

Informationen über den Zustand von Franz Karasek gab. Nikola hatten sie auch nach längerer Suche mit der hinzugerufenen Bergwacht nicht gefunden.

Eine sehr nette Krankenschwester machte ihr einen Tee, und weil in dieser Nacht nicht so viel los war, brachte sie Tilda in ein Behandlungszimmer, wo sie ihre Wunden reinigte, die der nächtliche Abstieg in ihrem Gesicht und an ihren Armen und Beinen hinterlassen hatte. Irgendwann kam Tildas Kollegin Esther auf Geheiß von Müller vorbei, um sie abzulösen, aber Tilda schickte sie wieder nach Hause.

Das hier war ihre Aufgabe. Denn jemand musste hier sein, wenn Franz aufwachte und eine Aussage machen konnte. Tilda spürte eine tiefgreifende Sorge um den Jungen. Sie hoffte inständig, dass er wieder gesund werden würde. Zu seiner Sicherheit hatte Müller zwei Streifenpolizisten abgestellt, die den jungen Patienten rund um die Uhr bewachten.

Die Theorie, die sie gemeinsam mit Karla erdacht hatte, war wohl nicht ganz richtig gewesen. Wie es aussah, war nur einem der Brüder die Flucht gelungen. Der letzte, Nikola, befand sich vermutlich noch in der Gewalt des Mörders. Und dieser hatte jetzt nichts mehr zu verlieren.

Das Erste, was Tilda angesprochen hatte, als sie ihren Chef auf der Rückfahrt nach dem Verlassen des Funklochs endlich erreichte, war die Notwendigkeit absoluter Verschwiegenheit.

»Herr Müller, es darf nicht an die Presse gelangen, dass wir den Jungen gefunden haben. Unter keinen Umständen. Denn sonst hat der Täter keinen Grund mehr, Nikola am Leben zu lassen. Der bringt ihn um. Wir müssen das im kleinsten Kreis belassen.«

Sie erkannte an Müllers Denkpause, dass dieser die positive Nachricht nur zu gerne vermeldet hätte. »Frau Marder, ich gebe Ihnen recht. Diese Information wird außerhalb unserer Soko nicht weitergegeben.«

»Am liebsten wäre es mir, wenn sie unter uns bleiben würde. Pfeiffer weiß auch Bescheid. Und die Notärzte. Und die zwei Typen, die vor Franz' Zimmer sitzen. Das sind eigentlich schon zu viele.«

»Das funktioniert so nicht, und das wissen Sie. Ich muss die Kollegen und Kolleginnen einweihen. Wir müssen ja weiterermitteln.«

In dieser Sekunde wurde Tilda klar, dass sie nun zeitnah die Identität des Täters kennen würden. Mit Franz, der hoffentlich schon bald ansprechbar war, hatten sie einen ultimativen Zeugen. Aber bis dahin mussten sie natürlich weitersuchen. Mit dem ganzen Team. Nikola zuliebe.

»Können wir wenigstens Tyll da raushalten. Ihn irgendwie beurlauben?« Noch während sie den Gedanken aussprach, merkte Tilda, wie kindisch das klang.

»Sie haben heute Großes geleistet, Frau Marder. Wirklich. Grandiose Arbeit. Und ich weiß, Sie haben Ihre Differenzen mit Herrn Tyll. Aber er ist Teil der Sonderkommission und ich vertraue ihm. Und wenn Sie mir als Vorgesetzten vertrauen, dann bitte ich inständig darum, diese Geschichte jetzt sauber zu Ende zu bringen.«

Tilda schluckte. »Na gut. In Ordnung. Ich warte noch hier, bis ich etwas von den Ärzten erfahre, und dann bekomme ich vielleicht noch eine Mütze Schlaf ab. Wann ist morgen Sitzung?«

»Hören Sie mal zu, Frau Marder, Sie nehmen sich morgen frei und schlafen aus«, ordnete Müller an. »Da akzeptiere ich keinen Widerspruch. Keiner hat etwas davon, wenn sie uns vom Schreibtischstuhl kippen. Wir sind ein Team. Sie haben eine Menge Tore geschossen, aber jetzt müssen Sie kurz Luft schnappen.«

»Sie haben ganz gut zugehört, da beim Handballspiel, nicht wahr?«, fragte Tilda, aber Müller hatte bereits aufgelegt.

Mittlerweile war es 3 Uhr in der Nacht und Tildas Handyakku, den sie durch erbarmungsloses Doomscrolling durch ihren Instagram-Feed extrem in Mitleidenschaft gezogen hatte, zeigte nur noch ein paar Prozent Restladung. Als Tilda ihr Handy zur Seite legte, schlief sie direkt ein.

»Hallo? Hallo? Aufwachen?«

Tilda brauchte einige Sekunden, um sich zurechtzufinden. Vor ihr stand ein Mann um die 50 mit buschigen Augenbrauen. »Sie sind die Frau Marder von der Kriminalpolizei?«

»Die bin ich, sorry, lange Nacht.«

»Ja, bei mir auch. Ich heiße Georgi Gelaschwili, ich bin der Bereitschaftsarzt heute Nacht.« Tilda bemerkte den starken Dialekt des Arztes, der zwischen osteuropäischem Einschlag und tiefstem Schwäbisch hin und her schwankte und sie an den Dialekt ihres Nachbarn Siggi erinnerte. »Wie geht es dem Franz?«

»Ging ihm sicher schon mal besser. Aber ich kann sie beruhigen: Er kommt durch und wird wieder gesund. So junge Burschen stecken einiges weg.«

Tilda fielen alle Steine der Welt gleichzeitig vom Herzen. »Danke! Ähm, dumme Frage, aber … wie …? Also wann … ist er ansprechbar?«

»Das ist so eine Sache. Er war dehydriert. Unterkühlt. Unterzuckert. Hat viel Blut verloren. Sein Zustand war kritisch, deshalb lassen wir ihn jetzt erst mal schlafen. Wir müssen schauen, wann er von selbst aufwacht.«

»Morgen? Übermorgen?«

»Vielleicht auch erst in drei oder vier Tagen. Ich weiß es nicht. Die OP war auch kompliziert, das muss der Körper erst mal wegstecken.«

Tilda sah vor ihrem geistigen Auge den Pfeil aus Franz' Bein ragen. Ihr wurde ein wenig schwindlig. »Was ... war das mit dem Pfeil?«

»Ein Jagdpfeil, glaube ich, damit kann man Wildschweine töten. Er hat fast das ganze Fleisch durchdrungen, hat aber zum Glück nichts nachhaltig kaputt gemacht, aber die Wunde war schon älter. Wahnsinn, dass der Junge damit überhaupt noch laufen konnte. Unglaublich.«

»Er hatte Todesangst.« Tilda wollte sich die Schrecken, die der Teenager durchlebt hatte, gar nicht vorstellen.

»Das setzt Kräfte frei«, sagte der Arzt trocken.

»Hatte er sonst noch Verletzungen?«

»Keine externen. Also keine von einer Waffe oder so.«

»Herr Doktor, können wir auf Ihre Verschwiegenheit vertrauen?«, wollte Tilda wissen.

»Das gehört zu unserem Beruf.«

»Wir sind auf absolute Diskretion angewiesen, auch von den Schwestern und dem sonstigen Personal. Bitte. Dann können wir vielleicht noch ein zweites Leben retten.«

Nachdem Tilda ein weiteres Mal mit Müller telefoniert hatte, der auf dem heimischen Sofa in Bereitschaft nächtigte, fuhr Tilda nach Hause. Dabei biss sie sich die ohnehin schon lädierte Unterlippe blutig, weil sie sonst Angst hatte, in einen Sekundenschlaf zu fallen. Eigentlich war es unverantwortlich, überhaupt zu fahren. Aber sie wollte unbedingt in ihr Bett. Tilda konnte sich nicht daran erinnern, jemals so müde gewesen zu sein. Es war eine bleierne Müdigkeit, die alle Zellen befiel.

Obwohl es kurz vor fünf war, als Tilda in die elterliche Einfahrt einbog, brannte im Esszimmer noch Licht.

Ihre Eltern warteten.

Ihre Mutter brach in Tränen aus, als sie das geschundene Gesicht ihrer Tochter sah, und Tilda erkannte zum ersten Mal in ihrem Leben Angst in den Augen ihres Vaters.

»Deine Mutter hat gespürt, dass etwas nicht stimmt«, sagte er.

Auch Tilda weinte jetzt.

Sie hatte Franz gefunden.

Aber von Nikola fehlte jede Spur.

Fuck.

»Ich mach dir eine heiße Zitrone, und dann bekommst du von mir noch ein paar Baldrian-Tropfen. Und dein Vater lässt jetzt gleich in deinem Zimmer die Rollläden runter«, sagte ihre Mutter und strich ihr durch die Haare.

»Das schaff ich schon alleine«, antwortete Tilda, aber ihre Mutter ließ das nicht gelten.

»Nein, du hast genug getan heute.«

Als Tilda endlich einschlafen konnte – trotz ihrer unsagbaren Müdigkeit war sie einige Zeit in vollkommener gedanklicher Leere wach gelegen –, kehrte die Schlange zurück. Aber sie war auf Normalgröße geschrumpft.

Die Kommissarin war zurück bei den Schmuckfelsen.

Am Anfang.

Da oben würde sie Peters Leiche finden.

Immer wieder umschlängelte die Schlange liebevoll Tildas Beine, und Tilda ließ sich dazu hinreißen, sie hochzunehmen. Das Tier war wunderschön. Das Schwarz ihrer

Haut war so undurchdringlich, dass es Tilda vorkam, als würde sie in den Nachthimmel starren. Sie tätschelte den Kopf des Reptils, das sich jetzt zutraulicher als jede Katze an sie schmiegte.

Die Höllenotter gehörte auf diese Erde.

Wie sie.

Sie war ein Teil dieser Welt.

Der nächste Tag war so schön, dass es schmerzte. Die Pflanzenwelt strahlte in hellgrünen Farbtönen. Der Himmel gesellte sich in ozeanblau dazu.

Tilda schloss die Augen, als sie die sichere Dunkelheit ihres Kinderzimmers verließ und im Flur in warmes Sonnenlicht tauchte. Sie suchte das Haus ab, aber ihre Eltern waren nirgends zu finden. Sie kämpfte gegen den Impuls an, bei der Arbeit anzurufen. Wenn etwas wäre, würden die sich schon melden. Sie war über ihre eigene Gelassenheit überrascht, realisierte aber dann, dass ihr gerade schlichtweg die Energie für mehr fehlte. Ihr ganzer Körper war von Muskelkater befallen, der ihre Muskelstränge schmerzen ließ. Vor allem die Oberschenkel brannten wie Feuer.

Die Kombination aus dem körperlich herausfordernden Abstieg und der mentalen Anspannung hatte der Kommissarin stark zugesetzt. Sie humpelte in die Küche, schnappte sich ein Stück Brot und bestrich es mit Butter. Der Raum roch nach Rührei.

»Tilda? Bist du wach?«, rief ihre Mutter von der Terrasse. »Wir sind hier draußen. Frühstücken.«

Tilda kämpfte sich auf die Terrasse, wo ihre Eltern an einem vollen Frühstückstisch saßen und ihr entgegengrinsten.

»Dass du schon wach bist?«, wunderte sich ihre Mutter. »Es ist erst 11 Uhr.«

»Hm, ich dachte irgendwie, es sei später.«

»Du hast merkwürdige Schlafengewohnheiten. Vielleicht solltest du mal in so ein Schlaflabor, die unters...«

»Mama, alles gut. Ich hab gut geschlafen, ehrlich.«

»Hol doch bitte deiner Tochter einen Teller«, forderte ihre Mutter den Vater auf.

Tilda wollte dagegen protestieren, aber ihr Vater war bereits aufgesprungen.

»Auf was hast du Lust? Marmeladenbrot? Tomate-Mozzarella? Rührei?« Ihre Mutter breitete die Arme aus, der Tisch war wirklich reich gedeckt.

»Sagt mal, ist heute Feiertag oder warum speist ihr wie das englische Königshaus?«

»Dein Vater hilft mir nachher noch mit den Hochbeeten, da müssen wir gestärkt sein. Also, was willst du essen?«

»Puh, eigentlich alles.«

Während sie sich durch das Frühstücksbuffet aßen, kam das Gespräch nicht ein einziges Mal auf den Fall oder die Geschehnisse der vergangenen Nacht. Tilda war ihren Eltern sehr dankbar dafür.

Sie sprachen über die Affäre des Friseurs ihrer Mutter, über geplante Neubauten im Dorf, für die wohl ein Spielplatz weichen musste, und über eine ehemalige Arbeitskollegin ihres Vaters, die kurz nachdem sie sich von ihrem langjährigen Partner getrennt hatte, weil ihr Kinderwunsch unerfüllt blieb, schwanger geworden war.

»Das ist das typische Geschwätz«, sagte Tilda. »Jeder hat Angst davor, in den Fokus zu geraten. Und jeder ist ein Teil davon.«

Nachdem ihre Mutter das Frühstück abgetragen und

dabei Tildas Hilfsangebot rigoros abgelehnt hatte, winkte sie ihr Vater, der sich schon wieder der Pflanzenwelt des Gartens widmete, zu sich.

»Ich hab was für dich vorbereitet.« Er ging mit leicht hüpfendem Gang in den Garten und deutete erwartungsvoll auf seine Hängematte, die er zwischen der Hauswand und dem einzigen Baum des Gartens aufgehängt hatte. Ein aufgespannter Sonnenschirm rundete die ideale Chillout-Area ab.

»Da kletterst du jetzt rein, ich bring dir ne Ladung Bücher und was zu trinken und dann bewegst du dich erst mal nicht mehr raus.«

Gesagt, getan. Es war zwar ein ziemlicher Kampf, bis Tilda endlich in der Matte lag, dann aber konnte sie vollends entspannen, während ihr Vater ihr einen Vortrag über die Schriftstellerin Herta Müller hielt. Tilda war gerade dabei wegzudösen, als die Szenerie von einem ohrenbetäubenden Schrei ihrer Mutter durchbrochen wurde. Tilda erschrak so sehr, dass sie beinahe aus der Hängematte gefallen wäre.

»HEILANDZACK!«, rief ihre Mutter. »Du hast mir die ganze Woche versprochen, dass du mir heute im Garten hilfst. Und jetzt kann ich den Sack alleine schleppen, obwohl ich es eh schon im Kreuz habe.«

Ihr Vater sprang auf, aber Tilda erkannte in seinen Augen, dass er ausnahmsweise nicht klein beigeben würde. »Ich hab doch gesagt, dass ich noch schnell nach Tilda schau und dir dann helfe«, verteidigte er sich. »Lass doch den Sack los, das ist total hirnrissig. Wieso wartest du nicht einfach auf mich?«

Tilda, die solche Aktionen ihrer Mutter natürlich gewohnt war und gerne als Zaungast verfolgte, setzte sich auf und blickte sich nach der Szene um.

Ihre Mutter schleifte mit hochrotem Kopf einen 60-Liter-Sack Blumenerde durch den Garten, der dabei aufgerissen war und seinen schwarzen Inhalt verteilte.

Und während Tilda beobachtete, wie ihr nun doch hinzugeeilter Vater das Slapstick-Szenario endgültig perfektionierte, wusste Tilda mit einem Mal, wer der Mörder von Peter und Jakob war.

VIII

Sie kommen nur wenige Stunden zu spät.

Zwei Tage haben sie nach dem verlorenen Jäger gesucht, ohne Erfolg. Wieso hatte er sich von der Gruppe entfernt? Hatte er einen Hirsch verfolgt? War er auf einen Bären getroffen?

Weder noch. Eher durch Zufall fanden sie seine Spuren. Und die Spuren derjenigen, die ihm gefolgt waren. Die Spuren der anderen. Sie befürchteten bereits das Schlimmste, und nicht wenige in der Gruppe sprachen sich dafür aus, umzukehren, um kein Risiko einzugehen.

Doch am Morgen hörten sie seine Schreie. Ohne Zweifel, er war es. Also packten sie ihre Sachen und marschierten los. Und doch reichte es nicht.

Der Platz rund um den großen Baum gleicht einem Schlachtfeld. Insgesamt zählen sie drei tote Wölfe, zwei Jungtiere und eine ausgewachsene Wölfin, in deren Seite noch sein Speer steckt. Als sie die Kadaver näher untersuchen, denen sie später das Fell abziehen werden, bemerken sie, dass die Wölfin noch lebt. Sie blickt sie aus panischen Augen an, während sie mit ihren Vorderpfoten versucht wegzurobben. Sie gönnen ihr den Gnadentod, ehe sie merkwürdigen Schleifspuren folgen, die in den Wald führen.

Die anderen haben ihn weggeschleppt. Und sie müssen ihn finden. Tot oder lebendig. Das sind sie ihm schuldig. Er hat drei Wölfe getötet. Er ist ein Held.

Sie finden ihn an einen großen Stein gelehnt, sein Messer in der Hand. Er ist tot. Halb ausgeweidet. Sie werden ihn als Helden bestatten, mit den Köpfen seiner Gegner.

Irgendwann werden sie die anderen aus diesem Gebiet vertreiben.

Für Jahre. Jahrzehnte. Jahrhunderte.

KAPITEL 10

Bardet hasste Gewalt. Mit jeder Faser ihres Körpers. Das war schon immer so gewesen. Als Kind hatte sie sofort geweint, wenn jemand seine Stimme erhob, und manchmal sogar, wenn sie besonders innige Umarmungen als Kampf missdeutete. Vielleicht war sie aus diesem Grund Polizistin geworden, auch wenn sie genau deshalb und ähnlich wie Tilda über die Jahre stetig aufs Neue mit ihrer Berufswahl haderte. Als sie in diesem Moment beobachtete, mit welcher Präzision und Durchschlagskraft das von ihr befehligte Einsatzkommando das vor ihr liegende Gebäude stürmte, lief es ihr eiskalt den Rücken herunter. Aber sie hat einen Auftrag, der nicht klarer sein konnte: finde den Jungen!

Natürlich hatte Tilda das Rätsel gelöst, wer auch sonst? Daran hatte Bardet nie gezweifelt. Trotz aller Unsicherheiten und Macken war ihre junge Kollegin wie gemacht für diesen Beruf. Bardet fühlte tiefgreifende Sympathie, wenn sie an sie dachte.

Jetzt mussten sie es nur zu Ende bringen. Alle gemeinsam. Zu einem guten Ende.

Sämtliche anderen Möglichkeiten hatte Bardet ausgeblendet.

Es würde schon schiefgehen.

Eine Tür nach der anderen wurde aufgestoßen. Bäm! Bäm! Bäm! Schlag auf Schlag auf Schlag. Die Einsatzkräfte waren dazu angehalten, keine Rücksicht zu nehmen. Und das wiederum nahmen sie sich zu Herzen.

»Die Verantwortung liegt uneingeschränkt bei mir«, hatte Müller immer wieder betont und damit ein gehöriges Risiko auf sich genommen. Denn die Beweislage war dünn, darüber waren sich die Ermittler einig.

»Ich betone noch einmal, dass ich das nicht gutheiße und an dieser Aktion nicht teilnehmen werde«, hatte Tyll aufgebracht von sich gegeben.

»Da kannst du dich noch so lange winden, wie du willst, wir machen das jetzt«, hatte Gräberer ihm unmissverständlich klargemacht. »Das haben wir als Gruppe entschieden. Und leider gehörst du da dazu.«

Tyll schlug die Hände vors Gesicht. »Wie habt ihr das überhaupt beim Staatsanwalt durchgedrückt?«

Das war eine gute Frage. Auch die Staatsanwaltschaft sah sich im Angesicht der Pressemeute und des von Tag zu Tag steigenden Drucks zum Handeln gezwungen. Trotz des enormen Restrisikos. Der von Tilda vorgeschlagene Handlungsansatz war alles andere als ein Siebenmeter – obwohl Bardet von Tildas Theorie zu 110 Prozent überzeugt war.

Doch aus juristischer Sicht war dieser Einsatz ein verzweifelter Angriff gegen die ablaufende Uhr. Ein letztes Aufbäumen, um das Leben eines Jugendlichen zu retten.

»Die oberen Stockwerke sind sauber. Wie gehen jetzt ins Erdgeschoss«, rief eine der Spezialkräfte Bardet im Vorbeimarschieren zu. Das Haus erinnerte sie an umgebaute Bauernhöfe in Südfrankreich.

Sie antwortete erstickt: »Irgendwo hält er ihn gefangen. Es gibt ein Gefängnis, das hat die Kollegin immer wieder betont.« Sie hatten das gesamte Gelände abgesucht und inzwischen auch große Teile des Haupthauses durchkämmt. Bardet wurde nun doch nervös.

Das Erdgeschoss war allerdings Tildas Tipp gewesen.

Ihre finale Karte. Crunchtime.

»Wie sieht's aus da unten?«, wollte Bardet wissen.

»Hier ist nichts!«, lautete die Antwort.

»Wie? Das kann nicht sein.«

»Kommen Sie gerne selbst runter.«

Bardet stapfte die Treppen nach unten, ließ sich jeden Winkel zeigen. Tilda hatte sich geirrt. »Fuck! Fuuuuck.«

»Wir checken noch einmal alle Räume, dann ziehen wir uns zurück.«

»Bitte noch die Rückseite des Hauses. Und das benachbarte Gelände.« Wenig später stand Bardet alleine da. Am liebsten hätte sie losgeheult, aber über die Jahre war sie eine Meisterin im Unterdrücken dieses Impuls geworden.

Tilda war sich so sicher gewesen.

Ihre Augen hatten geleuchtet. Bardet strich über die kalten Steine des Mauerwerk des Hauses.

Und hielt plötzlich inne.

Was war das für ein Geräusch?

Waren das ihre Kollegen?

Nein, das kam von innen!

Ein Kratzen?

Eine Ratte?

Eine Maus?

Am anderen Ende des Dorfes wartete Tilda so sehnlich auf einen Anruf von Bardet, wie sie noch nie in ihrem Leben auf etwas gewartet hatte. Am liebsten wäre sie an der Seite ihrer Kollegin, doch wenn alles so lief, wie es das Team in seinem Schlachtplan skizziert hatte, dann würde auch Tilda bald aktiv ins Spiel eingreifen.

Die Ansage von oben war klar: Ohne den Jungen würde kein Zugriff erfolgen!

Die Faktenlage war bislang dünn, und die Gefahr, dem Entführer durch einen verfrühten Zugriff die Chance auf ein langwieriges Katz-und-Maus-Spiel zu eröffnen, war schlicht zu groß. Wenn Bardets Team Nikola nicht fand, dann würde Tilda die ganze Aktion abblasen müssen.

Eine Katastrophe.

Aber sie war sich sicher. So sicher. Es passte alles. Auch wenn die finalen Beweise noch fehlten. Das war egal, solange sie Franz und Nikola hatten.

Sie würden die Bestie dann ohnehin entlarven.

Sie war eine Bestie und würde immer eine bleiben.

Auch daran gab es keine Zweifel.

Doch hier und jetzt ging es einzig und alleine um den letzten der Karasek-Brüder.

Alles andere würde sich von selbst ergeben.

Aber warum dauerte das so lang? Bardet hatte ihr noch den Start der Mission in Echtzeit durchgegeben. Mittlerweile mussten sie längst sämtliche Winkel des Hauses durchkämmt haben. Sind sie in eine Falle getappt? Was war mit dem Jungen? Oder suchte Bardet immer noch?

»Das darf einfach nicht wahr sein«, zischte Tilda sich selbst zu.

Hab ich's tatsächlich in den Sand gesetzt?

Einmal mehr.

Und nachher ist der nächste Junge tot.

Die Zeit floss zäh dahin, ihr Schädel rumorte.

Sekunden wie Stunden.

Die letzten Tage hatten sie zu diesem Punkt geführt. Alles stand jetzt auf dem Spiel.

Und da klingelte ihr Handy. Tilda spürte, wie ihr Puls in die Höhe schoss und die Angst sie wie ein nasskalter Teppich unter sich begrub.

»Tilda, hörst du mich?«, rief Bardet ins Telefon.

»Ja, klar! Wie sieht's aus?« Tildas Stimme drohte sich zu überschlagen.

»Du Scheißgenie! Du fucking geniales Stück!«

»Ey, sag mir, was los ist.«

»Wir haben den Jungen. Er ist ansprechbar. Der Wichser hat tatsächlich eine Geheimtür eingebaut. Das ist wie in einem Level von Tomb Raider.«

Tilda stieß freudigen Jubel aus und schlug sich sogleich erschrocken auf den Mund.

Adrenalin. Euphorie. Alles zusammen. Alles gleichzeitig.

Und dann die Erkenntnis: Es war noch nicht vorbei.

Ein letztes Kapitel mussten sie noch schreiben. Aber jetzt war er dran!

Bardet bellte aus dem Smartphone-Lautsprecher: »Holt euch das Schwein!«

Die Mitarbeiter der FALX GmbH, die an diesem Tag wie auch sonst die Maschinen bestückten, an Prototypen feilten oder internationale Pakete packten, würden noch Jahre später von diesem Nachmittag erzählen.

Wie sie erschraken, als das Sondereinsatzkommando in die Produktionshallen einfiel. Dass sie sich wie in einem Film vorkamen.

Wie in Hollywood!

Dass sich die einen auf den Boden warfen, weil sie dachten, sie würden Opfer eines Terroranschlags, und die anderen wütend wurden, weil sie die Aktion als einen Streich mit versteckter Kamera missverstanden.

Die neue Hochglanz-Produktionsstätte war hypermodern konzipiert. State of the art. Die Verwaltungs- und

Chefetage waren direkt an die Produktion angedockt, sodass sich Anzug- und Blaumannträger jeden Morgen trafen, grüßten und mittags gemeinsam essen gingen. Die Firma, die seit sechs Jahrzehnten chirurgische Instrumente herstellte, war unter dem Einfluss des Juniorchefs zu einem bodenständigen schwäbischen Unternehmen gereift, das zuletzt trotz Coronakrise Rekordzahlen geschrieben hatte. Auf einem Plakat, mit der die Firma um Auszubildende geworben hatte und das gerahmt im Empfangsraum hing, prangte der Slogan »Wir suchen dich. Und du findest eine zweite Familie.«. Aber das Familienoberhaupt hatte an diesem Tag nichts zu lachen.

Nun war es Tilda, die sich wie Bardet im Hintergrund hielt und Türen brechen hörte.

»Hände hoch. Polizei! Ich will alle Hände sehen.«

Die Beschreibung Überfallkommando kam nicht von ungefähr!

»Was wollen Sie? Stopp, bitte! Das muss ein Irrtum sein. Moment!«

»Ruhe jetzt! Hände auf den Rücken. Sofort!«

Wenn du in die Mündungen von Schusswaffen schaust, dann lenkst du lieber ein.

»Schon gut, schon gut. Aber lassen Sie meine Sekretärin bitte gehen. Das ist doch nicht nötig. Bitte! Wir kooperieren. Keine Sorge, das wird sich gleich klären.«

Tilda konnte sich nicht erinnern, dass ihr Herz jemals so laut geschlagen hatte. Sie ging mit wackeligen Beinen an den Kollegen des Sondereinsatzkommandos vorbei und ... sah dem Teufel in die Augen. Der trug aber kein schwarzes Schuppenkleid und auch kein Eichhörnchenkostüm.

Wohl aber einen als Designeranzug getarnten Schafspelz.

»Herr Vincent Fabel, ich muss Sie darüber aufklären, dass Sie vorläufig festgenommen sind. Darüber hinaus ist es unsere Pflicht, Ihnen mitzuteilen, dass Sie unter anderem in den Mordsachen Ostrach und Karasek als dringend tatverdächtig gelten. Als Tatverdächtiger haben Sie das Recht zu schweigen und sich einen Anwalt zu nehmen.« Es war Gräberer, der Fabel in aller Seelenruhe belehrte.

»Das wird nicht nötig sein. Sie haben den Falschen. Aber kein Problem, we'll find a solution.« Vincent Fabel klang noch immer selbstsicher und blickte sogar erfreut auf, als er Tilda erkannte. »Mensch, Tilda. Das ist ein Missverständnis, oder? Was ist denn los? Klärt mich auf.«

»Nein, Vincent. Kein Missverständnis«, widersprach Tilda mit kalter Stimme. »Im Gegenteil. Missverständnis ausgeschlossen. Seit ein paar Minuten ist alles glasklar.«

»Was heißt da glasklar? Wovon redest du denn?«

»Wir haben den Jungen, Vincent.« Tilda meinte, eine kleine Zuckung im Mundwinkel von Vincent Fabel zu erkennen. Nur den Hauch von einer Regung.

»Welcher …? Welchen Jungen denn? Ich hoffe, er lebt«, gab sich Fabel unschuldig.

Gräberer verdrehte die Augen und machte Anstalten, Fabel zu packen und abzuführen. Tilda bot ihm mit einer kurzen Geste Einhalt. Er blickte sie streng an und machte dann einen Schritt zurück. Er wusste, dass dies ihr Moment war.

»Franz Karasek«, antwortete Tilda. »In einer Höhle bei den Hufeisen-Zinnen. Und ja, er lebt.«

Fabel schien sich aufrichtig zu freuen. Offensichtlich war er ein grandioser Schauspieler. »Das ist ja großartig. Der Junge muss Höllisches durchgemacht haben. Und er hat mich beschuldigt? Er muss total durch den Wind sein.«

»Vincent ... wir haben auch den anderen Jungen. Der war in keiner Höhle, sondern in einem ausgebauten Kerker mit integrierter Schatzkammer. Zufälligerweise unter deinem Schloss.«

Jetzt konnte Fabel die Zuckungen in seinem Gesicht nicht mehr unterdrücken. Gleichzeitig wich die Anspannung aus seinem Körper. Tilda wunderte sich, wie freundlich der Doppelmörder trotz seiner finalen Entlarvung blieb. Wie ruhig er sprach. Tiefenentspannt. Da war keine Maske, die von ihm abfiel und ein Ungeheuer präsentierte. Das Ungeheuer trug sein Gesicht.

»Ha, ja gut. Dann war's das wohl. Chapeau. Gute Arbeit.« Er redete, als hätten sie ein Meeting. »Tilda, ich möchte dir das alles kurz erklären. Ganz entspannt. Nehmt mir einfach die Handschellen ab. Ich lauf nicht weg.« Er wandte sich an seine Sekretärin. »Frau Heimburg, würden Sie uns ein paar Tassen Cappuccino machen? Oder Espresso?«

Tilda war von seiner Dreistheit überwältigt. »Das kannst du dir abschminken. Wir gehen jetzt.«

Nun war es Gräberer, der in für ihn völlig untypischem Tonfall sagte: »Ich könnte einen Kaffee vertragen.«

Und Tilda verstand. Fabel würde sich bald schon einen grandiosen Anwalt nehmen, der ihre Arbeit in allen Details auseinanderpflücken würde. Wenn er aber jetzt in Plauderlaune geriet, ein Geständnis ablegte und vielleicht weitere Beweise lieferte, würde kein Anwalt der Welt noch etwas für ihn tun können.

»Okay, du hast Glück, dass der Kollege Gräberer gut gelaunt ist«, lenkte Tilda ein. »Dann nehme ich einen Espresso.« An die Männer des Einsatzkommandos gewandt sagte sie: »Jungs, wir schaffen's ab hier alleine, wartet aber bitte vor der Tür.«

Die Sekretärin brühte in Rekordzeit drei grandiose Kaffeegetränke auf, und Vincent Fabel schlürfte mit Hochgenuss an seiner Tasse, wohl wissend, dass er ein solches Getränk so schnell nicht wieder trinken würde.

»Wie habt ihr es herausgefunden mit dem Kerker?«, wollte er wissen. »Das interessiert mich wirklich. Danach beantworte ich eure Fragen. Aber diese Info müsst ihr mir geben.«

Tilda blickte zu Gräberer, der ebenfalls kurz überlegte und ihr dann zunickte.

»Wir müssen gar nichts, das mal vorab«, stellte Tilda klar. Sie schaute auf Fabel, dem Mann, der zwei so junge Leben ausgelöscht hatte. Ein Scheusal, mit der Fassade eines sympathischen Menschenfreunds. Und da erwischte sie sich zum ersten Mal in ihrem Leben bei dem Gedanken, ihre Waffen zu ziehen und … nein. Niemals. Den Gefallen würde sie ihm nicht tun. Sie blickte ihm direkt in die Augen, doch sie war nicht im Stande seinem Blick standzuhalten. Der Ekel war zu groß. »Ich erklär es dir trotzdem gerne, Vincent. Es war eine Banalität, ganz einfach. Deinen entscheidenden Fehler hast du schon vor einneinhalb Jahren gemacht. Damals, als bei dir eingebrochen wurde. Angeblich eingebrochen.«

Fabel blickte Tilda so durchdringend an, als würde er nicht nur mit den Ohren, sondern mit dem ganzen Körper lauschen. »Interessant. Was meinst du genau?«

»Schau, Pfeiffers Zeuge hat ausgesagt, dass mindestens vier Typen ins Heimatmuseum eingestiegen sind, und die Steine, die unter ihren Sohlen klebten, haben uns gezeigt, dass sie zuvor auf deinem Hof waren. Waren sie auch tatsächlich. Aber nicht als Einbrecher. Sondern als Geschäftspartner.«

»Das klingt irgendwie abenteuerlich.« Fabel grinste breit.

Tilda ließ sich nicht verunsichern. Nicht mehr. »Ich weiß nicht, was für einen Deal du mit Peter und den Karasek-Brüdern vereinbart hast, aber sie sind nach dem Treffen mit dir ins Museum eingebrochen. Als Pfeiffer dich angerufen hat, bist du vermutlich in Panik geraten, dabei hättest du es easy aussitzen können, ich mein, ein Steinchen unter einem Schuh? Das beweist gar nichts. Aber du hasst es, wenn du die Kontrolle verlierst, nicht wahr? Deshalb hast du einen Einbruch in deiner Galerie fingiert. Und das musste schnell gehen. Zu schnell.«

Fabel nickte anerkennend, während Tilda weiter ausführte: »In deiner Hektik hast du begonnen, den riesigen Wachter-Monolithen herumzuschleppen und hast dabei den Boden zerkratzt. Aber warum hätten die Einbrecher zu viert diesen Stein ziehen sollen? Das ergibt überhaupt keinen Sinn. Genau so wenig Sinn, wie wenn meine Mutter einen riesigen Sack Erde über den Boden zieht, obwohl mein Vater einfach mit anpacken könnte. Wenn es wirklich vier Einbrecher waren, die es ausgerechnet auf den Monolithen abgesehen hatten, dann hätten sie ihn mit zwei Mann vorne und zwei Mann hinten getragen. Easy. So schwer ist er nämlich nicht, sonst hättest du ihn nicht mit Pfeiffer zusammen zurückstellen können.«

Fabel verzog den Mundwinkel. Nicht abschätzig, eher wertschätzend. »Verstehe. Stark, wirklich stark. Nur das beweist gar nichts. Und wenn dann nur, dass ich einen Einbruch inszeniert habe.«

»Du hast recht, das ist kein Beweis. Aber er verursacht Zweifel. Einen Riss in deiner Tarnung. Und das hat mir gereicht, weil mir noch andere Sachen aufgefallen sind. Beim Handballspiel hast du von deiner Vorliebe für Geschichte erzählt. Und klar, du wohnst in einem Schloss, das ist schon ziemlich badass für einen Geschichtsnerd. Doch ich hab nichts wirklich Altertümliches in deinem Schloss gesehen, nur Kunst. Deine Schmuckstücke befinden sich alle in deiner Schatzkammer, oder? Das legale und das illegale Zeug.«

Jetzt lachte der Unternehmer. »Das stimmt sogar. Alles. So eine richtige Beweislast sieht allerdings anders aus, oder?«

»Weißt du, das ist das Gute an so einem Fall. Auch die Staatsanwaltschaft will, dass der Albtraum endet. Wir haben es riskiert. Und das war es wert. Wenn du unschuldig gewesen wärst, hätten deine Anwälte die Karrieren von meinem Vorgesetzten und auch von mir zerstört.«

»Was nicht ist, kann ja noch werden.« Fabel schmunzelte. Er sah immer noch aus, als wäre er einer Hugo-Boss-Werbung entstiegen.

»Du hättest mich halt einfach nicht so durch dein Anwesen führen sollen, als wären wir bei MTV Cribs.«

»Ich bin eben ein guter Gastgeber.«

»Du hast vor allem Lügen verbreitet. Du hast behauptet, die Trophäen würden von deinem Großvater und deinem Urgroßvater stammen, weil du selbst gar nicht jagst. Pfeiffer kam deine Aussage gleich seltsam vor, aber er dachte, dass du dich vor einer potenziellen Veganerin nicht als Jäger outen willst. Der Förster hat meiner Kollegin Bardet erzählt, dass du dich ständig im Wald herumtreibst.«

»Es kommt bei den alteingesessen Jägern nicht immer so gut an, wenn man sein eigenes Ding durchzieht, das stimmt schon.«

»Aber du unterstützt ja auch das Forstamt mit regelmäßigen Sachspenden, nicht wahr? Dann beschwert sich keiner, wenn du ohne Genehmigung einen Bock oder ein Sau schießt, was?«

»Wenn du viel Gutes tust, dann kommt auch viel Gutes zurück.«

Am liebsten hätte sie ihm ins Gesicht gespuckt. Aber irgendwie gelang es Tilda, die Contenance zu bewahren. Das war kein Gespräch, es war ein Theaterdialog. »Ein Satz geht mir in dem Zusammenhang nicht mehr aus dem Kopf: ›... so groß werden die Hirsche heute nicht mehr‹.«

»Oh, du solltest nicht alles auf die Goldwaage legen. Ich bin doch kein Superschurke.«

Tilda biss sich auf die geschundene Unterlippe.

Oh doch, dachte sie. Das bist du wohl. Du bist ein Kindermörder. Ein Folterer. Schlimmer geht es nicht. Fabel hatte mit dem Kaffee und seiner sonoren Stimme eine derart alltäglich wirkende Situation geschaffen, dass Tilda sich fast vorkam wie bei einem ungezwungenen Besuch bei ihm – wüsste sie nicht von seinen widerwärtigen Taten. Der Unternehmer war ein Meistermanipulator. Aber er sollte ruhig seine Spielchen spielen. Das wirkliche Spiel hatte Tilda längst gewonnen.

»Und dann hast du so bildhaft von euren Kinderspielen im Kerker erzählt, sehen durften wir ihn allerdings nicht. Als einzigen Raum im ganzen Schloss. Von wegen Statik, das ergibt doch gar keinen Sinn. Als mir das wieder eingefallen ist, wusste ich, wo wir suchen müssen. Und als dann einer der Fährtenhunde die Spur von Franz in der Fuchslochhöhle bis zu deinem Anwesen verfolgt hat, waren es unserem Staatsanwalt endlich genügend Indizien.«

»Du hast hoch gepokert, Tilda Marder, und du hast gewonnen. Ich bin ein fairer Verlierer.«

Diese milde Zahnpastalächeln. Tilda konnte sich nicht mehr zurückhalten. »Du bist kein Verlierer. Du bist nicht einmal ein Spieler. Du bist einfach ein grandioser Versager. Das Allerletzte! Dabei hattest du doch alles, mehr Geld, als andere sich vorstellen können. Aber das hat dir nicht gereicht. Weil du dich selber hasst. Und diese Wut hast du an den Jungs rausgelassen. Du bist ein ganz armes Würstchen.«

Tilda redete sich in Rage, während Fabel sie mit versteinerter Miene musterte und ihr dann abermals beinahe zurückhaltend antwortete: »Das nimmt eine vollkommen falsche Richtung, da muss ich mit aller Deutlichkeit widersprechen. Die Situation ist eskaliert. Das bedaure ich wirklich. Ändern kann ich es allerdings nicht mehr.«

Tilda wäre froh gewesen, wenn Fabel Gift und Galle gespuckt hätte. Wenn er endlich durchgedreht wäre. Tat er jedoch nicht. Im Gegenteil. Fabel wurde immer ruhiger.

Es war Gräberer, der mit seiner raumfüllenden Stimme die Dynamik veränderte: »So, Sie haben Ihre Antworten, jetzt sind wir dran.«

Fabel nickte zustimmend. Tilda atmete auf.

»Richtig«, sagte er. »Ein Mann, ein Wort. Quid pro …«

»Auf den Hannibal-Lecter-Scheiß können wir verzichten«, unterbrach Gräberer ihn.

Fabel zuckte mit den Schultern, nahm einen letzten Schluck aus seiner Kaffeetasse und sagte: »Von mir aus. Schieß los, Tilda! Was willst du wissen?«

Tilda schossen zig Fragen durch den Kopf. Wo sollte sie anfangen? »Wo hast du den Wolf geschossen?«

»Welchen Wolf?«

»Den Wolf, der die ganze Scheiße ins Rollen gebracht hat. Der jetzt irgendwo auf deinem Gelände liegt. Vielleicht hängt sein Schädel schon über deinem Kamin.«

»Ach, dann hast du also den Wolf ausgegraben, Tilda. Ich hab dich wirklich unterschätzt. Hochmut kommt vor dem Fall«, resümierte der Mörder, ehe er auf Tildas Frage einging. »Wo ich ihn geschossen habe? Na, im Wald. Gar nicht weit vom Karasek-Hof. Als der Wolf das Rotwild donauabwärts gerissen hat, wusste ich, dass er bald bei uns auftaucht. Und tatsächlich ist er mir in die Falle gegangen. Entweder war das ein Glücksfall oder ich bin ein ziemlich guter Jäger. Ich frag mich, was du dir da alles zusammengereimt hast.«

Tilda atmete durch. Der Wolf war ihr entscheidendes Puzzlestück gewesen, aber eben auch das Teil, das besonders lose saß. »Ich dachte, jetzt bekommen *wir* unsere Antworten?«, meinte Tilda, die keine Lust hatte, von Fabel wie ein Spielball nach seinem Belieben herumgeschleudert zu werden.

»Es ist doch viel passender, wenn du das erzählst. Die Geschichte wird von den Gewinnern geschrieben. Ich kann mich ja melden, wenn etwas nicht stimmt«, schlug Fabel vor.

Tilda sah hilfesuchend zu Gräberer, dessen Blick eine eindeutige Sprache sprach: Wir müssen die Kuh melken, solange sie noch Milch gibt. Fabel hatte sich längst um Kopf und Kragen geredet, aber je mehr sie jetzt aus ihm herauskitzeln konnten, desto leichter würde sich die lückenlose Aufarbeitung gestalten.

Vielleicht war es Zeit für Tildas persönlichen Sherlock-Holmes-Moment. »Also gut, einmal von vorne: Ich gehe davon aus, dass die Jungs die Drecksarbeit für dich erledigt haben. Raubgrabungen. Einbrüche. Du hast sie vermutlich gut bezahlt«, fasste Tilda zusammen.

»Das war viel billiger und viel aufregender, als mir das Zeug direkt zu kaufen.« Fabel lächelte.

Tilda verblüffte die Sinnlosigkeit der ganzen Unternehmung. Doch sie riss sich zusammen und fuhr fort: »Jedenfalls hatten sie plötzlich Geld. Geld, um sich den Traum von einem anderen Leben zu ermöglichen. Ich habe allerdings keine Ahnung, wo ihr euch kennengelernt habt.«

Fabel schmunzelte. »Internet. Wo sonst treffen sich gleichgesinnte Geschichtsliebhaber? Ich habe einige Kommentare von Jakob in einem lokalen Forum gelesen und vorgeschlagen, dass wir uns mal treffen.«

Diese Sätze brannten wie Feuer. Fuck. Fucking Internet. Natürlich. So einfach. So offensichtlich. So banal.

Aber Tilda war noch nicht fertig. »In der Nacht des Einbruchs haben dich die vier auf dem Schloss besucht. Wahrscheinlich habt ihr den geplanten Einbruch noch einmal durchgesprochen. Du bist doch Sponsor des Museums, oder? Du wusstest bestimmt, dass die Alarmanlage nicht funktioniert.«

»Ich hab die neue Anlage sogar bezahlt.« Ironie des Scheusals!

»Dabei fand der ein oder andere japanische Millionärsstein seinen Weg aus deiner Einfahrt ins Museum. Und wäre Schorsch Pfeiffer – Herrgott, dass ich das wirklich einmal sagen muss – nicht so ein guter Polizist, dann wäre das ein vergessenes Detail aus einer vergessenen Geschichte. Aber er hat den Stein wiedererkannt.«

»Das kommt davon, wenn du einen Polizisten zu deiner Grillparty einlädst.«

»Kurz darauf hast du den Wolf geschossen. Und das fanden die Jungs wohl nicht besonders cool. Haben sie dich im Wald erwischt?«

»Nein, Quatsch. Ich habe den Jungs den Wolf gezeigt, bevor ich ihn zum Ausstopfen gebracht habe. Das war mein größter Fehler«, erklärte Fabel und ehrliches Bedauern schwang in seiner Stimme mit.

»Das ist sicherlich Geschmackssache«, antwortet Tilda, die die eindeutige Meinung vertrat, dass der Mord an zwei Jugendlichen einen weitaus bedeutsameren Fehltritt darstellte.

»Ich dachte, das gefällt denen. Aber sie fanden es gar nicht cool. Überhaupt nicht. Der kleine Hitzkopf ist richtig ausgerastet. Und in der Nacht haben sie angefangen, mich zu erpressen. Und den Wolf haben sie auch geklaut.«

»Und das hat dir gar nicht gepasst, du bist schließlich der Chef. Der CEO«, sagte Tilda, die spürte, wie das Gespräch langsam ungemütlich wurde.

Fabel redete ausschließlich mit ihr. Es war, als wäre Gräberer Luft für ihn. »Für einen Wolfabschuss erwarten einen empfindliche Strafen. Das hätten meine Anwälte nie zugelassen, schon klar. Aber die Schlagzeilen. Die Auswirkungen auf die Firma. Die Pisser haben nicht verstanden, dass sie mit ihrer Tierschutzscheiße meine gesamte Existenz bedrohten. Und nicht nur meine, auch die meiner Arbeiter.« Fabels Stimme verriet jetzt zum ersten Mal Emotionen: Wut, Ärger, Unsicherheit. Von sich selbst erschrocken atmete er dreimal tief durch und versuchte, seine Fassung wiederzuerlangen.

Tilda hatte nur noch Verachtung für ihn übrig. »Aber deshalb zwei Menschen töten? Fast noch Kinder.«

»Ja, das ist ein wenig aus dem Ruder gelaufen. Ich hab die Jungs in unserer Geschäftsbeziehung immer gleichberechtigt behandelt.«

»Und dann auch gleichberechtigt getötet«, sagte Tilda mit brüchiger Stimme.

»Das war eine Kurzschlusshandlung. Ich hätte mich besser im Griff haben sollen, das gebe ich zu.« Es war kaum zu ertragen: Der Typ redete über die Morde wie über einen Geschäftsabschluss oder eine Fehlinvestition. »Ich bin auf dem Karasek-Hof vorbeigefahren, aber sie ließen überhaupt nicht mit sich reden. Ich hatte eine so große Wut, dass ich da schon am liebsten mein Gewehr genommen … aber es kam ganz anders. Ich bin ins Auto gestiegen und hab eine Runde durch die Nacht gedreht, und plötzlich war Peter auf seinem Rad vor mir auf dem Weg. Da habe ich halt Gas gegeben.« Ein Kurzschluss. Eine entgleiste Sekunde. Eine Lawine, die nicht mehr aufzuhalten war. Der menschliche Makel.

»Warum die Inszenierung?«, wollte Tilda wissen.

»Das hat sich so entwickelt. Im Prinzip war das eine falsche Fährte. Ein wenig Trara. Ein wenig Ablenkung. Hat ja auch gut geklappt, ihr hättet die anderen drei ja fast verknackt.«

»Ablenkung – mehr nicht?«

»Du bist ganz schön hartnäckig, Tilda. Wenn das ein Vorstellungsgespräch wäre, würde ich dich einstellen.«

Sie spürte, dass er ihr auswich. Er verschwieg ihr etwas. Also hakte Tilda nach: »Wieso hat es dir nicht gereicht, die Jungen zu töten? Du stellst das jetzt so als rationale Aktionen hin, als Maßnahmen zur Vertuschung. Aber das Kreuz? Die abgeschnittenen Gliedmaßen?«

»Dazu möchte ich mich nicht äußern.«

»Du hast uns dein Wort gegeben«, meinte Tilda ehrlich enttäuscht, wohl wissend, dass solche Absprachen im Angesicht des verhandelten Schreckens nichts wert waren.

Zu ihrer Überraschung schien Fabel mit sich zu hadern. »Du hast recht. Und ich will mein Wort nicht brechen. Nur so viel: Wir sprechen hier über eine Seite an mir, die ich selbst nicht verstehe und die mir Angst macht. Ich fand das Töten schon immer interessant. Das gibt man nicht gerne zu, aber es ist halt so. Schon als ich mit meinem Großvater auf die Jagd gegangen bin. Und als der Junge da im Graben lag, da hat es mich überkommen. Es hat mich ehrlich gesagt interessiert, wie so ein Körper reagiert. Und was es mit dem Dorf macht, wenn der Teufel umgeht.« Sein Tonfall klang immer noch so, als würde er einen Geschäftsbericht vortragen.

»Und was war mit dem Zeh von Peter? Und dem Finger von Jakob?«

»Hm, ich weiß nicht so recht, was mich da geritten hat. Vielleicht kann mir das ein Psychologe erklären. Ich gebe es offen zu: Irgendwas stimmt mit mir nicht. Aber schon immer. Ich habe es so lange unterdrückt. Und die Jungen mussten das büßen.« Er zuckte mit den Schultern.

Tilda sehnte sich langsam nach frischer Luft. Aber einige Antworten fehlten ihr noch. »Warum hast du dann nicht aufgehört, nachdem Peter tot war?«

»Die drei Brüder hätten irgendwann geredet oder irgendwas Dummes gemacht. Ich musste ihnen zuvorkommen.«

»Du hättest dich auch stellen können.«

»Dann wäre Peter ja umsonst gestorben.«

»Nach der Logik ist jetzt auch Jakob umsonst gestorben.«

»Ich habe nicht über die Möglichkeit eines Scheiterns nachgedacht.«

Ekelhaft.

»Wie hast du die Karasek-Brüder überwältigt?« Tilda hätte diesen Teil am liebsten übersprungen.

»Ich habe vor Kurzem ein Instagram-Reel gesehen. Sorry, ich schweife manchmal ab, aber das Bild ist so treffend. Weißt du, was japanische Imker machen, wenn eine Hornisse ihr Bienenvolk angreift? Die fangen das Viech und setzen es in eine große Pfütze mit klebriger Flüssigkeit. Die Hornisse sondert dann irgendwelche Stoffe ab und ruft damit ihre Freunde um Hilfe. Und wenn die dann alle daherschwirren, um ihr zu helfen, kleben sie ruckzuck auch fest. Das muss dir reichen.« Fabel blickte aus dem Fenster. Ihn schienen der blaue Himmel und das Grün der angrenzenden Bäume regelrecht anzuziehen.

»Und wann ist dir der Franz entkommen?«, fragte Tilda, die dafür immer noch keine wirkliche Erklärung hatte.

»Der kleine Heilandzack hat mir den ganzen Plan verbockt. Ich hatte eine große Inszenierung geplant. Schwert, Speer, Pfeil und Bogen. So eine richtig runde Sache. Aber irgendwie hat der Kleine den Pfeil im Fuß besser weggesteckt, als ich dachte.« Fabels Tonfall blieb monoton. Keine Ausschläge.

»Du bist ein widerliches Dreckschwein.« Tilda spürte Gräberers Pranke auf ihrer Schulter. Ein klares Signal: Es reicht, lass es uns zu Ende bringen. Wir haben alles, was wir brauchen.

Fabel, der wusste, dass seine Zeit abgelaufen war, sprach seine letzten Sätze in Freiheit: »Ja, vermutlich hast du recht. In euren Augen bin ich ein Schwein. Das ist in Ordnung, ich versteh das. Ich habe die Kontrolle verloren. Vielleicht hätte ich den Wolf nie erschießen sollen. Oder ich hätte mich dafür gerademachen sollen. Die Jungs auszahlen. Oder ins Gefängnis gehen. Aber so bin ich nicht erzogen worden. In meiner Familie gibt man nicht auf, wenn es noch eine Chance gibt. Das Spiel ist vorbei, wenn der Schiri abpfeift.«

In dieser Sekunde vernahm Tilda hinter sich einen gellendes Geräusch.

Gräberer hatte das Spiel abgepfiffen.

EPILOG

»Es ist besser, wenn wir undercover bleiben und uns verstecken. Vielleicht da hinten, hinter dem Baum.«

»Wieso darf uns eigentlich niemand sehen?«

»Die haben uns gestern erwischt, als ich Nikola tätowiert habe, und fanden das gar nicht nice. Von wegen, das hat in einem Krankenhaus nichts zu suchen. Spießer halt.«

Es war wieder so ein Tag wie gemalt. Was für ein Frühling das doch war. Bald würde der Sommer den Boden austrocknen und den Blättern das frische Grün austreiben. Das Kies des Weges knirschte unter ihren Füßen.

»Hast du eigentlich ein Tattoo?«, fragte Franz, der immer noch humpelte.

»Ja, aber nur eins.« Tilda erinnerte sich nur ungern an die Nacht- und Nebel-Aktion, als sie sich während eines Hamburg-Trips von Karla überreden ließ, sich einen kleinen Marienkäfer auf das Fußgelenk zu stechen. Nach diesem Wochenende war ihr Kontakt für Jahre abgerissen. Der Endpunkt eines schleichenden Prozesses. Ihre Mutter hatte das Tattoo bis heute nicht gesehen.

»Zeig mal!«, forderte Franz. Tilda schob ihren Socken nach unten, und Franz konnte sein Lachen nicht unterdrücken. »Der ist ganz schön hässlich. Lieb ich.«

»Na, vielen Dank. Ich hoffe du machst das besser!«

»Keine Sorge, einen Schriftzug kann ich gar nicht so versauen. Schau, das ist doch ein guter Platz.«

Tilda setzte sich auf eine Bank unter einem wunderschönen Ahornbaum, während sich Franz vor ihr auf den Weg plumpsen ließ. Sie bemerkte, wie unnatürlich er dabei seinen verletzten Unterschenkel anwinkelte.

»Tut das noch weh?«, fragte sie.

»Der Fuß? Ne. Das andere schon.«

Tilda wusste nicht, was sie sagen sollte. Also sagte sie nichts, während Franz sein Tattoo-Equipment ausbreitete.

»Bereit?«

»Bereit!«

Während Franz damit begann, das Motiv zu zeichnen, fand sie die Kraft für eine einfache Frage: »Wie geht's Nikola?«

»Schlechter als mir. Aber mich lassen sie nicht heim.«

»Und deinem Dad?«

»Der macht das richtig gut. Das ist krass, ich habe ihn noch nie so stark erlebt. Jakob würde mir das niemals glauben.«

Tilda hatte mit Karl Karasek nach der Beerdigung seines Sohnes gesprochen. Er hatte seine Haare geschnitten und ein Hemd getragen. Er sah wie verwandelt aus. Nichts an ihm erinnerte an den wahnsinnigen Derwisch, der mit einer Pistole in die Luft geschossen und die Handballhalle gestürmt hatte. Er hatte sich mit Tränen in den Augen bei Tilda bedankt, und sie hatte ihn vor lauter Überforderung in den Arm genommen.

Bei ihrem ersten Besuch bei Franz hatte sie den Teenager gefragt, warum er und seine Brüder sie angelogen hatten.

»Uns hätte doch eh niemand geglaubt«, hatte er traurig geantwortet. »Schon gar nicht, wenn unser Wort gegen seines steht.«

Dieser Satz hatte Tilda verfolgt. Wie wenig Vertrauen hatten diese Jungs in die Gesellschaft? In den Staat? In die Polizei?

Ein Pieks unter ihrem Knie riss Tilda aus ihren Gedanken.

»Hey, Frau Polizistin? Aufwachen! Schau mal, ich hab's vorskizziert. Ich mach das freihändig, ich hab das Logo schon so oft gezeichnet. Da kann nichts schiefgehen.«

Tilda versuchte die Stelle mit dem aufgezeichneten Tattoomotiv zu betrachten, aber fand keinen befriedigenden Winkel.

»Hey, kannst du mal kurz ein Foto machen?«

»Euer Wort ist mir Befehl.« Franz richtete das Handy aus, machte einen Schnappschuss und reichte das Handy mit der Abbildung des Schriftzugs.

Er war perfekt.

Drei tote Hunde.

Weitere Titel finden Sie auf den folgenden Seiten und im Internet:

WWW.GMEINER-VERLAG.DE

Sarah Tischer
Letzte Nacht in Baden-Baden
Kriminalroman
272 Seiten, 12,5 x 20,5 cm,
Broschur
ISBN 978-3-8392-0710-9

Das Badhotel in Baden-Baden soll für immer
schließen. Rezeptionistin Maxi Morel macht bei
ihrem letzten Rundgang eine grausame Entdeckung:
Im Hotelflur liegen zwei blutige Leichen. Doch
am nächsten Morgen sind sie verschwunden. War
alles Einbildung? Was weiß Hoteldirektor Helmut
Lochner? Wo sind die spontanen Gäste, die am Vor-
abend eincheckten? Und welche Rolle spielen die
Kollegen? Maxi, Halbfranzösin mit einer Schwäche
für Pralinen, beginnt zu ermitteln. Als sie dabei mehr
über ihre eigene Familie herausfindet, gerät ihre Welt
aus den Fugen.

GMEINER SPANNUNG

WWW.GMEINER-VERLAG.DE
Wir machen's spannend

Wildis Streng
Gassenfest
Kriminalroman
320 Seiten, 12,5 x 20,5 cm,
Broschur
ISBN 978-3-8392-0697-3

Lisa und Heiko hatten sich so auf das gemeinsame
Wochenende in Eberbach und das kultige Gassenfest
gefreut – doch dann durchkreuzt ein skrupelloser
Mörder ihre romantischen Pläne. Mitten auf dem
Festivalgelände bricht die Eberbacherin Angelika
Röder leblos zusammen. Das wundert allerdings
keinen – denn die Geli war bekannt dafür, sich mit
den Richtigen und auch mit den Falschen anzulegen.
Statt die Nächte durchzufeiern, stürzt sich das ho-
henlohisch-westfälische Ermittlerteam im Dorf in ein
Dickicht aus toxischen Liebschaften und Intrigen.

GMEINER SPANNUNG

WWW.GMEINER-VERLAG.DE
Wir machen's spannend